KB107095

단국대학교 일본연구소 학술총서 09

일본 근세의 일상문화

이 책은 일본국제교류기금(日本国際交流基金)의 '2022년도 일본연구 프로젝트 조성 프로그램(2022年度日本研究プロジェクト助成プログラム)'의 조성금으로 출판되었음.

일본 근세의 일상문화

초 판 인 쇄　2023년 03월 20일
초 판 발 행　2023년 03월 31일

편　　　자　단국대학교 일본연구소
저　　　자　정　형 · 김경희 · 편용우 · 히오키 다카유키 · 윤지원
　　　　　　　홍성준 · 최태화 · 김미진 · 최승은 · 김묘정 · 정경진
발 행 인　윤석현
발 행 처　제이앤씨
책 임 편 집　최인노
등 록 번 호　제7-220호

우 편 주 소　서울시 도봉구 우이천로 353
대 표 전 화　02) 992 / 3253
전　　　송　02) 991 / 1285
홈 페 이 지　http://jncbms.co.kr
전 자 우 편　jncbook@hanmail.net

ⓒ 단국대학교 일본연구소, 2023 Printed in KOREA.

ISBN 979-11-5917-234-2　93830　　　　　　　　　　　정가 24,000원

단국대학교 일본연구소 학술총서 09

일본 근세의 일상문화

단국대학교 **일본연구소** 편

제이앤씨
Publishing Company

　단국대학교 일본연구소에서는 일본 국제교류기금의 2022년도 〈일본 연구 프로젝트 조성 프로그램〉에 선정되어 '근세 일본의 일상 문화에 관한 연구 사업(近世日本における日常文化に関する硏究事業, Research project on daily culture in early Japan, 사업기간: 2022년 4월 1일~2023년 3월 31일)'을 수행하였다. 이는 본 연구소의 2022년도 일본 연구의 주력 사업으로 자료 조사, 연구회, 학술심포지엄 개최, 총서 간행으로 이어지는 연구 프로세스를 통해 추진되었다.

　'일상 문화(日常文化)'란 인간의 일반적인 생활 문화를 가리키는 용어로 근세 일본의 지배 계층인 무사를 비롯하여 문인, 상인, 농민 등 일반 서민의 일상생활 전반을 포함하는 개념이다. 근세의 문학 작품, 수필, 서간 등 다양한 자료에 나타난 당시 일본인의 일상을 조사하여 그들이 어떤 일상을 살아갔는지를 여러 분야의 전문가가 다각적으로 살펴보았다.

　본 사업의 성과는 다음과 같이 정리할 수 있다.

　첫째, 기존의 연구와는 다른 심화 연구를 진행하였다. 일본 문학이나 일본어학에 치중된 일본학 연구의 범위를 넓혔으며, 연구 대상 속에서 필요한 정보를 추출하기 위하여 근세문학의 작품 분석을 비롯하여 정치와 사회 정세, 생활 상황이나 취미 활동 등을 분석하였다.

5

둘째, 국내의 일본 연구를 활성화하고 일본에 관한 관심을 높이는 데 주력하였다. 근래 일본을 향한 관심이 높아진 시점에서 일본이 어떠한 나라이고 일본인이 어떠한 생각을 지니며 어떻게 살아왔는지를 대중에게 전달하였다.

2022년 12월 9일에 개최된 단국대학교 일본연구소 국내학술심포지엄은 본 연구 사업에 참여한 연구진이 각자의 연구 성과를 발표하는 자리였다. 기조강연 1편과 연구발표 8편, 총 9편의 논문이 발표되었으며, 연구발표 8편에 대해서는 활발한 토론도 이루어졌다. 코로나19로 정체되었던 대면 학술심포지엄을 재개하여 발표자에게도 참가자에게도 의미 있는 시간이 되었으리라 생각한다.

본 총서에는 총 11편의 연구 성과를 수록하였다.

제1부 〈일상문화의 문학·사상적 향연〉은 '근세 일본의 일상 문화의 영위와 사이카쿠(西鶴)의 부세적(浮世的) 소설 세계'(정형), '근세 일본 지식인의 요괴 인식'(김경희), '가부키의 일상과 비일상'(편용우), '일상에서 비일상으로─일본 근세 연극·예능과 다이라노 도모모리(平知盛)의 이미지─'(히오키 다카유키), '성리학적 세계관의 해체와 주자학에 대한 비판─오규 소라이(荻生徂徠)의 古文辭學을 中心으로─'(윤지원)의 5편, 제2부 〈일상문화 지식의 향유〉는 '근세 일본의 불꽃놀이와 일본인의 심성(心性)'(홍성준), '놀이로서의 독서'(최태화), '에도(江戸)의 정원수 가게와 교쿠테이 바킨(曲亭馬琴)의 원예생활'(김미진), '근세 일본 서민의 문자 학습과 그 실용성'(최승은), '조선통신사(朝鮮通信使)의 눈으로 본 일본의 일상 지식'(김묘정), '도시 에도의 일상을 통해 보는 '지속가능성''(정경진)의 6편으로 구성하였다.

단국대학교 일본연구소에서는 이번 연구 사업을 계기로 다음 단계 연구의 새로운 시사점을 얻을 수 있었다. 또한 현재 국내 일본학 연구의 적체된 현상과 한계점을 직시하여 더욱더 전문적이고 발전적인 연구 성과를 도출하기 위해 정진해야 할 필요성도 절감할 수 있었다. 이번 연구 사업이 향후 일본학 연구의 발전과 일본을 향한 관심을 높이는 데 조금이나마 도움이 될 수 있었으면 하는 바람이다.

　　이번 단국대학교 일본연구소 학술총서 09는 일본 국제교류기금의 〈일본 연구 프로젝트 조성 프로그램〉의 사업비 지원으로 간행되었다. 뜻깊은 연구 사업을 추진할 기회를 주신 일본 국제교류기금에 심심한 감사의 말씀을 전한다. 이번 총서가 기획되고 간행되기까지 많은 분들의 참여와 노고가 있었다. 특히 학술심포지엄에서 발표를 해주시고 본 총서를 위해 기꺼이 원고를 집필해 주신 교수님들과 열띤 토론에 참여해 주신 선생님들, 보이지 않는 곳에서 궂은일을 마다하지 않고 도와주신 분들, 그리고 제이앤씨 출판사에 진심으로 감사의 뜻을 표한다.

2023년 3월
단국대학교 일본연구소
사업책임자 홍성준

목차

제1부

일상문화의 문학 · 사상적 향연

일본 근세의 일상문화

제1장

근세 일본의 일상 문화의 영위와
사이카쿠(西鶴)의 부세적(浮世的) 소설 세계

정 형

1. 들어가며

2022년도 단국대 일본연구소 학술 심포지엄 및 학술 총서의 주제
인 '근세 일본의 일상 문화'를 다루기 위해서는 먼저 근대기에 들어
와 일본이 본격적으로 서구세계와 교류를 시작한 이후 자기 정체성
확립과 국제화라는 과제에 당면하면서 이루어진 일본문화의 보편성
과 특수성에 관한 다양하고 방대한 연구를 조감할 필요가 있을 것이다.
또한 현재까지 논의된 세계사 또는 동아시아사에서의 '일본(日本)'의
역사성과 정체성에 관한 다양한 연구를 전제로, 이 글에서 다룰 '근
세 일본의 일상 문화'와 관련해 '근세'라는 시대구분의 문제, 일상 문
화의 범주와 더불어 일상, 일상성, 일상생활, 비일상, 비일상 문화 등

과 같은 '일상'을 둘러싼 용어들에 관한 다각적 검토도 필요하다.

따라서 이 글에서는 앞의 문명, 문화, 역사성, 정체성, 시대구분 등에 관한 현재까지의 방대한 논의와 연구를 기반으로 해서 '일본의 근세기 일상 문화' 전반에 관한 검토의 전제로서 일본문화의 다양한 영역에서 일본어의 '일상' '일상성'의 개념과 이 개념 안에 담긴 일본 고유의 종교적 요소와의 관련성 문제를 살펴보기로 한다. 그리고 이 관점을 세부적으로 문학의 영역으로 적용해 일본 문학사에서의 '일상' '비일상'의 문제를 표현구조의 관점에서 거시적으로 조감하면서 세부 주제로 들어가 일본 근세 소설사에서 우키요조시(浮世草子)라는 흥미로운 소설 장르를 창출한 이하라 사이카쿠(井原西鶴, 이하 사이카쿠로 줄임)의 작품 세계에 드러나는 '일상'에 관한 문예 표현의 구조를 조명해 보기로 한다.

2. 근세 일본의 일상 문화

2.1. 일본어 사전에서의 일상

먼저 일본어의 '일상(日常, にちじょう)'이라는 어휘를 일본의 주요 사전류에서 확인해보면 다음과 같다.

일본의 대표적 한자 사전인 모로하시 데쓰지(諸橋轍次)의 『大漢和辞典』[1]에는

日常 ; 1. 太陽は恒常で変わらない。永遠に変わることのない喩。(宋史、楽志) 2. つねひごろ。普段。平常。(狂言、武悪) 汝は日常の口程にもない。

으로 제시되어 있는데 용례로 제시된 1에서 그 어원으로 중국 문헌 『宋史』,『楽志』를 들고 있으나 근세 시대에 사용된 용례는 찾아볼 수 없었고, '日常'이라는 용례가 실제로 등장하는 것은 1904년(메이지 37년)으로 이 해에 공연된 전통 가면극인 교겐(狂言)『부아쿠(武悪)』의 대사 안에 '日常'이라는 용어가 등장하고 있음을 이 사전은 기술하고 있다. 또한 파생어로서 '日常生活', '日常茶飯事' 등이 제시되어 있다.

그리고 근세 초기인 1603년, 일본예수회(イエズス会)가 나가사키에서 간행한 일본어-포르투갈어 사전인『日葡辞書』[2]에는 '日常' 및 유사 단어의 용례는 등장하지 않는 것으로 보아 근세기 후반까지 '日常'이라는 용어는 언어 통용의 면에서 일반화되지 않았던 것으로 보인다. 한편 현대 일본어 사전 가운데서 통사적 언어 용례가 가장 방대한 것으로 정평이 있는『日本国語大辞典』[3]에는

日常 ; (名) つねひごろ。ふだん。平生。

으로 제시되어 있다. 'つねひごろ'는 한자로 표기하면 '常日頃' 정도

1 諸橋轍次(1966),『大漢和辞典』巻5, 大修館書店, 725쪽.
2 土井忠雄・森田武・長南実 編著(1980)『邦訳 日葡辞書』, 岩波書店, 462쪽.
3 小学館 編(2001)『日本国語大辞典』第10巻(第2版 全14巻), 小学館, 458쪽.

15

가 되겠지만 순수한 고유 일본어로서 '日常'이라는 한자어의 발상이 내재 되어 있음을 알 수 있다. 용례로서는

舍密開宗(1837~47)[4] 内·六·一一九, 「塩酸曹達は人々普く知るところの海塩にして日常の食味を調し百般の技術に用いること多し(염산 조달은 사람들이 익히 알고 있는 바다 소금으로 일상의 맛을 돋우고 여러 기술에 많이 활용된다-필자 졸역)

가 제시되어 있다. 이 용례로 보면 늦어도 근세 말기에는 '日常'이라는 용어의 사용이 정착되기 시작했음을 알 수 있다. 메이지 유신 이후 근대에 들어와 소학교 교과서인 『小学読本(소학독본)』(1874)이나 문학작품 『丸善と三越(마루젠과 미쓰코시)』(1920) 등에서 일반적 용례로 제시되어 있다. 관련 항목으로는

日常言語学派, 日常語, 日常座臥, 日常茶飯, 日常茶飯事, 日常事, 日常性, 日常生活, 日常的, 日常品

등이 제시되고 있는데 이 단어들의 용례는 모두 근대 이후의 문헌이나 작품에 등장하고 있음을 알 수 있다.

이상의 사전적 용례를 통해 보면 '日常'이라는 일본어는 근세 말기에 사용되기 시작해 근대기에 들어와 정착한 용어임을 확인할 수

4 舍密開宗(세이미카이소)는 근세 말기에 활약한 의사 겸 과학자로서 일본에 없었던 식물학과 화학 등의 분야서 많은 저술을 남긴 것으로 잘 알려져 있다.

있으나, 이 글에서 다루고자 하는 근세 일본문화에서의 '일상'의 개념에 와닿는 문화 현상 용어로서의 '일상'이라는 용례는 찾아볼 수 없었다. 이 용례가 본격적으로 사용되기 시작한 것은 근대기에 들어와 일본 민속학 연구를 비롯한 일본문화론 연구 분야에서 일본의 전통문화를 설명하기 위한 용어의 하나로 '비일상'이라는 용어와 함께 사용되어 왔음을 확인할 수 있다. 즉 '일상'이라는 용어는 근대기에 들어와 만들어진 실존주의, 세속주의 , 현세주의, 일상주의 등과 같은 유사 개념들의 논의 가운데서 만들어져, 이제는 보통명사로 통용되고 있는 것이다.

2.2. 일본민속학에서의 '일상'과 '비일상'

근세 후기 이후 사용되기 시작한 '일상'이나 '비일상'의 개념을 일본문화라는 영역에서 바라보기 위해서는 근대기 일본 민속학 연구의 선구자인 야나기타 구니오(柳田國男, 1875~1962)의 연구[5]를 살펴볼 필요가 있다. 그는 '일상'과 '비일상'의 문제를 다루면서 일본인의 전통적인 세계관의 범주라고 할 수 있는 '하레(晴れ)'와 '케(褻)'라는 개념을 제시한다.

일본의 민속학이나 문화인류학 연구에서는 앞 야나키타가 구분한 개념에 따라 '하레(晴れ)'는 의례나 축제, 연중행사 등을 '비일상'의 영역으로 다루어지고, '케(褻)'는 세속의 보통 생활의 영위를 지향하

---

5 柳田國男(1977)『年中行事覚書』, 講談社学術文庫, 柳田國男(2019)『日本の民俗学』, 中公文庫 참조.

는 '일상'의 영역으로 구분하는 것이 일반적인데 그 저변에는 불교
와 신도 등을 둘러싼 일본인들의 종교 인식이 자리 잡고 있다.

일본인들은 '하레'의 대표적인 상황인 축제(祭－마쓰리)에는 축제
옷인 하레기(晴れ着)를 입고, 정해진 축제 음식과 술을 마시면서 축제
에 신(가미－かみ)을 모심으로써 마을공동체의 안녕을 기원하는 '비일
상'의 축제를 행하고 이 축제가 끝나면 다시 일상의 '케'로 돌아가는
것을 반복해 왔다. 즉 '케'라는 것은, 세속 인간들의 평범한 생활행위
의 시공(時空)영역이 '일상'에 있음을 의미하는 것이고, '하레'는 의례
나 마을의 축제나 연중행사와 같이 공동 신이나 조상신 등과 같은
가미(神)와의 연결성이 상정되는 특수상황을 말하며 이러한 시공간
이 바로 '비일상'인 것이다. 이러한 '비일상'의 상황은 일정 기간이
지나면 정해진 민속적 룰에 의해 다시 이 범주를 벗어나 세속의 생
활로 복귀함으로써 일본인은 스스로의 삶이 '비일상'－'일상'이 중
층적이고 반복적으로 혼재하는 '일상'의 세계에 존재하는 것으로 인
식해 왔다.

이러한 '하레'와 '케'의 이원론적 인식은 서양 기독교 문화권에서
프랑스 사회학자 에밀 뒤르켐(Emile Durkheim) 이나 루마니아의 종교학
자 머치아 엘리아데(Mircea Eliade) 등에 의해 논의되어 온 '성(聖)과 속
(俗)'의 이원론 연구[6] 등과 대비되면서 에도시대의 일본문화의 특성
을 설명하는 많은 연구들이 나온 바 있다.

즉 에도시대의 '일상' 문화라는 시점(視點)은 현대적 관점에서 근

---

6 M. 엘리아데 지음, 이은봉 옮김(1998) 『성(聖)과 속(俗)』, 한길사, 21-45쪽.

세 시대를 파악하고자 하는 하나의 시도로서 주로 서양 문화와의 대비의 시점에서 일본문화론 형성과정을 조명하면서, 민속학, 문화인류학, 일본 민중사나 일본 문학 연구 등 다양한 연구 분야에서 '일상' ─ '비일상' 이라는 종교적 용어가 사용되기 시작한 것임을 확인할 수 있다.

현재까지 일본이나 서구 혹은 한국 등에서 간행된 일본의 전통 문화 전반을 개관하는 개설서들의 내용은 고대 이래 의·식·주·종교 등을 중심으로 하는 일본문화의 여러 모습들을 다루는 가운데 일본문화의 주요 정체성 형성은 대체적으로 중·근세기에 특히 근세기-에도시대에 이루어진 것으로 기술하고 있다. 그리고 그러한 일본문화의 세부 내용은 일본인의 '일상'과 '비일상'의 영역을 중층적으로 기술[7]하고 있는 것이 일반적이라고 할 수 있다.

일상의 영역에서는 일본의 풍토와 자연관을 위시해 삶(생)의 생업 전반(귀족과 무사들의 정치와 행정의 시스템, 농민과 상공인의 생업 활동 등), 언어와 문학, 의·식·주, 종교의식, 예능(오락), 성문화, 유흥 등이 망라되고, 비일상의 문화는 주로 자연 재해, 전쟁, 종교의식 등의 영역에서 다루어지고 있는 데 단순히 '비일상'의 문화를 설명하는데 그치는 것이 아니라 '일상'과의 접점 내지는 공존 현상으로서 '비일상'의 문화를 설명하고 있는 것이 일반적이다. 특히 종교의식의 항목에서 반드시 등장하는 것은 '습합(褶合)'으로 설명되는 일본의 전통 신앙인

---

7 정형(2018) 『(사진·통계와 함께 읽는) 일본 일본인 일본문화』개정2판, 다락원, 6-270쪽.
이 책의 01-13의 각 주제별 내용 말미에 실은 참고문헌에 제시된 일본에서 간행된 다수의 일본문화론 개설서 등을 참조.

자연종교 신도와 외래의 보편종교인 불교와의 공존 양상, 의례, 축제, 연중행사 등일 것이다. 특히 불교가 지향하는 보편 종교로서의 세계관은 보편종교 특유의 세속 즉 '일상'을 부정(否定)하고 초월(超越)을 지향하는 데 비해, 중 · 근세기 이후 변화해 간 일본인의 불교관[8]은 자연종교인 신도와 습합하면서 '비일상'의 내세(來世)를 경외(敬畏)하면서도 그럴수록 더욱 '일상'에 안주하고자 하는 종교의식을 내면화해 왔다고 볼 수 있다. 다시 말해 일본문화 특유의 일본인의 '일상' 인식이라고 말할 수 있을 것이다.

2.3. 일본 중 · 근세기의 일상과 비일상 – 우키요 · 우세(憂世)와 부세(浮世)

일본인의 이러한 '일상' 인식을 조금 더 심층적으로 이해하기 위해서는 일본인의 세속 인식 즉 세계관을 잘 나타내는 용어로서 중 · 근세 시대에 자주 사용되었던 우키요 – '우세(憂世)와 부세(浮世)'라는 용어의 심층을 살펴볼 필요가 있다.

일본의 종교학자 아마 도시마로(阿満利麿)는 현대 일본인의 이른바 '무종교적' 심성은 '무신론적' 심성을 의미하는 것은 아니라 일본인이 겪은 중 · 근세기의 특수한 종교 상황에 기인한 것임을 밝히면서 전통적 자연종교인 신도와 보편종교의 습합, 유교의 영향 등을 중심으로 근세 일본의 현세주의의 성립과정과 더불어 일본인들의 종교적 심성의 굴절의 문제를 다루고 있다[9].

---

8 정형(2018), 앞의 책, 138-141쪽.
9 阿満利麿(1993)「近世日本における<現世主義>の成立」,『日本研究』巻9, 国際日本

일본의 중세 시대는 일상 생활 대부분이 신도와 불교 즉 신불(神佛)과 함께 영위되는 한편으로 '일상'의 윤리를 강조하는 유교를 점차 받아 들여간 시대였다. 이 시대의 일본인의 종교수용 상황을 살펴보면 신불의 존재를 그대로 신봉하면서 불교와 함께 전래된 인도인의 세계관인 육도윤회(六道輪回)를 믿었던 시대라고 할 수 있다. 말법사상이 유행했던 이 시대에 일본불교 정토종(淨土宗)의 개조(開祖) 호넨(法然, 1133~1212)과 그의 가르침을 받은 일본불교 정토진종(淨土真宗)의 개조 신란(親鸞, 1173~1262)이 펼쳤던 혁신적인 염불 사상은 바로 사후에 지옥에 떨어지지 않으려면 어떻게 해야 좋을 것인가라는 신란의 고민에서 출발했다. 당시 많은 중세인들이 출가하여 승려가 된 이유 중의 하나는 바로 육도윤회의 공포로부터 벗어나기 위해서였고 그러기 위해서는 부처가 되는 것이 최상의 방법이었다. 부처란 최고의 지혜를 깨달음으로써 다시는 육도를 윤회하지 않는 존재이기 때문이었다. 그렇지만 부처가 되기 위한 수행은 인간의 노력으로는 거의 불가능하다는 점이 심각하게 인식됨과 동시에 사후의 지옥에 대한 강박관념의 고통을 극복하고자 신란은 교토의 한 사찰에 95일간 칩거하면서 기도와 꿈을 통해 새벽 시간에 관음의 계시를 받았고, 그 뒤에도 수행을 계속해 아미타불은 어떠한 악인이라 할지라도 모두 구원해 준다는 이른바 '악인정기(惡人正機)'의 가르침을 펼쳐 그를 따르는 신자들이 비약적으로 크게 늘어났다. 즉 육도윤회의 고통으로

文化研究センター, 아마 도시마로 지음, 정형 옮김(2000)『일본인은 왜 종교가 없다고 말하는가』, 예문서원, 45-55쪽. 阿満利麿(1996)『日本人はなぜ無宗教なのか』, 筑摩書房, 32-48쪽.

부터 해방되고자 갖은 노력을 다하고자 했던 것이 중세인들의 일반
적인 삶의 방식이었던 바, 생이 유지되는 '일상'과 육도윤회의 고통
으로부터 해방되는 내세인 '비일상'은 혼재된 형태로 중세인들의 세
계관을 형성했다고 볼 수 있다.

그런데 중세인들의 이와 같은 종교적 세계관은 남북조시대(1336~
1392)와 무로마치(室町)시대(1392~1573)를 거치면서 변화를 보이기 시작
한다.

당시의 지배계급이었던 무가들의 가훈 대부분에는 신불 존숭을
강력히 권하는 것은 물론이고 중국이나 한반도 조선에서 수입한 유
교의 덕목이 새롭게 추가되는데, 이는 충(忠)을 근간으로 하는 사농
공상의 계급적 질서의 공고화를 지향하는 유교 사상을 필요로 했기
때문이었다. 처음에는 인 · 의 · 예 · 지 · 신의 덕목 실천이 신불의 신
앙과 더불어 강조되었지만 점차 그 양상이 변화해 가면서 신불이 이
세상에 모습을 나타내는 것은 사람들이 유교의 가르침 즉 인 · 의 ·
예 · 지 · 신을 실천할 수 있도록 하기 위해서이며, 이러한 가르침을
따르기만 하면 일일이 사찰이나 신사에 참배하지 않아도 인간은 구
제될 수 있다고 가르치게 된 것이다. 그리하여 사후 극락으로 갈 수
있도록 기원할 때에만 신불이 필요하고 보통의 '일상'에서는 유교가
이상으로 하는 도덕을 실천하면 된다는 지배계급의 통치이념에 기
반한 가르침이 퍼져나가게 되었다.

육도윤회를 벗어나기 위해 신앙을 신봉하는 것이 '일상'의 주 관
심사였던 시대에 비해 이처럼 유교의 가르침을 최우선으로 한다는
것은 삶의 방식이 현세 중심적으로 변화해 감을 의미하는 것으로,

인·의·예·지·신이라는 인간관계의 이상적 상태를 추구하는 것이 인생의 가치를 결정하는 것이 되고 신불에 대한 믿음은 부수적으로 전락하게 됨으로써 종교는 개인의 사적인 신심의 영역 안으로 들어가게 됨으로써 중세인들의 세계관에서 '비일상'은 점차 '일상'과 분리되는 경향을 보이기 시작했다. 이와 같은 유교의 종교적 발상은 무가 사회를 시작으로 사농공상 모든 계급으로 점차 퍼져 나가 일본인들이 인식하는 세상인 우키요라는 호칭의 내실은 유교적 '일상' 인식이 반영되어, 이른바 우키요(우세·憂世)에서 우키요(부세·浮世)로 바뀌어 가게 된 것이다.

이와 같은 종교적 심성은 중세인들의 불교적 세계관에 일대 변화가 일어나고 있음을 의미하며, '우세(憂世)'라는 용어는 근세기에 접어들면서 '부세(浮世)'라는 세계 인식으로 대체되기 시작하는 것이다. '부세'란 문자 그대로 확실한 중심이 없이 둥둥 떠다니며 배회하는 세계이지만, 동시에 기분이 들떠 즐거운 세계이기도 하면서 적어도 '우세'와 같은 심각한 고통으로부터 표면적으로는 해방되어 있는 세계라고 볼 수 있다. 물론 이러한 향락적인 인생관이 나타나게 된 배경에는 근세기에 들어와 비약적으로 발전한 경제발전[10]이 하나의 요소가 되었음은 염두에 둘 필요가 있다.

---

10 전국시대가 끝나고 전쟁과 기근 등이 줄어들면서 16세기와 17세기에 걸쳐 본격적인 농지개발과 농업기술 발전 등으로 농민들의 생산력과 잉여 경제력이 크게 늘어났고, 중소 상공인들의 경제력과 기술력 향상 등으로 근세 전기에 획기적인 경제발전이 있었음은 그간의 다양한 연구를 통해 잘 밝혀져 있다. 葉山禎作 編(1992) 『日本の近世』4 生産の技術, 中央公論社, 7-34쪽. 林玲子 編(1992) 『日本の近世』5 商人の活動, 中央公論社, 7-168쪽.

3. 일본문학사에서의 표현의식 '아(雅)와 속(俗)'

앞에서 살펴본 바와 같이 근세 일본문화에서의 시공(時空)의 영역에 관련되는 '일상'과 '비일상'이라는 용어는 주로 일본인의 종교적 심성과 관련해서 '우세(憂世)'와 '부세(浮世)'라는 세계관으로 이어지고 있다. 그러면 이러한 세계관의 변화를 전제로 이 글의 중심이 되는 근세기 문화의 세부 영역으로서 근세문학에서의 '일상'의 문제를 살펴보자.

이를 다루기 위한 유효적 방법으로서 일본 중세문학과 비교문학을 전공하면서 비교문학의 관점에서 방대하고 실증적인 일본 문학사[11] 저술을 남긴 고니시 진이치(小西甚一)의 표현이념으로서의 '아(雅)'와 '속(俗)'의 개념에 주목하고자 한다. 고니시가 설정한 이러한 양 개념의 바닥에는 바로 '일상' 즉 '일상심(日常心)' '일상성(日常性)'의 문제가 담겨 있기 때문이다.

고니시는 협의의 문학 개념으로 문예(Literature)라는 용어를 사용하면서 일본 문학의 역사를 '일본문예사'로 통칭하고 있는데, 그는 문예에 내재하면서 그 전개를 질서화하는 하나의 입장으로 표현이념의 구분을 제시하고 있다. 즉 '아'와 '속'을 문예사의 기본이념으로 설정하고 양자의 교차에 의해 각 문예의 세대가 형성되었다고 지적하면서 『日本文学史』 서설의 문제 제기에서 다음과 같이 언설하고 있는데 이를 간추려보면 다음과 같다.

---

11 小西甚一(1993)『日本文学史』, 講談社学術文庫 1090, 13-22쪽. 小西甚一(1985)『日本文芸史』Ⅰ-Ⅴ 전5권, 講談社. 전체 내용을 참조.

인간은 영원한 그 무엇을 동경해 왔다. 보통 사람들의 일상심에는 잘 찾아보기 어렵지만 일상심의 근저에는 일상적이지 않은 비일상적 요소가 심연과도 같이 잠겨져 있어서 일상심이 그것과 부딪치게 되면 일상성 어딘가가 파열되면서 영원의 빛이 발산하게 된다. 영원한 것에의 동경은 두 개의 극(極)을 지닌다. 하나는 '완성'이고 또 하나는 '무한(無限)'이다[12]. 이것을 예술의 세계에서 살펴보면 '완성'의 극으로 향하는 것은 그 이상 더 해 볼 수 없을 정도로 갈고 닦은 높은 경지를 향하는 것임에 대해 '무한'의 극으로 향하는 것은 어떻게 나아가게 될지 모르는 움직임을 내포한다. 전자는 '아(雅)' 후자는 '속(俗)'으로 분류한다.

'아'의 표현은 이미 이루어진 모습으로 향해 형성되는 것이므로 어디까지나 그 모습 안에서 존재하고자 하고 별도의 방식으로 치환되는 것을 선호하지 않는다. '이미 존재하는 표현'에 순종하며 조화시켜 가는 점에 아름다움이 있다는 의식인 것이다. 따라서 그러한 표현은 향수자에게 고도의 예비 지식을 필요로 하게 한다. 따라서 '아'의 표현은 선례에 관해 풍부한 지식을 지닌 향수층이 전제가 되고 더 나아가서는 제작자와 향수자가 공동의 층을 형성하고 손수 제작에 참여하는 사람들만이 향수할 수 있는 종류의 작품을 집적(集積)시킴과 동시에 그러한 종류의 작품이야말로 진정한 예술이라는 의

---

12 고니시는 앞의 책『日本文学史』서설 말미에서 독일 출신의 스위스 문학사가 프리츠 스트리히(Fritz Strich)의 저서『독일의 고전주의와 낭만주의』를 소개하고 문학 양식의 측면에서 완성적인 것을 고전주의, 무한적인 것을 낭만주의로 인식하고 서로 대립한 것으로 보는 프리츠 스트리히의 주장은 독일문학사의 흐름 안에서 설득력을 지니지만 일본 문예사에서는 잘 적용되지 않는다면서 '아'와 '속'의 분류개념을 제시하고 있다.

식을 성립시키게 된다. 그러한 작품이 자아내는 느낌은 단정(端正)함, 정교함, 미묘함 등으로 표현될 수 있는데, 신출내기나 엉성한 교양을 지닌 이들에게는 도저히 제작이나 향수의 수준에 다가설 수 없는 표현 기술이 근저에 가로놓여 있는 것이다.

이에 대해 '속'의 표현은 여전히 닦여져 있지 않은 세계이다. 여기에는 아무 것도 완성되어 있지 않고 따라서 정해진 존재 방식이 동반되지 않는다. 괴상하고 거친 모습으로 존재하는 가 하면 소박하고 깊은 친숙감으로 나타나는 경우도 있다. 암담하고 섬뜩하기도 하고 혹은 경박하기 그지없는 신기로움으로, 또는 핏물이 번져가는 비참함 등으로 나타나며 갈피를 잡지 못하는 것이 '속'의 모습이다. 그 안에는 주옥과 같은 아름다움이 존재함과 동시에 쓸잘데 없는 천박함도 적지 않다. 그런데 보통의 '속' 의 모습은 후자의 모습으로 인식되기 쉬운 경향이 있지만 그것은 '속' 전체의 성격이 아니다. '속' 안에는 발랄한 건강함, 생생한 순수함, 넓디넓은 자유로움 등으로 넘쳐나고 있다. '속'이라는 글자의 어원인 한자에서도 '俗'은 원래 나쁜 의미를 지니고 있었던 것은 아니다. 저속한 '속'으로 퇴폐하기 쉬운 경향은 강하지만 퇴폐한 '속'만 존재하는 것은 아니다. 그렇지만 '아'에 비해 '속'이 훨씬 불안정한 것임은 명백하다.

이상과 같은 '아'와 '속'의 문예적 성격을 일본 문학사 전개의 흐름 안에서 조감해보면 고대는 '속'을, 중세는 '아'를, 근대는 별종의 '속'을 제각기 중심 이념으로 하는 3시대로 나누어 볼 수 있다. 이를 연대로 분류해보면 고대는 5세기경부터 8세기까지, 중세는 9세기부터 19세기 전반까지[13], 근대는 19세기 후반 이후이다. 17세기부터 19세기 전반에 걸쳐서는 근대로의 과도기인데 전반적으로 기조(基調)는 중세적(중세 후기 혹은 전근대－이른바 근세)이라고 할 수 있다. 이 과도기에는 '아'와 '속'의 혼합형태를 중심 이념으로 하고 있는데, 이러한 혼합형태의 전형적 시 장르를 '하이카이(俳諧)'라고 할 수 있고, 앞 시대부터 창작되어 왔던 '아雅'적 장르인 와카(和歌)나 렌가(連歌)와 공존하면서 근세기의 대표 장르로 등장했다고 볼 수 있다. 이른바 하이카이성(俳諧性)이라는 것은 '아'와 '속'의 양 측면으로 환원가능한 것으로 그 자체의 독립적 존재를 명확히 하기 어렵기에 과도기적인 의미에서 중세 후기(중세 3기)에 포함될 수 있다. 물론 이러한 시대구분의 저변에는 '아'와 '속'의 개념에 따라 철저한 논리적 기준에 의해 전후 시대로 재단될 수 없는 문예적 상황이 전혀 없다고는 할 수 없을 것이다. 예를 들어 중세 시대에 들어와도 여전히 고대의 문예적 요소가 산재해 있다거나, 근대의 최첨단의 문예적 표현양식은 광의(広義)의 중세 말기부터 이미 시작된 것으로 볼 수 있다는 점이 그러하다.

고대에서의 '속'의 표현은 순수한 일본적 요소라고 볼 수 있을 것이다. 문예의 흐름과 변화가 끝없이 진행되더라도 흐름의 최하층 밑바닥에는 마치 해초와도 같이 살아남아 있다가, 그 위에 누적되어서 발현했던 상층 문예가 동맥경화와도 같은 증상을 보이게 되면 밑바

---

13 현재까지의 일본문학사의 시대구분에는 〈상대(上代)－만요(万葉)시대〉, 〈중고(中古)－헤이안(平安)시대〉, 〈중세－가마쿠라・무로마치(鎌倉・室町)시대・아즈치모모야마(安土桃山)시대〉, 〈근세－에도(江戸)시대〉, 〈근대－현대〉 등 다양한 방식이 있는데, 고니시 진이치는 고대, 중세 1기(중고시대), 중세 2기(중세), 중세 3기(근세), 근대의 다섯 시대로 구분하고 있다.

닥으로부터 솟아올라 새로운 문예의 발현 계기가 되는 현상은 일본
문예사의 흐름 안에서 확인할 수 있다. 이 점에서 보면 중세기에는
'아'가 문예의 중심권에 공고히 자리 잡고 있어서 '속'이 표면으로 등
장할 수 없었다. 그런데 이러한 '아'의 표현은 고대 일본인들이 대륙
적 주로 중국적인 표현을 수용한 결과인바, 일본적인 표현과는 구별
되어야 할 것이다. 얼핏 보면 일본적인 것으로 느껴지는 표현에서도
그 표현의식의 중핵은 애초에 일본에는 없었던 것들이다. 그것은 표
현으로만 그치는 것이 아니라 사회 전반의 존재 방식의 틀까지 고
대 중국에 그 모범을 추구했던 결과일 것이다. 근대기에 이르게 되면
중국에 기반을 둔 모범의 틀이 서양으로 대체되는데, 그보다는 서양
적인 것에 의해 근대가 창출되었음에 더 큰 의미가 있을 것이다. 큰
범주에서 문예의 표현양식의 변화를 조감하면, 〈고대 ― 일본적〉 · 〈중
세 ― 중국적〉 · 〈근대 ― 서양적〉 으로 나타낼 수 있다.

　이상과 같은 고니시의 '아'와 '속'의 표현구조에 관한 담론을 일본
문학사 전체를 대상으로 다시 조감해보면 고대는 '일상성'을 중심으
로 '속'의 표현방식이, 다음 시대에는 '비일상성'을 중심으로 중고
(중세 1기)와 중세(중세2기)는 '아'의 표현방식이, 그리고 이 글에서 다
루고자 하는 근세(중세3기)는 '비일상성'과 '일상성'이 중층적으로 다
루어지면서 '아'의 표현방식이 여전히 혼재하는 형태로 '속'의 표현
방식이 전면에 강하게 등장하고 있음을 각 문학작품 안에서 확인할
수 있다. 그리고 이를 다시 창작의 주체라는 측면에서 조감하면 상대
와 중고 시대는 주로 천황을 중심으로 하는 귀족층, 중세 시대도 귀
족과 무사, 승려 등과 같은 상층 계급이었 음에 비해 근세 시대는 귀

족이나 무사와 같은 지배층에 더해 상인 출신들도 제작자로 대거 참여하게 되었을 뿐만 아니라 일정 이상의 경제력을 갖춘 근세 대도시의 상인들이 문학작품을 구매하고 향유하게 됨으로써 이른바 문예 대중화 시대를 맞게 된 것이다. 이 배경에는 도시에서의 상인층의 비약적인 증가와 더불어 '일상' '부세'의 세계를 적극적으로 표상화하는 표현구조 '속'의 대두가 있었고 바로 이런 흐름 안에서 등장한 것이 다음에서 살펴볼 근세소설 작가 이하라 사이카쿠의 소설작품들이다.

4. 이하라 사이카쿠(井原西鶴)의 근세소설 ― '일상' '부세(浮世)' '아'·'속' ―

4.1. 일본의 근세 소설의 '아'와 '속', '일상성'

주지하고 있는 바와 같이 일본 고전소설은 중고시대인 10세기에 들어와 다수 창작된다. 『다케토리모노가타리(竹取物語)』가 처음 등장한 후, 『이세이야기(伊勢物語)』, 『겐지이야기(源氏物語)』 등 헤이안(平安) 궁정이 무대가 되는 여러 작품들이 만들어지고, 이후 중세시대에 들어와 『금석이야기(今昔物語)』나 『방장기(方丈記)』와 같은 불교 설화집, 『헤이케이야기(平家物語)』나 『태평기(太平記)』 등의 전쟁담이, 중세말기에는 분쇼조시(文正草子) 등과 같은 오토키조시(御伽草子) 등이 창작되게 된다. 즉, 인간 세계와 달 세계에 대한 공상과 상상력이 만들어낸 여 귀인의 이야기, 헤이안 귀족들이 공유하는 애욕의 세계와 운명성, 불교와 신도 등 일본적 종교 현실 안에서 지진이나 화재, 홍수 등과 같은 자연재해 속에서 살아가는 다양한 인간군상들, 그리고 여러 전쟁 이야기들, 공상적이고 교훈적이면서 동화적인 짧은 옛날 이야기들을 관통하는 것은 '아'의 세계를 기축으로 일상과 비일상적 주제들이 공존하는 '아'와 '속'의 표현구조의 연속이라고 볼 수 있다. 그리고 이어지는 근세 시대에는 '속'의 표현이 전면에 드러나는 ('속'과 '아')의 시대에 접어들게 되어 '일상'과 '부세'에 관한 표현이 소재와 주제의 전면에 본격적으로 드러나는 가장 전형적인 작품이 사이카쿠의 소설이다.

4.2. 이하라 사이카쿠(井原西鶴)의 등장

일본 근세 시대 전반기의 하이카이(俳諧) 가인이자 소설가였던 이하라 사이카쿠(井原西鶴, 1642~1693)는 일본문학사에서는 우키요조시(浮世草子)라는 새 장르를 연 작가로 평가받고 있는 데, 이는 이전의 소설들과는 달리 소설 세계 안에서 주로 '부세' 안 '일상' 속의 인간 모습들을 그리고자 했음을 의미한다.

오사카 출신으로 십 대에 하이카이를 시작한 후, 당대의 하이카이 배단(俳壇)의 중심인물인 니시야마 소인(西山宗因) 문하에 들어가 이른바 담림풍(談林風)의 하이카이를 배운 뒤, 화살 쏘기 시합을 하듯 짧은 시간에 많은 시구를 읊어대는 야카즈 하이카이(矢数俳諧)라는 방식으로 하루에 4천구를 읊은 독음집(独吟集) 사이카쿠오오야카즈(西鶴大矢

数, 1680년)를 간행했고, 그 뒤 하루 낮 밤에 2만 3천5백 수라는 믿기 어려운 기록을 남긴 것으로 전해진다. 중고 시대 이래 정형율 시 5·7·5−7·7를 기본으로 하는 와카(和歌)의 근세적 변형인 5·7·5의 하이카이는 일본의 시성(詩聖)이라고 평가받는 마쓰오 바쇼(松尾芭蕉, 1644~1694)의 시가 창작에 의해 '아'의 표현 세계 즉 중고와 중세 시대의 와카와 렌가(連歌)의 귀족적 전통과 중국 한시 등과 같은 이른 바 정전(正典)·카논의 표현 세계를 기반으로 근세적 일상을 점묘(点描)하면서 일상과 비일상, 우세와 부세가 교차하는 함축과 은유의 시적 세계로 침잠하는 예술적 경지에 도달했다고 볼 수 있다.

그런데 이에 비해 사이카쿠의 하이카이 점묘는 전 시대의 정전에 개의치 않고 오로지 '일상'의 모습을 직시하는 방식으로 부세의 모습을 담으려고 했다. 즉 하루에 4천수나 2만 3천5백수라는 최대한 많은 시구를 지어내고자 하는 하이카이 표현방식은 '일상'의 주요 지표인 수량적 지향을 내세우며 원천적으로 정전의 수용을 거부하는 '속'의 표현만이 두드러지는 일상성 언어의 돌출과 혼돈의 시 세계를 만들어낼 수밖에 없었다. 일본의 전통적인 시가가 앞서 만들어진 정전의 전통 위에서 자연과 인생의 '일상' 혹은 '비일상'의 세계에 대한 감동을 은유 등의 다양한 수사법을 통해 그려내는 장르라고 한다면 시구 안에 '일상'의 세속적 현상만을 담고자 하고 수량의 기록과 의미를 과시하고자 하는 하이카이의 문학 세계에 시적 완성도와 예술성을 기대하기는 어려웠다. 그런데 일생 하이카이 시인을 자처했던 그는 돌연 '우키요조시(浮世草子)'라고 불리게 된 소설작품을 창작하게 된다.

이는 사이카쿠의 소설[14]에서 이 '우키요'의 성격이 그 이전의 가나조시의 작품 세계와 비교해 보다 세속적이고 사실적인 현세를 뜻하고 더 나아가 향락적이고 호색적인 풍속이 드러나는 속세를 나타내는 의미로 그려지고 있어 당대인들이 사이카쿠의 소설 작품을 가르켜 '우키요조시'라고 부르게 된 것이라 볼 수 있다. 즉 그의 소설 세계에서는 당대의 가나조시가 지니는 교훈성과 실용성의 측면은 약화 되고 오락성이나 사실성 등이 강하게 표출됨으로써 사이카쿠 특유의 새로운 소설 장르가 등장한 셈이다.

4.3. '부세'의 통속적 '일상'을 담은 『호색일대남(好色一代男)』

사이카쿠의 첫 소설작품인 『호색일대남』(1682년)은 작품명이 제시하는 바와 같이 일본 전국의 유명 유곽(遊廓) 등을 돌며 오로지 여색과 남색에 탐닉하는 애욕 생활로 일관한 남자의 일대기(7세에서 60세)를 희화적(戱画的) 언설을 통해 그려낸 소설이다. 애욕을 터부시했던 불교사상이나 유교 도덕의 관점에서 벗어나 '인간의 애욕'의 여러 모습들을 실재적 일상으로 그리고자 했다는 점에서 일본 근세문학사에서는 크게 평가받고 있는 작품으로 되어 있다.

우선 이 작품에서 두드러지는 것은 근세 17세기 일본인의 국토 인식이라 할 수 있는 작가의 일상적 공간 의식이 사실적으로 그려지고

---

14 20여 편에 달하는 그의 소설 작품군은 주제에 따라 이성애(여색)와 동성애(남색) 등의 호색 생활을 다룬 호색물(好色物), 무사들의 다양한 삶의 모습을 그린 무가물(武家物), 도시의 주요 시민층이었던 상인들 즉 조닌(町人)들의 경제생활의 여러 모습들을 그린 조닌물(町人物) 및 기타 작품군 등으로 분류할 수 있다.

있다는 점이다. 주인공 요노스케(世之介)[15]는 작가 사이카쿠와 같은 간사이(関西) 지역 출신이지만 애욕 생활의 무대가 된 일본 내의 활동 공간은 오사카, 교토, 나라(奈良), 고베(神戸) 등의 간사이 지역에서 시작해 아이치(愛知), , 나고야(名古屋), 시즈오카(静岡) 등을 거쳐 지금의 도쿄인 에도(江戸), 히로시마(広島), 고쿠라(小倉), 시모노세키(下関), 후쿠오카(福岡), 오이타(大分) 등의 주코쿠(中国) 및 북규슈(北九州) 지역, 니카타(新潟), 사카타(酒田) 등의 호쿠리쿠(北陸)와 야마가타(山形) 지역, 가시마(鹿島), 미토(水戸), 센다이(仙台) , 후쿠시마(福島) 등의 이바라기(茨城)와 도호쿠(東北) 지역으로, 이 지역 대부분은 17세기 근세 일본의 선진 경제 지역이자 인구 밀집 지역에 해당한다. 7세부터 60세까지에 이르는 주인공 요노스케(世之介)의 애욕의 '일상'이 매해 나이별로 당대 일본인들의 국토 인식의 일상에 수렴하면서 전국적인 '일상'의 모습으로서 당시의 경제문화권에 사실적으로 투영되고 있고[16], 특히 17세기 일본 최대의 도시문화권인 에도, 교토, 오사카[17]에서의 부세적 일상을 배경으로 주인공의 활약상이 전체 53화 애욕담의 과반 이상을 차지하고 있음은 이 작품이 일본 최초의 우키요조시(浮世草子)[18]로서 불릴 수 있는 소이(所以) 중의 하나일 것이다.

---

15 우키요노스케(浮世之介)를 익살맞게 줄인 명명(命名)이라 할 수 있다.
16 근세기 후반에 일본이 강제로 병합했던 소수민족 아이누인들의 거주지역이었던 홋카이도(北海道)와 또 다른 소수민족 류큐인(琉球人)들이 거주했던 오키나와(沖縄)에 관한 묘사는 전혀 찾아볼 수 없다. 이 두 지역은 17세기의 일본인들에게 '일상'의 지역이 아니었음을 확인할 수 있다.
17 현재도 이 지역은 간토와 간사이 지역으로 일본 최대의 도시문화권이다.
18 사이카쿠가 작품활동을 했을 당시의 산문 작품 대부분은 가나조시(仮名草子)라는 장르명으로 분류되는데, 실용적 정보를 전해주는 실용적 산문이나 계몽성, 공리성, 교훈성을 주안으로 하는 권선징악적 문학관이 담긴 작품들이 주류를 이루었

다음으로 우키요조시라는 장르명이 의미하는 바를 통해 작품 안에서의 '일상'과 '비일상'의 차원에서 들여다보기로 한다. 앞 2.3. 에서도 언급한 바 있지만 부세(浮世)는 우리말로는 '덧없는 세상' 정도의 의미로 통용되지만 일본어로는 의미가 좀 더 다양하다. 일본인들이 일반적으로 사용하는 사전 『고지엔(広辞苑)』의 설명은 다음과 같다.[19]

> 우키요(憂世/浮世, 불교적인 생활감정으로부터 나온 '憂世'와 한자어 '浮世'가 융합된 말)
>
> 무상의 세상. 살기 괴로운 세상 2. 이 세상. 세간. 인생. 3. 향락의 세계 4. 근세 시대에 접두적 활용을 통해 현대적, 당세풍, 호색의 의미를 나타냄.
>
> 용례 ; 浮世絵 浮世男 浮世心 浮世草子(필자 졸역)

이상의 사전 설명에서 알 수 있듯이 '우키요'는 지금 살고 있는 세속 현실의 모든 것이 살기 힘들고 무상하다는 불교적 생활감정과 더불어 그럼에도 불구하고 이 세속의 한편에는 삶의 순간순간을 즐기는 향락이 존재하고 그것이 또 하나의 현실이기도 하다는 정도의 다소 상충적인 의미를 내포하고 있다. 불교적 생사관에서 보면 시대와 관계없이 이 세상은 결국 잠시 스쳐가는 '우키요(憂世)'일 수밖에 없

고, 사이카쿠 본인도 이러한 가나조시라는 장르의 형식을 빌려 『호색일대남』을 창작한 것이다.

19 이하라 사이카쿠(井原西鶴) 지음, 정형 옮김(2017) 『好色一代男호색일대남』, 지식을만드는지식, 20해설 400–402쪽.

지만, 그럼에도 그 한편에 '향락'이 있으며 '현대적'이고 '당대풍'이며 '호색'적이라는, 이 시대에 새롭게 등장한 '우키요(浮世)' 현상에 관한 관심과 애착의 분위기가 드러나고 있음을 알 수 있다. 세속에 애착을 느끼면 느낄수록 더욱 무상해지기 마련인 '우키요(浮世)'의 분위기가 이 작품의 기저에 자리잡고 있는 것이다.

지진과 기근, 전쟁과 같은 '비일상'적 상황이 자주 일어났던 중세의 전국시대(戦国時代)가 끝나면서 근세기 일본은 17세기에 들어와 도쿠가와(徳川) 막부의 강력한 봉건 지배 시스템을 통해 농업과 상업이 비약적으로 발전하는 평화시대[20]를 맞게 된다. 도시민들의 경제력 증가와 상인들의 부의 축적이 이루어짐에 따라 전국 주요 도시 곳곳에 소비와 향락의 현실 세계가 모습을 드러내는 것은 자연스러운 현상이었다. 근세의 '우키요'는 이러한 소비와 향락의 경제적 안정감이 전 시대에 비해 두드러지는 근세적 무상감의 세계였던 것이다.

주인공 요노스케는 17세기에 다수 존재했던 호상(豪商)의 자식으로 태어나 2만 5천 관(貫) 한화로 4천억이 넘는 엄청난 유산을 상속받은 뒤 본업은 뒤로한 채 '일상'을 방탕한 향락 생활로 일관하는 비모범적 상인의 유형으로 그려지면서 이 작품은 당시 독자들의 주력층이었던 상인들 사이에서 크게 화제가 되고 많이 구매되었다. 상인들의 '일상'의 우선적 지향점은 사농공상의 계급 체제 안에서 '치부'가 목표였고 궁극적으로는 부의 축적 그 자체에 만족하면서 일생 검약

---

20 교토, 오사카, 에도 등의 도시에 인구가 집중했고 18세기에는 에도의 인구가 100만이 넘는 당시로서는 세계 최대의 인구 도시가 되었고 상인들은 그 인구의 반 이상을 차지하는 경제력을 지닌 소비층으로 자리 잡았음은 주지의 사실이다.

으로 재산을 불려간 뒤 자식에게 그 부의 지속적 유지를 바라며 상속해주는, 다시 말해 금전 그 자체가 삶의 목표였던 바, 한편으로는 향락적 소비를 통해 세속에서의 쾌락을 추구하고 몰락해 갔던 많은 상층 상인들이 존재했고 이는 엄청난 부를 축적한 상인들의 자기 과시의 한 형태이기도 했다. 사농공상이라는 공고한 근세 봉건 계급 체제 안에서 상인들의 무사계급으로의 신분 상승은 원천적으로 불가능했었고, 부의 축적 즉 금력이 부의 재분배[21]와 같은 사회적 공공성의 영역 등으로 이어지는 발상은 그들에게 존재하지 않았다. 상인에게 세속에서의 부의 축적은 오직 그 부 자체 이상의 '일상'적 의미를 지닐 수 없었던 것이다.

이 작품의 주인공 요노스케는 7세에 사랑을 스스로 깨우치고 수많은 여성과 남성[22]들과 애욕의 경험을 거친 뒤 60세에 배를 타고 여성들만이 산다는 뇨고(女護)의 섬[23]으로 떠난다.

상속받은 2만 5천관의 재산 덕으로 일생 애욕 생활로 일관한 끝에 이제 미련 없이 새 세상으로 갈 준비를 하는 모습이 그려지고 있는

---

21 뒤에서 다룰 상인들의 치부담을 담은 사이카쿠의 소설 『일본영대장』에서도 조선시대의 경주 최부자집의 부의 재 분배적 금전관과 같은 발상의 이야기는 전혀 등장하지 않는다. 이에 관해서는 별도의 글에서 상술할 예정이다. 최해진(2006) 『경주최부자 500년의 신화』, 뿌리깊은 나무, 전진문(2010), 『경주최부자집 300년 부의 비밀』, 민음인 참조.

22 일본은 중세 이래 주로 무사들 사이에서 동성애가 유행하기 시작해 근세기인 에도시대에는 무사계급만이 아니고 일반인들 사이에서도 자연스럽게 행해졌다. 중도(衆道) 혹은 약도(若道)라고도 했다. 이 작품 권1-1 말미에서 60세까지 사랑을 나누었던 여자의 숫자가 3742명, 남색 상대가 725명이었다는 '일상'의 수량적 인식을 강조하는 희화적 언설이 등장하고 있다.

23 이 섬은 전래 설화 등에서는 도쿄 남방 300km의 태평양 상에 있는 섬을 가르키기도 하고 혹은 유곽의 은어적 표현으로 사용되기도 했다.

데, 그 세상이 바로 '뇨고의 섬'이라고 말하는 것이다. 불교적 세계관
이라면 육도윤회가 말하는 전생과 내세가 될 터인데 60세를 맞이해
이제 이 세상을 벗어나 주인공이 향하는 곳은 "지금까지 내세의 안
락을 비는 신앙생활을 한 적이 없"었기에 "'고마운 불도'의 길에는
그렇게 쉽게 들어갈 수"는 없고 가고자 하는 곳은 '뇨고의 섬'[24]이라
는 것이다. 표현의 기조는 전체적으로 희화적이면서도 그렇다고 불
도나 신앙생활의 진정성을 부정하는 것은 아니다. 불도의 세계에 다
가가지 못할 뿐인 것이다. 이 세상을 벗어난다는 것은 죽음의 이미지
가 동반하는 저 세상을 의미하면서도 표현의 기저에는 세속의 '일
상'이 지속되는 상태를 말하는 것이다. 주인공 사후의 세계를 뜻하
는 '뇨고의 섬'으로 향하는 배 이름은 호색(好色丸)호, '부세(浮世)'에서
의 애욕 생활의 일상품을 가득 싣고 떠나는 곳은 내세가 아닌 부세의
애욕의 일상이 그대로 지속되기를 염원하는 요노스케의 공상의 세
계라고 할 수 있을 것이다.

주인공 요노스케는 일생을 유곽 등에서 애욕 생활을 지속하고 재
산을 탕진함으로써 결과적으로 봉건 유교지배 체제 하에서 상인 본
분을 저버린 불충을, 부모에게는 가업을 이어가지 않고 몰락에 이르
는 불효를 행한 셈이다. 사이카쿠는 이러한 불효의 이야기가 전국에
서 일상적으로 목도하는 현상이라는 인식을 표명하며 '불효'를 제목
에 넣어 다음과 같은 불효담을 창작하게 된다.

---

24 졸역. 이하라 사이카쿠(井原西鶴) 지음 정형 옮김(2017), 앞의 책, 366-370쪽.

4.4. 불효담 『본조이십불효(本朝二十不孝)』

사이카쿠는 1686년에 당시 효행담으로 널리 읽혀지고 있던 중국
고금의 효자 24명의 효행담『이십사효(二十四孝)』를 의식한 불효담 소
설『본조이십불효(本朝二十不孝)』를 간행한다. 『新因果物語』라는 별
도의 제목을 지니고 있는 이 작품은 부모 자식 간을 둘러싼 불효의
인과적 업보를 경계하는 20개의 이야기로 구성되는데 전체를 아우
르는 이 작품의 서문에 작가의 창작 의도가 함축되어 있다.

옛날 맹종(孟宗)이 고생해서 눈 속에서 캐내었다는 죽순은 지금은
채소가게에서 얼마든지 살 수 있고, 왕상(王祥)이 몸으로 얼음을 녹여
간신히 구했다는 잉어도 어물전 수조에서 산 채로 구입할 수 있는 시
대가 되었다.

세상의 천성(天性), 상식에 맞는 자연스러운 부자 관계의 틀을 넘어
특별히 신불에게까지 기원하지 않아도 각자 가업에 힘써 얻은 금전으
로 만물을 구입해 효행을 실천하면 되는 것이다. 효행이란 특별한 사
람이어야 할 수 있는 것이 아니고 보통 사람이 가업을 해가면서 충분
히 할 수 있는 것이다.

그런데 세상의 '일상'에는 이런 보통 사람이 드물고 불효의 악인이
많다. 이 세상에 생명을 받아 태어난 모든 사람들은 효도를 모르니 하
늘의 천벌로부터 벗어나기 어렵다. 여러 지방에서 실제 있었던 이야기
들을 들어본 바에 따르면 불효의 무리들이 눈앞에서 불효의 죄를 드러
내는 예가 많다. 그래서 이 이야기들을 판목(板木)에 새겨 책자로 만들

었다. 보잘 것 없는 작품이지만 이 세상 사람들에게 효도를 권하는 데 일조(一助)가 될 것이다. (필자 졸역)

1686년 정월[25]

雪中の笋、八百屋に在り、鯉魚は魚屋の生船にあり。世に天性の外、祈らずともそれそれの家業をなし、禄を以て万物を調へ、孝を尽くせる人常なり。この常の人稀にして、悪人多し。生きとしいける輩、孝なる道をしらずんば、天の咎めを遁がるべからず。その例は、諸国見聞するに、不孝の輩、眼前にその罪を顕はす。これを梓にちりばめ、孝にすすむる一助ならんかし。

貞享二二稔孟陬日

이 서문의 묘사에서 드러나고 있는 바와 같이 유교의 기본 덕목인 '효'와 그 반대개념인 '불효'를 둘러싼 17세기 일본의 '일상'적 현실에 관해 작가 사이카쿠의 언설은 사실적(写実的)이다. 효자담으로 일본에서 가나문으로 번역되어 누구나 접할 수 있었던 중국의 효자담 『이십사효(二十四孝)』의 효행담을 인용하면서 불효의 '일상'적 이야기들을 전국적인 현상으로 전개하는 것이다. 불효담의 현장(現場)은 권 1-1의 교토에서 시작해서, 오사카, 에도 등 앞의 『호색일대남』의 지역적 전개와 일치함으로써 불효의 여러 모습들이 세속의 '일상' 안에서 사실적으로 묘사되고 있다.

작가는 중국의 맹종이나 왕상의 고사에서 제시되는 바와 같이 효

---

25 원문은 松田修(2000) 『井原西鶴集2 本朝二十不孝』 新編日本古典文学全集, 小学館, 153쪽. 번역은 필자의 졸역임.

를 위한 자식들의 노력과 심성은 그 자체로 인정하면서도 엄동설한
에 죽순이 발견되고 얼어붙은 강물이 갈라져 잉어가 튀어나온다는
초자연적이고 '비일상'적 현상으로 이루어진 고전적 효행에 감동보
다는 불신을 나타내고 '효'는 금전 즉 경제적 여력이 있어야 가능하
다는 세속 인식을 표명하고 있다. 이 작품에서 묘사되는 '불효'의 여
러 모습들은 인간의 향락과 애욕, 이기심, 악심 등에 의해 가업이 몰
락하는 17세기 부세(浮世)의 '일상'의 연속으로 그려지고 있는 것이
다. 즉, 사이카쿠는 서문에서 이 작품이 권선징악적 효행담으로 읽
혀지기 바란다는 언설을 하고 있지만 이것은 효의 도덕적 가치를 인
정한다는 원론적 의미일 뿐, 작가의 관심은 실제 세속에서 빈발(頻発)
하고 있는 불효의 '일상'성에 관해 주목하고 이를 희화적으로 다루
는 데 있다는 점에서 『호색일대남』의 창작 세계의 또 다른 전개라고
말할 수 있다. 가업의 몰락이라는 '일상'적 불효의 현실은 17세기 상
인들의 경제활동의 여러 모습으로 이어지고, 작가의 창작 시점은 당
시 실제로 존재했던 상인들의 치부의 성공과 실패담으로 옮겨가면
서 일본 최초의 경제소설『일본영대장(日本永代蔵)』이 창작되게 된다.

4.5. 일본문학 최초의 경제소설 『일본영대장(日本永代蔵)』

『일본영대장(日本永代蔵)』[26]은 도시의 주요 시민층이었던 상인들의
경제생활의 여러 모습들을 그린 경제소설 가운데 첫 번째 작품으로

---

26 이하라 사이카쿠 지음, 정형 옮김(2009)『일본영대장』(동양편 125), 소명출판, 295-
298쪽.

서, 문학작품의 주제로서 다루기 쉽지 않은 금전 즉 인간의 물욕으로 이어지는 경제의 '일상'의 문제를 소설의 주제로 다루면서 완성도 높은 이른바 일본 최초의 경제소설을 만들어냈다는 점에서 사이카쿠의 우키요조시 중에서도 특히 높은 평가를 받는 작품이다.

앞에서도 언급한 바와 같이 근세 전기에 시작된 일본의 이른바 상업 자본주의적 토대는 17세기 중반에 비약적으로 확대되어 17세기 후반에는 고도성장의 정점에 달했다. 그리고 이 시기는 사이카쿠의 문학 활동의 거점이었던 오사카가 명실공히 근세 일본 최대의 상업 도시로 부상해 정치의 도시였던 에도와 더불어 부동의 지위를 확립했던 때이기도 했다[27]. 일본 경제사에서는 이들 신흥 상인들을 근세 초기의 이른바 기생적 특권 상인과 견주어, 스스로의 상혼(商魂)으로 부를 일구어내고 축적한 상인이라는 의미에서 '혼초닌(本町人)' 즉 자생적 신흥 상인으로 지칭하고 있다. 근세 일본 또한 같은 시기의 한반도 조선과 마찬가지로 주자학적인 신분 질서로서 사농공상을 내세우고 있었지만, 일본의 주요 도시를 중심으로 등장한 많은 상인들이 부를 축적함으로써 사회적 현실 세계에서 사(무사) 계층의 다음 위치로 자리 잡을 수 있게 된 요인 중의 하나로서 바로 이러한 신흥상인들의 금전 축적을 최고의 덕목으로 하는 경제적 활동이 있었음은 잘 알려져 있다[28]. 『일본영대장』의 창작 동기와 배경에는 이러한 신

---

27 이러한 오사카 도시권은 교토와 나라(奈良)를 포함한 간사이(関西) 권 전체 경제영역을 확장해가면서 도시민을 상대로 성공한 많은 신흥 상인들의 활동 무대가 되었다. 또한 그들은 정치도시 에도로까지 활동 범위를 확대해 가 근세 후기에는 근세 일본의 도시 경제의 중심도 오사카에서 에도로 이동하게 되면서 에도는 명실공히 일본의 수도로서 정치, 경제의 중심으로 변모했고 메이지 유신 이후의 근대기 수도 도쿄(東京)로 바뀌었다.

흥상인들의 경제활동의 '일상'이 자리 잡고 있는 것이다. 다시 말해 근세기 서구시민 사회의 이른바 부르조아지 계층에 유사한 상인들이 작품의 주인공으로 등장하게 된 것이다. 즉 상인들이 '일상'의 영위로서 행했던 상업활동의 최종목표는 '금전' 그 자체였고, 이 작품이 사이카쿠의 여러 다양한 주제의 소설 중에서 장기간에 걸쳐 가장 많이 판매된 롱 셀러가 된 것 또한 앞의 사실과 무관치 않을 것이다.

그런데 이 작품이 인기를 끌게 된 또 하나의 문학 내적 요인으로 앞에서 언급한 『호색일대남』이나 『본조이십불효』와 마찬가지로 작품에서 드러나는 경제활동의 '일상'이 전국적으로 전개되었다는 점을 지적할 수 있다. 즉 에도의 치부담에서 시작해 교토의 치부담으로 끝나는 전 30편의 단편소설 모음집에서는 오사카와 나라를 포함하는 간사이(関西) 지역에서부터 멀리는 후쿠이(福井), 오카야마(岡山), 시즈오카(静岡), 이바라키(茨城), 오이타(大分), 나가사키(長崎) 등 전국의 여러 지역 이야기들이 제재로 다루어 지고 있다. 또한 전국 각지의 경제적 '일상'으로서의 진기한 이야기들을 독자들에게 제공하면서도 단순히 지리적 흥미에만 의존하는 것이 아니라 중앙과 각 지방 간 멀리 떨어진 지역의 '일상적' 경제 상황을 서로 관련시켜 한편의 작품에 공간적인 내용의 폭을 부여하는 새로운 창작 방법이 시도되고 있으며 이 점이 독자들의 흥미를 불러일으키면서 작품의 완성도에 크게 기여하고 있다는 점이다.

한편 이 작품 권 1-1(첫 오일에 말 타고 오는 행운)의 도입부 언설은 작

---

28 그리고 이 점은 이윤축적을 목적으로 하는 상업활동을 명분적으로 천시했던 조선시대 지배층들의 상업관과는 크게 대비되는 대목이라 할 수 있을 것이다.

품 전체의 서문이라 할 수 있다. 인간은 '일상'과 '비일상'의 공간을 오가는 존재이기는 하지만 사농공상 및 승려와 신직 등 이 세상 모든 인간들에게 '일상'에서의 금전은 양친 다음으로 중요한 생명의 부모임을 언설하면서 특히 상인들에게는 '일상'의 경제활동의 합리적 영위만이 삶의 모든 것임을 강조하고 있다. 세속을 벗어난 내세와 같은 '비일상'의 세계에서 금은의 무용성(無用性)과 무상함을 인정하면서도 동시에 "가본 적도 없는 섬의 도깨비가 지니고 있다는 마술 삿갓이나 마술 도롱이 같은" '비일상'의 비합리적 발상을 배격하고 '일상'의 경제활동을 우선시하는 작가의 언설은 각 작품 안에서 구체적으로 확인할 수 있다.

이어지는 권 1-1의 작품 내용은 에도의 해운금융업자의 치부담이다. 이 이야기의 핵심은 에도에 본거지를 둔 주인공 해운금융업자 아미야가 오사카 지역에 있는 사찰 미즈마사(水間寺)까지 와서 관음 참배와 사업번창이라는 명분으로 빌려 간 사찰의 금전과 이를 둘러싼 고리대금의 실상에 관한 것이다. 사찰의 연 2배의 고리대금의 치부 방식을 비웃기라도 하는 듯 사찰에서 금전 1관을 빌려 13년 후 복리로 8192관을 반환하는데 이는 현재 일화로 1억 5천만엔이 넘는 금액이다. 이런 엄청난 금액을 돌려받은 사찰의 승려들이 모여서 기뻐하는 모습이 묘사되고 있는데, 주인공 아미야는 이 돈을 연 10할의 금리로 그친 것이 아니라[29] 에도 지역에서 근해 어업을 하는 어부들에

---

29 村田穆(1977)『日本永代蔵』, 新潮日本古典集成, 新潮社版 頭註 해설, 20-21쪽에서 주인공 아미야는 미즈마사에서 빌린 '미즈마사 관음님'의 돈에 자신의 돈을 추가했을 가능성도 있고, 신불의 신앙을 빙자해서 돈을 빌려준 것이므로 대출금의 회수율은 아주 높았을 것으로 추정하고 있다.

게 '미즈마사 관음님'의 돈이라는 명목으로 1년 이내의 기간에 10할의 고리 이자를 받아 큰 차익을 남겼을 가능성이 높고, 이는 신도들의 신심에 기댄 미즈마사의 고리 대금의 치부 방식을 재활용한 주인공 아미야의 전형적인 고리 금융의 모델이라고 할 수 있을 것이다. "신심은 안중에도 없"이 이 사찰을 찾아 관음님에게 치부를 기원하는 민중의 기복 신앙에 대해 본존 관음의 "지금 이 세간에 횡재라는 것은 없도다. 내게 부탁할 일이 아니다"라는 계시의 말씀을 희화적으로 묘사하는 작가의 창작 의도는 치부라는 '일상'의 영위와 '비일상'의 종교적 영역이 지니는 신심의 의미를 17세기 근세 일본의 경제 현실 안에서 인식하고자 하는 데 있었음을 알 수 있다. 즉 이 작품의 주인공은 실제로 존재했던 인물로 '일상'의 17세기 현실 안에서 신심을 빙자한 고리대금의 방식으로 금융자본을 만들어 경제적으로 크게 성공을 거둔 인물인 바, 실제로 활약했던 상인들의 성격이나 행동을 허구화하는 이른바 모델소설[30]의 독창성을 발휘하고 있는 것이다. 이외에도 현재 일본의 대표적인 백화점인 미쓰코시(三越) 백화점 그룹의 창시자 미쓰이 하치로에몬(三井八郎右衛門)의 근세기 최초의 백화점식 상법[31], 오사카의 가라가네케(唐金家), 교토의 후지야

---

30 이 작품은 1627년에 간행된 가나조시 『장자교(長者教)』의 치부담을 의식해서 창작된 것으로 볼 수 있다. 『장자교』는 17세기 이래 오랜 동안 상인들에게 읽혀진 작자 미상의 치부담으로, 실제로 부를 일구었던 것으로 알려진 전설적인 상인들을 간단히 소개하면서 상인들의 삶의 방식과 목표는 오로지 치부에 있음을 언설하는 교훈서이다. 사이카쿠는 이러한 『장자교』의 방식을 수용하면서 실제로 치부에 성공했던 상인들의 치부담이나 혹은 실패담을 단순한 교훈담의 영역을 넘어서서 허구라는 틀을 통해 모델소설의 형식으로 문예화했던 것이다.

31 주로 의류를 다루었는데, 사전 주문 형식이 아닌 사이즈 별로 다양한 완성제품을 미리 만들어 매장에 전시하고 저렴한 가격으로 판매해 인기를 끌었다. 모든 물품

이치베(藤屋市兵衛) 등, 17세기 중반기에 활약했던 신흥 상인의 군상이 실존 인물들의 에피소드와 중첩되면서 모델소설의 새로운 창작 기법이 생생하게 제시되고 있고, 당시 일본의 대표적인 무역항인 나가사키(長崎)[32]에서 이루어지는 다양한 물자의 수출입 상황과 박래품(舶来品)을 둘러싼 매점 매석의 실태 등이 활사(活写)되고 있고 쓰시마(対馬) 경유로 이루어진 조선으로의 담배 수출 이야기에서 등장하는 일본의 악덕 상인이 이야기 등도 그려지고 있다. 작가는 근검, 절약, 정직, 신용 등 상식적인 치부의 조건 외에 이른바 전기 상업자본주의의 경제 현실에서 등장하는 매점매석이나 백화점식 상법, 고리대금과 같은 금융 자본의 등장 등을 직시하며 17세기 경제 현실의 '일상'에서 상인에게 있어서 금전의 의미를 다양한 '부세'의 치부담 혹은 몰락담으로 그려내고 있는 바, 이 작품은 치부라는 '일상'의 영위에 '비일상'의 종교적 영역이 지니는 신심의 의미는 크게 퇴조하고 있는 우키요조시인 것이다.

거래를 오로지 현금거래로만 하는 현재의 백화점식 상법을 말한다. 당시의 대형 상거래는 대개 어음할인(어음깡)으로 이루어지는 것이 관례였다.

32 조선시대 후기 연암 박지원의 한문 단편소설 허생전에는 〈매점매석의 상업 수법에 주목한 주인공 허생이 무인도에 들어가 3년간 거두어들인 농산물을 일본 최대의 무역항 장기(長崎-나가사키) 에 내다 팔아 백만금을 벌었다〉는 이야기가 소개되고 있는 데, 연암도 나가사키 무역항의 여러 정보들을 알고 있었음을 주목하고자 한다.

5. 마치며

일본인 중에는 자신이 '무종교'라고 말하는 사람이 적지 않지만 정작 종교를 부정하거나 깊이 생각한 후에 스스로를 무신론자라고 말하는 사람은 거의 없다. 이러한 사실은 최근 여러 기관에서 행한 일본인의 종교심에 대한 조사[33]를 통해 잘 나타나고 있다. 그 핵심 내용을 보면 전체 응답자의 약 70%가 스스로를 무종교라고 답하고 있는데, 이렇게 대답한 사람의 75%가 "종교심은 중요하다"라고 답하고 있다는 점이다. 즉 일본인들 가운데 개인적으로는 무종교이지만 종교심은 중요하다고 생각하는 사람들이 전체적으로 전체의 과반수 이상을 차지하고 있는 셈이다.

이는 앞 아마의 지적대로 이들이 신의 존재 자체를 부정하는 서구식 무신론자가 아니라 '일상'에서 신이나 신앙의 존재를 의식하지 않거나 기피해 온 종교적 심성을 지니고 있음을 의미하는 것인데, 고대 이래 '비일상'과 '일상'의 세계를 이어왔던 자연종교적 심성의 발현 공간이 근세기를 경계로 해서 점차 종교적 심성의 심연으로 침잠하면서 일본인들은 여러 문화 영역에서 근세적 부세관(浮世觀)에 뿌리를 둔 '일상'의 세계를 우선시하는 무종교적 토양의 문화를 쌓아 왔다고 할 수 있다. 다시 말해 유사 이래 자연종교(신도)의 문화에서 출발해 불교라는 교단종교(보편종교)를 수용하면서 중세기에는 세속의 '부정'과 '초월'이라는 본원적 신심에 뿌리를 두는 우세관(憂世觀)

---

33 최근 20여년 동안 여러 형태의 조사가 있었고 가장 최근에 행해진 조사로는 「日本人の宗教的意識や行動はどう変わったか」放送文化研究所, 2018年 등이 있다.

이 근세기에 이르러 현세주의적 부세관으로 변해갔음을 의미한다. 이러한 점에서 앞에서 다루었던 우세와 부세, '일상'과 '비일상', '하레'와 '케'의 개념도 같은 맥락으로 이어지는 키워드라고 할 수 있을 것이다. 한편 고니시의 문학사 시대구분의 주요 좌표인 '아'와 '속'의 표현 이념 또한 그 저변에는 일본인의 종교적 심성의 변화가 자리 잡고 있음을 알 수 있다.

그리고 근세기의 문학은 '아'와 '속'의 영역 안에서 사이카쿠의 하이카이와 소설이 등장하면서 '속'의 표현적 측면이 두드러지는 새로운 문학사적 흐름이 시작된 것으로 볼 수 있다.

앞에서 살펴본 바와 같이 당대의 '일상'과 '부세'의 현실을 무종교적 심성에 입각해 사실적이고 희화적으로 묘사하고자 하는 사이카쿠 소설은 그 이전의 공리주의적, 권선징악적 문학관으로부터 벗어나 출판사(書肆)와 독자를 의식하며 주로 세속적 '일상'의 소재들을 다루는 소설 창작을 시도함으로써 일본 근세 문학사에서 최초로 문예 대중화[34]의 길을 열었다고 볼 수 있다. 또한 오락주의적, 통속주의적 문학관으로 이어지는 문학사적 변화의 계기를 만들어감으로써 근세 중기 이후 근세 소설사의 주류를 이룬 이른바 게사쿠(戱作)[35] 문예에도 크게 영향을 주었음은 주목할만 하다.

---

34 사이카쿠는 선행 가나조시 등에서는 찾아볼 수 없는 기발하고 참신한 창작방법을 통해 일본의 대도시들을 중심으로 새롭게 형성된 많은 독자층(신흥 시민층)들을 확보했던 최초의 작가라고 평가할 수 있다.

35 게사쿠란 근세 중기 이후 근대에 이르기까지 주로 에도를 중심으로 크게 유행한 속문학이다. 특히 소설류 전반에 걸쳐 読本, 談義本, 洒落本, 滑稽本, 黄表紙, 合巻, 人情本 등의 다양한 성격의 게사쿠 소설이 만들어졌다.

일본 근세의 일상문화

제2장

근세 일본 지식인의 요괴 인식

김 경 희

1. 머리말

일본에는 고대로부터 현실 세계와 비현실, 또는 초현실 세계에 대한 인식이 존재했다. 거대한 자연현상 속에서 인간이 얼마나 취약한 존재인지를 경험하면서 자연에 대한 공포와 경외가 생겨났고, 인간의 인식으로 이해할 수 없는 것들, 예컨대 '이계(異界)', '이류(異類)'에 대한 탐구는 고전문학 작품의 주제가 되었다. 인간들은 현실 세계에서 일어나는 불가사의한 현상들에서 '괴이(怪異)'한 것을 인식하게 되고, 그것은 다양한 문화적 현상과 문학 작품의 형상화로 이어졌다. 특히 에도 시대(江戶時代)에는 불가사의하고도 이질적인 존재에 대한 인식이 대중에게 향유되면서 형성된 문화가 발달했다. 에마키(繪卷), 우키요에(浮世繪) 등의 시각적인 형태로 등장하는 요괴 문화와 이야

49

기, 소설 등으로 만들어진 괴담류의 괴이 문화가 존재했다. 괴이한 이야기, 괴이한 존재, 요괴 등은 인간에게 어떠한 의미를 주었던 것일까.[1] 가가와 마사노부(香川雅信)[2]가 지적한 바와 같이 근세인들이 괴이한 것들을 보며 공포감을 느낌과 동시에 웃음을 자아내는 대상으로서 즐기는 행위는 에도 시대 민중들에게 일종의 오락이었다는 측면이 엿보인다. 이 세상에는 인간 이외에도 수 많은 비인간적 존재(non-human being)들이 공존한다고 여겼다.

그런데 이질적인 존재들이 왕성하게 문화 상품으로 만들어진 에도 시대의 지식인들 가운데 그것에 대한 인식이 동일한 것은 아니었다. 귀신이란 존재의 유무를 둘러싸고 유학자와 국학자들 사이에서 상반되는 사상들이 전개되어 온 것에서 알 수 있듯이, 대중적으로 유행했던 요괴 문화에 대해 당시의 지식인들이 가진 인식과 태도는 좀더 복잡한 양상을 띤다. 사후(死後) 세계를 믿지 않고, 괴력난신(怪力乱神)을 말하지 않는다는 공자(孔子)의 사상을 보더라도 합리적인 현세를 표방했던 유학자들이 사후의 귀신(鬼神)을 논하게 되는 배경에는

---

1 고마쓰 가즈히코는 요괴에 대해 다음과 같이 정의하고 있다. '불가사의한', '신비로운', '기묘한', '어쩐지 기분 나쁜' 등의 형용사가 붙을 수 있는 현상이나 존재를 뜻하지만, 포괄적인 개념으로 볼 때는 어떠한 사건이나 현상에서 '초자연적인 존재'의 개입으로 생긴 것들까지 간주한다(고마쓰 가즈히코, 천혜숙 외 옮김(2021) 『요괴학의 기초지식』, 민속원, 23쪽). 현대사회에서 인식되는 요괴의 정의는 어느 정도 구분되는 면이 있지만, 에도 시대(江戸時代)에는 여우나 너구리, 늑대, 뱀 등 설화에 등장하는 동물을 비롯하여 괴이하거나 불가사의한 것에 대해 요괴로 지칭하는 경우가 많아 뚜렷하게 구분되지 않는 측면이 보인다. 여기서 다루는 '요괴'의 의미는 인간과 친숙한 동물들과 괴이하고 비현실 세계의 것들, 초월적인 존재, 귀신 등을 포함하는 포괄적인 개념으로 사용한다.

2 가가와 노부마사는 에도 시대에 오락의 소재가 된 요괴가 그 민속적 세계로부터 이탈하여 박물관적 사고와 대중의 기호에 의해 '캐릭터화' 되어 갔다고 지적했다 (香川雅信(2013) 『江戸の妖怪革命』, 角川ソフィア文庫, 167쪽).

시대의 다양한 사상적 흐름이 있었다. 괴담의 융성이란 측면에서 이질적인 것에 대한 향유가 에도 문화의 다양성을 만들어냈지만, 괴이한 것이 그 사회의 지식인 그룹 가운데 어떻게 수용되었는가 하는 물음에 대해서는 좀 더 주의 깊게 살펴볼 필요가 있다.

이와 관련한 종래의 연구에서는 요괴문화의 융성으로 평가되는 근세의 문화적 특징과 다양성에 주목한 연구들이 많았다. 고마쓰 가즈히코(小松和彦)를 중심으로 한 요괴 연구를 비롯하여, 유학자들의 귀신 논쟁을 둘러싼 근세의 사상적 논쟁에 집중하여 살펴본 논고들이 있다. 그러한 연구 가운데 근세 유학자들의 요괴 담론이 의미하는 바를 살펴본 곤도 미즈키(近藤瑞木)의 논고[3]가 주목된다. 일본 근세기에 나타난 괴담 가운데 유학자들의 요괴 퇴치가 삽입된 작품들을 살펴보면서 합리적 사상으로 평가되는 근세의 유가(儒家) 사상이 괴이를 반드시 비합리적인 것으로 부정했던 것은 아니며, 오히려 그 존재를 합리적으로 설명함으로써 그것들이 가진 신비적 요소와 초월성을 부정하려 했다는 지적이다. 유가 사상이 반영된 요괴 퇴치 이야기를 괴담에 등장시켜 괴이나 요괴들에 의한 초현실적 힘에 굴레를 씌우고자 했다는 점이 주목된다. 곤도의 지적은 에도 시대 괴담 가운데 유가 사상의 보수성을 내포하거나 괴담이 가진 문학적 위험성[4]을 길들이려는 의도가 있음을 보여준다. 괴이를 비롯한 요괴의 등장이 당대 요괴 문화의 유행 현상만을 의미하는 것이 아니다. 다양한 작품

---

3 近藤瑞木(2006)「儒者の妖怪退治―近世怪異譚と儒家思想―」,『日本文学』55(4), 19-28쪽.

4 괴담은 원래 봉건제도 하에서 피해자가 될 수밖에 없었던 민중들의 지배 권력에 저항하는 문학이라는 측면이 있음을 의미한다.

속에서 괴이를 통해 이질적인 존재가 수용되는 양상을 좀 더 적극적으로 살펴볼 필요가 있음을 시사한다. 괴이가 묘사되고 요괴가 향유되는 사회 현상에 일종의 문화적 놀이와 같은 오락적인 측면이 있었다면, 당시 지식인들에게는 그것이 어떻게 인식되고 수용되었는지에 대해 주목해보고자 한다.

이 글에서는 에도 시대 오사카 조닌(町人) 자제들의 학교였던 회덕당(懷德堂)에서 소년 시절을 보내고[5], 가모노 마부치(賀茂真淵)의 제자인 가토 우마키(加藤宇万伎)에게 입문(入門)하여 마부치의 국학(国学) 연구에 매진하는 한편, 『우게쓰 모노가타리(雨月物語)』(1776) 등의 괴담 작품을 발표한 우에다 아키나리(上田秋成, 1734~1809)를 중심으로 지식인들의 괴이 수용에 대해 살펴보고자 한다. 그가 만년에 썼던 수필 작품인 『단다이쇼신로쿠(胆大小心録)』(1808)에 등장하는 유학자와의 요괴 논쟁을 단서로 아키나리와 유학자와의 요괴 인식에는 어떠한 차이가 있었는지를 살펴본다. 그러한 아키나리의 요괴 인식은 '태양신(日の神)' 논쟁으로 잘 알려진 모토오리 노리나가(本居宣長, 1730~ 1801)와의 논쟁에서 드러나는 신화 세계에 대한 인식과 어떻게 연결되는지를 설명해본다. 유학자의 괴담과 달리 요괴를 긍정한 아키나리의 괴담 작품에 등장하는 괴이의 의미에 대해 새롭게 주목해보고자 한다. 이를 통해 근세 시대의 이질적인 것의 수용과 그 재현의 의미가

---

5 아키나리의 청년 시절에 관한 자료는 다카다 마모루(高田衛)의 연보 연구에 의한 부분이 많다. 오사카 아마가사키초(尼ヶ崎町)에 있던 회덕당의 학주(学主)이자 중심인물인 나카이 지구잔(中井竹山)과 리켄(履軒) 형제와 친밀한 교유관계를 지녔던 점, 회덕당에서 교수를 했던 고이 란슈(五井蘭洲)를 선생이라고 부른 점 등으로부터 당시 아키나리가 오사카 조닌 자제들에게 교육을 실시했던 회덕당 학사에 다녔다는 것이 정설이다(高田衛(2013)『完本上田秋成年譜考説』, ぺりかん, 12 · 50쪽).

무엇인지에 대한 단초를 제시해본다.

2. '요괴는 없다'를 둘러싼 요괴 논쟁

『우게쓰 모노가타리』『하루사메 모노가타리(春雨物語)』[6] 등의 괴담을 집필한 아키나리가 실제로 괴이한 것을 어떻게 이해하고 있었는지 그의 인식에 대해 살펴보자. 그가 만년에 쓴 수필작품인『단다이쇼신로쿠(胆大小心録)』(1808)에는 자전(自伝)적 이야기와 인물평, 국학(国学), 와카(和歌) 등에 대한 논평 등이 수록되어 있다. 거기 13조를 보면 요괴 존재의 유무를 논하는 흥미로운 내용이 등장한다.[7]

> 유학자라 하는 이도 완고하여 '요괴 따위는 없다'라며 내가 유령 이야기를 쓴 것에 대해 한참이 지난 후에 나를 모욕하여 말하기를 '여우에 홀렸다는 것도 간질 병자가 미쳐서 "나는 어디 여우다"라고 말하는 게지. 사람을 홀리는 게 있을 리가 없다.'라고 했다. 하지만 이는 그가 유학의 가르침에 지나치게 집착하여 잘못 생각하는 것이다. 여우도 너구리도 사람에게 빙의하는 일은 흔히 보는 광경이다. 또한, 여우든 뭐든 사람보다 뛰어난 것은 이들의 천성이다. 그리고 선악사정(善悪邪正)이 없는 것이 그들의 성질이다. 자신에게 좋은 것은 지켜주고, 자신을

---

6 『하루사메 모노가타리』(1808~1809)는 아키나리 만년에 집필된 요미혼(読本)으로, 그가 76세의 나이로 죽음을 맞이하기 직전까지 여러 차례의 퇴고를 거듭하였다. 사후에 간행이 이루어졌다.
7 13조와 관련한 이야기는 뒤의 26조, 29조, 30조, 31조, 34조에도 언급되고 있다.

해하려는 것에는 재앙을 내린다. 늑대조차도 그러한 은혜를 갚는다는 사실은『니혼쇼키』의 긴메이 천황(欽明天皇) 권 앞부분에 기록되어 있다. 신(神)이라는 것도 같은 성질이다. 잘 믿는 자에게는 복을 주고 제사를 게을리하면 벌을 받는 것을 잘 생각해보라. 그러나 부처와 성인은 그렇지 않다. 원래 사람이었기에 인정이 있어서 악인이라도 죄를 묻지 않는다. 이 일은『가미요가타리(神代がたり)』에서 충분히 얘기했으니 따로 얘기할 것이 없다.[8]

유학자가 유령 이야기를 한 아키나리에게 '요괴가 어디 있냐'면서 '여우에 홀렸다느니 하는 것은 미쳐서 하는 이야기'라며 크게 모욕감을 줬다는 내용이다. 이 이야기는 뒤의 26조에도 언급이 되는데 리켄(履軒)이 유령 이야기를 한 아키나리를 향해 '무지한 녀석이다(文盲なわろじゃ)'라고 비난하고 있다. 이 점에서 13조에서 언급되는 유학자는 회덕당의 나카이 리켄(中井履軒, 1732~1817)을 가리키는데, 요괴에 대한 리켄과 아키나리의 인식에는 상당한 차이를 보인다. 유학자 리켄의 생각에 요괴란 존재하지 않으며, 괴이한 이야기는 세상 물정에 어둡고 사리 분별이 안되는 무지한 사람들이나 하는 이야기이다.

그렇다면 나카이 리켄의 괴이에 대한 부정적인 인식은 어디에서 기인한 것일까. 리켄이 회덕당의 중심적인 인물이었던 만큼 그를 비롯한 회덕당의 오사카 지식인 그룹에서 괴이에 대해 어떻게 인식했는지를 살펴보자. 리켄은 회덕당의 4대 학주(学主)이자 학문적 리더

---

8 中村幸彦注(1959)『上田秋成集』日本古典文学体系56, 岩波書店, 258쪽.

였던 나카이 지쿠잔(中井竹山, 1730~1804)[9]의 동생으로 지쿠잔과 함께 회덕당의 교육에 참여하는 한편, 고전연구에 몰두했던 인물이다. 회덕당 출신의 유학자 야마가타 반토(山片蟠桃)가 쓴 『꿈 대신에(夢ノ代)』(1802)[10]를 보면, 당시 회덕당이 귀신의 존재를 부정하는 무귀론(無鬼論)을 주장하고 있음을 알 수 있다. 반토는 회덕당의 뛰어난 인재로 지쿠산과 리켄에게 주자학을 배운 인물로서, 『꿈 대신에』「무귀(無鬼)」편(下)을 보면 귀신을 부정하는 리켄 선생의 내용이 등장한다.

> 원래 사람과 금수, 물고기와 벌레, 초목이라 하더라도 조금씩 제각기 차이가 있지만, 천지음양의 화합으로 태어나 죽고 자라고 시드는 것은 모두 같은 이치로 천지자연의 섭리다. 산과 강, 물과 불도 모두 음양 외의 것이 아니다. 별도로 신은 없다.[11]

9 나카이 지쿠잔은 나카이 슈안(中井甃庵, 1693~1758)의 장남으로, 부친인 슈안은 당시 교유하던 문인들과 함께 오사카의 학교 건립을 논의하여 회덕당 건립을 주도한 인물이다. 미야케 세키안(三宅石庵)이 강사로 초빙되어 초대 학주가 되었다. 이후, 슈안이 2대 학주가 되고, 3대 학주였던 미야케 슌로(三宅春楼)에 이어 1782년 12월에 지쿠잔이 4대 학주로 취임하였다. 당시 회덕당은 막부의 관허를 받은 공적 교육기관이었지만, 에도(江戸)에 있는 창평판 학문소(昌平坂学問所)와 같은 관학의 지위를 가진 것은 아니었다. 지쿠잔은 학주로 취임한 이후, 회덕당의 공적 영역을 강화하고자 회덕당의 관학화를 추진하여 오사카의 공적인 학교로 발전시켜간다(이기원(2013)「회덕당 지식인들의 세계상－유교 교유과 제례 실천을 중심으로－」, 『인문논총』32, 경남대학교 인문과학연구소, 285-286쪽).

10 반토가 처음 붙인 제목은 『재아의 속죄(宰我の償)』였는데, 회덕당의 스승인 리켄의 지시로 『꿈 대신에(夢の代)』로 바꿨다고 한다. 반토 자신의 초고에 지쿠산과 리켄의 의견을 참고하여, 천문(天文), 지리(地理), 신대(神代), 역대(歴代), 제도(制度), 경제(経済), 경론(経論), 잡서(雑書), 이단(異端), 무귀(無鬼) 상·하, 잡론(雑論)의 총 12권 구성으로 완성하였다. 고이 란슈, 나카이 지쿠산, 리켄 등 회덕당 학문의 영향을 살펴볼 수 있는 실학 계몽서라 할 수 있다.

11 水田紀久·有坂隆道 校注(1973)『富永仲基 山片蟠桃』日本思想大系43, 岩波書店, 558쪽.

인간을 비롯한 천지만물의 생사영고(生死榮枯)에 해당하는 모든 활동을 음양의 이치로 설명하면서 귀신이 없다는 입장을 취하고 있다. 그런데, 이렇게 귀신의 존재를 부정하게 되면, 사람들이 누구에게 제사를 지내는 것인가 하는 제사의 대상이 문제가 된다. 반토가 그 제사 문제를 언급하고 있는 부분을 살펴보자.

> 리켄 선생이 말하는 살아있을 때 하는 애(愛)와 경(敬)은 효의 근본이
> 요, 사후의 제사는 효의 마지막이라는 뜻을 마음에 잘 새겨야 한다. 귀
> 신의 유무는 말하지 않는다.[12]

여기서 보면 귀신의 유무를 논하는 논쟁과 상관없이 제사를 인정하고 있음을 알 수 있다. 제사를 죽은 조상 귀신에게 지내는 의례로 보는 것이 아니라, 제사 자체를 효를 실천하는 윤리강령으로서 설명한다. 그러면서 문제가 되는 귀신의 존재 유무는 중요한 것이 아니니 논할 필요가 없다는 것이다.[13] 반토의 무귀론은 스승인 리켄에게서 전수받은 것으로, 회덕당 유학자들의 입장이라고 할 수 있다. 괴이란 실제로 존재하는 것이 아니며, 유령 이야기를 진짜처럼 이야기하는 것은 사물의 이치에 어둡고 분별할 지혜가 없는 자들이나 하는 얘기라는 인식이 여기에 기인한다.

리켄을 비롯한 회덕당의 요괴, 귀신 등을 부정하는 입장에 대해, 아키나리는 괴이와 유령 등의 이계를 강하게 인식하고 있었다. 인용문

---

12 水田紀久 · 有坂隆道 校注(1973), 앞의 책, 580쪽.
13 고야스 노부쿠니, 이승연 옮김(2006)『귀신론』, 역사비평사, 109쪽.

에 나타난 아키나리의 생각을 살펴보면, 위의 13조에는 여우와 너구리, 신과 부처, 성인 등에 대한 아키나리의 인식이 나타나는데, 대체로 여우, 너구리 등의 성질과 신의 성질을 같은 부류로, 부처와 성인을 같은 부류로 이해하고 있다. 인간보다 뛰어난 존재인 요괴는 선악사정으로서 인간을 판단하지 않는다. 자신에게 좋게 하면 잘 지켜주고, 해하면 나쁘게 대한다. 그러한 여우나 너구리와 같은 요괴의 성질이 신의 본성과도 같다. 그러므로 신은 인간보다 뛰어난 존재로서 선악사정을 논하지 않고, 신의 행위에 인정은 개입되지 않는다. 또한, 서민들의 일상생활에서 여우나 너구리 등이 사람을 홀리는 일은 흔히 볼 수 있는 일이었다. 이로써, 아키나리는 항간에서 듣는 유령 이야기나 여우 빙의에 관해 관심이 있고, 여우나 너구리 등의 이류의 것들과 신의 성질을 동일한 것으로 인식하면서 부처나 성인과는 다른 것으로 파악하고 있음을 알 수 있다.

여기서 신과 부처와 성인에 대한 아키나리의 인식을 뒤에 나오는 30조를 통해 좀 더 살펴보자.

불가에서 '신과 부처는 동일하다(神仏同体)'고 한다. 내가 생각하기에 부처는 성인과 같아서, 선한 뿌리를 심어 큰 나무를 이루면 결국 그 덕이 세상에 미치게 되는 것이다. 덧없는 속세의 중생을 승복의 먹빛 소매로 구제해주겠다는 법사는 소승불교에나 있는 것이다. 신은 신인 것이지, (부처나 성인과 같이) 사람이 수행을 통해 신이 되는 것이 아니다. 역경(易経)에 이르기를 음양으로 측량할 수 없는 것을 '신'이라 한다. 사람의 지혜로 신이란 존재를 추측할 수 없다는 것은 자명하다. 그

러므로 인간의 선악사정에 따라 논하는 것은 의미가 없다. 자신을 잘
섬기는 자는 사랑해주고, 자신을 우습게 알면 벌을 내린다. 여우나 너
구리와 마찬가지다.[14]

아키나리는 일본 고유의 신과 불교의 부처가 동일하다는 불도의
본지수적설(本地垂迹說)을 부정한다. 신은 부처와 성인과는 다른 존재
이며, 신의 성질은 요괴와 같은 성질이다. 그렇기에 부처와 성인은
요괴와 다르며, 원래가 사람이었기에 인정이 있어서 죄가 있더라도
묻지 않는 경우가 있다는 것이다.

이러한 인식과 상반된 입장을 가진 유학자 리켄이 유령 이야기를
하는 자신을 폄훼하자 아키나리는 다음과 같이 반응한다. 유학자가
요괴 따위는 없다는 것은 유가의 가르침에 지나치게 집착하기 때문
에 잘못된 생각을 하는 것이다. 34조를 보면, '여우가 사람을 홀리는
일 따위는 없다고 하는 선생은 어디선가 여우에 홀렸어도 세상은 모
르고 자기만 안다는 생각에 불안해하진 않겠지'[15]라며, 도리어 유학
자가 자기 생각에 빠져 세상의 이치를 알지 못한다고 비난한다. 리켄
을 향한 아키나리의 평가는 26조와 29조에도 유사하게 등장하는데,
26조에서는 '학교 밖을 나가면 세상 물정에 어두운 학교 품 안의 아
이'[16]라고 하였다. 여기서 말하는 학교는 회덕당을 가리키는 것으로,
품 안이라는 표현은 회덕당의 '회(懷)'자에 빗댄 것으로, 리켄이 회덕

---

14 中村幸彦注(1959), 앞의 책, 272쪽.
15 中村幸彦注(1959), 앞의 책, 276쪽.
16 中村幸彦注(1959), 앞의 책, 268쪽.

당 안의 지식에만 몰두하여 세상의 이치를 모르는 철없는 아이라는 의미이다. 이어 29조에서는 '학교 품 안의 아저씨는 전혀 문밖에도 나가지 않으면서 여우가 사람을 홀리는 일은 없다고 한다. 웃을 일이다.'[17]고 하면서, 26조에서 이야기한 '학교 품 안의 아이'를 이번에는 중년의 아저씨로 바꾸어 '학교 품 안의 아저씨'라고 희화화하고 있다. 아키나리가 서민들이 일상에서 자주 경험하는 괴이한 현상들에 대해 긍정적인 인식이 있었던 것에 비해, 리켄과 같은 유학자들은 그러한 것을 인정하지 않는 면을 엿볼 수 있다.[18]

아키나리는 요괴의 존재를 부정하는 리켄을 향해 자기 경험에 근거하여 반론을 이어간다. 29조를 보면, 자기 친구인 유학자 호소아이 한사이(細合半斎, 1726~1803)가 니시혼간지(西本願寺)에 참배하러 갔을 때 반나절이면 도착할 곳을 하루 종일 길을 헤매다 결국 집으로 돌아갔다는 얘기가 등장한다. 아키나리는 그 일에 대해 그가 여우나 너구리 등에 홀려서 길을 잃었다고 한다. 이번에는 자기 경험을 이야기하는데, 긴카쿠지마에(銀閣寺前)에 있는 조도인(浄土院)에 가려다가 생각지 않게 길을 잃어 헤맸고, 다른 날 기타노텐만구(北野天満宮)에 참배하러 갔을 때도 평소 잘 다니는 길이었음에도 반나절을 헤맸다는 것이다. 그 이유에 대해 '이것 또한 여우에게 홀려서 길을 잃은 것인가.

---

17 中村幸彦注(1959), 앞의 책, 268쪽.

18 아키나리는 리켄, 지쿠잔과의 의견 대립으로 때로는 상대를 비난하기도 했다. 회덕당에 대한 반감도 어느 정도 있었던 것 같지만, 그렇다고 해서 리켄, 지쿠잔 형제와 적대적 관계였다고 하기보다는 허물없이 학문적 교류를 나누는 교우관계에서 있었던 일로 보는 것이 적절하다(高田衛(2013), 앞의 책, 19쪽). 한 쌍의 메추라기(鶉)를 그린 그림에 리켄의 한시와 아키나리의 와카를 함께 남긴 화찬(画賛)을 보더라도 그들의 교유관계를 짐작할 수 있다(懐徳堂記念会 참조).

한사이도 나도 정신이 이상해진 것이 아니라 하루 종일 자신도 모르게 얼이 빠져버린 일이다. 이 또한 여우의 술수가 사람보다 뛰어나다는 것이다.'[19]라며 지인과 자신의 기이한 체험을 여우 등의 요괴와 관련지어 인식하고 있다.

이때의 일은 아키나리의 기행문 『기타노 신사 참배기(北野加茂に詣づる記)』(1801)에 불가사의한 경험으로 자세하게 서술되어 있다. 아키나리의 연보[20]에 따르면, 이 일은 그가 68세가 되던 1801년 12월 1일에 일어났다. 그리고 12월 24일, 29일에도 비슷한 일이 있었다. 68세가 되는 이 해는 아키나리에게 매우 의미 있는 해였다. 자신이 다섯살 무렵 천연두에 걸려 목숨이 위태로웠을 때, 양부모가 가시마신사(加島神社, 현재 오사카의 香具波志神社)에 가서 기원을 드린 덕에 목숨을 건진 경험이 있다. 비록 그 일로 양손에 후유증이 남아 자신의 모습을 자조하는 태도를 갖게 됐지만, 평생을 신의 은덕으로 사는 삶이라 생각했다. 그때 가시마신사에서 68세까지 살 것이라는 신탁이 있었는데, 1801년이 바로 68세가 되는 해인 것이다. 아키나리는 9월에 『겐신와카초(献神和歌帖)』를 엮어서 가시마신사에 봉납했다. 자신이 68세까지 살 수 있었던 것에 대해 감사하는 마음을 담아 와카 68수를 지어 올렸다. 이러한 일들은 아키나리가 괴이하고 초월적인 것을 수용하고 믿게 된 데에 중요한 배경이 되었다고 할 수 있다.

그렇다면 이러한 아키나리의 괴이 수용이 모토오리 노리나가와의 사이에서 벌어진 태양신 논쟁에서 합리적 사고를 보여준 것과 어

---

19 中村幸彦注(1959), 앞의 책, 271~272쪽.
20 高田衛(2013), 앞의 책, 401~402쪽.

떻게 연결되는지에 대하여 다음 장에서 살펴보자.

3. 아키나리와 노리나가의 신화 인식

에도 시대 국학자 지식인들에게는 일본 고대의 신화를 인식하는 방법과 태도가 문제가 되었다. 이전 논고[21]에서 살펴본 바와 같이, 모토오리 노리나가와의 사이에서 일어난 '태양신' 논쟁의 핵심에는 황국 중심의 신화관이 바탕이 된 노리나가의 신도적 사고와 경험에 입각한 아키나리의 상대주의적 사고에 극명한 차이가 있었다. 그러한 점이 요괴 신을 믿는 신앙을 가진 아키나리의 사상과 어떻게 연결지어 설명할 수 있는지를 생각해보자.

노리나가는 잘 알려진 바와 같이, 일본 외부로부터 전래된 유교와 불교를 배격하고 일본 고대의 순수 정신으로 돌아가자는 복고주의(復古主義)를 주창했다. 일본의 고대 정신을 규명하고자 고전 연구를 하면서 1771년에는 복고사상의 총론이라 할 수 있는 『나오비노미타마(直毘靈)』를 출판하고, 1798년에는 35여 년에 걸친 『고지키(古事記)』의 주석 작업을 통해 『고지키덴(古事記伝)』을 완성하였다. 이러한 그의 국학자로서의 업적은 문헌학적 실증방법을 통한 자신의 사상적 세계를 증명한 것이었다. 그럼에도 그의 사상에는 절대주의적 사유

---

21 졸고((2016) 「국학자 지식인의 사상적 논쟁-『가가이카(呵刈葭)』를 중심으로-」, 『일본학연구』 47, 단국대학교 일본연구소, 265-288쪽)에서는 아키나리와 노리나가가 벌인 '태양신' 논쟁에 대하여 태양신과 고대 신화에 대한 인식, 불가지론의 세 가지로 쟁점으로 나누어 살펴보았다.

방식이 존재했고, 그 점이 아키나리와는 커다란 차이를 보인 것이다.

아키나리와 노리나가는 무귀론에 반대하고 귀신과 신의 존재를 인정하는 데는 같은 입장이었지만, 고대 신화에 대한 해석에는 차이를 보인다. 먼저, 『고지키덴』에 등장하는 '가미'(迦微)의 개념을 통해 노리나가의 신에 대한 인식을 살펴보자.

> 무릇 '가미(迦微)'란 옛 서적에 보이는 천지의 온갖 신들을 비롯하여, 그 신들을 모시는 신사에 진좌한 영혼을 말하기도 한다. 또한 사람은 말할 것도 없고, 금수와 초목, 산과 바다 등, 그 밖에 어떤 것이든 범상치 않고 뛰어난 덕을 지닌 불가사의한 것을 '가미'라 한다. (중략) 좋은 것도 나쁜 것도 매우 존귀하고 뛰어난 신들에 관해서는 실로 영묘하고 기이한 까닭에, 인간의 얕은 지혜로는 도저히 그 이치를 헤아려 알 수가 없다. 그저 그 존귀함을 받들고 불가사의함을 두려워할 따름이다.[22]

노리나가가 이야기하는 '가미'는 일본 고전에 나오는 천지의 제신들을 포함해 인간, 금수, 초목, 산과 바다 등 모든 것에 신이 존재한다는 범신론적 개념이다. 그것은 인간의 지혜로는 헤아려 알 수 있는 것이 아니기에, 그 존귀함을 받들고 불가사의함을 두려워해야 한다는 주장이다.

노리나가의 일본 고대 신화에 대한 불가지적(不可知的) 입장도 기본적으로 아키나리와 동일하다. 인간의 사유 체계로 고대 신화에 대

---

22 大野晉·大久保正 編(1968) 『本居宣長全集』第9卷, 筑摩書房, 125-126쪽.

한 것을 다 인식할 수 없으며, 그것을 무리하게 해석해서는 안 되는 것이다. 이를 무리하게 해석한다면 그것이야말로 '가라고코로(漢意)'이다. '가라고코로'란 노리나가가 제창한 개념으로 중국적인 것에 심취하여 중국적인 사고방식에 빠진 것을 비난하여 이른 것이다. 고대 신화에 대한 노리나가의 인식은 그가 저술한 『가가이카(呵刈葭)』에서 좀 더 극명하게 드러난다. 고대 신화에 나오는 천조대신(天照大神)과 실제의 태양을 동일시하면서, 사해만국을 비추는 태양신이 태어난 일본이야말로 모든 나라 위에 뛰어나며 세계의 중심이 되는 나라라는 주장이다. 그의 황국 중심의 사상은 고대 일본 신화에 근거를 두고 있는 것이다.

이번에는 아키나리가 생각한 신의 개념에 대해 그가 『니혼쇼키』신대권(神代卷)에 주석을 달아 설명한 『가미요가타리』(1809성립)를 통해 살펴보자.

> 역경에 이르기를 음양으로 측량할 수 없는 것을 '신'이라 한다. 나타났다가는 사라지고 눈으로 알 수 없는 것을 신이라고 한다.[23]

역경의 인용은 만물의 조화를 설명하는 음양의 이치로도 추측할 수 없는 신비한 존재가 신이라는 것이다. 아키나리는 신에 대해 불가지론적인 입장에서 음양의 이치로도 신을 파악할 수 없음을 인정하면서, 가시적이고 하고, 불가시적이기도 한 것이 바로 신이라고 이야

---

23 「易に陰陽不測を神と云。或はあらはれ、或はかくれ、見とゞむべからぬを神とは申也」(中村幸彦 他編(1990)『神代かたり』上田秋成全集 第1巻(国学篇), 143쪽).

기한다. 신을 실체로 파악하지만, '현유(顕幽)'를 구분하지 않음으로
써 인간의 이성으로는 파악할 수 없는 신출귀몰의 존재 방식으로 이
해하고 있다. 즉,『단다이쇼신로쿠』30조에서 언급했듯이, 신은 신인
것이지, 사람이 수행을 통해 신이 되는 것이 아니듯이, 신은 부처나
성인과 같은 인격신이 아닌 너구리나 여우와 같은 선악의 판단력이
없는 존재이다. 고대 신화에 등장하는 인격신은 고대인들이 이상화
한 모습인 것이다.[24]

아키나리는 신화를 인정하고 신에 대한 불가지적 입장을 같이하
면서도, 노리나가가 근거를 두고 있는 신화의 해석에는 의문을 던진
다. 그 나라마다 저마다의 신화 전설을 가지고 있는데, 일본 중심적
해석을 주장하는 것은 납득할 수 없기 때문이다.

이에 대해 노리나가는 그 나라마다 저마다의 신화와 전설이 있을
지라도 그러한 것들은 옳은 것이 아니며 위조된 것이라고 부정한다.
일본의 신화 전설만이 옳은 정전이므로 이를 받아들이지 못하는 것
은 믿지 못하기 때문이며, 마음이 중국의 학문에 물들어 버린 탓으로
그러한 '가라고코로'를 배격해야 한다는 주장이다.

아키나리에게 신화나 전설은 이치와 도리로써 설명할 수 있는 것
이 아니기에 신뢰할 수 있는 것이 아니다. 그런데도 일본만이 옳다고
주장하는 것을 '야마토다마시(日本魂)'라고 한다면 그것이야말로 배

---

24 노리나가가 생각한 신의 존재는 신체로서의 현어신(現御神)이 있고, 그 신체로부
터 분리된 어령(御靈)이 신사에 모셔지거나 부유한다는 실재론적인 개념이었다.
이러한 노리나가와 아키나리의 신의 개념에 차이가 있음을 알 수 있다. 東(宮沢)より
子(1993)「上田秋なりの『神代かたり』」,『下関女子短期大学』10-11, 下関女子短期大学
紀要, 29-33쪽.

제해야 할 정신이라고 반박한다. 이러한 아키나리의 입장에 대해 불가사의하고 이질적인 것의 수용과 연결하여 생각해보자. 아키나리는 체험한 것을 그대로 믿고, 존재하는 것을 있는 그대로 수용하면서, 인지 능력으로 이해되지 않는 것은 신의 영역으로 인정했다. 그렇다고 해서 그것을 절대화하지 않았다. 기기 신화(記紀神話)의 이야기들을 수용했지만, 진짜 이야기라고 생각하지 않았다. 그는 합리적이면서 상대주의적인 입장을 견지했기에, 그것이 황국 중심의 절대주의자인 노리나가와 대립하게 된 것이다. 아키나리가 생각한 신은 인간 사회의 윤리와는 무관계한 존재로서, 그런 면에서는 금수나 요괴와도 통하는 것으로 절대적인 존재가 아니었다.

4. 괴이가 의미하는 것 – 아키나리의 경우

아키나리가 괴이를 수용하면서도 합리적이고도 상대주의자의 사고를 가진 인물로서 괴담을 저술했다면, 그의 작품에 등장하는 괴이는 어떠한 의미를 가지는 것인지를 생각해보자. 이계의 존재를 믿고, 괴이가 환상이 아니라는 인식을 가진 아키나리에게『우게쓰 모노가타리』는 어떤 의미로 쓰인 것일까. 당시 괴담이 유행했던 시대적 배경이 있었다고 하더라도 그러한 흥미 본위로 썼다고는 할 수 없다.

『우게쓰 모노가타리』는 출간 당시에 대중에게 호평을 받았을 뿐만 아니라,[25] 종래의 연구에서 그 작품성을 높게 인정받은 괴담이었다[26]는 점에서 작품의 주제 연구가 주목을 받았다. 그 가운데 인간의

65

본성과 집착을 주제로 삼았다는 평가가 있는 만큼 괴이는 인간의 집착과 집념을 표현하는 수단으로 보는 해석이 많았다.[27] 선행연구에서 지적한 인간성의 묘사, 인간의 집착을 그린 작품의 주제에 대한 평가가 인정되면서도, 괴이는 인간의 집착을 보여주기 위한 표현의 도구로 사용되었는지, 괴이의 의미는 무엇인지에 대해 아키나리의 괴이 수용의 측면에서 생각해보고자 한다. 『우게쓰 모노가타리』는 근세 요미혼(読本)의 괴담 작품 가운데 뛰어난 작품성을 인정받아 그에 따른 많은 연구가 이루어졌고,[28] 국내에서도 근세 괴담 연구에서 주목을 받았다. 필자 또한 다양한 관점에서 작품을 읽으면서 인간을 주제로 다룬 이야기 속에 괴이가 어떠한 역할을 하고 있는지, 괴이가 가진 환상성은 어떤 것인지, 작가가 괴이를 통해 전달하려는 의도가 무엇인지 등의 의도에 대해 살펴본 바 있다.[29] 다만, 이전 연구에서는

---

25 『우게쓰 모노가타리』는 1776년(安永5)에 초판이 간행된 이후, 1783년(天明3)에서 1787년(天明7) 사이에 再刊이 이루어지고, 1798년(寛政10) 전후로 三版이 간행되었다. 이러한 출판 사정으로 보아, 당시 인기를 있는 괴담이었음을 알 수 있다(中村幸彦編(1990)『上田秋成全集』第七巻, 中央公論社, 380-405쪽).

26 『우게쓰 모노가타리』는 다나카 마모루에 의해 주제의 명쾌함과 소설적 구성의 탁월함으로 인해 일본 괴이소설사상 최고의 걸작으로 평가받았다(高田衛(1983)「雨月物語」,『日本古典文学大辞典』第一巻, 岩波書店, 269쪽). 그 외, 스나가 아사히코는 '번안 괴이소설의 걸적으로 근세 작품 중 최고의 성과'라고 평한 바 있다(須永朝彦(2007)『日本幻想文学史』平凡社ライブラリー, 180쪽).

27 아사노 삼페이는 『우게쓰 모노가타리』 아홉편의 이야기를 '집착의 문학'으로 파악하여 신의의 집착, 애욕의 집착, 복수의 집착, 기타로 나누고 있다(浅野三平(1979)『雨月物語 癇癖談』新潮日本古典集成, 新潮社, 248-250쪽).

28 종래의 아키나리의 작품 연구에 있어서는 『우게쓰 모노가타리』를 중심으로 한 요미혼 연구가 진행되어왔으며, 그중에서 이야기의 출전이 되는 선행 작품을 밝히는 전거연구가 활발히 이루어져 왔다.

29 괴담 작품을 집필 시기에 아키나리가 친밀한 교류를 나누던 당시 문인들의 대부분이 전문 하이카이시(俳諧師)거나 하이카이를 즐기던 사람들이었다는 점에서, 요미혼 작품인 『우게쓰 모노가타리』와 하이카이와의 상관관계를 규명하고자 하였

작가의 괴이 수용에 크게 주목하지 않았고, 그것이 괴담 속에서 무엇을 의미하는 것인지에 대해 깊이 생각해보지 못한 측면에서 그 점에 주목하여 살펴보고자 한다.

『우게쓰 모노가타리』에 등장하는 괴이적 존재의 면모는 다양하다. 원한을 가진 원령(怨靈)이나, 사령(死靈), 생령(生靈), 이류의 존재들이 인간들과 깊은 관계를 맺고 있다. 아홉 편[30]의 작품 가운데, 괴이적 존재와 인간과의 관계가 가장 농후하게 나타나는 것은 남자 주인공과 여자 주인공의 애정담을 다룬 이야기라 할 수 있다. 세 번째 이야기 「잡초 속의 폐가(浅茅が宿)」와 여섯 번째 이야기 「기비쓰의 가마솥 점(吉備津の釜)」, 일곱 번째 이야기 「뱀 여인의 애욕(蛇性の婬)」을 중심으로 살펴보자.

「잡초 속의 폐가」의 대강의 줄거리는 다음과 같다. 옛날 시모우사 (下総) 지방 가쓰시카(葛飾) 군의 마마(真間)에 사는 남편 가쓰시로(勝四郎)는 궁핍해진 집안을 일으키겠다며 아내 미야기(宮木)에게 가을까지 돌아오겠다는 약속을 남기고 서울로 장사를 떠난다. 그러나, 전란으로 인해 고향으로 돌아갈 기회를 잃은 가쓰시로는 타향에서 세월을 보내고 7년이 지난 후에야 고향으로 돌아간다. 집에는 아내가

다(拙稿(2006) 「「吉備津の釜」試論─俳諧的連想に注目して─」, 『近世文芸』 84, 31-39 쪽; 拙稿(2009) 「『雨月物語』에 나타난 '우라미'에 관한 고찰」, 『日本研究』 40, 215-232쪽; 拙稿(2009) 「아키나리 작품에 나타난 언어의 중층구조」, 『일어일문학연구』 71, 41-55쪽; 拙稿(2015) 「아키나리 소설에 나타난 서사기법과 환상성 연구」, 『외국문학연구』 59, 69-90쪽 등 참고).

30 「시라미네(白峯)」, 「국화의 약속(菊花の約)」 「잡초 속의 폐가(浅茅が宿)」 「꿈 속의 잉어(夢応の鯉魚)」 「불법승(仏法僧)」 「기비쓰의 가마솥 점(吉備津の釜)」 「뱀 여인의 애욕(蛇性の婬)」 「청두건(青頭巾)」 「빈복론(貧福論)」.

홀로 남편을 기다리고 있었는데, 바로 미야기의 혼령이었다. 이야기 속에 등장하는 괴이적 존재는 죽은 아내인 미야기의 혼령이다. 남편은 어렴풋이 아내의 죽음을 알게 되는 장면에서, 아내가 있던 집을 '여우나 너구리의 소굴(狐狸の住み)'이라고 하면서, 간밤에 함께 지낸 아내를 '요상한 요괴(怪しき鬼)'라고 표현한다. 그러다 아내의 혼령이 남편을 그리워하는 마음으로 찾아왔다는 것을 깨닫자 '사모하는 혼령(慕ふ魂)'과 '열부의 혼령(烈婦の魂)'으로 묘사한다. 작품에 등장하는 초현실의 괴이적 존재는 처음에는 요사스런 요괴로 인식되었지만, 아내의 혼령이었음을 알게 되자, 곧바로 아내로서 받아들여지고 있다. 여기에는 괴이적 존재와 인간과의 사이에 위계 질서가 있는 것이 아니며, 인간과 동등한 존재로 수용됨을 엿볼 수 있다. 그리고 괴이적 존재를 통해 비로소 아내의 진심을 들을 수 있게 된다.

> "오늘 이렇게 당신을 만났으니 이젠 오랜 슬픔도 원망도 다 사라지고 그저 기쁘기만 합니다. 만날 날만 기다리다 끝내 당신을 만나지 못하고 안타깝게 죽어버렸다면 다른 사람은 알지 못할 원한만이 남았을 테지요."[31]

남편은 전란 동안에 홀로 기다린 아내의 존재가 믿기지 않으면서도 아내가 하는 말을 무심하게 흘려버린다. 오랜 기다림에 슬픔과 원망이 있었겠지만, 이제는 서로가 만났으니 모든 것이 해소되었다고

---

31 高田衛校注(1995)『英草紙西山物語雨月物語春雨物語』新編日本古典文学全集78, 小学館, 314쪽.

생각하여 자기중심적인 태도로 잠자리를 재촉한다. 죽어서 혼령으로 나타난 아내의 마음은 결국 남편에게 전해지지 않는다. 가을에 돌아오겠다던 약속을 저버린 남편을 기다리다 마음에 슬픔과 원망이 쌓여 죽음을 맞이한 아내의 원한은 아무에게도 이해받지 못하였다. 아내의 고통은 죽음을 앞에 두고 남긴 와카(和歌) 한 수에 고스란히 전해졌다.

> '그래도 돌아오겠지'라고 당신이 돌아올 날만 의심치 않고 믿은 내 마음에 속아서 오늘까지 살아 온 목숨이여'[32]

집을 떠나지 못하고 죽는 순간까지도 돌아오지 않는 남편을 기다리는 아내의 고통스런 마음과 돌아오지 않을 것을 알면서도 돌아오겠지라며 기다리는 자신의 마음에 속아서 기다릴 수밖에 없던 것이다. 이 노래를 통해 그동안 깨닫지 못했던 아내의 마음과 고통을 비로소 남편은 깨닫게 된다. 현실 세계에서는 전할 수 없는 미야기의 원한과 마음을 비현실 세계를 통해서만 전할 수 있는 현실적 모순을 보여준다고 할 수 있다.

「기비쓰의 가마솥 점」의 아내 이소라(磯良)는 성심성의를 다해 시부모와 남편 쇼타로(正太郎)를 섬기지만, 남편의 바람기로 인하여 배신당하고 버림받아 원한을 쌓게 된다. 아내의 진정을 짓밟고 유녀인 소데(袖)를 데리고 도망을 간 남편에게 아내의 원령이 나타나 소데를

---

32 高田衛校注(1995), 앞의 책, 316쪽.

죽게 만들고, 결국에는 남편에게 무서운 복수를 한다. 여기서 등장하는 괴이의 존재는 아내 이소라의 원령이다. 남편과 도주한 소데에게 나타날 때는 '모노노케(鬼化)'로서 등장하고, 소데의 병세가 심해졌을 때는 '이키스다마(窮鬼)' 생령(生靈)으로 나타난다. 소데가 죽고 이제는 쇼타로에게 위험이 미치자, 이번에는 '오니(鬼)'로 표현되었다. 소데에게 이소라의 원령이 나타난 시점은 원한이 쌓여 원령이 된 상황이지만, 아직 죽음을 맞이한 것은 아니었다. 그렇기에 소데에게는 생령으로 나타났지만, 이후 쇼타로에게 나타났을 때는 죽어 사령이 된지 8일 정도가 지난 원령이었다. 음양사는 죽은 혼령이 49일간 떠도는 중유(中有)의 기간 동안에 잘 근신해야 살 수 있을 것이라고 쇼타로에게 당부한다.

남편에게 진정을 짓밟히고 속임과 배신을 당한 아내의 복수는 어느 정도 예상이 되는 상황이지만, 이소라의 복수는 일본 고전 작품에 등장하는 전통적인 아내의 복수와는 다른 양상이다. 전통적 풍습의 '후처 혼내주기(後妻打ち)'는 본처가 친한 여성들과 함께 후처의 집을 습격해서 혼을 내주는 것이기에 정작 남편은 처벌의 대상이 되지 않는다. 그러나, 이소라는 남편의 여자인 소데의 목숨을 앗아갔을 뿐만 아니라 무서운 방식으로 남편에게 복수를 하게 된다.

> 음양사는 점을 치더니 한참을 생각한 후에 말하기를, "당신 아내의 원령이 여자의 목숨을 빼앗고도 아직도 그 한이 풀리지 않아 오늘 밤이나 내일 저녁에 당신 목숨을 빼앗으러 올 것이오."[33]

아내는 남편의 상대 여인을 죽이고도 그 원한을 풀지 못해 이번에는 남편의 목숨까지 노린다. 이렇게 하는 것이 남편에 대한 애정때문인지, 원한에 대한 복수를 하려는 것인지는 알 수 없지만, 서사가 전개될수록 복수에 대한 공포심은 극대화되고 있다.

> 활짝 열린 문 옆 벽에 묻은 피가 바닥에 뚝뚝 떨어져 흐르며 비린내를 풍기고 있었다. 그러나 시체나 뼈 따위는 아무 데도 보이지 않았다. 히코로쿠가 달빛에 비추어서 가만히 살펴보니 처마 끝에 무엇인가가 매달려 있었다. 불빛을 들고 비춰보니 남자의 상투만이 처마 끝에 매달려 있을 뿐 그 밖에는 아무것도 없었다.[34]

남편에 대한 이소라의 복수는 섬뜩하면서도 박진감 있는 장면을 연출하였다. 바닥에 피가 뚝뚝 떨어져 피비린내 풍기는 가운데 '상투만이 처마 끝에' 매달려 있는 상황에 쇼타로의 시체는 온데간데없다. 이 장면은 괴담 가운데서도 상상력을 뛰어넘는 가장 공포스런 명장면으로 손꼽힌다. 이야기 속에 등장하는 괴이는 이소라의 잔인한 복수에 사용되고 있지만, 작품이 가진 서사성으로 인해 이소라의 복수는 정당성을 얻고 있다고 볼 수 있다.

「뱀 여인의 애욕」의 대략적인 줄거리를 살펴본다. 남자 주인공 도요오(豊雄)는 마나고(真女子)라는 여인의 아름다운 미모에 마음을 빼앗기고 결국 부부의 인연을 맺는다. 마나고는 뱀의 화신이라는 자신

---

33 高田衛校注(1995), 앞의 책, 353쪽.
34 高田衛校注(1995), 앞의 책, 355쪽.

의 정체가 탄로 나자 이번에는 도요오가 새롭게 결혼한 도미코(富子)
에게 빙의한다. 도요오는 목숨을 걸고 도미코를 구하고자 결심을 하
고, 마침내 고승(高僧)의 힘을 빌어 마나고를 퇴치하게 된다. 앞에서
살펴본 두 편의 이야기가 인간과 원한을 가진 유령과의 관계를 다뤘
다면, 이 이야기는 인간이 아닌 뱀이 인간과의 애정을 추구하는 내용
이다. 마나고는 뱀의 화신이지만, 뱀의 성질을 가진 여인으로 등장하
는 것은 아니다. 인간으로 등장할 때는 뱀이 아닌 오로지 사랑만을
갈구하는 여자로서 도요오를 대하고 있다.[35]

마나고는 용모가 수려한 고귀한 신분의 여인으로 나타나지만, 괴
이한 일이 일어나 야마토 신사(大和神社)의 신을 받드는 다기마노 사
비토(当麻の酒人) 노인에게 정체를 들키게 된다. 이 후로, '아시키가미
(邪神)', '가쿠레가미(隠神)', '오래 묵은 뱀(年経たる大蛇)', '아사마시키모
노(浅ましきもの)', '하얀 커다란 뱀(白き蛇)' 등으로 표현되었다. '아시키
가미'는 나쁜 잡귀, 사악한 귀신이라는 의미로 사용되는 용어이고,
'가쿠레가미'는 『불법승』에도 등장하는 용어로 토지의 수호신이나
정령(精霊)을 가리키는 의미이다. 여기서는 뱀의 정령으로, 정통의 신
불(神仏)에 대해 이단의 악령을 뜻하는 의미로 쓰였다.[36]마나고의 정
체가 '오래 묵은 뱀'이라는 것이 밝혀지자, 도요오는 마나고를 '모노
노케(妖災)'로 칭하며 요괴로 표현한다. 법력이 있다고 자칭하던 법사
가 마나고에 의해 죽임을 당했을 때는 뱀의 본성을 드러낸 사악한
요괴로서 '아사마시키모노'로 표현되었다. 마지막에 도조지(道成寺)

---

35 鷲山樹心(1983)『秋成文学の思想』, 法藏館, 292쪽.
36 高田衛校注(1995), 앞의 책, 337-378쪽.

의 호카이 화상(法海和尚)에게 제압당할 때는 석 자 남짓한 하얀 뱀(白き蛇の三尺あまりたる)의 입조차 움직이지 않았다고 묘사되었다.

> "그 옛날에 맺은 부부의 정을 다 잊어버리시고 이처럼 변변치도 못한 도미코를 총애하시다니 당신보다도 이 여자가 더 밉습니다."라고 말하는 것이, 비록 모습은 도미코였지만 음성은 분명 마나고의 음성이었다. 그 목소리를 듣자마자 깜짝 놀라 소름이 돋을 정도로 무서운 생각이 들어 그저 멍하니 얼빠진 사람처럼 있는데, 마나고는 방긋 웃으면서 "당신, 너무 이상하게 여기실 것 없습니다. 천지신명께 약속한 우리의 사랑을 당신은 빨리도 잊으셨지만, 이렇게 될 운명이었기에 다시 또 만나게 된 것이지요. 다른 사람들의 말을 진실이라 생각하여 또 다시 저를 멀리하려 하신다면 그 원한을 반드시 갚아드릴 것입니다."[37]

마나고는 뱀이라는 자신의 정체가 드러났음에도 도요오를 향한 여인의 애욕을 그대로 보여주고 있다. 사랑하는 남자의 애정을 당당하게 갈구하는 여인의 모습으로, 그 사랑을 위해서라면 어떠한 폭력도 불사한다. 인간 세계의 윤리와 도덕은 마나고에게 인지되지 않는 영역이다. 그러나 요괴가 인간 사회에 들어와 인간과 관계를 맺으려 했다는 점은 인간 세계에서는 통용될 수 없는 것이기에 마나고는 파멸을 맞게 된다.

---

37 高田衛校注(1995), 앞의 책, 380-381쪽.

'자네 역시 짐승의 거짓 모습에 반하여 사내대장부의 마음가짐을 전부 잃어버리고 말았네. 이제부터라도 장부다운 용기를 가지고 마음을 잘 진정시킨다면 이들 잡귀를 물리치는 데 이 늙은이의 힘은 빌리지 않아도 될 걸세. 아무쪼록 마음을 굳게 먹고 잘 진정시키도록 하게.' 하고 진심 어린 충고를 해 주었다. (중략) 스님은 도조지에 돌아와 사람들을 시켜 본당 앞을 깊게 파서 쇠로 만든 주발을 묻게 하고 뱀들이 영원히 밖으로 나오지 못하도록 하였다. 지금까지도 도조지에는 뱀이 묻힌 무덤이 남아 있다고 한다. 그 후 쇼지의 딸은 병이 나서 죽게 되었지만, 도요오는 무사히 목숨을 건졌다고 하는 이야기가 전해 내려오고 있다.[38]

결국 마나고는 퇴치되고, 남자 주인공 도요오의 인간적 성장을 보여줌으로써 이야기는 마무리된다. 그렇다면『뱀 여인의 애욕』을 요괴의 퇴치물로 읽을 것인가 하는 점에 대해 생각해보자. 이 마지막 부분에 대해 마나고의 애절함을 이야기하는 다카다 마모루(高田衛)의 언급을 인용한다. "모노가타리는 대단원의 막을 내렸다. 전체적으로 보면, 이류가 가진 사악한 욕망을 드디어 물리친 인간 세계의 윤리와 도덕의 승리라고 할 수 있다. 그러나 쇠 주발 속에 봉인되어 영원히 땅속 깊이 묻히게 된 백사(白蛇) 마나고가 인간 세계의 규칙을 모른 채 오로지 정욕만을 추구한 것이 결국 그녀를 파멸로 이끌었다고 하는 애절함이 느껴진다. 본 이야기가 던져주는 다양한 문제들은 적지

---

38 高田衛校注(1995), 앞의 책, 379-387쪽.

않다."[39] 다카다의 언급은 여기서 그치지만, 마나고의 애절함이 무엇을 의미하는지, 이 작품이 주는 다양한 문제들에 대해서 좀 더 생각해보자. 아키나리가 그리는 마나고는 어떤 모습인가. 인간 세계의 규칙을 알지 못하는 마나고는 자신의 애욕을 그대로 드러내고 상대에게 당당하게 애정을 요구하는 모습을 보여준다. 인간 세계의 규칙을 안다면, 인간 세계를 지배하는 윤리와 도덕의 지배 아래서는 불가능한 행동이다. 아키나리는 괴이적 존재를 통하여 인간 사회의 이러한 점들을 이야기하고자 했던 것은 아닐까. 이와 관련하여 다음 장에서 좀 더 그 의미를 생각해보자.

5. 이질적인 것의 수용과 재현의 의미

인간의 논리가 지배하는 인간 세계에 괴이가 표현된다는 것은 무엇을 의미하는 것인가. 이질적이고 비인간적인 존재가 인간 사회에 수용되는 것은 어떠한 의미를 가지는 것인가. 인간 사회에서는 인간들이 주체가 되어 인간 중심의 사회를 이루며 살아간다. 인간 중심의 사회에서는 인간들이 정한 도덕과 윤리를 지키면서 살아가지 않으면 안 된다. 그러나, 그 사회의 구성원들이 놓인 환경과 상황은 동일하지 않으며, 인간의 규칙에서 배제되는 이들이 존재한다. 인간 세상에는 인간만이 아닌 다양한 이질적인 구성원들이 존재한다. 문학

---

39 高田衛校注(1995), 앞의 책, 387쪽.

작품은 서로 다른 다양한 인간들의 이야기를 담은 문예활동의 소산
으로, 다양한 인간들에 대한 공감과 이해를 넓혀주는 역할을 한다고
할 수 있다. 그렇다면 괴담에 사용되는 괴이 표현이나 요괴와 같은
비인간적 존재들을 통해서 얻게 되는 것은 무엇일까. 현실 감각의 세
계에서는 보이지 않는 것들, 무시되고 짓밟힌 것들, 기록되지도 묘
사되지도 않는 것들이 이야기되는 가능성을 보여주는 것은 아닐까.

또한, 인간의 진심과 진정이 짓밟히는 일이 일어나도 그것에 대한
대응이나 처벌이 반드시 가능한 것은 아니다. 가부장제 봉건사회의
배경하에 등장하는 여성들은 자신의 목소리를 낼 수 있는 존재가 아
니었다. 물론 사회 속에서 목소리를 낼 수 없는 상황이 발생하는 것
이 여성에게만 국한된 것은 아니며, 작가 아키나리가 여성만을 주목
하고 있는 것은 아니다. 남성들에도 피해자가 있고 거기서 신음하는
존재들이 묘사되고 있다. 하지만, 여성이라는 존재에게 현실은 더욱
가혹할 수 있다는 점을 부정할 수 없다. 그러한 여성이 괴이적 존재
를 빌어 자신의 목소리를 내고 있다고 볼 수 있지 않을까. 아키나리
가 리켄과의 대화에서 이야기했듯이, 작품 속 여성들은 자신의 목소
리를 내기위해 다른 존재에 빙의하여 자신의 원한을 이야기하는 방
식을 취하고 있다. 거기에 분명 인간 내면의 목소리가 발현되고 있
다고 할 수 있다. 예컨대 이소라는 원령이 되어 가공의 인물에게 빙
의하였을 때, 처음으로 자신의 목소리를 낼 수 있었다. "정말 신기하
게도 기묘한 곳에서 당신을 다시 만났군요. 이제까지의 쓰라린 고통
에 대한 대가가 어떤 것인지 알게 해드리지요."[40]이 말은 이소라의
무서운 복수가 시작된 것을 알려주지만, 이야기 속에서 비로소 처음

이자 마지막으로 그녀의 목소리가 표현된 것이다. 여인의 목소리를 발현하는 방식은 다양하다. 미야기는 죽은 혼령으로 나타나서 자신의 마음을 전하지만, 남편은 그것조차 깨닫지 못한다. 아내의 죽음을 알고 난후, 아내가 죽으면서 비통함으로 남긴 노래를 통해서 그제야 그녀의 슬픈 마음이 전해진 것이다. 미야기의 이야기를 통해 인간의 단절된 마음, 소통되지 않는 마음의 고통을 여실히 보여주고 있다. 그리고, 거짓 약속에 대한 원망은 상대에게만 향한 것이 아니다. 헛된 믿음을 가진 자신의 마음에 속았다는 처절한 고통의 소리였다. 한편, 마나고는 뱀의 화신이기에 인간 세계의 도덕적 지배를 받지 않는 존재로, 자신의 마음을 두려움 없이 표현한다. 도요오가 자신의 정체를 알고 난 후, 다른 여인과 결혼했을 때는 그녀에게 빙의하여 자신의 목소리를 전한다.

아키나리 작품 속 괴이의 존재들은 요괴, 잡귀, 생령, 사령, 이류 등의 다양한 존재로 등장하고 있다. 이들은 인간의 본성이나 집념을 표현하는 수단으로써 사용되었다기보다는 인간과 소통하고 교류하는 존재, 인간과 같은 또 다른 존재로 그려지고 있다고 할 수 있지 않을까. 이것은 아키나리라는 작가가 가진 요괴에 대한 신앙이 바탕이 되었다고 볼 수 있다. 이것을 통해 비인간적 존재를 이해할 뿐만 아니라 인간을 더욱 다양하게 이해하는 것이 비로소 가능해진다. 괴담을 통해 인간 사회의 당연하게 받아들였던 것들을 혹은 그렇지 않다고 여겼던 것들을 다른 시점, 다른 시각으로 보는 것이 가능해지리라

---

40 「めづらしくもあひ見奉るものかな。つらき報ひの程しらせまゐらせん」(高田衛校注(1995), 앞의 책, 352쪽).

생각한다. 적어도 괴이의 존재를 믿는다는 것의 의미를 거기서 찾을
수 있다.

6. 맺음말

오늘날 인간만이 사회를 구성한다는 전통 담론에 큰 의문을 던지
며 인간 중심적 사고로부터의 해체가 요구되고 있다. 인간만으로 구
성된 사회는 사실상 존재하지 않으며, 실제로 존재하는 것은 인간과
비인간의 결합으로 인간 사회는 인간과 이질적인 것들의 연결망이
자 공존으로 구성되었다고 할 수 있다.[41] 인간중심주의는 왜 문제가
되는 것일까. 인간 중심성은 인간을 주체의 자리에 놓고, 다른 비인
간적인 존재들을 주변의 자리에 놓음으로써 인간을 정의하고 있다.
그러한 인간에 대한 이해를 비판하면서, 근대적 이분법과 인간중심
주의에서 벗어나 인간과 세계에 대한 새로운 이해의 패러다임과 인
식의 전환이 모색될 필요가 있다. 그것은 또한 '인간' 개념에 내재된
위계의 해체와 인간 중심에 입각한 차별과 배제에 대한 극복이 될 수
있다. 그러한 관점에서 인류의 역사를 반추하며 고전 작품 속에 그려
진 이질적인 것들에 대해 주목하는 작업이 요구된다.

아키나리의 괴담 속에 등장하는 괴이의 성격을 살펴보면, 괴이를

---

41 인간중심 사고의 전환에 유용한 관점으로, 일찍이 프랑스의 철학자 브뤼노 라투
르(Bruno Latour)는 1980년대에 정치, 인류학, 기술과학, 철학의 분야를 연결 짓는
이론들로 새로운 사유의 방식을 제시한 바 있다. 근대성에 대한 비판에서 출발한
라투르의 〈행위자－네트워크 이론(ANT, Actor-Network Theory)〉이 참고된다.

부르는 초월적 존재의 주체는 대부분이 여성이었다. 봉건적 가부장 사회를 살아가는 여성의 처지는 억압받는 상황 속에서 자신의 언어를 가지지 못하는 존재였다. 일상 속에서 욕망을 추구하려는 입장은 남성과 여성에게 모두 적용될 수 있지만, 자신이 가진 욕망이 억압되고 무시되는 상황은 남성보다 여성에게 더욱 빈번히 일어난다. 그러한 문제의 상황을 초월하거나 극복하여 인간 본연의 본성대로 행동한다는 것은 현실 세계에서는 불가능하다. 그렇기 때문에 일상에서 비일상으로 전환되는 경계가 필요하게 되고 괴이라는 초현실 세계를 통해 그것을 체험하고 상상하려 했던 것은 아니었을까. 오늘날 인간중심의 사고에서 벗어나 인간과 비인간을 연결해주는 적극적인 사고가 필요한 지점에서 근세인의 정신문화에 주목할 의미가 있다.

〈부기〉

본 글은 김경희(2023) 「근세 일본 지식인의 요괴 인식 — 아키나리의 괴이 수용을 중심으로 —」(『일어일문학』 한국일어일문학회, 403-428쪽)를 바탕으로 작성하였음.

일본 근세의 일상문화

제3장

가부키의 일상과 비일상

편용우

1. 일상과 비일상의 혼재

일상과 비일상을 구분하는 방법은 다양하다. 본 서적에서 정형이 서술하듯 생업 전반 및 예능(오락), 성문화, 유흥을 일상으로, 그 외의 재해, 전쟁, 종교의식 등을 비일상으로 구분하는 방법도 그 하나이다. 민속학에서 이야기하는 「게(褻)」와 「하레(晴)」로 구분할 수도 있다. 보통과 다름이 없는 것을 「게」, 탄생, 결혼, 신사참배 등과 같이 특별한 행사를 「하레」라고 하는 것이다. 그렇다면 종교적인 마쓰리(祭), 하이카이(俳諧)를 읊는 구카이(句会), 스모(相撲) 관람, 여행 등 보통과는 다른 기분으로 나서는 다양한 오락거리는 「하레」, 즉 비일상이라고 할 수 있다.

그렇다면 근세시대 대표적인 대중오락인 가부키는 비일상일까?

물론 관객의 입장에서 본다면 비일상이다. 동트기 전부터 좋은 옷을 입고 큰돈을 들여 찾아가는 관극(観劇)은 에도 서민들에게 있어 완벽한 비일상이었다. 하지만 가부키를 제작하는 쪽에서 보면 이야기는 달라진다. 우선 가부키의 역사를 보자면 이즈모(出雲) 출신의 무녀(巫女) 오쿠니(御国)가 불량배들인 가부키모노(かぶきもの)를 흉내낸 것이 가부키의 시작이었다. 「가부키(傾き)」는 비뚤어지다는 뜻을 가진 동사에서 유래한 단어이다. 임진왜란 이후 전쟁에서 돌아온 일본의 하급무사들은 불량한 복장을 하고 교토 시내를 활보하며 무전취식을 일삼는 가부키모노가 되었다. 오쿠니는 일상에서 벗어난 그들의 모습을 우스꽝스럽게 모방해 일상의 관객들에게 재미를 주었다.

연극의 모방은 일상의 무엇인가를 무대 위에서 재현하는 것이다. 무대 위의 재현된 상황은 현실의 모방이긴 하지만 현실은 아니다. 인형극인 닌교조루리(人形浄瑠璃)의 작가이자 가부키 작가로도 활약했던 지카마쓰 몬자에몬(近松門左衛門)은 배우들의 연기에 대해 「허실피막론(虚実皮膜論)」을 들어 설명했다.

> 어떤 사람이 이야기하기를 「요즘 사람들은 매우 논리적이고 사실 같지 않으면 잘 납득하지 않는다. 옛날이야기라 하더라도 요즘 세상에는 통용되지 않는 것이 많다. 그러므로 가부키 배우들도 우선 연기가 실제의 모습과 비슷해야 잘한다는 말을 듣는다. 무사의 가로(家老)역을 맡은 배우는 진짜 가로와 비슷해야 하고, 다이묘(大名)를 연기하는 배우는 다이묘와 닮은 것을 제일로 친다. 예전과 같이 유치한 연기는 인정받지 못한다.」

그러자 지카마쓰가 대답하기를 「이 이야기는 그럴듯하지만 예(芸)를 제대로 알지 못하고 하는 것이다. 예라는 것은 사실과 허구 사이의 얇은 막에 존재한다. 과연 요즘에는 사실을 충실히 표현하는 것이 환영받기에 가로의 행동과 말투를 그대로 흉내낸다. 하지만 진짜 가로가 가부키 배우처럼 얼굴에 화장을 하고 분을 바르는가? 혹은 진짜 가로가 얼굴 화장을 안 한다고 해서 배우가 듬성듬성 수염을 기르고 머리는 벗겨진 채로 무대에 선다면 관객들이 좋아하겠는가? 얇은 막이라는 것은 이러한 것이다. 허구이지만 허구가 아니고, 사실이지만 사실이 아닌 그 사이에 관객의 만족이 있는 것이다.」[1]

지카마쓰는 배우의 분장과 연기가 사실과 허위 사이의 미묘한 경계선 사이에 위치한다고 설명하고 있다. 현실에 바탕을 두되 관객들의 고정관념과 상상을 충족시켜야 하기 때문이다. 이처럼 가부키 무대 위에서는 일상적인 '가로'의 모습과 비일상적인(상상 속의) '가로'의 모습이 혼재되어 있다.

1　三木平右衛門(1738) 「難波みやげ」, 인용은 守随憲治・大久保忠国(1959) 『近松浄瑠璃集 下』, 岩波書店, 358-359쪽.
　ある人の云、今時の人はよく々々理詰の実らしき事にあらざれば合点せぬ世の中、むかし語りにある事に、当世請とらぬ事多し。さればこそ哥舞妓の役者なども兎角その所作が実事に似るを上手とす。立役の家老職は本の家老に似せ、大名は大名に似るをもって第一とす。昔のやうなる子供だましのあじやらけたる事は取らず。近松答云、この論尤のやうなれども、芸といふ物の真実のいきかたをしらぬ説也。芸といふものは実と虚との皮膜の間にあるもの也。成程今の世実事によくうつすをこのむ故、家老は真の家老の身ぶり口上をうつすとはいへども、さらばとて真の大名の家老などが立役のごとく顔に紅脂白粉をぬる事ありや。又真の家老は顔をかざらぬとて、立役がむしや々々と髭は生なり、あたまは剥なりに舞台へ出て芸をせば、慰になるべきや。皮膜の間といふが此也。虚にして虚にあらず、実にして実にあらず、この間に慰が有たもの也。

가부키는 내용에 있어서도 일상과 비일상이 얽혀있었다. 에도 중기의 가부키 작가 가나이 산쇼(金井三笑)가 성립에 관여했다고 전해지는『세카이 고목쿠(世界綱目)』라는 책에는 가부키의「세카이(世界)」가 정리되어 있다.「세카이」란 가부키를 비롯해 근세 다양한 문예 창작의 기본이 되는 요소이다. 흔히 문예 작품의 창작을 위해서는 작품의 배경이 되는 시대, 등장인물의 성격과 개인사, 줄거리 등을 정하는 작업이 선행되어야 한다. 현대의 작품은 배경은 역사의 특정 시대를 이용하지만 그 외의 부분은 작가의 창작에 의한 경우가 대부분이다. 하지만 근세 문예 작품은 위와 같은 요소를 고전 작품에서 차용했다.『겐지모노가타리(源氏物語)』,『헤이케모노가타리(平家物語)』등의 고전 작품에는 기본적인 배경과 수많은 등장인물이 그려져있다. 가부키 작가는 고전 작품 속의 등장인물과 배경을 그대로 이용하면서도 당대의 사건을 교묘하게 집어넣는 방식을 취했다. 마치 한국의 퓨전 사극에서 조선왕조실록의 역사와 등장인물을 이용해 1997년의 외환위기 사태를 그리는 것과 같은 방식이다. 창작에서 고전 작품이 이용된 이유는 작가에게는 좀 더 수월한 창작 수단이자 관객(독자)에게는 친숙한 줄거리라는 장점이 있었기 때문이다.

나아가 위정자들의 작품 내용 검열도 가부키 작가들의 고전 작품 이용을 부추겼다. 에도막부(江戸幕府)가 에도시대의 무사들을 소설이나 가부키의 소재로 삼는 것을 금지했다. 따라서 가부키 작가들은 막부의 눈을 피해 당대 무사들의 이야기를 고전 작품 속의 인물들에게 대입시켜 이야기를 꾸며냈다.

그 결과 헤이안시대의 인물들이 에도시대 복장을 하고 무대에 등장하는 것과 같은 가부키 극의 시대 고증 모순이 발생하고 말았다. 헤이안시대의 일상적인 모습을 재현하는 무대에 에도시대 복장이라는 비일상이 혼재되어 있는 셈이다.

2. 등장인물의 일상, 비일상

앞서 가부키에서는 역사적 인물을 이용해 당대의 줄거리를 끌고 나간다고 설명했다. 구체적 예로 미나모토노 요리이에(源頼家)라는 역사적 인물이 어떻게 가부키 극에서 활용되는지 살펴보도록 하겠다. 가마쿠라(鎌倉) 막부를 연 미나모토노 요리토모(源頼朝)가 1199년 53세의 나이로 세상을 뜨자, 동년 요리토모의 적자인 요리이에는 18세라는 어린 나이로 막부의 2대 주인이 되었다. 하지만 외척인 호조(北条)씨는 그의 권력을 빼앗고, 급기야는 1203년 11월 슈젠지(修善寺)에 연금시켜 1204년 자객을 보내 암살한다.

우선 역사적 사실을 확인해 볼 필요가 있다. 역사서『아즈마카가미(吾妻鏡)』에는 요리이에의 성격을 짐작케 할 수 있는 몇 가지 일화가 있다. 그 첫 번째는 신하 아다치 가게모리(安達景盛)의 첩을 빼앗은 사건이고, 두 번째는 염불을 금지시킨 일화, 세 번째는 영토분쟁 판결과 관련된 일화이다.

첫 번째 일화는 요리이에가 아다치 가게모리를 지방으로 정벌 보내고, 그 사이에 아름답기로 소문난 가게모리의 아내를 빼앗아 버린 사건이었다.

밤이 밝을 무렵에 요리이에는 나카노 고로 요시나리를 보내어 몇 번이나 아다치 가게모리의 처를 불러들여 오가사와라 타로 나가쓰네의 집에 옮겨 살게 했다. 가게모리의 처를 총애하는 모습이 보통이 아니었다고 한다. 이는 며칠 동안이나 흠모하는 마음을 주체할 수 없어 편지를 보내고 사신을 몇 번이나 보내었는데도 전혀 승낙하지 않았기 때문이라고 한다.[2]

요리이에는 자신을 거절하는 가게모리의 아내를 강제로 빼앗다시피 해서 자신의 측근의 집에 옮겨 놓고, 이후 정벌에서 돌아온 가게모리의 요구에도 돌려주지 않았다. 가게모리가 자신을 원망하고 있다는 소문을 들은 요리이에는 가게모리를 제거하라는 명령을 내리지만 어머니인 호조 마사코(北条政子)의 만류로 명령을 철회하고 만다. 이 때 호조 마사코는 「정치에 싫증을 느껴 백성들의 근심을 모르고, 요정에서 유흥을 즐기며 사람들의 비난을 외면한다」[3]고 요리이에를 질책한다.

위의 사건은 1199년 7월 20일의 기록이다. 요리이에의 아버지 요리토모는 1199년 1월13일 급사를 했는데, 그 죽음에 대해서는 많은 의문이 남아 있다. 요리이에는 아버지의 갑작스런 죽음이 있고 6개

---

2 五味文彦・本郷和人(2009)『現代語訳 吾妻鏡 6』, 吉川弘文館, 123쪽.
　夜明け頃に、中将家(源頼家)は中野五郎能成を遣わして、みだりに(安達)景盛の妻女を召して、小笠原弥太郎(長経)の宅に移し住まわせられた。ご寵愛の様は特に甚だしかったという。これは数日来、好色の思いを抑え難かったため、御書を送られ、使者の往復が数度に渡ったのに、全く承諾しなかったのでこのようになったという。

3 1199년 8월 20일의 기사. 五味文彦・本郷和人(2009), 앞의 책, 124-125쪽.
　政治に飽きて民の愁えを知らず、妓楼で楽しんで人々の非難を顧みない

월도 지나지 않은 시점에서 유부녀를 강제로 빼앗아 소란을 일으켰던 것이다.

두 번째 일화는 1200년 5월 12일의 기사로, 요리이에가 염불을 금지시키고 염불승을 모아 그들이 입고 있던 가사를 벗겨 태워 버린 이야기이다.

> 12일 병인, 미나모토노 요리이에가 염불승을 금단시켰다. 이는 요리이에가 승려의 의복인 흑의(黑衣)를 싫어했기 때문이라 전해진다. 금일 요리이에가 염불승 14인을 불러들이자, 승려들은 이에 응했다. 그리고 히키 야시로가 요리이에의 명을 받아 승려들을 데리고 만도코로바시 근처로 가서, 가사를 벗겨 불태웠다. 보는 이들이 산처럼 모여들어 비난하지 않는 이가 없었다. 승려 중에 이세의 쇼넨이라는 자가 있었다. 그는 도키카즈 앞에 나아가 이렇게 이야기 했다. (중략) 대략 지금 정치가 행해지는 행태를 보자니, 불법과 세법이 모두 멸망할 때가 되었다고 할수 있습니다.[4]

요리이에가 염불승을 금지시킨 이유는 인용문이 「흑의를 싫어했」기 때문에라고 하고 있다. 1675년 간행된 『가마쿠라 호조 구다이키

---

4 五味文彦 · 本郷和人(2009), 앞의 책, 125쪽.
十二日、丙寅。羽林(源頼家)が念仏僧を禁断された。これは黒衣を悪まれたためという。そこで今日この僧十四人を召すと、(僧らは)召しに応じたという。そして比企弥四郎(時員)が仰せを承ってこれら(の僧)を連れて政所橋の辺りに行き、袈裟を剥ぎ取って焼いた。見る者は山をなし、皆非難しない者は無かった。僧の中に伊勢の称念という者がいた。御使(時員)の前に進んで申した。〈略〉およそ今の正治のなされ方を考えると、仏法 · 世法が共に滅亡の時を迎えたと言うべきでしょう。

(鎌倉北条九代記)』에서도 「승려의 염불을 싫어(僧侶の念仏するを嫌)」했기 때문이라고 밝히고 있어, 단순히 요리이에의 개인적인 호불호에 의한 탄압이었음을 알 수 있다. 이러한 점이 인용문의 밑줄 부분처럼 요리이에를 「비난하지 않는 이가 없」었던 결과로 이어졌을 것이다. 또한 『아즈마카가미』의 편자 역시 승려 쇼넨의 입을 빌려 「정치가 행해지는 행태」를 가리켜 「멸망할 때가 되었다」고 비난하고 있다. 두 일화 모두 지속적으로 실정(失政)을 계속하는 요리이에의 이미지를 부각시키고 있는 것이다.

세 번째 일화는 1200년 5월 28일 기사이다.

> 28일, 임오. 무쓰 지방의 구즈오카군의 이마쿠마노 신사의 승려가 절의 토지의 경계에 대해 따지고 있었다. 쌍방이 증거가 되는 문서를 제출하여 총관리인 하타케야마 지로 시게타다의 결정을 바랬다. 〈중략〉 오늘 요리이에는 그들이 진상해 온 지도를 보고는, 자신의 붓으로 지도의 중앙에 선을 그었다. 「토지의 넓고 좁음은 당사자의 행운에 좌우된다. 사절의 시간을 소비해가면서까지 현지를 조사하는 것은 쓸모없는 일이다. 만약 조금이라도 이치에 맞지 않다고 생각되는 자는 소송을 제기해서는 안 될 것이다」고 했다.[5]

5　二十八日、壬午。陸奥国葛岡郡の新熊野社の僧が坊領の境について相論した。両方が(根拠となる)文書を提出し、惣地頭である畠山次郎重忠の成敗を望んだ。〈略〉そこで今日羽林(源頼家)は彼らの進上してきた境の絵図をご覧になり、御自筆で墨をその絵図の中央に引かれた。「土地の広狭は、その身の運不運によるべし。使節の時間を費やして現地を実験することは無駄である。今後の境相論についてはこの様に裁断するであろう。もし少しでも理を尽くしていないと思う者は相論をしてはならない。」と仰せ下されたという。

중세 시대의 토지는 생활의 기본이 되는 가장 중요한 재산이었다. 이런 중요한 재판을 운에 따르는 것이라며 너무나도 쉽게 판결을 내려버리는 요리이에에 대해 스기야마 겐(杉山厳)은 요리이에의 「방약무인한 성격을 나타낸 것, 또는 새로운 방법을 내놓은 것」[6]이라고 평가하고 있다.

이처럼 막부의 공식 역사서인 『아즈마카가미』와, 아즈마카가미를 바탕으로 쓰인 『가마쿠라 호조 구다이키』는 요리이에가 독단적이고 경박하기 때문에 정치가로서 적합하지 않았음을 끊임없이 강조하고 있다. 요리이에를 슈젠지에 연금하고 살해까지 한 가마쿠라 막부로서는 요리이에를 실패한 정치가로 묘사할 수밖에 없었을 것이다.

근세 시대에 요리이에를 다룬 작품으로는 『오미겐지 센진야카타(近江源氏先陣館)』가 대표적이다. 극중에서 요리이에를 설명하는 부분을 인용하면 다음과 같다.

> 선대 요리토모가 세상을 떠나고, 적자인 요리이에 경이 태생이 나약하여 동생 사네토모가 무예가 자신보다 뛰어난 것을 언짢게 생각해, 가마쿠라를 떠나 교토에 칩거한지 벌써 3년이 지났다.[7]

인용문에서는 요리이에가 나약해서 사네토모와 비교해 무예가

---

6 五味文彦・本郷和人(2009), 앞의 책, 24쪽.
　傍若無人な性格を示したもの、あるいは新機軸を打ち出そうとしたもの
7 近松半二作・内藤加我翻字(1895) 『近江源氏先陣館』, 金桜堂, 3쪽.
　先君頼朝薨去の後、嫡男ち左中将頼家卿惰弱の生質故に舎弟実朝に武将を超られし
　を心外に思ひ、鎌倉を立去て京都へ引込早三年。

뒤처진다고 하고 있지만, 이는 역사적 사실과는 다르다. 요리이에는 「무기에 뛰어난 청년무장」으로 평가[8]받고 있으며, 오히려 사네토모가 문예를 가까이 하고 와카(和歌)를 즐겨 읊었다고 전해진다[9]. 『오미 겐지 센진야카타』에서 요리이에의 이미지가 변질된 것은 본 작품이 표면적으로는 요리이에와 요리이에의 동생 사네토모의 대립을 다루고 있다고는 해도, 실제로는 도요토미 히데요리(豊臣秀頼)와 도쿠가와 이에야스(徳川家康)의 오사카 여름 전투(夏の陣)를 소재로 하고 있기 때문이다.

도요토미 히데요리는 도요토미 히데요시(豊臣秀吉)와 측실 자챠(茶々) 사이에 태어난 아들이다. 후사가 없어 조카인 히데쓰구(秀次)를 양자로 맞았던 히데요시는 히데요리를 후계자로 삼기 위해 히데쓰구를 자결에 이르게 한다. 하지만 이런 히데요시의 노력에도 불구하고 히데요시 사후 도쿠가와 이에야스는 히데요리가 있는 오사카성을 1614년 겨울과 1615년 여름에 걸쳐 공격해 히데요리와 자챠를 멸망시킨다. 이 사건이 역사상의 여름 전투이다.

전술한 대로 에도시대의 가부키에서는 도쿠가와 이에야스 및 에도 막부와 관련된 이야기를 다룰 수 없었다. 때문에 『오미겐지 센진

---

8 安田元久 집필, 源頼家 항목, 『国史大辞典』 온라인판,
https://japanknowledge.com/psnl/display/?lid=30010zz459600.

9 이러한 사실은 그가 『긴카이 와카슈(金槐和歌集)』(1213)라는 와카집을 남긴 사실로부터 미루어 짐작할 수 있다. 사이토 모키치(斎藤茂吉, 1963)는 『긴카이 와카슈』(岩波書店, 265쪽)의 해설에서 사네토모가 문예적 취미가 있었던 사실에 대해, 「사네토모는 가마쿠라에 있어도 교토 문명을 동경하고, 와카, 축국 등을 즐기고, 아즈마카가미 기사에도 와카 모임을 종종 개최했을 정도였다(実朝は鎌倉にあっても京都文明に憧憬し、和歌、蹴鞠などを好んだのであり、吾妻鏡の記事にも、歌会を催したことが時々出て居るくらいである)」고 설명하고 있다.

야카타』의 작가 지카마쓰 한지(近松半二)는 시대를 가마쿠라 시대로, 히데요리를 요리이에로 바꾼 것이다. 물론 히데요리와 요리이에에 게 23살의 젊은 나이에 죽음에 이르게 된 쇼군(혹은 쇼군에 가까운 직위) 이었다는 공통된 이미지가 있었기 때문에 가능한 일이었다. 하지만 공통점만 있는 것은 아니다.

> **우지노 쓰보네** 〈생략〉 요리이에 님도 주군의 혈통이지만, 첩의 배 에서 나왔기 때문에 어쩔 수 없는 불운. 아니, 어미마다 품위는 다 르다지만, 요리이에는 집안의 장손이 아니겠는가. 형을 두고 동생 을 위에 두는 일이.
>
> **마사코** 있고말고. 설령 을(乙)로 태어났다고 하더라도 주군의 본처 인 내가 낳은 사네토모를 세상에 내보내는 것이 천하의 도리.[10]

인용문에서처럼 『오미겐지 센진야카타』는 요리이에를 첩인 우지 노 쓰보네(宇治局)의 자식으로, 사네토모를 본처인 마사코(政子)의 자 식으로 그리고 있다. 하지만 사실(史実)은 요리이에도 사네토모도 마 사코의 친자식이다. 히데요리가 측실의 아들인 점을 고려한 설정이 다. 한편 히데요리에게는 동생이 없으나 작품에서는 요리이에의 사 실에 따라 사네토모라는 동생을 등장시키고 있다. 작품 속의 요리이

---

10 近松半二作・内藤加我翻字(1895), 앞의 책, 16쪽.
　宇局 〈省略〉頼家殿も君のお種と云ゴら、妾腹成ば、是非無き不運。イヤ其母／＼の品位は替るとも頼家は総領成ずや。兄を差置、弟が上に立ふと云事が、
　政子 サヽ有共／＼。仮令乙に生ても君の妻たる自らが産落したる実朝を世に立るのが天下の掟

에는 역사 속의 요리이에, 히데요리의 사실을 적절히 섞어놓은 인물
이다.

나아가 『오미겐지 센진야카타』에서는 요리이에가 유곽에서 유녀
와 연회를 즐기는 모습도 그려지고 있다.

> 기분 좋은 술기운의 요리이에 경, 춤과 노래는 밤낮 계속되고, 몸종
> 이 피리와 북을 연주하고, 와카사는 춤을 추는데 그 기량이 좋다. 사랑
> 스러운 요시노 벚꽃과 같은 주군이라며, 춤사위에 실어서 요리이에의
> 무릎에 기댄다.[11]

유곽에서 유녀와의 연회 장면은 역사 속의 이에요리도 히데요리
도 상관이 없는 근세시대 유곽의 모습이다. 결국 『오미겐지 센진야
카타』의 요리이에는 비일상적인 역사속의 요리이에, 히데요리에 일
상적인 근세시대 무사의 이미지가 혼재된 것을 알 수 있다.

가부키 등장인물의 형성에는 배우의 특성 역시 크게 작용했다.
1813년에 초연된 쓰루야 난보쿠(鶴屋南北) 작품 『시키세모노 소가노
다테조메(例服曾我伊達染)』에는 배우의 특성이 가미된 요리이에를 확
인할 수 있다. 근세 중기까지 하나의 세카이를 이용하던 가부키 작가
들은 더 복잡한 이야기 구성을 위해 두 개 이상의 세카이를 얽어 작
품을 만들게 된다. 이 작품은 다테(伊達) 집안의 반란을 다룬 「다테 세

---

11 御酒の機嫌も頼家卿、昼夜分たぬ舞讕。お傍扈従が笛鼓、白拍子には若狭迪、器量
も吉野桜花、恋しき人は君様と、舞に事寄頼家の膝に凭るる。近松半二作・内藤加我翻
字(1895)『近江源氏先陣館』、金桜堂、20쪽.

카이」와 소가(曾我) 형제가 아버지의 복수를 하는 이야기인 「소가 세카이」를, 하나의 세카이로 묶어서 이야기를 진행시키는 것이 특징이다.[12] 「다테 세카이」는 근세 전기에 센다이(仙台)의 영주 다테 쓰나무네(伊達綱宗)를 둘러싸고 발생했던 구데타를 다룬 이야기이다. 센다이의 가신들은 다테 쓰나무네가 여색에 빠져있는 것을 이유로 영주직을 물러나게 한 후 권력을 잡기 위해 암투를 벌였는데, 40여 년 지속된 이 사건으로 인해 관련자들이 대부분 처벌받거나 죽음을 맞이했다. 에도 대중들은 다테 집안의 사건에 큰 관심을 가졌다. 이에 가부키 작가들은 배경을 무로마치 시대로 바꾸고, 다테 쓰나무네를 무로마치막부의 쇼군 아시카가 요리카네(足利頼兼)로 바꾸어 『다테쿠라베 오쿠니카부키(伊達競阿国戯場)』(1778)라는 작품을 만들어 냈다.

『시키세모노 소가노다테조메』의 요리이에는 요리아에, 쓰나무네, 요리카네라는 세 인물의 역사적 사실과 배우의 연기가 더해져 새로운 인물로 재탄생한다.

> 시로 주군. 지금의 진노는 당연한 것입니다만, 고작 하룻밤의 유녀놀이. 그것이 마음에 거슬린다고 해서 낯빛을 바꾸시는 것은, 매우 아뢰기 황공하오나 잘못이라고 생각됩니다. 작년에도 무쓰에의 유배도, 성급한 성격 때문에 고베쇼지사에몬을 죽여 생긴 일 아니겠습니까.[13]

---

12 이러한 수법을 나이마제(綯い交ぜ)라고 한다. 난보쿠의 나이마제 수법에 대해서는 편용우(2014) 「南北の「世界」と綯い交ぜ」, 『東京大学国文学論集』(제9호), 67-81쪽 참조.
13 郡司正勝他編(1974) 『鶴屋南北全集 第十二巻』, 三一書房, 297쪽.

작품 『시키세모노 소가노다테조메』속의 요리이에는 이전에 신하 고베쇼지사에몬이 자신의 행실을 나무라자 참지 못하고 죽여 버린 일이 있었다. 이후 고베쇼지사에몬의 딸은 유곽에 몸을 맡기고 다카오(高尾)로 이름을 바꾸어 당대 최고의 유녀가 되었다. 요리이에는 유곽을 찾았다가 다카오에게 마음을 빼앗겨 이리저리 이야기해보지만, 다카오는 약혼자가 있다는 이유로 요리이에를 거절한다. 결국 요리이에는 이번에도 참지를 못하고 다카오를 잔인하게 죽인다.

유녀 다카오는 에도시대에 대대로 유명했던 유녀였다. 여러 설이 있지만 다테 쓰나무네가 2대 다카오를 낙적하였으나, 후에 배에서 매달아 칼로 베어 죽였다는 이야기가 전해져 오고 있다[14]. 『다테쿠라베 오쿠니카부키』에서는 요리카네의 충신이 요리카네의 유흥을 멈추게 하기 위해 다카오를 죽인다는 이야기로 각색이 되어 있다. 그러나 『시키세모노 소가노다테조메』에서는 요리이에(요리카네)가 직접 다카오를 죽이는 연출이었다.

당시 요리카네(요리이에)의 연기는 부드러운 인물 묘사로 일관했던 초대 반도 미쓰고로(坂東三津五郎) 연기와, 부드러움과 잔인함의 모습을 동시에 지닌 인물로 묘사한 3대 사와무라 소주로(三世沢村宗十郎) 연기의 두 부류가 있었다. 나가시마 주아미(長島寿阿弥)의 연극서 『게

四郎 イヤ我君さま。いつたんのお腹立はさる事なれど、高で一夜流れの傾城づれ。それがおこゝろにそむきましたとて、御気色をかへられまするは、おそれながら御あやまりかと存じまする。先年、陸奥への左迁も、御短慮のあまり、下河辺庄司左衛門をお手打ありしよりおこりし事

14 鹿倉秀典 집필, 高尾 항목, 古井戸秀夫編(2006) 『歌舞伎登場人物事典』, 白水社, 508쪽.

키신 센와(劇神僊話)』(1846)에는 소주로의 연기를 다음과 같이 미쓰고
로와 비교, 설명하고 있다[15].

> (소가노⋯필자 주, 이하 동) 주로는 미쓰고로에 미치지 못 하고, (아시
> 카가)요리카네는 미쓰고로보다 뛰어나다. 미쓰고로는 어디까지나 온
> 화한 성품으로, 다른 사람을 죽이려는 모습은 전혀 보이지 않는다. 이
> 때문에 주로 역할에는 적당하지만, 요리카네 역에는 좋지 않다. 소주
> 로는 온화함 속 밑바닥에 격정적인 부분이 있다. 신경질적으로 보이기
> 에 남을 죽이는 것도 당연한 분위기라서 요리카네 역에 들어맞고, 주
> 로 역에는 좋지 못하다. 따라서 다테쿠라베의 요리카네 역을 할 때에,
> 미쓰고로가 다카오를 죽이는게 아니라, (부하) 스모 선수인 기누가와
> 다니조를 연기하는 (악인의 연기 명수인) 마쓰모토 고시로(松本幸四郎)
> 가 죽이고, 『다테조메 시카타 고샤쿠』, 『다카오 다이묘진 모미지노 마
> 가키』에서 두 번이나 요리카네를 연기한 소주로는 두 번 다 다카오를
> (직접) 칼로 베었다.[16]

주아미는 당대의 명배우 소주로와 미쓰고로 연기의 특징을 소가
노 주로(曾我十郎)와 요리카네의 연기를 통해 설명하고 있다. 소가노

---

15 鹿倉秀典(1984)「翻刻・『劇神僊話』」,『明治大学日本文学』12호, 48쪽.

16 十郎ハ三津五郎ニ不及、頼兼ハ三津五郎ニ勝レリ。三津五郎ハ飽マデ温和ニシテ人ヲ
手討ニスル気象少シモ見エズ、其故ニ十郎ニハ宜シク頼兼ニ宜シカラズ。納子ハ温和ノ
内ニ底ニ烈シキ所アリ。イラツキテ見エシ故、手討モ仕兼又気象アリテ頼兼ニヨロシク十
郎ニ宜シカラズ。因テ伊達競ノ頼兼三津五郎ニテ高尾ヲ殺サズ、角力取ノ絹川谷蔵錦紅
殺シ、『伊達染仕形講釈』『高尾大明神楓籬』二度ノ頼兼宗十郎二度ナガラ自身ニ高尾ヲ
斬タリ。

주로는 일관되게 부드러운 모습을 보이는 대표적인 가부키 인물이다. 반면 요리카네는 유곽에서 유녀와 즐기는 부드러운 모습도 있지만 후반부에서는 질투에 눈이 멀어 살인을 서슴지 않는 잔인함을 동시에 지닌 인물이다. 이 두 인물의 특성을 예로 들어 미쓰고로는 한결같이 부드러운 연기에, 소주로는 부드러움과 잔인함을 동시에 지닌 연기에 장점이 있다고 설명하고 있다. 그렇기 때문에 부드러운 이미지의 미쓰고로가 요리카네를 연기했을 때에는 요리카네의 충신이 다카오를 죽이는 연출이, 반면 잔인함과 부드러운 이미지를 동시에 지닌 소주로가 요리카네를 연기할 때에는 요리카네가 소주로를 죽이는 연출이 되는 것이다.

한편 『시키세모노 소가노다테조메』에서 요리이에를 연기한 배우는 미쓰고로도 소주로도 아닌 7대 이치카와 단주로(市川団十郎)였다. 나이가 어리면서도 부드러운 연기인 와고토(和事)와 잔인한 연기인 아라고토(荒事)에 모두 능란했던 단주로의 특징은 소주로에 더 가까웠다고 할 수 있다.

이처럼 가부키의 등장인물은 고정된 형태의 소설 속 등장인물과는 달리 연기하는 배우의 특성에 맞게 시시각각 변화되었다. 마치 가부키 배우의 일상이 가부키 공연 속 비일상적인 무대 위에서 등장인물과 합쳐지는 것과 같았다. 하나의 등장인물 속에는 다양한 인물의 과거와 현재, 비일상과 일상이 혼재되어 있는 것이다.

3. 무대의 일상, 비일상

가부키의 무대로 유곽을 빼놓을 수 없다. 에도시대에 2대 악소(惡所)로 손꼽히던 곳이 가부키 극장과 유곽이었다. 두 곳 모두 비생산적이고 향락적이며 퇴폐적인 이미지가 강했기 때문이다. 가부키 극장과 유곽 모두 서민들이 즐기기에는 경제적인 부담이 크다는 공통점도 있었다. 그러니 가부키 무대에서 유곽의 모습을 엿볼 수 있다면 관객들에게는 일석이조의 즐거움이었다. 또한 유곽의 연회 장면은 배우들의 화려한 모습을 보여줄 수 있어 연출상 활용도가 매우 높았다.

유곽의 연출이 시각적 효과의 화려함을 노렸다면 구성에서는 다양한 사람들의 갈등이 충돌하는 스토리 전개의 편의성을 의도했다고 여겨진다. 유곽은 무사부터 서민까지 다양한 신분의 사람들이 모이는 장소로 정보와 소문이 생성되고 소비되기에 이상적인 장소였다.

이는 신분제 사회였던 에도시대에는 더 큰 의미가 있다. 특히 대중 작품인 가부키와 닌교조루리와 같은 경우 덴노(天皇), 귀족(公家), 다이묘(大名)부터 상인, 천민, 걸인까지 모든 계층의 인물이 등장하는데 스토리와 등장인물들을 유기적으로 연결 짓기 위해서는 이들이 한 장소에 모일 필요가 있었다. 신분제 사회에서는 복식의 구분만큼이나 거주지역이 확실하게 나뉘어 있어 이들이 위화감 없이 만날 수 있는 연출이 쉽지 않았다. 신분 차별 없이 경제력으로 자유롭게 활동할 수 있었던 유곽이야 말로 다양한 신분의 사람들이 자연스럽게 어울릴 수 있는 장소였다. 로미오와 줄리엣에서도 서로 반목하는 두 집안의 로미오와 줄리엣이 만날 수 있었던 것은 「무도회」라고 하는 연회 장면이 있었기 때문이다. 현대극과 영화 등에서 식사나 연회 장면이 자주 등장하는 이유도 같은 맥락이다.

에도 풍속 연구가인 미타무라 엔교(三田村鳶魚)의 「구 요시와라 이야기(元吉原の話)」에는 요시와라의 주 고객들이 무사에서 막부관리와 접대상인, 건축업자, 대부업자로 바뀌었고, 18세기 후반부터 19세기 이후에는 검약을 강조하는 정책으로 눈에 띄는 고객의 계층이 보이지 않게 되었다고 정리하고 있다.[17] 요시와라의 고객이 무사에서 거대상인으로, 다시 중소상인까지 그 저변이 확대되었음을 엿볼 수 있다. 게다가 요시와라 유곽의 외곽에는 기리미세(切見世)라고 하는 매매춘 위주의 업소도 존재해, 경제력이 많은 상인뿐 아니라 일반 서민들도 요시와라를 방문했다.

유곽 이용자의 변화를 알 수 있는 가부키 작품이 1888년 초연된 『가고쓰루베 사토노 에이자메(籠釣瓶花街酔醒)』이다. 이 작품에는 요시와라 유곽에 놀러온 「촌사람(田舎者)」 사노 지로자에몬(佐野次郎左衛門)이 등장한다. 주인공 사노 지로자에몬은 유흥과는 거리가 멀었던 지방의 부농으로 장사를 위해 에도에 왔다가 방문한 요시와라의 화려함에 놀라 눈이 휘둥그레진다.

지로자에몬 에도의 요시와라라는 곳은 이야기로는 들어봤지만, 이렇게 멋진 곳이라고는 지금까지 몰랐습니다.

---

17 三田村鳶魚(1975)『三田村鳶魚全集 第11巻』, 中央公論社, 219-228쪽, 초출은 1956년 『江戸ばなし 第二冊』, 青蛙房.

지로쿠   저도 처음 와 보았는데 넋이 나갈 정도네요.[18]

지금의 도치기현(栃木県)에 속하는 사노(佐野) 지역의 부농 지로자
에몬과 하인 지로쿠는 고향에서 이야기로밖에 접할 수 없던 요시와
라에 와서 그 화려함에 압도된다. 요시와라에는 지로자에몬과 같이
요시와라의 정세에 어두운 「야보(野暮)」를 속여 바가지를 씌우려는
보자야(暴茶屋), 즉 폭리 자야(暴利茶屋)가 존재했다[19]. 다음은 양심적
인 자야의 주인 조베이(長兵衛)가 지로자에몬을 속여 데리고 가려는
보자야의 호객상을 붙잡고 주의 주는 장면이다.

조베이   못 본 척을 해줄 수 없다. 뚝방길부터 보고 있다가 정보에
어두운 손님인 듯 보이면 거짓말로 속여 유곽에 데리고 와 나쁜
놈들과 짜고 돈을 뜯어내려는 너희들. 풍기를 다잡기 위해 관청에
서도 엄중하게 명령이 떨어진 상태다. 어디에 손님들을 데리고
가려는지 내가 같이 갈테니 그걸 알고 안내하도록 해라.[20]

---

18 柴竹金作(1888)『籠釣瓶花街醉醒』, 寿永堂, 151쪽.
次郎左 江戸の吉原といふ所は噺しには聞て居升たがこんな立派な所とは今迄知らずに居
升た.
治六 私も初じめて来て見たがあんちう事だとたまげました.
19 1882년에 간행된 무유 센시(夢遊仙史)의 『요시와라 신 번창기(吉原新繁昌記)』에는
시골에서 올라온 사람이 사기에 속아 전재산을 날리는 『가고쓰루베』의 제5막과
비슷한 이야기가 실려있다. 이런 류의 사기가 적지 않았던 것으로 보인다. 『吉原新
繁昌記』, 法木徳兵衛(13-15쪽) 참고.
20 柴竹金作(1888), 앞의 책, 152-153쪽.
長兵衛 イヤ見ぬ顔を仕ちゃア居られぬ. 土手先あたりへ出張って居て勝手を知らぬ客と
見るとそ八百で廓へ連込み悪玉仲間となれ合て金をむさぼるおめへ達. 悪い風気のや
む様にと会所からも茶屋仲間へ厳しく出て居るいひ渡しだ. どこへおめへは連込む気
か. おれが一所に行ふからその積りで案内しろ.

조베이는 요시와라의 풍기를 다잡기 위해 폭리 자야 사람들을 쫓아내고 지로자에몬에게 「유흥을 즐기려면 요시와라의 정세를 잘 알고 있는 사람에게 부탁하여 다시 오도록[21]」 충고한다. 지로자에몬과 지로쿠는 유곽의 입구인 오몬(大門)을 통과하려면 입장료(木戸錢)를 내야하는 것이 아닐까 걱정할 정도로 요시와라에 대해 무지한 모습으로 그려지고 있다. 오몬은 유곽과 외부 세계를 연결하는 유일한 통로로 범죄자의 출입을 막고 칼과 같은 무기의 반입을 금지하는 검문소의 역할을 했다. 물론 입장료를 받는 일은 없었다.

위와 같은 「촌사람」 지로자에몬의 실패담은 요시와라의 정보가 매우 폐쇄적이고 독특해서 일반인들에게는 익숙하지 않기 때문이다. 즉 유곽은 일상과는 매우 동떨어진 비일상이 일상에서 전개되고 있는 독특한 장소였다. 근세시대에 『요시와라 고이노 미치비키(吉原恋の道引)』(1678년), 『요시와라 다이젠(吉原大全)』(1768년)과 같은 요시와라 안내서가 꾸준히 팔렸던 이유는 폐쇄적인 요시와라의 정보를 일반인들에게 설명하기 위해서였다. 『가고쓰루베 사토노 에이자메』는 비일상을 마주친 일반인이 느끼게 되는 당황함을 사실적이자 골계적으로 묘사하고 있다.

비일상적인 유곽을 더 비일상적이게 가부키 무대로 옮긴 작품이 『스케로쿠(助六)』이다. 이 작품은 이치카와 단주로 집안의 예능(お家芸)인 가부키 18번 중의 하나로 유명하다. 1713년 초연된 『하나야카타 아이고노 사쿠라(花館愛護桜)』를 시작으로 명맥을 이어오다 1811년

---

21 柴竹金作(1888), 앞의 책, 154쪽.
　　遊び被成るなら吉原の勝手を知った人を頼み又出直して

『스케로쿠 유카리노 에도자쿠라(助六所縁江戸桜)』로 지금의 형태를 갖추게 되었다.

무대의 배경은 요시와라 유곽의 미우라야(三浦屋)라는 가게 앞이다. 일반적으로 3월에 상연되는『스케로쿠』를 상징적으로 보여주는 장면이다.

> 본무대 3간 사이에 동쪽으로는 유녀옥의 창살문에 발을 드리우고 서쪽으로는 미우라야라고 써진 노렌이 걸려 있다. (중략) 양 옆의 사지키 좌석에는 나카노초의 자야 이름이 쓰인 등롱과 노렌을 한 칸마다 달고 그 위에 벚꽃의 조화로 장식을 한다. 아게마쿠에 오몬을 장식하여 전부 신요시와라 나카노초의 모습.[22]

1657년 에도 대화재 이후 새롭게 조성된 신요시와라는 이전의 반대급부로 심야영업 등을 허가받아 말 그대로 불야성을 이루었다. 요시와라의 화려함을 나타내는 일화가 벚꽃이다.『에도 메이쇼 하나고요미(江戸名所花暦)』(1827)에는 「매년 3월 1일부터 오몬 안쪽의 나카노초 거리 좌우를 제외하고 중앙통로에 벚나무 수천 그루를 심었다. 보통 때에는 사람들이 왕래하는 거리였다(毎年三月朔日より大門のうち中の町通り左右を除けて中通りへ桜数千本を植る。常にはこれ往来の地なり)」고 소개하고

---

22 高木市之助ほか編(1965)『日本古典文学大系 歌舞伎十八番集』, 岩波書店, 61쪽.
本舞台三間の間、女郎屋、大格子、青簾を懸け、東の方へよせて、三浦屋と染たる大暖簾、西の方へよせ、(中略)両桟敷、中の町茶屋の家名　を付し暖簾、同じく挑灯を一軒／＼に灯け、そのうへに造り物の桜。揚幕のところ大門口を飾りつけ、すべて新吉原中の町の休。

있다. 요시와라를 찾는 손님만을 위해 3월 한정으로 벚나무를 유곽 중심 거리에 심어놓은 것이다. 물론 한 달 뒤에는 다시 나무를 파내어 옮기고 다시 고객을 위한 통로로 되돌렸다. 나무 수천 그루를 매해 새로 심는 이런 무모한 행동은 사치와 화려함의 극치라고 할 수 있다. 이런 화려함의 극치는 일상에서 경험할 수 없는 비일상이었다. 요시와라 벚꽃을 유명하게 만든 것도 규모나 꽃의 아름다움 보다 이런 화려함이었다.

『스케로쿠』무대 배경인 나카노초 거리의 벚꽃은 3월 한 달 동안만 피는 요시와라의 상징적인 봄을 무대에 재현한 것이었다. 『가고쓰루베 사토노 에이자메』역시 이런 요시와라의 벚꽃으로 가득 메운 무대로 시작을한다. 나아가『스케로쿠』는 무대 뿐 아니라 객석에 까지 벚꽃 장식을 해서 관객들이 마치 요시와라에 와 있는 듯한 기분을 느끼게 해 주었다.

가부키 무대를 현실감 있게 꾸미는 것은 가부키의 흥행과도 직결되었다. 회전무대(廻り舞台)는 무대를 재빨리 전환해 극의 전개를 신속하게 하는 효과가 있었다. 또한 배우의 움직임에 맞추어 무대를 돌려 현실감 있는 방향 전환을 가능하게 했다. 특히 에도의 가부키 작가 나카무라 덴시치(中村伝七)는 여러 무대 도구를 효과적으로 사용해 관객들의 큰 인기를 끌었다고 한다[23]. 나카무라 덴시치의 무대도구를 개량해 지금의 회전무대를 있게 한 사람은 에도 중기의 가부키 작가 나미키 쇼조(並木正三)였다. 팽이의 움직임에서 힌트를 얻었

---

23 為永一蝶(1762) 『歌舞妓事始』, 인용은 『日本庶民文化資料集成第6巻』, 三一書房, 132쪽.

다고 하는 회전무대는 가부키 무대를 대표하는 무대장치가 되었다.

무대장치가 특히 효과를 발휘한 건 여름이었다. 여름이 되면 인기 배우들이 피서를 위해 가부키 극장을 비우는 일이 잦았다. 인기 배우들의 집객 효과를 대신했던 것이 무대장치를 이용한 신기한 연출이었다. 1804년 7월 『덴지쿠 도쿠베 이코쿠바나시(天竺德兵衛韓咄)』 상연 시에는 다음과 같은 소문이 돌 정도였다.

> (배우 오노에 마쓰스케는) 가부키 작가 쓰루야 난보쿠와 상의를 하여 근래 보기 드문 큰 흥행을 거두었다. 4막부터는 더는 관객을 받아들일 수 없을 정도로 세상의 큰 인기를 얻었다. 특히 물속에서의 하야가와 리는 관객들의 눈을 의심케 할 정도였다. 이 때문에 마법을 쓴다거나 기독교의 술수를 쓴다거나 나가사키를 통해 들어온 어떤 네덜란드인 이 전수해준 비법이라는 등의 소문이 돌았다. 이런 소문이 심해지자 관청에서 몰래 사람을 보내 이 사실을 확인하게 했다.[24]

유령 연기로 인기를 모았던 오노에 마쓰스케(尾上松助)는 가부키 작가 쓰루야 난보쿠와 무대장치와 마술과 같은 연출에 대한 아이디어를 교환해 덴지쿠 도쿠베(天竺德兵衛) 이야기를 무대에 올렸다. 덴지쿠 도쿠베는 에도의 쇄국이 본격화되기 이전에 중국을 통해 태국

---

24 関根只誠『戯場年表』,『日本庶民文化思慮集成 第7巻』, 三一書房, 511쪽.
狂言作者鶴屋南北と相談工夫の上此狂言出せしに、近来珍らしき大当にて四立目より客留と成市中の評判高く、別して水中の早替りには見物の目を驚かし、此時の風説には魔法をつかひ或は切支丹の法をまなび、又は長崎舶来の蘭人某よりの伝授せし秘法など、その噂の高かりしによる町奉行附の隠密廻りより此事を密告せり

등을 경험한 사람이었다. 이후 쇄국으로 서양과의 교류가 끊기자 도쿠베의 견문록은 사람들에게 알려졌고, 도쿠베는 인도를 가리키는 천축(天竺)의 도쿠베라고 불리게 되었다. 쓰루야 난보쿠가 집필한 작품은 도쿠베가 임진왜란 당시 일본군을 저지했던 진주목사의 후손이라는 설정으로 일본을 무너뜨리기 위해 요술을 부리는 내용으로 되어 있다[25].

황당무계한 줄거리이지만 유래 없는 큰 인기를 끌 수 있었던 것은 눈을 의심케 하는 기묘한 연출이었다. 흥미로운 사실은 관객들이 무대 위의 사실을 현실과 혼동해 마술, 기독교의 술수, 서양의 묘법 등 비현실적인 방법이 실제로 벌어지고 있다고 믿었다는 것이다. 결국 관청의 조사를 받게된 오노에 마쓰스케는 하루 휴관을 통해 관객이 없는 곳에서 마술 같은 연출의 비밀을 밝히고 나서야 소동이 일단락된다.

밑줄 부분의 「물속의 하야가와리」의 내용은 다음과 같다

> (장님 연주가로 등장한 오노에 마쓰스케가)의심을 받자 어쩔 수 없이 무대 앞의 연못으로 뛰어들자 물기둥이 솟는다. 이때 반대편 무대 출입구에서 사신이 온다는 소리가 들린다. 마쓰스케의 하야가와리, 머리를 산발한 채 가미시모를 입고 칼을 차고 등장한다.[26]

장님 연주가의 복장은 지금의 스님의 복장과 같다. 민머리에 법복

25　자세한 내용은 최관(2003) 『일본과 임진왜란』(고려대학교 출판부) 참조.
26　伊原敏郎(1960) 『歌舞伎年表 第5巻』, 岩波書店, 356쪽.

을 입은 채로 무대에 있던 마쓰스케는 사실 이 집의 주인을 죽이러 온 도쿠베였다. 주위 사람들이 이를 눈치 채자 황급히 무대 위에 설치된 진짜 물이 담겨 있는 연못으로 뛰어든다. 이를 시각적으로 관객에게 확인 시키기 위해 물기둥을 보여주는 것이다. 그리고 이와 동시에 무대 반대편, 즉 관객의 뒤쪽에서 마른 머리를 산발하고, 무사의 정장인 가미시모를 입고, 칼을 찬 말끔한 무사 모습의 마쓰스케가 등장을 한다. 이렇게 짧은 순간에 분장을 바꾸어 다른 사람으로 변하는 기술을 「하야가와리(早變り, 早替り)」라고 한다. 스님에서 무사로 분장을 바꾸는 것도 놀라운데, 방금 전까지 물에 빠져 흠뻑 젖었던 사람이 물기 하나 없는 모습으로 눈앞에 등장한다면 얼마나 당황스러울까. 당시 관객들이 마법이라고 생각했던 것도 납득이 된다. 말 그대로 비일상적인 상황이 일상에서 전개되는 것이다.

쓰루야 난보쿠가 1825년 7월에 상연한『도카이도 요쓰야 괴담(東海道四谷怪談)』역시 무대장치를 이용해 큰 인기를 얻은 대표적인 작품이다. 제목에서 알 수 있듯 이 작품은 억울하게 죽은 사람이 유령이 되어 복수하는 「괴담」이다. 다양한 하야가와리가 활용된 이 작품에서 일명 「문짝뒤집기(戶板返し)」라고 하는 연출이 백미였다.

대략적인 내용은 이렇다. 한 살인자가 남자와 여자를 죽여 문짝의 앞뒤에 고정해 강에 흘려보낸다. 며칠이 지난 후 남자의 시체가 고정된 문짝이 강으로 떠내려온다. 우연히 그곳을 지나던 살인자가 문짝을 확인하기 위해 들어올리자 시체가 눈을 뜨고 「원망스럽다」고 한탄한다. 놀란 살인자가 문짝을 뒤집자 뒷면의 여자 시체가 눈을 뜨고 한탄한다. 다시 문짝을 뒤집자 남자 시체는 백골이 되어 흘러내려 흘

105

어진다. 놀라운 점은 남자와 여자 시체 역할을 오노에 기쿠고로(尾上菊五郞)라고 하는 한 배우가 담당했다는 점이다. 기쿠고로는 오노에 마쓰스케의 양자로 하야가와리 기술을 마쓰스케에게 배웠던 것이다.

이처럼 무대장치와 연출의 고도화로 비현실을 현실화했던 가부키는 일상과 비일상을 동시에 무대에서 구현할 수 있었던 것이다.

4. 에로그로와 이성

후루이도 히데오(古井戸秀夫)는 에도 가부키의 특질을 하레의 일상화라고 했다[27]. 이전과는 달리 대중적으로 큰 인기를 얻게 된 에도의 가부키는 정해진 곳에서 정해진 사람들만 공연할 수 있도록 규제되었다. 하지만 이는 반대로 언제든 특정 장소에 가면 가부키를 즐길 수 있는 결과를 낳았다. 가부키 극장과 함께 2대 악소였던 유곽도 마찬가지였다. 상상을 현실로 만드는 가부키와 인간의 감추어진 욕망이 표출되는 유곽은 비일상의 영역에 속한다. 하지만 특정 기간에만 비일상이 전개되는 축제와는 달리 가부키 극장과 유곽은 언제든지 접할 수 있는 비일상이었던 것이다.

이 글에서는 배우의 연기와 무대에서 일상과 비일상이 혼재된 가부키의 모습을 확인할 수 있었다. 하야가와리를 접한 관객의 혼동은

---

27 古井戸秀夫(1998)「歌舞伎と教訓」,『雅俗』5호, 雅俗の会, 38쪽.

일상과 비일상의 혼재가 퍼졌음을 보여주는 일화라고 할 수 있다. 여기에서 더 나아가 무대의 연기에 칼을 들고 뛰어든 사건도 있었다. 1857년 본문에서도 소개한 덴지쿠 도쿠베의 가부키 공연에서 있던 일이다. 무대에서 부모의 목을 베는 연기가 펼쳐지던 도중 객석에 있던 무사가 뛰어들며 「연극이라고는 하지만 부모의 목을 치는 일이 있을 수 있느냐」고 소리를 지르며 배우를 향해 칼을 휘둘렀다. 다행히 배우는 목숨을 건질 수 있었지만 이 과정에서 극장 관계자가 희생되고 말았다. 현실과 비현실, 일상과 비일상이 너무 뒤섞인 부작용이라고도 할 수 있겠다.

근세시대 말의 분위기를 흔히 「에로그로」라고 한다. 에로틱하고 그로테스틱하다는 두 단어의 합성어이다. 이 두 개의 인간 본성은 평소에는 도덕과 이성에 감추어져 겉으로 드러나지 않는 법이다. 에로그로는 비일상의 성격을, 도덕과 이성은 일상의 성격이다. 근세 말기 에로그로가 사회에 만연하게 되었다는 것은 비일상과 일상의 영역 구분이 무의미하게 되었음을 나타내는 것을 아닐까.

〈부기〉
2절: 편용우(2016)「일본 전통극의 전쟁 서술」,『한일군사문화연구』제21호, 한일군사문화학회, 223-243쪽 일부.
3절: 편용우(2020)「정보・소문 발신지로서의 에도 유곽－가부키 작품의 예를 중심으로－」,『일본어문학』제86권1호, 한국일본어문학회, 63-80쪽 일부.

일본 근세의 일상문화

제4장

일상에서 비일상으로

— 일본 근세 연극 · 예능과 다이라노 도모모리(平知盛)의 이미지 —

히오키 다카유키

1. 들어가며

근세 일본에서 생겨나 지금까지 명맥을 잇고 있는 연극 가부키(歌舞伎)와 인형 조루리(浄瑠璃)에서는 고대부터 근세 초기까지의 전투와 정변 등의 역사적 사건을 테마로 한 시대물과 근세의 현대극이라 할 수 있는 세와모노(世話物, 서민을 주인공으로 당시의 세태를 묘사한 작품)가 함께 상영되어 왔다. 지금도 가부키자(歌舞伎座)의 공연을 살펴보면 최초의 시대물인 기다유 교겐(義太夫狂言) 등이 상연된 후 중간에 무용 등의 무대가 있고 후반에는 세와모노를 상영하는 구성이 많다. 인형 조루리의 경우에도 시대물 다이조(大序, 연극 처음에 선보이는 교겐)부터 세 번째 대목(三段目)이나 네 번째 대목(四段目)의 후반까지를 전부

상영하는 것이 근세의 공연 원칙인데 이러한 '다테쿄겐(建狂言, 공연의 중요한 대목)' 이후에 다른 시대물의 내용 일부 혹은 세와모노가 '쓰케 모노(付物)'로 상연된다. 이러한 원칙은 쇼치쿠(松竹)가 분라쿠(文楽)의 경영을 담당한 이후 1930년(쇼와(昭和) 5년)에 요쓰바시분라쿠자(四ツ橋 文楽座)가 문을 열 때까지 이어졌는데 1966년(쇼와 41년) 국립극장 개장 에 맞춰 시대물 전체 상영을 기본으로 하는 공연 방식이 다시 채택되 었다.[1]

중세 시대의 연극인 노가쿠(能楽)에 있어서도 왕조 이야기나 군기 (軍記) 이야기 등의 고전을 중심으로 하는 노(能)와 서민적인 내용의 쿄겐이 교차로 상영되는 것이 일반적이었는데 이러한 중층성은 일 본 연극과 예능의 전통이라 할 수 있다. 그러나 근세 연극의 세와모 노에는 쿄겐에서는 볼 수 없는 특색이 존재한다. 그것은 현실 시정 (市井)의 인물과 그 인물이 연관된 사건을 모델로 삼은 작품이 다수 존재한다는 점이다.

세와 조루리의 선구적인 작품으로 알려진 지카마츠 몬자에몬(近松 門左衛門)의 '소네자키신주(曾根崎心中)'(1703년(겐로쿠(元禄) 16년))는 간장 가게의 중간관리자인 데다이(手代) 도쿠베(徳兵衛)와 유녀 오하쓰(お 初)의 신주(心中, 동반 자살)라는 실제 사건을 각색한 작품으로 주인공 의 이름에 오하쓰와 도쿠베라는 실명을 붙임으로써 관객이 기억하 는 사건을 무대에 올리는 방식을 썼다. 이는 다로카쟈(太郎冠者, 다이묘 의 최고참 하인)나 다이묘(大名) 등의 일반 명사로 불리는 것이 일반적이

---

1 内山美樹子 · 志野葉太郎(1996) 『日本古典芸能と現代 文楽 · 歌舞伎』, 岩波書店.

며, 교겐 「나리히라모치(業平餅)」에서 헤이안(平安) 시대의 귀족인 아리와라노 나리히라(在原業平) 외에 특정 인물이 거의 등장하지 않는 교겐과는 전혀 다른 방식인 것이다. 일본의 연극과 예능은 근세 초기에 이르러 처음으로 서민의 일상을 그리게 되었다고 할 수 있다. (한편 서양에서도 18세기 전반에 영국의 작가 조지 릴로(George Lillo)가 《런던 상인(London Merchant)》, 독일의 고트홀트 레싱(Gotthold E. Lessing)이 《미스 사라 샘슨(Miss Sara Sampson)》을 발표한 후 괴테와 프리드리히 실러 등의 작가가 이를 계승하는 형태로 '시민'을 주인공으로 한 비극 장르가 개척되었다.)

본고에서는 앞서 설명한 일본 근세 연극의 특색을 바탕으로 다이라노 도모모리(平知盛, 1152~1185)라는 등장인물이 일상과 비일상의 사이에서 어떻게 그려지고 있었는지를 여러 작품의 예를 통해 살펴보고자 한다.

2. 다이라노 도모모리의 이미지 —『헤이케이모노가타리(平家物語)』부터『요시쓰네센본자쿠라(義経千本桜)』까지

다이라노 도모모리는 헤이안 말기의 무장(武将)인 다이라노 기요모리(平清盛, 1118~1181)의 사남으로 장남인 다이라노 시게모리(平重盛, 1138~1179)가 세상을 떠난 뒤 같은 어머니에게서 태어나 다이라 가문의 기둥이 된 다이라노 무네모리(平宗盛, 1147~1185)를 보좌한 인물이다.

그는 단노우라 전투(壇ノ浦の戦い)에서 다이라 가문의 멸망을 지켜본 후 스스로 바다에 몸을 던지며 최후를 맞이했다고 알려져 있는데『헤이케이모노가타리』에서는 그 모습을 다음과 같이 묘사하고 있다.[2]

> 다이라도 도모모리(新中納言知盛) 님은 "(세상에서) 보아야 할 것은 모두 보았고 더 이상 미련은 없다. 이제 스스로 목숨을 끊으려 한다"라며 유모인 이가헤이나이자에몬(伊賀平内左衛門家長)을 불렀다. "평소의 약속을 지킬 셈인가"라고 말하자, "물론입니다"라며 이가헤이나이자에몬는 도모모리 님에게 갑옷을 2령(領)을 입히고 자신 역시 갑옷 2령을 입고 손을 잡고 함께 바다를 향해 걸어 들어갔다. (12권 나이시토코로노미야코이리(内侍所の都入)의 이야기)

인용 부분의 앞 내용에서는 아키 다로(安芸太郎)와 지로(次郎) 형제를 양팔에 끌어안고 함께 바다에서 목숨을 끊은 다이라노 노리쓰네(平教経, 1160~1185)와 같은 훌륭한 무인의 자세가 강조되고 있다.『헤이케이모노가타리』에서 도모모리의 마지막 장면은 가문을 이끄는 인물임에도 살아서 도읍으로 끌려온 다이라노 무네모리와 대비된다.『헤이케이모노가타리』에서는 슈라노(修羅能, 등장인물의 영혼이 등장하여 자신의 죽음이나 사후의 고통을 보여주는 노)가 자주 사용되는데 도모모리가 등장하는 노(겐코쿄쿠(現行曲), 연기하는 곡명의 일람)에는「후나벤케이(船弁慶)」와「이카리카즈키(碇潜)」가 포함되어 있다.

---

2 『平家物語』의 인용은 1672년(간분(寛文)12년)의 간본(刊本)을 저본으로 하는 가도카와 소피아 문고(角川ソフィア文庫)를 기준으로 하였다.

「후나벤케이」는 다이라 가문이 멸망한 이후 형인 미나모토노 요리토모(源頼朝, 1147~1199)로부터 모반을 일으키려 한다는 의혹을 받게 된 요시쓰네가 애첩 시즈카 고젠(静御前)과 헤어지고 셋쓰노쿠니(摂津国)의 다이모쓰우라(大物浦)(지금의 효고(兵庫)현 아마가사키(尼崎)시)를 출항한 후 바다에서 다이라 가문의 망령과 조우하게 되고 장도(長刀)를 든 도모모리의 유령과 대치하는 장면에서 승려 벤케이(弁慶)가 염불을 외며 망령을 퇴치한다는 내용이다.

한편 「이카리카즈키」는 다이라 가문과 인연이 깊은 승려가 가문 사람들의 보리(菩提)를 애도하기 위해 단노우라를 찾아가는데 그곳에서 만난 선두(船頭)에게 전투에 관해 이야기해달라고 부탁하게 된다. 다이라노 요시쓰네의 최후에 대해 이야기하던 선두는 자신이 다이라 가문의 무장의 망령이라고 밝히곤 자취를 감춘다. 승려가 법화경을 외자 도모모리의 유령이 모습을 드러내고 수라도(修羅道)에서의 고통을 털어놓은 후 닻을 짊어지고 물속으로 들어가는 모습을 재현하며 사라진다.

요시쓰네의 생애를 그린 군기물 『기케이키(義経記)』의 4권 「요시쓰네미야코오치의 일(義経都落の事)」에는 요시쓰네 일행을 태운 배의 건너편에 먹구름이 나타나자 벤케이가 화살을 쏘아 물리치는 장면이 있는데 여기서는 망령의 모습은 명확히 등장하지 않고 도모모리의 이름도 특별히 거론되지 않는다. 또한 앞서 인용한 『헤이케이모노가타리』의 대목에서 도모모리가 갑옷을 입긴 했지만 닻을 짊어지는 묘사는 없다. 노 중에는 『기케이키』나 『헤이케이모노가타리』의 이야기에 독자적인 각색을 더한 작품이 나오기도 했는데[3] 여기에 등장하

113

는 도모모리는 당연한 말이지만 역사 속의 특별한 인물이다. 「후나벤케이」는 실존 인물이 등장하여 이야기가 전개되는 겐자이노(現在能)의 작품으로 도모모리의 유령와 해후하는 장면에서 요시쓰네와 벤케이라는 역사적 인물을 등장시켰으며, 정령이 등장하는 무겐노(夢幻能) 「이카리카즈키」의 경우에도 와키는 단순한 승려가 아니라 다이라 가문과 관계있는 인물로 설정하여 그들을 애도하려는 목적을 갖고 단노우라를 찾아가게 된다.

이에 비해 근세의 연극에서는 서민과 동일한 '일상'의 치원에서 관객에게 다가가는 형식으로 도모모리를 표현하려 한 시도도 엿보인다. 조루리『요시쓰네센본자쿠라(義経千本桜)』는 1747년(엔쿄(延享) 4년) 11월에 오사카 쇼치쿠자에서 처음 상영된 후 분라쿠와 가부키 등에서도 오늘날까지 활발히 상연되는 작품이다. 주요 내용은 다이라 가문이 멸망했다는 설정이기는 하나 사실 전장에서 무사히 살아남은 도모모리, 다이라노 고레모리(平維盛, 1159~1185), 노리쓰네를 요시쓰네가 은밀히 수색한다는 내용으로 총 5개의 대목(五段) 중 2번째 대목에 도모모리가 등장한다. 도모모리가 등장하는 2단의 후반부는 이렇게 시작한다.[4]

어느 하늘에 매일 밤 배가 들어오는 해변의 활기찬 마을 아마가사키(尼ケ崎), 다이모쓰노우라(渡海屋 大物浦)에 숨겨진 도카이야(渡海屋), 바

---

3 〈碇潜〉〈船弁慶〉의 도모모리의 이미지에 대해서는 伊海孝充(2008)「長刀を持つ知盛の成立―〈碇潜〉〈船弁慶〉をめぐる試論―」,『能楽研究』33, 法政大学能楽研究所을 참조.
4 『義経千本桜』의 인용은 角田 一郎(1991)『新日本古典文学大系93 竹田出雲並木宗輔浄瑠璃集』, 岩波書店에 의함.

다를 끼고 선박업을 한다. 가게는 이카리호모멘(碇帆木綿), 배에 실을 짐을 아래위로 옮기는 선두와 뱃사람들, 사람의 발길이 끊이지 않는 선박 돈야(問屋), 평온하게 살아가고 있다. 남편은 화물 돈야를 돌고 집안일을 담당하는 아내 오리우(おりう), 숙소에 묵은 손님의 요리 준비로 분주하다. 장소가 장소인 만큼 생선과 젓갈의 안배도 달게 할 만큼 애지중지 키운 외동딸 오야스(お安)가 깜빡 졸다 감기에 걸릴세라 옷자락을...

이곳에 그려진 풍경은 아마가사키의 화물 수송선(廻船) 객주의 돈야 앞이다. 실제 근세 시기의 아마가사키에는 화물 수송선 돈야가 다수 존재하며 해상 교통의 거점으로 활기를 띤 곳이다. 오사카에서 초연을 관람한 관객에게 이는 친숙한 광경이었을 것이다. 그러나 극 중에서 지금 이 돈야에는 가마쿠라(鎌倉)에서 도망친 요시쓰네 일행이 묵고 있다. 요시쓰네 일행은 이 화물 수송선 돈야의 주인인 긴페이(銀平)의 도움으로 출항하게 되는데 이때 근세 화물 수송선 돈야의 주인이 놀랍게 변신하게 된다.

"아~ 마음이 급하구나" 부싯돌을 치고 기름을 부어 가미다나(神棚)에 불을 켜고는 "딸아, 내딸, 오야스!"라고 이름을 불렀다. "해가 떨어지는데도 공부를 놓지 않는구나. 오늘 밤 나는 무사들을 본선(元船)에 데려다주어야 하니 너도 잘 때까지는 이곳에 있으려무나. 그건 그렇고 언제든 천리만리 먼 곳까지 갈 수 있도록 언제든 몸단장을 해두거라. 벌써 날도 저물었다. 준비가 끝났으면 외출하거라."라고 말했지만, 대

115

답이 없다. "이런, 낮의 고단함으로 졸고 있었구나. 긴페이 님, 긴페이 님"이라고 부르자,

"원래 나는 간무 천황의 9대 후손인 다이라노 도모모리의 유령이다. 도카이야의 긴페이는 가짜 이름, 신주나곤(新中納言) 도모모리라는 진짜 이름을 밝히는 것은 송구할 따름이다."라며 딸의 손을 잡고 상좌(上座)로 이동하더니 "당신은 사실 81대 제왕, 안토쿠(安德) 천황이신데 미나모토지에게 세상을 빼앗겼지. 어차피 이길 승산이 있는 싸움이 아닌 듯하여 니이노아마(二位の尼, 다이라노 도키코(平時子))가 당신을 안고 도모모리와 함께 바닷속에 가라앉았다고 세상을 속이고 내가 공봉(供奉) 하며 오랜 시간, 유모를 아내로 둔갑시킨 후 천황을 나의 자식으로 삼고 때를 기다렸는데 그 보람이 있구나. 미나모토노 요시쓰네를 오늘 밤에 물리치고 오랜 세월의 염원을 이루는 것이 너무나 기쁘다. 스케노쓰보네(典侍の局)도 기뻐하시게." 이렇게 말하는 그 용감한 얼굴은 위엄이 넘치고 거칠어 다이라 가문의 대장인 도모모리임이 외모에서도 나타난다.

긴페이라는 인물은 사실 도모모리의 가상의 모습인 것이다. 미나모토 씨(源氏)와의 전투에서 승산이 없음을 깨달은 도모모리는 기요모리의 아내인 다이라노 도키코가 안토쿠 천황을 안고 바다에 빠진 것처럼 만든 뒤 은밀히 천황을 따라 전장에서 빠져나와 아마가사키에서 화물 수송선의 돈야 객주 행세를 하는 것이며 천황은 딸 오야스[5], 천황의 유모 스케노쓰보네는 아내로 함께 생활하며 요시쓰네를 향한 복수의 기회를 노린다는 설정이다.

이후 도모모리는 배의 유령을 가장해 요시쓰네가 탄 배를 습격하지만 모든 것을 알아채고 잠복해있던 요시쓰네 일행에 의해 역습을 당하게 되고 도모모리는 천황을 요시쓰네에게 부탁한 뒤 닻을 짊어지고 바다에 빠진다. 『요시쓰네센본자쿠라』는 전체가 『헤이케이모노가타리』에서 모티브를 가져온 것으로 2단 후반부에서 '도모모리의 망령'이 요시쓰네를 공격하는 내용은 「후나벤케이」에서 (오른쪽의 '원래 나는 간무(桓武) 천황 9대손의 후예, 다이라노 도모모리의 영혼이다'라는 내용은 「후나벤케이」의 사장(詞章)의 내용을 쓴 것이다), 안토쿠 천황이 죽음의 노래를 부르며 바다에 빠지는 장면 등은 「오바라고코(大原御幸)」에서, 또한 도모모리가 닻과 함께 바다에 가라앉는 마지막 장면은 「이카리카즈키」에서 가져왔다. 이러한 중세 시대의 문예 세계와 근세 관객에게 친숙한 일상의 광경이 뒤섞이며 역사상 인물인 도모모리가 일시적이기는 하나 일상 세계 속 인물로 등장해 평범한 생활을 한 것이다.

3. 메이지 시대의 '鬼王貧家(오니오힌카)'와 도모모리

앞서 근세 연극에서 시대물과 세와모노의 구분에 대해 이야기했는데 시대물 조루리에서도 다수의 작품에서 시대물적 요소와 근세

---

5 안토쿠 천황이 '딸'이 된 것은 『요시쓰네센본자쿠라』가 중세 이후, 안토쿠 천황이 외척이 되길 원하는 기요모리에 의해 여성이지만 남성으로 속이고 즉위했다는 속설을 반영했기 때문이다.

의 일상이 혼합되어 등장하는 시대물 겸 세와모노의 장면 설정이 있다. 또한 가부키의 경우에도 원래 과거의 공적인 장면이 중심이 되는 시대물 교겐 이치반메교겐(一番目狂言)과 일상적인 장면을 묘사하는 니반메교겐(二番目狂言)이 연관성을 갖는데 이치반메와 니반메가 각각 독립된 제목으로 완전히 별개의 작품으로 인정받은 것은 간세이(寛政) 기간(1789~1801)이후의 일이다. 역사 속 사건과 인물, 근세의 일상이 혼재하며 도모모리의 경우처럼 동시대의 일반인이 갑자기 역사적 인물로 변신한다는 점 역시 근세 연극의 특색이자 재미라고 보아야 할 것이다.

이러한 각색과 연출이 가능해진 배경에는 근세에 『헤이케이모노가타리』와 요쿄쿠(謠曲, 노가쿠의 사장에 가락을 붙여 부르는 노래)가 서민층에게 친숙했다는 점을 들 수 있다. 근세에는 출판의 발전에 따라 중세에 지어진 많은 문예 작품이 이전과는 비교가 되지 않을 정도로 많은 이들에게 읽히면서 '고전' 작품으로 알려지고 인기를 얻게 된다. 그리고 이를 바탕으로 새로운 작품이 만들어지게 된 것이다. 『헤이케이모노가타리』의 경우에도 판본이 빈번히 출판되고 조루리와 가부키에서도 셀 수 없을 정도로 많은 관련 작품이 상연되었으며 요쿄쿠의 경우에도 근세 전기까지 많은 곡이 우타이본(謠本)으로 간행되었다. 무대 위에서 공연하는 노 작품을 볼 기회는 서민에게 자주 주어지지 않았지만 비교적 부유한 조닌(町人) 층을 중심으로 스우타이(素謠, 노에서 반주나 춤 없이 읊는 노래)의 교습이 이루어지며 축의(祝儀) 등에서 고우타이(小謠, 요쿄쿠 중 중요한 부분만을 뽑은 대목)를 부르는 일도 일상적이었는데 이로 인해 실용적인 고우타이집이 다수 출판되기도 했다. 이렇듯 관객층에 『헤이케이모노가타리』와 노(요쿄쿠)에 대한 친숙함이 있었기 때문에 『요시쓰네센본자쿠라』와 같은 작품이 나올 수 있었을 것이다.

앞서 언급하였듯이 『요시쓰네센본자쿠라』는 초연부터 270년이 넘는 역사를 가지며 현재까지도 상연되고 있는 작품인데 에도 후기부터 메이지 시기 즈음에는 모두에게 알려진 연극이자 '고전'으로 자리매김하였다. 그리고 '고전'이 된 『요시쓰네센본자쿠라』는 근세의 『헤이케이모노가타리』나 노와 마찬가지로 그 지명도를 활용해 새로운 작품의 소재로 활용되어 왔다. 여기서는 『요시쓰네센본자쿠라』에서 형성된 도모모리의 이미지와 에도시대에 널리 알려진 가부키의 소가쿄겐(曾我狂言)의 이미지를 이용한 메이지기의 가부키에 대해 알아보도록 하자.

가부키 『스이텐구메구미노후카가와(水天宮利生深川)』는 가와타케 모쿠아미(河竹黙阿弥)의 작품으로 1885년(메이지 18년) 2월에 도쿄 지토세자(千歲座)에서 초연되었다. 대략적인 줄거리는 다음과 같다.

【서막 신요시와라(新吉原) 지토세로(千歲楼)의 장면 · 동(同) 고히나 (小雛) 방의 장면】

신요시와라의 찻집 지토세로. 대금업자 긴베에(金兵衛)(초대 이치카와 단에몬(市川団右衛門))는 유녀 고히나(4대 사와무라 겐노스케(沢村源之助))에게 반했지만 고히나에게는 고텐구 요지로(小天狗要次郎)(5대 오노에 기쿠고로(尾上菊五郎))라는 연인이 있어 긴베에는 고히나에게 외면당한다. 요지로는 도적이지만 고히나는 그 사실을 알고도 만남을 이어간다.

119

【서막카에시(返し) 아부라보리마키와라몬젠(油堀萩原門前)의 장면 · 동 고베에(幸兵衛) 젖동냥의 장(후카가와(深川) 만넨바시(万年橋) 장면】

검술을 가르치는 마키바라 쇼사쿠(萩原正作)의 집. 쇼사쿠가 집을 비운 사이, 부인 오무라(おむら)(2대 반도 슈추(坂東秀調))는 젖동냥하며 다니는 사족(士族) 후나쓰 고베에(船津幸兵衛)(기쿠고로(菊五郎))를 집 안으로 들인다. 몰락하여 붓 행상을 하는 고베에의 사정에 사람들은 동정하였고 오무라는 돈과 갓난아기의 옷을 챙겨준다. 고베에가 돌아간 후 귀가한 쇼사쿠(초대 이치카와 사단지(市川左団次)) 는 고베에가 자신의 검술 스승의 아들임을 알게 되고 어디에 사는지 물어보지 않은 사실을 안타까워한다. 고베에의 딸 오유키(お雪)(초대 오노에 기쿠노스케(尾上菊之助))가 나쁜 놈들에게 습격당하자 고텐구 요지로와 그 무리인 이바라키 덴지(茨木伝次)(4대 오노에 마쓰스케(尾上松助))가 구해준다. 요지로는 과거 감옥에서 만난 산고로(이치카와 사단지(市川左団次))와 재회하고 산고로는 회심하게 된다.

【제2막 조신지(浄心寺) 뒤쪽 빈가의 장면 · 우미베마치(海辺町) 강가 입수 장면】

고베에가 거주하는 우라나가야(裏長屋). 고베에는 평소 신봉하는 스이텐구(水天宮)를 참배하고 이카리노히타이(碇の額)를 사서 돌아온다. 대금업자 긴베에 무리가 찾아와 빚을 갚으라고 협박하며 돈과 갓난아기의 옷을 빼앗아 간다. 옆집에서 경사가 나서 연주되는 기요모토(清元, 조루리에서 나온 샤미센 음악)가 들려오는 가운데 고베에는 가족과 동반 자살을 결심하기에 이르는데 그 괴로움이 너무 커 미쳐버린다. 고베에

가족의 궁핍한 상황을 전한 신문 기사에서 주소를 알게 된 오무라가 찾아오지만 미쳐버린 고베에는 갓난아기를 안고 집을 뛰쳐나간다. 고베에는 갓난아기와 함께 강에 뛰어들지만 산고로의 도움으로 둘 다 목숨을 건지며 정신을 차리게 된다. 그곳에 오무라도 달려와 고베에에게 옷을 내어준다. 신문 배달원이 신문 독자들이 보내온 돈을 전한다. 사람들은 신문의 힘과 스이텐구의 은혜(御利生)에 감탄한다.

【오기리(大喜利) 후카가와 전당포 앞 장면 · 동 뒷담에서 숨어 들어오는 장면 · 동 안쪽 점포에서의 장면】

고베에의 땅주인 야마오카 도미사부로(山岡富三郎)(3대 가타오카 가도(片岡我童))가 경영하는 전당포. 마키바라와 고베에의 인연을 알게 된 야마오카는 고베에의 딸 오유키를 양녀로 받아들이기로 한다. 한편 요지로와 덴지는 가게에 몰래 숨어들어 야마오카와 마키바라를 협박하여 돈을 내놓으라고 하지만 쇼사쿠에게 잡히고 만다. 쇼사쿠는 회심을 조건으로 두 사람을 풀어주려 하지만 요지로가 어릴 때 헤어진 동생임을 알게 되고 경찰에 넘기게 된다. 또한 고히나는 마키바라 가문을 섬기는 모쿠조(杢蔵)(3대 오타니 몬조(大谷門蔵))의 딸임이 밝혀지고 야마오카는 요지로가 죗값을 치른 후 고히나와 요지로의 중매인이 될 것을 약속한다.

이렇듯 본 작품에서는 메이지 시대에 새롭게 등장한 미디어인 신문이 극 중에서 중요한 역할을 담당한다.[6] 메이지 시대의 신풍속을 그린 '잔기리모노'(散切物, 새로운 시대의 풍속 속에서 살아가는 사람들을 그린 작품군) 중에서는 거의 유일하게 지금도 상연되고 있는 작품이다.

한편 작가인 가와타케 모쿠아미는 단순히 새로운 풍속만을 그리려 한 것은 아니었다.[7] 1885년(메이지 18년) 2월의 공연은 지토세자가 새롭게 개장한 이후 처음 상연되는 연극이었다. 일반 공연에 앞서 1월 4일부터 7일까지 개장식이 열렸는데 공연 내용은 '시키산반(式三番)'으로 시작하여 고조(口上, 무대 위에서 작품에 관해 설명하는 것)와 나다이(名題)를 읽은 후 마지막에 가부키 쿄겐인 '소가의 대면(曾我の対面)'을 상연하는 것이었다. 이 작품은 데라다 시마(寺田詩麻) 씨가 지적하듯이 '에도시대 정월에 에도산자(江戸三座)에서 길례(吉例)로 진행되던 시조메(仕初, 가부키 극장에서 설날부터 3일간 진행하는 행사)의 시다이(次第)를 모방한 것'[8]이다. 이후 일반 공연이 시작된 첫날에는 빠졌지만, 2월 8일부터 『스이텐구메구미노후카가와』가 상연되었다. 그러나 『스이텐구메구미노후카가와』는 니반메쿄겐이며 그 앞에는 이치반메인 『센자이조카겐지노이시즈에(千歳曾我源氏礎)』가 상연되었으며 마지막에는 개회식부터 상연된 '소가의 대면'의 장면이 포함되어 있었다. 『센자이조카겐지노이시즈에』는 제목에 '소가'라는 글자가 들어가 있지만 실제로는 소가 형제가 등장하지 않으며 또한 '대면'의 장면이 빠져 있는 『모쿠아미전집(黙阿弥全集)』에 수록된 번각을 읽어도

---

6 졸고 日置貴之(2016)「河竹黙阿弥作『水天宮利生深川』における新聞の機能」,『演劇学論集 日本演劇学会紀要』62, 日本演劇学会, 67-79쪽을 참조

7 이하『千歳曾我源氏礎』『水天宮利生深川』와 소가쿄겐에 관한 기술은 日置貴之(2020)「『水天宮利生深川』の構想と曾我」,『国語と国文学』97, 明治書院, 100-110쪽과 중복되는 부분이 있다.

8 寺田詩麻(2019)『明治 · 大正東京の歌舞伎興行 その「継続」の軌跡』, 春風社 중 第四章 第一節「『曾我の対面』と「夜討」―黙阿弥以降」.

'소가'의 의미를 이해하기 힘든데, '대면'과『센자이조카겐지노이시
즈에』가 이후 계속 상연된 점을 감안하면 모쿠아미의 의도가 엿보인
다 할 수 있다.

즉, 모쿠아미는『센자이조카겐지노이시즈에』와『스이텐구메구미
노후카가와』를 하나의 이야기로 구상한 것으로 이치반메에서는 요
시쓰네와 그의 가신인 사토 쓰구노부(佐藤継信)와 다다노부(忠信) 형제
의 업적을 그린 후(『센자이조카겐지노이시즈에』) 소가 형제가 부모의 원
수인 구도 스케쓰네(工藤祐経)와 만나는 '대면'의 장면을 선보이고 니
반메에서는 에도시대의 소가쿄겐에서 자주 등장하는 '오니오힌카
(鬼王貧家)'를 현대적으로 해석한 장면을 넣은『스이텐구메구미노후
카가와』를 상연한 것이다.

'오니오힌카'는 에도 가부키에서 정월 초춘(初春) 공연을 대표하는
중심 소가쿄겐 중에서 '대면'의 장면과 어깨를 나란히 하는 클라이
맥스이다. 매년 새로운 내용이 다양하게 선보였는데 대략적인 줄거
리는 가난한 가운데 소가 형제를 돌보는 가신 오니오신자에몬(鬼王新
左衛門)과 부인 등이 빚을 지게 되면서 조닌에게 매를 맞는 등의 모욕
을 참다가 마지막에는 가까운 인물이 희생하여 생피(生き血)를 바침
으로 형제의 원수 갚기의 길이 열린다는 내용이다. 그러나 분카(文
化) · 분세이(文政) 연간(1804~1830)의 4대 쓰루야 난보쿠(鶴屋南北)의 작
품에서는 점차 오니오의 역할이 가벼워지는 경향이 나타났으며[9] 막
말(幕末) 시기에는 '오니오힌카'가 쇠퇴하고 만다.

---

9 三浦広子(1975)「南北物にみる曾我貧家の解体」,『国語国文学研究』55, 北海道大学国
   語国文学会, 23-33쪽.

모쿠아미는 『스이텐구메구미노후카가와』에서 이 '오니오힌카'의
취향의 '현대화'를 꾀하였다. 2막의 '조신지 뒤쪽 빈가의 장면'에서
이카리노히타이를 사서 돌아온 고베에는 대금업자인 긴베에와 주선
자 모구리 야스조(茂栗安藏)를 맞이하게 된다.[10]

> 고베에: 아니, 긴베에 씨.
>
> 긴페에: 고베에, 지난번에 빌린 2엔 벌써 갚을 기일이 지났는데 하
> 도 사정을 하는 바람에 저당을 더 잡고 기일을 연기해 주지 않았
> 나. 하지만 더는 못 기다리네. 오늘은 무슨 일이 있어도 돈을 갚게.
>
> 야스조: 만약 오늘 갚지 않으면 내가 따라온 이상 고소를 하면 자네
> 는 파산이야. 그 전에 빨리 갚는 게 이자도 붇지 않고 좋을 걸세.
>
> 고베에: 물론 당신네 말이 다 맞소. 하지만 알다시피 아내가 아이를
> 낳자마자 죽고 이 어린 핏덩이를 데리고 있는 데다 큰딸은 맹인이
> 고 작은딸도 아직 어린데 이 능력 없는 애비가 혼자 키우느라 생
> 활에 쫓기고 있소. 돈 갚는 게 늦어진 건 정말 미안하지만 조금만
> 더 기다려 주시게.

고베에의 간청에도 불구하고 빚을 갚으라고 압박하는 긴베에 일
행은 마련해 두었던 월세와 마키바라의 집에서 받아온 갓난 아기의
옷까지 빼앗아 고베에와 딸을 쓰러뜨린 후 때린다. 이런 무자비한 빚
독촉과 모욕을 참는 주인공의 모습은 '오니오힌카'와 겹친다. 이하

---

10 『水天宮利生深川』의 인용은 와세다(早稻田)대학 연극박물관 소장 대본(イ-253)을
기준으로 하며 배우명은 극 중 이름으로 고쳤다.

의 내용은 1789년(간세이 원년) 정월 에도 이치무라자(市村座)에서 상연된 『고이노타요리카나가키소가(恋便仮名書曾我)』의 제1막 4번째 '소가 빈가의 장면'이다.[11]

> 로쿠베에: 이것 봐. 그런 일은 어차피 큰 타격이 없을 거야. 이렇게
> [담배 상자로 친다. 쓰키노사요(月小夜) (표정). 신자에몬(新左衛門)
> 을 끌어당긴다. 신자에몬 (계속 생각에 잠기는 표정)] 참으로 재
> 미없는 녀석이구나. 어차피 사기나 치는 근성이면서. 그 혀로 말
> 이야. 괜찮아. 나중에 그 면상에다 사기꾼이라는 도장을 찍어 본때
> 를 보여줄 테다. 이렇게. (담배 상자의 모퉁이로 로쿠베에, 신자에
> 몬의 이마를 친다. 상처가 생긴다. 신자에몬, 이마를 누르며(표정)
> 쓰키사요: 어머나, 당신 이마에 상처가...(가만히 참고 있다...)

소가쿄겐의 오니오 신자에몬과 마찬가지로 매맞는 모욕을 참은 고베에이지만 결국 가난의 고통을 이기지 못해 가족 동반 자살을 결심한다. 이 장면에서 모쿠아미는 도모모리의 이미지를 가져온 것이다.

> 양쪽으로 붙들고 늘어지는 딸들을 거칠게 뿌리치고 고베에는 곧
> 장 일어서서는 주위를 바라보며 큰소리로 웃는다. [고베에 두 딸
> 에 둘러싸여 쓰러진다. 잠시 후 정신이 이상해진 듯한 표정으로
> 주위를 두리번거리더니]

---

11 渥美清太郎(1929) 『日本戯曲全集第十四巻 曾我狂言合併集』, 春陽堂.

고베에: 유령이 나타났다. 유령이 나타났다. (표정) 긴 검을 차고 나
타났다. (표정) [빗자루를 긴 검인 것처럼 들고는 겨드랑이에 끼
고 도모모리와 같은 움직임을 보이며 발바닥으로 바닥을 쓸면서]
본래 나는 간무 천황의 9대 후손, 다이라노 도모모리의 유령이다.
(표정)

젖먹이를 찌르려 한 고베에였지만 결국 그러지 못하고 정신이 이
상해져 마치 도모모리의 유령인 것처럼 행동하기 시작한다. 이후 고
베에가 미쳐 날뛰는 모습은 기요모토에 맞춰 무용하는 듯한 연기로
이어지는 데 연극의 중요 장면 중 하나이다.

앞서 말했듯이 『스이텐구메구미노후카가와』는 지토세자의 개장
공연에서 상연되었다. 지토세자는 현재 메이지자(明治座)의 전신에
해당하는 극장이며, 니혼바시구(日本橋区) 히사마쓰초(久松町)(현재의
주오쿠 니혼바시 하마마쓰 2초메) 스이텐구와 조신지 뒤편의 나가야라는
극 중의 등장 장소는 모두 극장에서 가까운 곳이었다. 또한 극 중에
등장하는 신문은 『곤니치(今日)신문』이라는 것을 대사에서 알 수 있
다. 이 신문은 '일본의 두 번째 석간지로 1884년(메이지 17년) 9월 25일
마이유샤(毎夕社)에서 창간되어'[12] 이후 『미야코(都)신문』이 되었는데
지금의 『도쿄신문』의 전신이다. 발행처인 마이유샤 역시 메이지 17년
말에 지토세자에서 수백 미터 떨어진 니혼바시 무라마쓰초(村松町)
14번지로 이전했다.[13]

---

12 土方正巳(1991)『都新聞史』, 日本図書センター, 3쪽.
13 日置貴之(2016), 앞의 논문, 67-79쪽.

지토세자의 객석을 메운 관객은 가족 동반 자살을 생각할 정도로 궁핍한 이들이 아니었지만 그럼에도 고베에를 비롯한 등장인물의 생활은 관객의 일상과 친숙한 것으로 인식되었을 것이다. 본 작품에서는 근세 사람들에게 친숙한 '고전'인 소가의 세계가 '현대화'되어 메이지 시대 사람들의 일상을 그리고 있지만 그 일상 속 '광기'라는 비일상이 나타날 때는 역시 근세 이후의 '고전'이라 할 수 있는『요시쓰네센본자쿠라』속 도모모리의 이미지가 차용되고 있었다.

4. 나가며

이상으로 근세부터 메이지 시대에 걸쳐 연극에 나타난 도모모리의 이미지에 대해 살펴보았다. 근세 사람들에게 일상 속 중세 군기물이나 노의 작품 세계라는 비일상이 동시에 등장하는『요시쓰네센본자쿠라』의 취향은 많은 이에게 인기를 얻었으며『스이텐구메구미노후카가와』속에서는 메이지 시기의 도쿄의 일상 속 '광기'라는 비일상을 출현시키기 위한 도구적 장치로 그 취향이 활용되었다. 그런데 도모모리와 '광기'가 결합한 취향은 간사이 지역(上方)의 라쿠고(落語)『후나벤케이』를 연상시킨다. 여주인인 오마쓰(お松)의 눈을 피해 게이샤와 함께 뱃놀이를 다녀온 기로쿠(喜六)는 오마쓰에게 그 유흥의 장면을 들켜버린다.[14]

---

14 라쿠고『후나벤케이』의 인용은 上方落語協会編(1975)『古典落語⑩ 上方ばなし』, 角川文庫에 수록된 桂小文枝(五代目文枝)의 구연(口演)에 근거함.

"어우!! 화난다. 어우!"

"뭐 하는 거야?!"

라고 말하고 문득 쳐다보니 아내가 아닌가. 흠칫 놀랐지만 남들 앞 체면도 있으니

"무슨 짓을 하는 거야!"

확 하고 밀치자 견디지 못하고 강 속에 풍덩 빠져버렸다. 그런데 마침 다행스럽게도 강물이 얕아 허리 정도까지만 물이 찼다. 흰색 유카타는 물에 흠뻑 젖었고 모토유이(元結, 머리를 묶는 끈)가 끊겨 머리는 헝클어졌고 얼굴은 새파랗게 질렸다. 그때 마침 위쪽에서 떠내려온 대나무를 주워 들고 강 한 가운데 서서는

"원래 나는 간무(桓武) 천황의 9대손 다이라노 도모모리의 망령이다."

"이봐 기로쿠, 자네와 자네 부인, 이런 자네 완전히 미쳐버린 것 같군."

"잠, 잠깐만, 잠시 그 시고키 오비(しごき帯)를 빌려주게"

시고키 오비를 염주처럼 들고는 기로쿠는 꼼짝도 하지 않고 염주를 천천히 만지작거리며 도호고잔제난포군다리(東方降三世南方軍茶利), 세이호다이이토쿠묘오(西方大威徳夜叉明王), 홋포콘고야샤묘오(北方金剛夜叉明王), 주오타이니치다이쇼후토묘오(中央大日大聖不動明王)...라며 주문을 외웠다.

"이봐 저기 좀 봐. 저 강 속에서의 싸움, 부부 싸움, 대단한 부부 싸움이야"

"저걸 부부 싸움이라고 보다니 한심하구면"

"그런가"

"그렇고말고. 저 강 속에 나카이(仲居, 여자 하녀)랑 배 안의 다이코모치(幇間, 유흥을 돕는 남성)말이야. 부부 싸움하는 것처럼 꾸미고는 사실 도모모리와 벤케이의 기도를 하는거지. 이런 걸 칭찬하다니 칭찬할게 없구만"

"아 그런 건가. 몰랐구만. 그런데 진짜 오늘 제일 멋진 건 강 속의 도모모리도 좋지만 배 안에 있는 벤케이야, 벤케이!"

"무슨 말도 안 되는 소리야. 그 벤케이랑 다른걸세. 오늘은 3엔씩 내기로 했잖아."

여기서 '벤케이'는 '돈도 내지 않고 남에게 빌붙어 화류계에 들어오는 사람'을 의미하는 은어이다. 기로쿠가 거짓말을 하고 뱃놀이하는 장면을 보고 화가 난 오마쓰는 강에 빠지면서 미쳐버리게 된다. 도모모리처럼 다시 일어선 오마쓰를 보고 배 위에서 기로쿠가 벤케이처럼 엎드려 기도하는 모습을 취하는데 그 모습을 보던 사람들은 두 사람이 도모모리와 벤카이를 연기하고 있다고 생각하고 이를 칭찬한다. 그러나 칭찬을 들은 기로쿠는 "오늘은 벤케이가 아니라 일인당 3엔의 돈을 제대로 냈다"며 반론의 만담을 펼치며 끝을 맺는다. 아마도 주변 사람들은 두 사람이 가부키의 한 장면을 따라 하며 익살맞게 연기하는 니와카쿄겐(俄狂言)을 연기하고 있다고 생각했을 것이다.

라쿠고 「벤케이」의 성립과 니와카쿄겐에서 도모모리가 어떻게 그려져 왔는지에 대해서는 추가로 검토할 필요가 있다. 일상을 그리면서 '광기'라는 비일상을 등장시키는데 도모모리의 유령 이미지를 사용한 『스이텐구메구미노후카가와』의 발상의 근저에는 라쿠고와 니와카라는 예능이 존재한 것이 아닐까 상상해 본다. 향후 이 부분에 대해서도 고찰해 갈 것이다.

▍번역 : 정경진(부산대학교 인문학연구소, 연구교수)

제5장

성리학적 세계관의 해체와 주자학에 대한 비판

― 오규 소라이(荻生徂徠)의 古文辭學을 中心으로 ―

윤 지 원

1. 序言

도쿠가와 이에야스(德川家康)는 1600년 세키가하라 전투에서 승리를 거두고, 오사카 전투에서 도요토미 히데요리(豊臣秀頼)를 멸망시킴으로써 태평 시대를 연다. 그는 오사카성 진압 이후 1615년 최초의 무가제법도(武家諸法度)를 반포한다.[1] 이는 반역자나 살인자의 추방과 국주(国主)의 인선 등 다이묘를 통제하기 위한 기본법이었으며, 막부의 지배원리를 내포하고 있었다. 도쿠가와 이에야스가 개막한 근세

---

[1] 사토 히로오 외 지음, 성해준 외 옮김(2009) 『일본사상사』, 논형, 272쪽.

는 문보다 무가 우선시 되는 무위의 시대였다. 하지만 어떠한 무력도 사상적 기반 없이 폭력의 영속성과 권력을 유지할 수 없다. 무사 계급이 천하를 통일하게 되면서 귀족들은 설 자리를 잃게 되었고 혼란한 사회를 바로잡고 백성들을 다스리기 위한 통치 체제의 정비와 규범의 정립이 중요한 문제로 대두되었다. 당시 주(周)시대의 봉건제도를 모델로 만들어진 유학은 도쿠가와 이에야스의 정책과 부합했다. 그는 유학을 통해 군사·정치적 지배를 보완하기 원했고 하야시 라잔(林羅山)[2]을 막부에 등용한 이후 주자학[3]은 막부가 나라를 통치하는 기준이 된다.[4] 하지만 에도 시대의 유학은 주자학 일변도로만 흐르지 않았다.[5]

---

2 일본 유학의 정치적 틀을 정초한 인물로 스스로 막부에 봉임하며 사회에 질서를 도입하는 역할을 담당한다. 스승인 세이카가 유학의 제 학파에 대해 포용적인 태도를 취한 데 반해 라잔은 주자학만을 올바른 가르침이라 여기고 육왕학(陸王学)을 배척한다.

3 朱子学은 송대 사상가들의 노력에 의해 완성된 새로운 형태의 유학으로 우주론과 인성론 그리고 경세론을 리기(理気)의 범주로써 일관되게 설명하고 있다.

4 주자학이 관학으로 인정받게 된 것은 마쓰다이라 사다노부(松平定信)의 간세이 이학의 금지령(寛政異学の禁) 이후의 일이다.

5 일본사회에서 유학은 과거제도의 정식과목이 아니었기 때문에 교학인 유학에 구애받지 않고 비교적 자유롭게 주자학을 논의할 수 있었던 것으로 생각된다. "과거제도를 갖지 못했던 일본에서는 유학 학습이 국가와 정치에 접속되지 않았고, 학문이 특정의 계급과 고정적으로 이어지는 일도 없었다. 18세기 후반 이후 중시되어진 무사의 유학 학습도 도덕교화에 주안점이 있지, 사회적 성공에 이어지는 것은 아니었다.....유학의 지식과 견식을 정치에 활용하는 구조가 빈약하였기 때문에, 학문의 의미가 사회적으로 자명하지 못하고, 불투명하였다. 일본의 유학은 사회적 책무에서 면제되어 있었던 것이었다. 무엇보다도 계급과 신분으로부터 자유로운 공간에서, 독자적인 지적 세계를 형성할 수 있었다.....유학은 지배계급의 지적 독점물로 되지 않았고, 중앙권력이 지적 세계를 독점하지도 못하였다." 쓰지모토 마사시(1998) 「日本의 儒学伝統과 大学」, 『동아시아의 유학전통과 대학』, 성균관대 대동문화연구원, 104쪽.

에도시대 중기 막번(幕藩) 체제의 모순이 사회적 현상으로 드러나면서 일본 사회는 점차 동요하기 시작한다. 막번(幕藩) 재정의 궁핍과 농민들에 대한 착취 그리고 그로 인한 봉기는 안정된 사회를 점차 파괴하기 시작했고 주자학의 비인간적 엄숙주의와 현실과의 괴리에 대한 반향이 일본 유학 내부에서 발생한다. 그리고 이는 일본 고학파(古学派) 탄생의 배경이 된다.

고학(古学)은 일본의 봉건적 질서가 해체되면서 나타난 일본 유학의 독특한 형태로, 전통 성리학자인 후지와라 세이카와 하야시 라잔의 주자학, 나카에 도쥬와 쿠마자와 반잔의 양명학을 모두 후세 학자의 해석일 뿐이라고 비판하며, 공자와 맹자로 돌아갈 것을 주장한다.[6] 미나모토 료엔(源了円)은 고학파가 고대로 돌아갈 것을 주장한 이유를 다음 3가지 이유로 설명한다. 1) 주자학은 인간의 욕망에 대해 소극적이거나 부정적이다. 2) 주자학은 리(理)에 치우쳐 이들의 심정적 측면을 만족시켜주지 못했다. 3) 주자학은 공리공론에 빠져 일상생활에 있어 실천성이 결여되어 있다. 고학파의 선두 주자는 야마가 소코이며 고학을 정착시킨 인물은 이토 진사이 그리고 고학의 집대성자는 오규 소라이(荻生徂徠)이다. 소라이는 에도시대 중기의 유학자이자 사상가이다. 그는 일본의 고문사학(古文辞学)[7]을 확립, 유교의 고학(古学)을 실증적으로 연구할 것을 주장하며 주자학적 세계관을 해체한다.

---

6 김예호(2015)『한중일의 유교문화담론』, 성균관대학교 출판부, 182쪽.
7 진사이의 학문을 고의학(古義学) 소라이의 학문을 고문사학(古文辞学)이라 부른다. 고의학은 유학을 휴머니즘의 학문으로 간주하는 반면 고문사학은 치국안민의 정치학으로 생각한다. 고문사학은 소라이학의 출발점이자 방법론이다.

소라이의 고문사학 성립에는 유학에 관한 소라이의 독자적 인식이 깔려있다. 고문사학의 특징은 송학 즉 주자학을 비판하고 옛 유가의 정신으로 돌아갈 것을 주장하는 것이었다. 주희가 『중용』과 『대학』을 학문의 중심으로 삼았다면 소라이는 유가의 근본경전인 육경(六経)으로의 회귀를 주장한다. 소라이는 초기 이토 진사이의 고의학에 큰 영향을 받았다. 하지만 그는 도(道)를 핵심으로 삼는 진사이와 달리 천도(天道)에 관해 관심이 없었다. 소라이는 사단(四端)의 배양과 확충을 통해 천도와 합일하려는 진사이와 다르게 도를 선왕이 만들어낸 작위의 결과 즉 천하를 다스려 백성을 편안하게 하는 방법이라 생각했다. 소라이는 주자학자들이 천하를 다스리는 데에 성인의 도가 있음을 제쳐놓고 천리(天理), 인욕(人欲), 리기(理気), 음양오행(陰陽五行) 등의 교묘한 설을 앞세워 지경(持敬), 주정(主静), 격물치지(格物致知), 성의(誠意), 정심(正心) 등 승려들의 짓과 같은 것을 참된 것으로 생각한다고 비판한다.

본 글은 오규 소라이가 고문사학을 통해 어떻게 성리학적 세계관을 해체했는가에 관해 고찰하는 것을 목적으로 한다. 이를 위해 먼저 성리학적 세계관에 대해 살펴보고, 나아가 사서(四書)의 주석에서 보이는 성리학의 범주인 천(天), 성(性), 도(道), 학(学)에 관한 소라이와 주자의 주석을 분석한다. 오규 소라이의 주자학 인식에 관한 고찰은 일본 근세 유학의 특징을 이해할 수 있는 기회를 제공해 줄 것이다.

2. 性理學의 世界觀

성리학(性理学)은 주돈이로 부터 시작되어 이정에 의해 발전, 주자에 의해 완성된 송학의 흐름이다. 그리고 좁게는 일상생활의 수양방법에서 넓게는 우주론에 이르는 방대한 사상체계이다. 북송오자 중 주돈이는 태극도설(太極図説)을 기반으로 우주의 법칙인 소이연(所以然)과 인간의 도덕법칙인 소당연(所当然)의 리(理)가 하나로 관통하는, 천인합일(天人合一)을 목적으로 하는 철학체계를 건립한다. 그에 의하면 우주의 시원인 태극은 혼돈의 상태이며 유(有)인 동시에 무(無)이기 때문에 무극(無極)이라고 부른다. 태극은 끝없이 회전하며 음양을 낳고 이 음과 양이 목·화·토·금·수의 오행과 상호 융합하여 천지의 사물을 낳는다. 그 가운데 가장 정묘한 것이 인간이며 기의 거칠고 엷은 정도에 따라 동물과 생물 그리고 무생물이 결정된다. 정이(程頤)는 주돈이가 이야기한 태극(太極)을 천지만물의 리(理)라 생각했고[8] 주자는 이를 이어받아 리(理)가 개개의 사물에 내재하며 만물을 초월하는 일원적 근원임을 주장한다. 즉 하나로 이야기하면 만물의 근원은 태극이며 나누어 말하면 사물 모두 각각의 리(理)를 가진다. 주자에 의하면 리(理)는 기(気)와 함께 세계와 사물을 구성함으로써 실체적 성격을 가지고 물질적 구성 기반인 기(気)의 소이연(所以然)

---

8 정이는 도는 음양을 떠날 수 없으며, 형이상자(形而上者)와 형이하자(形而下者)는 공간적으로 구별되는 다른 실체가 아니라는 입장을 견지한다. 또한 기의 운동에는 그렇게 운동하게 지배하는 규율이 있으며 그 운동의 내적 근거를 이룬다고 생각했다. 즉 정이는 도를 이기 운행의 근거와 규율로 파악하였으며 이는 계사전의 오랜 명제를 리와 기의 관계에서 새롭게 해석하고 있다. 진래 지음, 안재호 옮김 (1997) 『송명성리학』, 예문서원, 140쪽 참조.

이 된다. 즉 리와 기는 초월성과 내재성, 실체성과 원리성이 즉자적으로 무매개적으로 결합되어 있다. 성리학에서 천지만물은 모두 형이상의 리(理)와 형이하의 기(氣)의 결합으로 본성은 같지만 차별적이다.

성리학의 우주론은 인간에 대한 이해로 확장된다. 인간 역시 리와 기로 이루어지며 본성은 같지만 인간 대 자연사물, 인간 상호간 차별적이다. 태극(太極)인 리는 사람에 깃들어 본연의 성(本然之性)이 되고 기가 인간에 부여되어 기질의 성(氣質之性)이 된다. 본연의 성의 측면에서 보면 인간은 모두 절대적으로 선하다. 어둡고 탁한 기질에서 욕망이 생겨나며 욕망이 본연의 성을 가릴 때 인간에게 악이 발생한다. 유학에서 선은 항상 악보다 근원적이다. 어떤 사람이라도 어둡고 탁한 기질의 성을 변화시킬 수 있다면 본연의 성으로 되돌아가 성인이 될 수 있다. 선과 악의 차이는 기질지성을 바탕으로 하고 있으며 기질의 성에는 청명혼탁(淸明混濁)의 차이가 있다. 성인은 기질의 성을 투명하게 하여 본연의 성을 온전히 실현한 사람을 지칭하며, 일반인은 기질의 성이 불투명해 본연의 성이 가려진 사람을 말한다.

성리학 공부론의 특징은 리기설(理氣說)을 기반으로 한 도덕이론의 형이상학화이다. 북송유학자들은 그들의 유학을 성인에 이르기 위한 학(學)으로, 유학자는 성인이 되기를 바라는 자라 규정한다. 그들의 최종목표는 성인이 되는 것이었고 여기에는 강한 실천적 요구가 바탕이 된다. 때문에 '어떻게 기질을 변화시켜 성인이 될 수 있을까?'라는 물음은 성리학 실천윤리의 출발점이 된다. 주자학에 가장 큰 영향을 미친 정이는 「안자소호하학론(顔子所好何學論)」에서 유학이 성인이 되기 위한 학(學)이며, 이는 공부를 통해 이룰 수 있는 것이라 말한다.[9] 그리고 구체적 방법으로 마음과 본성의 함양공부와 진학·치지의 공부를 제시하며, "함양 공부는 반드시 경의 방법을 써야 하고, 진학공부는 치지하는 데에 달려있다."[10]고 주장한다. 정이의 주장은 후에 주희의 도문학(道問学)과 존덕성(尊德性) 공부로 계승되어 주자학 공부론의 기본 입장이 된다.[11]

주자는 실천윤리를 중시하며 욕망을 제거하고 천리를 보존(存天理, 去人欲)하기 위한 내적공부와 지적탐구를 위한 주관적이며 객관적 방법을 제시한다. 전자는 주경함양(主敬涵養)이며 후자는 격물치지(格物致知)이다.[12] 주경함양은 주자가 제창한 방법으로 앞서 이야기한 정이의 사상을 발전시킨 것이다.[13] 주희는 "경이란 어떤 것인가? 오직 '삼가 조심한다.'(畏)는 말과 같을 뿐이다. 귀에 들리는 것도 없고 눈에 보이는 것도 없이, 나무토막처럼 가만히 앉아 전혀 아무 일도 살피지 않는 것을 말함이 아니다. 오로지 심신을 수렴하고 정제하며, 순일(純一)하게 하여 저렇게 방종하지 않는 것이 바로 경이다."[14]라고 말

---

9 『二程文集』 卷7, 「顔子所好何学論」 "聖人之門其徒三千, 独称顔子為好学. 夫詩書六芸三千子非不習而通也. 然則顔子所独好者何学也, 学以至聖人之道也. 聖人可学而至歟?"

10 『河南程氏遺書』 卷18, "涵養須用敬, 進学則在致知"

11 임수무 외(2007) 『공부론』, 예문서원, 164쪽.

12 격물궁리에 의한 치지와 경을 통한 함양공부는 주자공부론의 핵심이다. 격물 궁리는 도덕적 상황에서 사람이 마땅히 따라야 하는 도리인 윤리를 궁구하는 것과 인지적 상황에서 사물의 본질 및 속성인 물리를 인식하는 것을 모두 포괄한다. 윤리에 대한 궁리나 물리에 대한 인식은 하나로 합일되어 진정한 성인의 앎에 도달한다. 그리고 경(敬)공부는 이러한 상황에서 항상 마음의 흐트러짐이 없이 하는 함양의 공부로 품수 받은 마음의 리가 그대로 현현할 수 있도록 해준다.

13 주경함양(主敬涵養)에는 두 가지 의미가 있다. 첫 번째 의미는 미발(未發)의 공부만을 가리켜 말하며 궁리치지와 상대된다. 두 번째 의미는 미발(未發)과 이발(已發)을 통섭하며 동정(動静)과 내외(内外)를 관통한다. 진래 지음, 안재호 옮김(1997) 『송명성리학』, 예문서원, 259쪽 참조.

14 『朱子語類』 卷12, 208쪽. "然敬有甚物, 只如畏字相似, 不是塊然兀坐, 耳無聞目無見, 全

한다. 주자에게 주경은 미발의 공부이며 함양은 이발의 공부이다.

주경함양이 주체의 자기반성을 통해 성(性)의 본질을 직관하는 것이라면, 격물치지(格物致知)는 사물에 나아가 하나하나 리를 궁구함으로써 마음이 품수 받은 본연의 성을 밝게 하는 것이다. 이 같은 과정이 궁리(窮理)이며, 활연관통하게 되면 마음의 체와 쓰임이 밝게 된다. 주경과 함양 그리고 궁리를 통해 안으로 본연의 성으로 돌아가고, 밖으로 세계의 법칙과 하나가 될 수 있다면 이를 바탕으로 성인이 될 수 있다. 성리학에서는 격물과 치지 이외에도 성의(誠意)와 정심(正心)의 내적수양과 수신, 제가, 치국, 평천하의 외적 실천을 이야기한다. 개인의 내적수양과 외적 실천의 완성은 유가 내성외왕지도(內聖外王之道)의 목표이다.

이상의 내용을 통해 살펴보았듯 성리학적 세계관에서 도는 인간의 도리이며 동시에 사물의 이치이다. 때문에 누구나 본연의 성을 가린 어둡고 탁한 기질을 제거하면 착한 본성을 드러내고 성인이 될수 있다. 이는 덕 실천의 목표가 초월이 아닌 인간성에 내재해 있음을 보여준다. 하지만 주자학은 이 같은 특징뿐 아니라 엄격한 규범적 특징을 지니고 있다. 성인이 되기 위해 실천해야 하는 규범은 본연적인 인간의 감성적 경험이나 정감 그리고 기질의 제약을 받는다. 때문에 천리는 구체적 실천으로 자연의 기초를 상실하고 절대적 당위는 인간의 욕망과 대립하게 된다.

不省事之謂, 只收斂身心, 整齊純一, 不恁地放縱, 便是敬"

3. 四書에 대한 소라이의 해석

소라이의 고문사학 사상은 주자의 경전 해석에 대한 비판으로부터 시작한다. 그는 경전 해석에 있어 옛 언어의 본래 의미 즉 고의 또는 고문사를 밝힘으로써 경전의 올바른 해석을 강조한다. 소라이의 사서에 대한 주석서로는 『논어징(論語徵)』, 『대학해(大學解)』, 『중용해(中庸解)』가 있으며 모두 주자의 주(注)에 대한 반박을 바탕으로 고문사의 경전인 육경(六經)을 기준으로 해석하고 있다.

3.1. 천(天)과 성(性)

주희는 성(性)을 리(理)로 규정하며 성이 하늘에서 나왔고 일의 말미암는 바가 된다고 설명한다.[15] 하지만 소라이는 성즉리(性即理)라는 주자의 기본 정의를 거부하고, 성을 하늘이 내려준 사람의 성질로 규정한다.[16] 그는 "도가 성에 근본함을 말한 것이다. 사람마다 성질이 비슷하니, 어찌 지나치게 높고 지극히 먼 도이겠는가? 이것은 다음 장에서 말하는 중용의 근원이 된다."[17] 말하며 성이 고원한 도가 아님을 지적한다.

---

15 『中庸』朱注 "命猶令也性即理也. 天以陰陽五行, 化生万物, 気以成形而理亦賦焉. 猶命令也. 於是人物之生, 因各得其所賦之理, 以為健順五常之德, 所謂性也.... 蓋人知己之有性而不知其出於天, 知事之有道而不知其由於性"
16 『中庸解』"性者, 性質也. 上天所卑, 故曰天命之謂性"
17 『中庸解』"語道本諸性, 人人性質所近, 豈過高至遠之道, 是為下章言中庸之張本焉"

"천에 근본하고 성에 근본 한다는 것은 중용의 덕이 인정에서 멀리 떨어진 것이 아님을 말하여 거짓되지 않음을 밝히는 것이며, 덕을 이룬 자가 정성스러울 수 있음을 말하여 예악 역시 거짓되지 않음을 밝히는 것이요 공자 덕의 지극함이 극진함을 찬탄하는 것이다."[18]

소라이는 성인이 도를 세울 때 천명을 받들어 행하였지만 천이나 성에 의지하지 않았음을 말한다. 그는 성인의 도를 세우는 과정을 다음 4단계로 설명한다.[19]

1단계	성인이 천자의 지위에 거하며 천하를 질그릇 틀 속에 넣고 주물러 만들어 권유를 기다리지 않음.
2단계	공자의 시대에 이르러 백성들은 성인이 존중하고 믿을 수 있음을 알기에 그대로 따랐고, 때문에 권유하는 말이 없음.
3단계	노자의 무리가 천과 성을 말하여 승세를 잡은 이후 백성들이 미혹됨.
4단계	자사가 부득이 성에 근본하고 천에 미루어 도를 설명하며 노장에 항거하고 세상 사람들에게 권유함.

소라이는 옛날에는 성인이 천명을 받들고 성을 기준으로 도를 제시하면 사람들은 설명이 필요 없이 믿고 따랐지만 노자의 무리가 성과 천을 말하여 성인을 거부하자 성인에 대한 믿음이 쇠퇴하였고 결

---

18 『中庸解』"祇本天本性, 言中庸之德不遠人情, 以明其非偽. 言成德者之能誠, 以明其礼楽亦非偽, 又贊孔子之德極其至"

19 『中庸解』"古者聖人之建道, 奉天命以行之, 然未嘗本諸性而推諸天, 何則, 聖人居天子之位, 置天下於陶鈞之中也, 不待勧焉. 至於孔子之時, 民猶知聖人之可尊信, 是其所以無勧諭之言也, 及於老氏之徒出, 而後民信聖人者衰矣, 老氏又語性語天以勝之, 而後民始惑焉. 故子思不得已, 亦諸性而推諸天, 所以抗老氏而勧世也"

국 자사가 성인의 도를 변호하고 대중에게 권유하기 위해 천과 성을 말하게 되었다고 이야기한다. 소라이에게 천과 성은 성인지도의 근원이었다. 비록 그가 성과 천을 인간과 사물의 동일근원으로 보는 주자의 견해에 관해 명확하게 부정하고 있지 않지만 "정주학의 학자들이 '천은 리다.'라고 하고 '성은 리다.'라고 하고 '도는 마땅히 행해야 할 리다.'.... 라고 말하는 것은 노장의 견해와 무엇이 다르겠는가?"라는 그의 반문은 성리학의 견해와 노장의 견해를 동일시함으로 그의 도가 인간의 도라는 것을 보여준다.

3.2. 도(道)

1) 道는 先王之道다.

소라이에게 도는 선왕이 세운 법도이다. 그는 도를 "옛 성왕이 세운 것으로 천하 후세의 사람이 이를 말미암아 행하고, 자기도 이를 말미암아 행한다. 사람이 길을 따라서 다니는 것에 비유하여 도라고 한다. 효제와 인의로부터 예악 형정에 이르기까지 그것의 이름을 합하여 통칭한다."[20]고 말한다.

---

20 荻生徂徠, 『弁名』 "道, 道者名也, 以有所由言之, 蓋古先聖所立焉, 使天下後世之人由此以行, 而己亦由此以行也, 辟諸人由道路以行, 故謂之道. 自孝悌仁義, 以至礼楽刑政, 合以名之, 故曰統名也"

	내용
논어	"아침에 도를 들으면 저녁에 죽어도 좋다."[21]
주희	"도란 사물 당연지리이다."[22]
오규 소라이	"주자의 주석은 '도'를 '사물의 당연한 이치'라고 하고, '들으면'이라는 말을 '참으로 안다민'이라고 하고, 살아서는 순조롭고 죽어서도 편안하다는 것으로 설을 삼아서 드디어 노자와 불교에 흘렀으니 따를 수 없다."[23] "후세의 유자들은 도와 의를 알지 못하고 도란 마땅히 행해야할 이치(理)이며, 의란 마음을 제어하는 일의 마땅함이라고 말한다. 이와 같이 말하는 도와 의는 모두 그들의 억측에서 취한 것으로, 천리(天理)와 인욕(人欲)의 설을 만들어내는 것에 불과하다. 그 근본이 불교나 노장의 습이 골수에 사무쳐 성인을 마치 달마나 혜능과 같이 본다."[24]

주자는 도를 사물의 당연한 이치로 해석하고 있으며 이정은 도를 참된 이치로 해석한다. 이 같은 해석은 성리학자들이 선왕의 도를 본체와 도덕주체의 합일 관점에서 파악했기 때문이다. 소라이는 성리학자들의 관점이 불교의 영향으로 억지로 천리와 인욕의 설을 만들 뿐이라 지적한다. 그렇다면 소라이가 이해한 도는 무엇일까? 소라이 역시 천도(天道)나 지도(地道)와 같은 형이상의 도의 존재를 인정한다. 하지만 이것들은 모두 오직 성인의 도가 있기 때문에 있을 수 있는 것으로 생각한다.[25] 그리고 그는 형이상의 도는 인간의 인식으로 실체를 알 수

---

21 『論語·里仁』 "子曰, 朝聞道, 夕死可矣"
22 『論語·里仁』 "道者, 事物当然之理"
23 『論語徵·里仁』 "朱註以道為事物当然之理, 以聞為眞知, 以生順死安為説, 逐流於老仏, 不可従矣"
24 『論語徵·子罕』 "後世儒者不知道, 又不知義, 而謂道者当行之理, 義者心之制事之宜, 是其所謂道義, 皆取諸其臆, 不過其所倉天理人欲之説耳. 是其源, 仏老之習, 淪於骨髓, 視聖人若達磨恵能"

없기 때문에 논할 수 없다고 말한다. 소라이에게 있어 현실적으로 존재하며 배울 수 있는 도(道)는 선왕의 도이다. 소라이는 선왕의 도가 육경(六経)이라는 것을 밝히고 이어 공자의 도가 선왕의 도라 말한다.

	내용
논어	"나의 도는 하나로 꿰뚫었다."[26]
주희	"관(貫)"은 통함이다…… 성인의 마음은 혼연히 하나의 이치여서 널리 응하고 곡진히 마땅하여 쓰임이 각기 같지 않다."[27]
오규 소라이	"내 도는 선왕의 도다. 선왕의 도는 공자로부터 말미암은바 이기 때문에 나의 도라 말한다."[28]

2) 先王의 道는 安民之道다.

소라이는 일관되게 학자의 목적이 수신(修身)이 아닌 치국(治国)이라 생각한다. 그리고 안민을 "만민을 안온하게 하는 것"으로 정의한다. 그에 의하면 안온하게 한다는 것은 백성이 굶주림과 추위, 도적의 우환이 없이 마을간 신뢰하며 그 나라, 세계에 사는 것이 편하다고 느껴 가업을 즐거이 행하고 일생동안 잘 살 수 있도록 하는 일이다.[29] 다음 예문을 보자.

---

25 『弁名』上 "又有曰天之道, 曰地之道者, 蓋日月星辰繋焉, 風雷雨行焉. 寒暑昼夜往来不二. 深玄不可測. 杳冥也不可度. 万物資始. 吉凶禍福有不知其然而然者. 静而観之, 亦似有其由焉者, 故謂之天道. 載華嶽而不重, 振河海而不洩. 旁礴不可窮, 深原不可尽. 万物生, 不為乏焉, 死皆帰蔵, 不為増焉. 親而可知, 而有不可知焉者. 徐而察之, 亦似有其有焉者, 故謂之地道. 皆因有聖人之道, 借以言之耳"
26 『論語 · 里仁』 "子曰, 参乎! 吾道一以貫之"
27 『論語 · 里仁』 朱注 "貫, 通也…..聖人之心, 渾然一理而泛応曲当, 用各不同"
28 『論語徴 · 里仁』 "吾道者, 先王之道也. 先王之道, 孔子所由, 故曰吾道"
29 고희탁(2009) 『일본 근세의 공공적 삶과 윤리』, 논형, 126쪽.

	내용
논어	"군자는 근본에 힘쓰니, 근본이 확립 되면 도가 생겨난다. 효와 제는 인을 행하는 근본이다."[30]
주희	"힘쓴다는 것은 전력을 다하는 것이고 본은 근본과 같다. 인은 사랑의 이치이며 마음의 덕이다. 위인(為仁)은 인을 행하는 것과 같다.[31] …. 군자가 모든 일에서 근본에 힘쓰면 근본이 확립되어 도가 스스로 생겨난다. 위 글에서 효제로 말하면 바로 이 인을 행하는 근본이니 배우는 자들이 이것에 힘쓰면 인의 도가 이로부터 생겨남을 말한 것이다."
오규 소라이	"본은 시작이다."[32] "선왕의 도는 천하의 사람들을 편안하게 하는 도이다. 육경 가운데 어느 것이 천하의 사람들을 편안하게 하지 않겠는가? 때문에 인의로써 천하의 사람들을 편안하게 한다고 해석하면 거의 차이가 없을 것이다."[33]

주자는 본을 근본이라 해석하고 소라이는 시작이라 해석한다. 그는 주자가 본을 근본이라 생각한 것은 불교 체용설의 영향이라 생각하며 일을 기준으로 일의 시작을 근본으로 일의 끝을 말단으로 보아야 한다고 주장한다.[34]

3) 인(仁) 은 천하의 사람들을 편히 다스리는 것이다.

주자는 인을 사랑의 이치, 마음의 덕이라 해석한다. 하지만 소라이는 인을 천하의 사람들을 편안하게 하는 것이라고 해석한다. 앞서

---

30 『論語·學而』"君子務本, 本立而道生, 孝弟也者, 其為仁之本与"
31 『論語·學而』朱注 "務, 專力也. 本, 猶根也. 仁者, 愛之理, 心之德也. 為仁, 猶曰行仁. 与者, 疑辞, 謙退不敢質言也. 言君子凡事, 專用力於根本, 根本既立, 則其道自生. 若上文所謂孝弟, 乃是為仁之本, 学者務此, 則仁道自此而生也"
32 『論語徴·學而』"本, 始也"
33 『論語徴·學而』"先王之道, 安天下之道也. 六経孰非安天下之道. 故仁以安天下解之, 庶其不差矣"
34 임옥균(2012)『주자학과 일본 고학파』, 성균관대학교 출판부, 256쪽.

보았듯 그는 "인을 천하의 사람들을 편안하게 하는 것으로 해석하면 거의 어긋나지 않는다."고 말한다. 소라이는 사람들이 살아가며 서로 친하고 배려하는 마음이 있어 합하여 무리를 이루고 그것으로 도를 삼는다고 생각한다.

	내용
논어	"도(道)에 뜻을 두고, 덕(德)에 근거하고, 인(仁)에 의지하며"[35]
주희	"덕(德)은 곧 도(道)를 행하여 마음에 얻는 것이다.[36] 인(仁)은 곧 사욕을 모두 제거하고 마음의 덕을 온전히 한 것이다. 공부가 여기에 이르러 밥 한 그릇 먹는 사이라도 인을 떠나지 않는다면 존양(存養)이 익숙해져서 가는 곳마다 천리의 유행이 아님이 없을 것이다."[37]
오규 소라이	"주자의 해석은 비루하다고 할 수 있다. 그는 "인(仁)은 즉 사욕을 모두 제거하여 마음의 덕(德)을 온전히 한 것이다."라고 했는데, 덕(德)이 이미 온전한데 어찌 그것을 어길 것이 있겠는가 ?……모두 인을 알지 못하는 사람들의 말일 뿐이다."[38]

소라이는 충(忠)을 남의 일을 자기 일처럼 보는 것으로, 서(恕)를 자신의 마음을 헤아려 반드시 자기 마음이 원하는 바와 같게 남에게 행하는 것으로 해석하며 "도는 선왕의 도이니 선왕의 도는 천하를 편안하게 하는 도이므로 그 도는 인을 주장으로 삼으며, 충서는 인을 행하는 방법이다."[39]라고 말한다. 또한 소라이는 교언영색(巧言令色)

---

35 『論語 · 述而』"志於道, 拠於德, 依於仁"
36 『論語 · 述而』朱注 "德, 則行道而有得於心者也"
37 『論語 · 述而』朱注 "仁, 則私欲尽去而心德之全也. 工夫至此而無終食之違, 則存養之熟, 無適而非天理之流行矣"
38 『論語徵 · 述而』"朱子之解, 可謂陋已", "仁則私欲尽去而心德之全", 夫德既全矣, 尚何違之有?……皆不識仁者之言耳"
39 『中庸解』"道者, 先王之道也. 先王之道, 安天下之也. 故其道主仁, 忠恕仁之方"

한 사람은 인(仁)하지 못하기 때문에 천하의 사람들을 편안하게 할
수 없다고 생각한다. 인에 뜻을 둔 사람은 그 뜻이 크기 때문에 말을
교묘하게 하고 얼굴빛을 꾸미는 것과 같은 작은 일에 연연하지 않는
다. 천자, 제후, 대부 그리고 군자와 같이 천하의 백성과 국가를 편안
하게 하려는 사람들은 말단에 신경 쓰지 않는다. 그는 말한다.

> "참된 다스림이란 나의 지배하에 있는 사람들이 위로부터 위임받은
> 사람들이기 때문에 마지막 한사람까지도 절대 내버려둘 수 없다고 생각
> 하는 것이며, 나를 바삐 움직여 그들을 잘 지켜주는 것입니다. 이를 성인의
> 도에서는 만민의 부모라고 하고 이를 또한 인의 길이라고 말합니다."[40]

	내용
논어	"말과 얼굴빛을 꾸미는 사람은 인한 이가 드물다."[41]
주희	"말을 좋게 하고 얼굴빛을 선하게 해서 외면을 꾸미기를 지극히 하고 남을 기쁘게 하기위해 힘쓴다면 즉 인욕이 함부로 부려져서 본심의 덕이 사라질 것이다."[42]
오규 소라이	"하늘이 나에게 명하여 천자가 되고 제후가 되는 것은 (하늘이) 천하의 사람들과 국가를 맡기는 사람이 되는 것이다. 대부가 되고 선비가 되는 것 역시 하늘이 직책을 함께 하는 것이다. 배워서 덕을 이룬 사람을 군자라 말하는데 백성을 편안하게하고 국가의 덕을 길게 보존하는 것을 말한다. 때문에 군자는 하늘을 두려워하는 것을 지극히 엄하게 하고, 인을 스스로의 임무로 삼는 것은 지극히 중하게 생각하며, 국가를 편안하게 하려는 그 마음은 지극히 크다. 인에 뜻을 둔 사람이 어찌 말과 안색과 같은 말단에 급급해 하겠는가? 이것은 그 뜻이 크기 때문이다."[43]

---

40 오규소라이 저, 임태홍 옮김(2020) 『政談』三, 서해문집.
41 『論語 · 学而』"子曰, 巧言令色, 鮮矣仁."

4) 禮는 先王이 만든 道이다.

소라이는 제도의 개혁이 왕도의 기반을 구축하는 것이며 이 기반 위에서 예악제도를 통해 다스리는 것이 왕도의 최고 단계라고 생각한다. 그는 사회가 법률을 통해 풍속을 고칠 수 없다면, 우선 덕망이 있는 사람을 앞세워 풍속을 고칠 것을 주장한다. 소라이는 덕망 있는 사람은 아랫사람들이 믿고 따르기 때문에 바람에 풀이 눕는 것과 같이 자연스럽게 풍속이 고쳐질 것이라 말한다. 그리고 풍속이 고쳐지지 않으면 덕망이 있는 사람이 제도를 세워 이를 지키게 하고 예(礼)를 통해 일체를 다스릴 것을 주장한다. 그는 예악만이 백성들의 풍속을 고쳐 검약을 실천하게 할 수 있는 성인의 방법이라 말한다. 소라이에게 예악은 성왕의 도이며 안민의 도이다.

	내용
논어	"유자가 말하기를 예의 쓰임은 화(和)가 귀함이 되니 선왕의 도는 이것을 아름답게 여겼다. 작고 큰일이 그것으로 말미암는다."[44]
주희	"예는 천리의 절문이며 인사의 의칙이다. 화는 조용하며 침착하다는 뜻이다. 예의 본체는 비록 엄하나,"[45]
오규 소라이	"예는 성왕이 만든 것으로 도이다. 성이나 덕이 아니다."[46] "연희가 말하기를 순화하고 편안하게 하는 것은 예의 쓰임이다. 이것은 예를 쓰면 국가가 순화되고 편안하게 되는 것을 말한 것이다. 어찌 체용의 쓰임이 아니겠는가!"[47]

---

42 『論語 · 学而』朱注 "好其言, 善其色, 致飾於外, 務以悦人, 則人欲肆而本心之德, 亡矣"

43 『論語徵 · 学而』 "天命我為天子為諸侯, 是仕天下国家者也, 為大夫為士, 亦共天職者也, 学而成徳曰君子, 謂成安民長国家之徳. 故君子畏天, 至厳也, 仁以為己任, 至重也, 其心在安国家, 至大也. 志於仁者, 豈遑及言色之末哉? 是其所志大故也"

44 『論語 · 学而』 "有子曰 礼之用, 和為貴, 先王之道, 斯為美. 小大由之"

45 『論語 · 学而』朱注 "礼者, 天理之節文, 人事之儀則也. 和者, 從容不迫之意. 蓋礼之為体

소라이는 후세의 유학자들이 예를 "천리의 절문이자 인사의 의칙"으로 풀이함으로써 성인의 본래 의도를 잃어버리고 예법이 마치 하늘이나 땅처럼 자연히 존재하는 것으로 설명하게 됐다고 말한다. 그에게 있어 예법제도는 사람들을 절제할 수 있게 해주는 법규이다. 고대성인의 정치에서는 제도를 정해 그것에 따라 상하의 신분 구별을 두었으며 사치를 억제해 세상을 풍요롭게 만들었다. 소라이에게 있어 예는 성인의 정치술이며,[48] 선왕이 나라를 다스리는 도구이다.

3.3. 배움(學)

1) 배움은 선왕의 도를 배우는 것이다.

	내용
논어	"군자는 먹음에 배부름을 구하지 않으며, 거처함에 편안함을 구하지 않으며, 일에 민첩하며, 말을 신중히 한다. 그러면서도 도를 가진 사람에게 나아가 바르게 한다면 배움을 좋아한다고 말할 만하다."[49]
주희	"무릇 도라고 말한 것은 모두 사물의 당연한 이치이니, 사람이 누구나 함께 행하여야 할 것을 말한다."[50]
오규 소라이	"공자가 말하는 배움은 선왕의 도를 배우는 것이다. 도를 가진 사람이란 그 몸에 도예(道芸)를 지닌 사람을 말한다. 선왕의 도를 보존하고 있기 때문에 도를 가진 사람에게 나아가 바르게 하는 것을 배움을 좋아한다고 말한다. 후세에는 배움을 알지 못하고, 송나라 여러 노선생의 수신설(修身説)이 득세하여, 선왕의 도가 황폐해 졌다."[51]

雖嚴, 然皆出於自然之理, 故其為用, 必従容而不迫, 乃為可貴, 先王之道, 此其所以為美, 而小事大事無不由之也"

46 『論語徵 · 學而』"礼先王所作, 道也, 非性亦非徳"

47 『論語徵 · 學而』"燕義曰, 和寧礼之用也, 此言用礼則国家和寧也, 豈体用之用乎"

48 오규 소라이 저 임태홍 옮김(2020)『政談』, 서해문집, 132-135쪽.

소라이는 주자가 도를 모든 사물의 당연한 이치로 사람이 함께 행해야 하는 것으로 해석하는 것을 지적하고 주자의 해석이 도를 알지 못하기 때문이라 말한다.

2) 성인의 가르침은 시·서·예·악이다.

소라이에게 있어 배움의 대상은 선왕의 도(道)이며 그 구체적 내용은 시·서·예·악(詩·書·禮·樂)이다. 그는 "옛날 학이라 말하는 것은 시서와 육예를 배우는 것일 뿐이다....가의가 말하는 대절, 소절, 대사, 소사라는 것도 오직 시서와 육예 나아가 그 역량이 미치는 것을 헤아려 수업하는 절도로 삼는다."[52]고 말하며 모든 배움의 내용을 시서와 육예로 집약하여 제시하고 있다. 또한 소라이는 배움이란 격물과 치지 그리고 거경과 궁리를 통해 마음속의 선한 본성을 확충하는 것이 아닌 선왕의 외적인 가르침을 배우는 것이라 말한다. 그 때문에 주자가 이해한 학에 대한 이해와는 다르다. 다음 문장을 보자.

---

49 『論語徵·學而』"君子食無求飽, 居無求安, 敏於事而慎於言, 就有道而正焉, 可謂好学也已"
50 『論語·學而』朱注 "道者, 皆謂事物当然之理, 人之所共由者也"
51 『論語徵·学而』"凡孔子所謂学, 学先王之道也. 有道謂身有道芸者也. 先王之道存焉, 故就有道而正焉 謂之好学也. 後世不知学, 宋諸老先生, 脩身之説勝, 而先王之道荒"
52 『大学解』"古所謂学, 学詩書六芸而已矣....賈誼所謂大節, 小節, 大事, 小事者, 特就詩書六芸, 量其力所能及, 以為授受之節也"

	내용
논어	"공자께서 말씀하셨다. 제자가 들어가서 효하고 나와서는 공손하며, 조심하고 성실히 하고, 널리 사람들을 사랑하며 인한 이를 더 가까이 해야 한다. 이것을 행하고 여력이 있으면 글을 배워야 한다."[53]
주희	"문은 시서와 육예의 문을 말한다. 윤씨가 말하였다. 덕행은 본이요 문예는 말이니, 그 본말을 연구하여 선후를 알면 덕에 들어갈 수 있을 것이다."[54]
오규 소라이	"밭을 가는 것과 활쏘기와 말타기를 배우는 것 역시 모두 배움이라 말한다. 배움이라는 한 글자는 선왕의 도를 배우는 것이다. 선왕의 도를 배우는 것은 선왕의 가르침이 있기 때문이다. 「전」에서 말하기를 '악궁의 우두머리가 네 가지 도를 숭상하고 네 가지 가르침을 세워서 선왕의 시·서·예·악 을 따라 관리를 만든다.'고 한 것이 그것이다."[55] "글은 시서예악의 글이며 선왕의 가르침이다. 이것을 배우지 않으면 비록 위의 몇 가지를 갖고 있어도 시골 사람이 되는 것을 면하지 못한다. 어찌 능히 군자의 덕을 이룰 수 있겠는가? 그런데 어떻게 그것을 말단이라고 말 하겠는가?...."[56]

　　주자는 주석에서 윤돈의 "덕행은 본이고 문예는 말이다."라는 말을 인용하고 있는데, 소라이는 공자가 말하는 文은 선왕의 가르침이기 때문에 결코 말단이라고 할 수 없다고 비판한다. 공자가 말하는 문은 시서예악의 글로써 선왕의 가르침이기 때문에 그것을 배우지 않으면 들어와서 효도하고 나가서 공손하며, 조심하고 성실히 하며 널리 사람을 사랑하고 어진사람과 친해도 군자의 덕을 이룰 수 없다.

---

53 『論語·学而』 "子曰, 弟子立則孝, 出則弟, 謹而信, 汎愛衆而親仁, 行有余力, 則以学文"
54 『論語·学而』 朱注 "文, 謂詩書六芸之文. 尹氏曰, 德行, 本也. 文芸, 末也. 窮其本末, 知所先後, 可以入德矣"
55 『論語徵·学而』 "学農圃, 学射御, 亦皆言学, 而単言学者, 学先王之道也. 学先王之道, 自有先王之教. 伝曰, 楽正崇四術, 立四教, 順先王詩書礼楽以造士, 是也"
56 『論語徵·学而』 "夫文謂詩書礼楽之文, 先王之教也. 不学此, 則雖有上数者, 未免為鄉人矣. 何以能成君子之德哉! 豈得謂之末也乎?"

3) 성인의 가르침에는 깨달음이 없다.

	내용
논어	"배우고 그것을 때때로 익히면 기쁘지 않겠는가?"[57]
주희	"학(学)은 본받는다는 뜻이다. 사람의 본성은 모두 선하다. 하지만 이것을 아는 것에는 선후가 있다. 때문에 뒤에 깨닫는 사람은 반드시 앞서 깨달은 사람이 하는 것을 본 받아야 선을 밝게 알고 본래의 처음을 회복할 수 있다."[58]
오규 소라이	"익히는 것 또한 그와 같으니, 몸으로 선왕의 가르침을 실천하는 것이다."[59]

　　소라이는 이와 같은 해석의 차이가 생겨난 것은 주자가 옛말을 몰랐기 때문이라 생각한다. 그에 의하면 성인의 도를 공부하는 것에는 깨달음이 없다. 그는 주자가 학을 효(效)와 각(覚)으로 풀이한 것에 관하여 깨우침을 배움으로 해석하는 것은 하루아침에 깨닫는 것인데 성인에 도에는 그런 것이 없다고 말한다.[60] 그는 성인의 가르침은 오랫동안 익혀 거기에 교화되면 덕과 지혜가 이루어져 애써 할 것이 없게 되는 일 일뿐 격물(格物)을 통해 활연관통 (豁然貫通)게 된다는 것은 잘못된 것이라 생각한다.[61]

---

57 『論語 · 学而』"子曰, 学而時習之, 不亦説乎"
58 『論語 · 学而』朱注 "学之為言, 效也. 人性皆善, 而覚有先後, 後覚者必效先覚之所為, 乃可以明善而復其初也"
59 『論語徴 · 学而』"其習之亦如之, 以身処先王之教也"
60 『論語徴 · 学而』"如訓覚, 是其一旦豁然貫通之説, 聖人之道所無"
61 『論語徴 · 学而』"今日格一物, 明日格一物, 有何窮尽. 故又立一旦豁然之説以, 済之" 소라이는 주자가 깨달음에 대해 주장하는 것은 노자와 불교의 영향이라 생각한다. "老仏以天下之人為迷. 迷斯有悟, 聖人之道豈有是哉?"

4) 경(敬)은 외적인 공경이다.

	내용
논어	"일을 공경하고 믿게 하며, 쓰기를 절도 있게 하고 백성을 사랑하며, 백성을 때에 맞게 부려야 한다."[62]
주희	"경이란 하나에 집중하여 다른 데로 나감이 없는 것을 말한다. 일을 공경하고 믿게 한다는 것은 그 일을 공경하고 백성에게 믿게 하는 것이다. 시(時)는 농사짓는 틈의 때를 이른다."[63]
오규 소라이	"공경한다는 말은 모두 "하늘을 공경한다", "귀신을 공경한다"는 데 근거하니, 공경할 대상이 없는데도 공경하는 일은 없다. 주자는 '경'공부를 창안하였는데. 이는 공경할 대상이 없는데도 공경하는 것이다. 스스로도 '무위'라고 하였으니, 내가 보기에는 이 역시 병일뿐이다."[64]

소라이는 주자가 경을 주일무적으로 풀이한 것에 대해 이는 공경할 대상이 없는데도 공경하는 것으로 병이라 말한다. 소라이의 이와 같은 입장은 주자가 내적 측면의 경(敬)을 강조하고 있는 반면 소라이가 사회적 관계 즉 외적 측면을 강조하고 있음을 보여준다.

4. 結語

소라이의 성리학적 세계관의 해체는 우주와 인간의 분리로부터

---

62 『論語 · 学而』"敬事而信, 節用而愛人, 使民以時"

63 『論語 · 学而』朱注 "敬者, 主一無適之謂, 敬事而信者, 敬其事而信於民也. 時, 謂農隙之時"

64 『論語徵 · 学而』"敬皆本於敬天敬鬼神, 其無所敬而敬者未之有也. 朱子創敬工夫, 是無所敬而敬者也. 自謂無為, 以余観之, 亦病耳"

시작된다. 그는 주자학에서 우주와 자연을 의미하는 천도와 지도를 인도에서 분리한다. 그는 천도와 지도가 성인의 도 즉 인도에서 유추된 것이라 주장한다. 천의 범주는 천명으로 숭배의 대상이 되었으며 인도는 개인의 도덕적 측면과 왕도로 나뉘게 된다. 주자학에서는 개인의 도덕은 내성으로 왕도는 외왕으로 하나의 목표로 설정된다. 하지만 소라이에게 이 둘의 연관이 끊어져 있다.

> "후세에 선왕의 도를 낮추어 유자의 도로 삼으니, 유자는 사도를 높일 줄만 알지 군도를 근본까지 미루어갈 줄을 모르며, 자신의 결백하게 지키는 의리는 우세하나 백성을 편안하게 하는 인은 쇠퇴했으며, 안을 중시하고 밖을 가벼이 여겨 마침내 장자가 말하는 '내성외왕'의 이론에 빠지게 되었다."[65]

그에게 있어 도는 객관적이며 구체적인 성인의 가르침으로 정치의 원칙이다. 개인의 도덕과 정치가 분리되면서 정치는 성인의 도구로써 백성을 편안하게 다스리는 방법으로 독립하게 된다. 또한 도는 정치의 원칙이자 동시에 구체적 제도의 총체이다. 앞서 언급했듯 소라이는 제도의 개혁이 왕도의 기반을 구축하는 것이며 이 기반 위에 예악제도를 통해 다스리는 것이 왕도의 최고 단계라 생각한다. 즉 제도는 성인이 창조한 당우삼대의 예악제도이다. 시공간의 제약을 받는 성인의 도가 이를 초월한 절대적 보편성을 가질 수 있을까?

---

65 『中庸解』 "後世先王之道, 降為儒子之道, 儒者独知尊師道而不知推本君道, 潔身之義勝, 而安民之仁衰, 重内軽外, 卒陥乎荘子内聖外王之說矣"

　소라이는 성리학의 형이상학이 실질이 없다고 비판하고 도의 절대성을 확보하기 위해 궁극적인 실재로 성인을 설정한다. 그가 말하는 성인은 삼황과 오제이다. 이들은 각기 윤리와 경작 건축과 길쌈 그리고 예악형정을 체계화한 당우삼대의 군주이며 성인이다. 소라이에게 성인은 도덕의 구현자가 아닌 예악을 만든 사람이며 도는 성인의 작위이다. 그 때문에 그가 말하는 배움은 선왕의 외적인 법칙 또는 예악형정 등의 제도를 배우는 것이지 마음속 선의 단초를 확인하고 그것을 확충함으로써 천인합일을 이루는 것이 아니었다. 소라이는 정주 이래 성리학에서 명을 하늘이 사물에 부여한 이치이며 인을 본심지덕이라 말하는 것은 단지 성리학자들의 가학이일 뿐이며, 도를 소당연지리(所当然之理)나 소이연지리(所以然之理)로 인식하는 것 역시 도가와 불교의 영향이라고 비판한다.

〈부기〉
이 글은 2023년 1월『일본학연구』에 실린「근세 일본유학에 관한 일고찰－오규 소라이의 고문사학을 중심으로－」논문을 수정 보완하였음.

제2부

일상문화 지식의 향유

일본 근세의 일상문화

제6장

근세 일본의 불꽃놀이와
일본인의 심성(心性)

홍 성 준

1. 머리말

불꽃놀이는 '경축이나 기념행사 때에 화약류를 공중으로 쏘아 올려 불꽃이 일어나게 하는 일'을 뜻한다.[1] 일본어로는 '하나비(花火)'라고 하며 '꽃 모양을 한 불꽃'이라는 뜻이고, 영어로는 'Firework'라고 하며 '불을 이용한 활동'이라는 뜻이다. 휴양지의 밤하늘을 멋지게 수놓는 불꽃놀이는 축제에서 빼놓을 수 없는 명물이 되었다. 하늘을 보고 있지 않더라도 폭죽이 터지는 소리를 들으면 어딘가에서 불꽃놀이를 하고 있다는 사실을 알 수 있다. 하늘을 올려다보다가 불꽃이

---

[1] 국립국어원, 「표준국어대사전」, https://stdict.korean.go.kr/search/searchResult.do (검색일: 2022.11.3.)

터지는 모습을 보게 되면 그 광경에 감탄사를 내뱉기도 한다. 한국에서 불꽃놀이는 축제의 메인 행사 중 하나로 인식되고 있으며, 일본에서는 불꽃놀이 자체만을 즐기기 위한 축제가 매년 여름에 따로 열리고 있다.

일반적으로 불꽃놀이를 성립시키는 데 4가지 요소가 있다고 한다. 빛, 소리, 형태, 그리고 연기가 바로 그것이다. 불꽃놀이의 변화 형식을 교쿠(曲)라고 한다. 이는 미세모노(見世物)의 일종으로 여러 가지 재주를 부리는 예능인 곡예(曲芸)에서 온 개념으로 '변화가 있는 것', '기교, 장치의 변화'를 뜻한다.[2] 불꽃놀이는 당시 사람들에게 익숙하던 삽화와 본질적으로 형식을 달리한다. 삽화는 정적 형식이고 불꽃놀이는 동적 형식이기 때문이다.

일본에 불꽃놀이가 전해지고 나서 에도시대에는 료고쿠(両国)를 중심으로 불꽃놀이 대회가 열렸으며 수많은 사람이 모여서 이를 향유하는 문화가 형성되었다. 이는 현재까지도 이어져 여름의 불꽃놀이 대회는 일본의 여름을 상징하는 문화로 자리 잡았다. 불꽃놀이를 하나의 문화적 현상으로 바라보았을 때 일본인이 어떠한 마음으로 이를 향유하는가를 가늠할 수 있을 것이다. 이에 이 글에서는 근세 문헌에서 동적 형식의 불꽃놀이가 정적 형식의 삽화로 어떻게 그려졌는지를 살펴봄으로써 일본에서 불꽃놀이가 가지는 의미를 고찰하고 이를 통해 일본인의 심성(心性)을 파악해 보기로 한다.

2　小学館「日本大百科全書」, https://japanknowledge.com/psnl/display/?lid=1001000184358 (검색일: 2022.11.13.)

2. 불꽃놀이의 기원과 역사

에도 막부가 설립된 지 10년이 지난 1613년 6월에 영국의 지휘관인 존 사리스(John Saris, 1580~1643)가 일본을 방문하였다. 일본과의 통상무역을 바라던 영국 국왕 제임스 1세의 국서(国書)를 들고 히라도(平戸)로 들어온 존 사리스는 히라도 번주에게 철포를 증정하는 등 서양의 선진문물을 일본에 전하였다. 그리고 그해 8월에 시모노세키(下関), 사카이(堺), 오사카(大坂), 교토(京都)를 차례로 방문하고 스루가노쿠니(駿河国)의 슨푸(駿府; 현재의 시즈오카(静岡))에서 도쿠가와 이에야스(德川家康)를 알현하였다. 이때 존 사리스가 도쿠가와 이에야스에게 불꽃놀이를 보여주었다고 한다.

이렇게 1613년에 불꽃놀이가 처음 소개되고 난 후 일본에서는 화약에 불을 붙여 불꽃을 발사하는 놀이를 즐기게 되었다. 처음에는 불꽃놀이를 하는 주체가 외국인이었지만, 시간이 흐르면서 일본인 사이에서도 직접 불꽃놀이 폭죽을 제작하고 불꽃을 쏘아 올리는 사람이 나타나게 되었다. 1658년에 에도에서 시노하라 야헤(篠原弥兵衛)라는 이름으로 불꽃놀이 업체를 시작한 초대 가기야(鍵屋)가 바로 그 사람이며, 가기야는 현재까지 대대로 명맥을 이어오고 있다. 그는 본래 나라현(奈良県)의 시노하라 마을 사람이며 에도에 자리를 잡은 이래로 12대가 가기야 시노하라 야헤라는 이름으로 가게를 운영하였다.

가기야는 이나리의 신(稲荷神)이 보낸 사자(使者)인 여우가 열쇠를 입에 물고 있었다고 하여 붙여진 이름이다. 예로부터 이나리 신사(稲荷神社)에는 수많은 여우가 모셔져 왔고, 여우는 대개 벼 이삭, 두루마리, 구슬, 열쇠를 입에 물고 신사 양옆에 자리를 잡고 있다. 벼 이삭은 오곡풍양(五穀豊穣) 기원 및 복의 상징, 두루마리는 지혜의 상징, 구슬은 곡령(穀靈)의 상징, 열쇠는 쌀 창고 열쇠의 상징과 같이 각각의 물품은 서로 다른 상징적인 의미를 지니고 있다. 이나리의 신은 곡식, 풍요, 상업, 성공의 신으로 알려져 있는데, 불꽃놀이를 대표하는 상호가 이나리의 신과 관련이 있는 가기야라는 점은 매우 흥미로운 부분이다. 이나리 신앙(稲荷信仰)은 농경의 신(農耕神)에서 식산흥업의 신(殖産興業神), 상업의 신(商業神), 저택의 신(屋敷神)으로 확대되었고, 농촌뿐만 아니라 다이묘나 조닌(町人)의 주택 곳곳에 이나리의 신을 모시게 되었다고 한다.[3] 일반적으로 알려진 상업의 신으로서의 공덕을 기원하며 가기야의 상호명을 따 왔을 수도 있고, 나아가 화약을 다루는 불꽃놀이라는 사업의 특성상 저택의 신으로서의 공덕으로 화재를 예방하고자 하는 기원을 담았을 가능성도 있다.

1732년에는 8대 쇼군 도쿠가와 요시무네(德川吉宗)가 스미다가와(隅田川)에서 시아귀(施餓鬼) 법회를 열었다. 시아귀란 굶주린 망령(亡靈)에게 음식을 베푸는 법회를 말한다. 이 해는 교호의 대기근(享保の大飢饉)이 발생하여 서일본 지역을 중심으로 큰 피해를 입었고 에도 역시 피해가 만만치 않았다. 이로 인해 죽은 자들을 위한 위령제와 당시 일본을 휩쓴 역병인 콜레라 퇴치를 기원하며 스미다가와에서 불꽃놀이를 실시했고, 이것이 스미다가와 불꽃놀이 대회(隅田川花火大会)의 시작이라고 일반적으로 알려져 있다.

---

3 吉川弘文館, 「国史大辞典」, https://japanknowledge.com/psnl/display/?lid=30010zz035810 (검색일: 2022.11.13.)

1808년 7대 가기야에 이르러 반토(番頭)라고 하는 가게의 우두머리인 세이시치(淸七)는 다마야 이치베(玉屋市兵衛)라는 이름으로 료고쿠 요시카와초(両国吉川町)에 분점을 냈다. 이렇게 본점에서 허가를 받아 독립적으로 분점을 내는 것을 노렌와케(暖簾分け)라고 하며, 이때 다마야는 가기야와 마찬가지로 이나리 신사의 여우가 입에 물고 있던 물품 중 구슬을 상호명으로 사용하였다. 이렇게 해서 불꽃놀이의 양대 사맥인 가기야와 다마야가 탄생하였다.

가기야와 다마야는 료고쿠(両国) 가와비라키(川開き) 불꽃놀이 축제를 경연의 장으로 만들어 각자 고안한 다양한 종류의 불꽃놀이를 피로(披露)하며 기술을 발전시켰다. 이것이 불꽃놀이 대회의 시작이라고 할 수 있다. 그러나 이러한 두 업자의 경연 형태의 불꽃놀이 축제는 1843년 4월 17일의 다마야 점포 화재 사고로 인해 단절되고 말았다. 12대 쇼군 도쿠가와 이에요시(德川家慶)의 닛코 도쇼구(日光東照宮) 참배 전날에 발생한 화재인 데다 가게뿐만 아니라 마을에도 피해를 주었기 때문에 다마야는 료고쿠 요시카와초에서 추방되고 그곳으로의 출입 금지령이 내려졌다. 이로 인해 불꽃놀이는 다시 가기야의 독점 시대로 접어들었다.

가기야와 같은 전문 업체가 불꽃을 쏘아 올리는 것 말고 일반 시민들이 가볍게 불꽃놀이를 즐길 수 있도록 장난감 불꽃놀이가 제작되기도 하였다. 도쿠가와 이에야스가 불꽃놀이를 처음 본 후 3대 쇼군인 도쿠가와 이에미쓰(德川家光)가 이를 장려한 것을 계기로 불꽃놀이는 서민들 사이에서 급격히 퍼져나갔다. 1648년에 스미다가와 강 어귀를 제외한 지역에서는 불꽃놀이를 하지 못하게 하는 금지령이 내려진 것으로 보아 당시 그 인기가 대단했음을 가늠할 수 있다. 불꽃

이 쥐처럼 돌아다니는 '네즈미 하나비(ねずみ花火)'나 '유성불꽃(流星花火)'과 같은 장난감 불꽃놀이가 유행하였으며, 서민들이 이를 무질서하게 즐기면 자칫 위험에 빠질 우려도 있었다. 이에 막부에서는 서민들이 안전하게 즐길 수 있도록 명령을 내린 것이라 볼 수 있다.[4]

이렇게 불꽃놀이는 일본인의 생활 속에 녹아들었고 에도의 많은 시민은 여름날 스미다가와에서 료고쿠 가와비라키가 열리면 료고쿠바시(両国橋)에 모여 행사에 참석하였다. 에도시대에는 수난 사고의 희생자를 공양하고 수난 사고 방지를 기원하는 의식인 가와비라키를 치렀는데, 이는 현재도 매년 7월 상순부터 8월 상순까지 기간에 진행된다.[5] 도쿄 스미다가와의 료고쿠 가와비라키가 가장 유명하다. 이는 본격적인 여름을 맞기 전에 수난 사고와 역병이 없기를 염원하는 차원에서 열리는 것으로, 화려한 불꽃놀이와 함께 흥겨운 행사를 치르는 것이 정착되었다. 일본의 마쓰리 문화의 일종이라 생각할 수 있다. 일본에서 매년 여름에 불꽃놀이 행사가 열리는 것은 바로 이 가와비라키 행사가 기원이다.

현재 일본에서는 불꽃놀이 축제가 대회 방식으로 치러진다. 이는 에도시대 때 가기야와 다마야가 경연 방식으로 행사를 개최했던 것에서 유래한다. 일본을 대표하는 3대 불꽃놀이 대회는 아키타현(秋田県)의 '전국불꽃경기대회 오마가리의 불꽃놀이(全国花火競技大会 大曲の花火)', 이바라키현(茨城県)의 '쓰치우라 전국불꽃놀이경기대회(土浦全国花火競技大会)', 니가타현(新潟県)의 '나가오카 마쓰리 큰 불꽃놀이대회(長岡ま

---

4 新井充(2016) 『花火の事典』, 東京堂出版, 136쪽 참조.
5 小学館, 「日本大百科全書」, https://japanknowledge.com/psnl/display/?lid=1001000060328 (검색일: 2022.11.13.)

つり大花火大会)'이다. 물론 가기야와 다마야의 주무대였던 스미다가와의 불꽃놀이 대회 역시 깊은 역사와 큰 규모를 지니지만, 위 3대 불꽃놀이 대회는 역사도 깊고 일본에서 더욱 큰 규모를 자랑한다.

일본의 불꽃놀이는 에도시대에 처음으로 소개되어 에도시대에 대중화되고 발전된 축제라고 할 수 있다. 가기야와 다마야로 대표되는 에도의 불꽃놀이 업체는 순간적인 동적 아름다움을 나타내 주는 불꽃을 연구하고 개발하여 이를 일본의 문화적 요소로 발전시켰다. 현대 일본인이 사랑하는 여름의 축제 중 하나인 불꽃놀이는 이러한 과정을 거쳐 정착하고 발전한 것이다.

3. 근세 자료 속 불꽃놀이

에도시대는 불꽃놀이가 소개된 사실과 가기야나 다마야와 같은 업체가 등장한 것을 계기로 불꽃놀이가 본격적으로 흥행하기 시작한 시기이다. 이 시기에는 료고쿠의 가와비라키를 중심으로 불꽃놀이와 관련된 많은 기록과 그림이 탄생하였다. 본 장에서는 불꽃놀이에 대해 기록한 문헌을 살펴보며 에도시대 일본인이 접한 불꽃놀이는 어떠한 것이었는지, 그리고 이에 대한 그들의 인식은 어떠했는지 고찰해 보기로 한다.

데라지마 료안(寺島良安)이 집필한 백과사전인 『화한삼재도회(和漢三才図会)』(1712년경 간행)에 선향 불꽃(線香花火, 또는 花火線香)에 관한 내용이 수록되어 있다. 선향 불꽃은 가늘고 긴 선향을 손에 들고 불꽃

이 타 들어가는 모습을 즐기는 장난감 불꽃놀이(おもちゃ花火)이다. 그리고 삽화도 함께 수록되어 있는데 바닥에 놓고 불을 붙이는 분수 폭죽[6]이 그려져 있다. 현대의 여름날 마쓰리(祭り) 등지에서 선향 불꽃과 분수 폭죽을 가지고 노는 사람들을 많이 찾아볼 수 있다.

　　① 생각해보면 불꽃놀이는 봉수(烽燧)를 대신할 수 있다. 또한 여름에는 강가의 유흥이 된다. 염초(焔硝)·유황·마개(麻稭)의 재·철분[이상 사미(四味)]을 각각 좋아하는 꽃 모양에 따라 분량을 조절한다. 만약 장뇌(樟脳)를 더하면 불의 색은 청색을 띤다. ② 꽃 모양으로는 모란·작약·국화·매화·벚꽃·버드나무·참억새 등 수 품종이 있으며, 만드는 법은 가전(家伝) 비법이다.

　　思うに、花火は烽燧に代えることのできるものである。また夏月には河辺の遊興とする。焔硝·硫黄·麻稭の灰·鉄粉[以上四味]を各好むところの花形に随って分量を加減する。もし樟脳を加えれば火の色は青色を帯びる。その花形には牡丹·芍薬·菊·梅·桜·柳·芒などの数品種があり、その製法は家伝秘法としている。[7]

밑줄 ①에서 불꽃놀이가 대신할 수 있는 봉수(烽燧)란 봉화를 뜻한다. 본래 불꽃놀이가 봉화에서 유래한 것을 말한 것이며 그것이 유흥의 수단으로 사용되고 있다는 뜻이다. 밑줄 ②에서 불꽃놀이에 사용되는 다양한 꽃 모양을 소개하며 그 제작법은 집안의 비밀로서 전

6　일본에서는 분출 불꽃놀이(噴出花火)라고 한다.
7　寺島良安著, 島田勇雄他訳注(1987)『和漢三才図会』8(東洋文庫476), 平凡社, 162쪽.

해지고 있음을 말하고 있다. 에도시대의 불꽃놀이 업자가 가기야와 다마야만 있었던 것은 아니며, 초대 가기야인 시노하라 야헤가 처음에 어떤 경로로 불꽃놀이 제작법을 알게 되었는지는 알 수 없지만, 집안 대대로 전해 내려오는 비법이 있었던 것만은 분명하다. 다마야는 그 비법을 전수받고 정식으로 노렌와케를 해서 점포를 차렸다.

　　① 선향 불꽃　심에 염초(焔硝)를 섞어 끓이고, 햇볕에 쬐어 말리고, 앞서 말한 사미(四味) 약말(薬末)을 사용하여 밥풀과 섞어 심에 바른다. 단, 사미 중 철분 대신에 밀향(樒香)을 사용한다.

　　② 네즈미 하나비(鼠花火)라는 것이 있다. 세 치 정도 되는 갈대 관에 약말을 펴 만든다. 화약에 불을 붙이면 즉시 슈슈하고 소리를 내며 달린다. 어린아이는 이것으로 논다.

　　花火線香　稗心に焔硝をまぜて煮て、晒し乾し、これも前の四味の薬末を用い、飯糊にまぜて稗心に塗る。ただし四味のうちの鉄粉の代わりに樒香を用いる。

　　鼠花火というのがある。三寸ばかりの葦の管を用い、薬末をそれに盛って作る。火を口薬につけると忽ち喞喞という音を出して走る。小児はこれで遊ぶ。[8]

밑줄 ①의 선향 불꽃과 밑줄 ②의 네즈미 하나비는 현재도 장난감 불꽃놀이로 인기가 많다. 손에 들고 간단하게 즐길 수 있는 불꽃놀이

---

8 寺島良安著, 島田勇雄他訳注(1987), 위의 책, 162쪽.

이기 때문에 어린아이도 가지고 놀 수 있다. 『화한삼재도회』에서 불
꽃놀이의 일부만 소개하고 있지만, 당시 유행하던 놀이를 항목에 집
어넣어 간단한 설명을 수록해 놓은 것을 확인할 수 있다.

그리고 다양한 불꽃놀이를 그림과 함께 설명한 『불꽃놀이 비전집
(花火秘伝集)』(1817년 간행)이라는 책이 간행되었는데 책 서두에 다음과
같은 문장이 수록되어 있다.

> 봄은 꽃, 가을은 달, 겨울은 눈, 이것이 경물(景物)의 첫째이다. 이제
> 불꽃놀이를 넣어서 여름의 경물이라 하겠다.
> 春は花、秋は月、冬は雪、是景物の第一也。今花火を入て夏の景
> 物とす。(利笑『花火秘伝集』1丁表)[9]

경물(景物)이란 '계절마다 달라지는 경치'를 뜻한다. 여기에서는
"봄은 꽃, 가을은 달, 겨울은 눈"이라며 계절을 대표하는 경치를 하
나씩 들고 있다. 그중 여름의 경치로 불꽃놀이를 언급한 점이 특징이
라 할 수 있다. 『불꽃놀이 비전집』에 소개되어 있는 불꽃놀이는 손에
드는 것, 땅에 두는 것, 하늘로 쏘아 올리는 것 등 실로 다양하다. 이
러한 여러 종류의 불꽃놀이를 설치하고 불을 붙이는 방법에 이르기
까지 그림과 함께 설명이 곁들여져 있다.

『모리사다만코(守貞謾稿)』(1853년 완성)는 근세 후기의 풍속에 관한

---

9 早稲田大学図書館古典籍総合データベース, 利笑『花火秘伝集』,
   https://www.wul.waseda.ac.jp/kotenseki/html/wo09/wo09_01571/index.html
   (검색일: 2022.11.13.)

백과사전식 고증수필이다. 이 책에서도 불꽃놀이와 관련된 기술과 삽화를 확인할 수 있다.

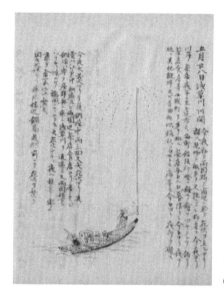

『모리사다만코(守貞謾稿)』권27
(일본 국립국회도서관 소장)

이 삽화는 아사쿠사가와의 가와비라키 행사 중 불꽃놀이를 하는 배를 그린 것이고,[10] 삽화를 전후해서 다음과 같은 글이 수록되어 있다.

5월 28일 아사쿠사가와 가와비라키

오늘 밤 처음으로 료고쿠바시(両国橋) 남쪽에서 불꽃놀이를 쏘아 올렸다. 많은 사람, 구경하는 배가 많았고, 또 육지에서도 사람들이 모였

10 国立国会図書館デジタルコレクション,「守貞謾稿」巻27,
  https://dl.ndl.go.jp/pid/2592413/1/10(검색일: 2023.2.12.)

다. 오늘 밤부터 강가의 찻집, 한밤중에 이르기까지 이어졌다. 처마마다 비단 등롱에 각종 그림을 그려서 늘어뜨리고, 찻집과 음식점 등 작은 제등(提灯)을 많이 내걸었다. 찻집, 평일에는 해가 질 때까지이다. 오늘부터는 밤도 허락된다. 그밖에 관전 장소 및 음곡(音曲), 또는 이야기, 강담(講談) 자리 등도 오늘부터 밤 활동이 허락된다.

五月二十八日 浅草川川開き

今夜初めて、両国橋の南辺において花火を上ぐるなり。諸人、見物の船多く、また陸にても群集す。今夜より、川岸の茶店、夜半に至るまでこれあり。軒ごと、絹張り行灯に種々の絵をかきたるを釣り、茶店・食店等、小提灯を多く掛くる。茶店、平日は日暮限りなり。今日より夜を聴す。その他観場および音曲、あるひは咄・講談のよせと云ふ席等も、今日より夜行を聴す。[11]

아사쿠사가와는 스미다가와 하류를 부르던 말이므로 위 인용문은 스미다가와의 불꽃놀이를 묘사한 것이라 할 수 있다. 당시 료고쿠바시 남쪽에서 불꽃놀이를 쏘아 올렸으며, 주변에 많은 사람과 배가 몰려들었음을 알 수 있다. 또한 주변 찻집과 음식점에서는 등롱과 제등을 내걸고 밤늦게까지 영업을 했다. 이는 현재의 불꽃놀이 대회를 연상시키는 묘사이다.

오늘 밤 큰 불꽃놀이가 있고 나중에 납량(納涼) 중에 여섯 번 또다시 큰 불꽃놀이가 있다. 그 비용은 에도 안의 선박업소 및 료고쿠 근처 찻

---

11 喜田川守貞著 · 宇佐美英機校訂(2001) 『近世風俗志(守貞謾稿)』4, 岩波書店, 217쪽.

집과 음식점에서 모은다. 납량은 오로지 집배를 타고 아사쿠사가와를 소요하며 료고쿠 아래로 더위를 피하는 것을 하시마(橋間)로 더위를 피한다라고 한다. 큰 불꽃놀이가 없는 밤은 유객(遊客)의 요구에 따라 금 1분 이상 불을 붙인다.

　참고로 말한다. 오사카에서는 난바바시(難波橋) 부근, 나베시마(鍋島) 저택 앞에서 불꽃놀이에 불을 붙인다.

　今夜大花火ありて、後、納涼中、両三回また大花火あり。その費は、江戸中、船宿および両国辺茶店・食店よりこれを募るなり。納涼は専ら屋根舟に乗じ、浅草川を逍遥し、また両国下につなぎ涼むを、橋間にすゞむと云ふ。大花火なき夜は、遊客の需に応じて、金一分以上これを焚く。

　因みに云ふ、大坂にては難波橋辺、鍋島蔵邸前にて花火を焚く。[12]

납량(納涼)이라 함은 피서와 같은 개념으로 더위를 피하는 일을 말한다. 불꽃놀이 비용은 근처 선박업소, 찻집, 음식점 등지에서 모아서 사용한다는 점도 독특하다. 많은 사람이 모이기 때문에 주변 가게들이 조금씩 돈을 모아 축제를 열었던 것으로 보인다. 또한 '하시마로 더위를 피한다'는 강 위에서 배를 타고 다니면서 더위를 쫓는 것을 말하며, 그 과정에서 불꽃놀이를 감상하였다는 것을 알 수 있다. 그리고 에도뿐만 아니라 오사카에서도 불꽃놀이가 행해졌다는 기술은 당시 대도시를 중심으로 불꽃놀이의 인기가 점차 높아졌다는

12　喜田川守貞著・宇佐美英機校訂(2001), 위의 책, 217쪽.

사실을 추측하게 한다.

료고쿠바시 아래에서 배를 타고 불꽃놀이를 감상하는 일이 곧 더위를 피하는 일이라는 것은 근세 후기의 고칸(合卷) 작가인 류테이 다네히코(柳亭種彦, 1783~1842)가 쓴 일기를 통해서도 확인할 수 있다. 다네히코가 1808년 6월 13일에 료고쿠의 불꽃놀이를 보고 온 사실은 그의 일기에서 찾아볼 수 있다.

> 13일 또 (햇빛이) 내리쬐어 더위 강렬함.
>
> 주도 군자가 오신 저녁에 류카 헨푸쿠(柳下蝙蝠) 군자를 방문하였다. 마침 부재중이라 만나지 못하였고 불꽃놀이를 보고 왔다. 30발의 불꽃놀이였고, 구경꾼이 많았고, 료고쿠는 대군중, 나는 배에서 혼자서 봤다. 시원함은 말할 것도 없다. 밤 10시에 귀가했다.
>
> 十三日 又てりて、あつさつよし
>
> 中道君子きたられるゆふかた、柳下蝙蝠君子の許へ訪ふ。おりふし留守にてたいめせず、花火みてきたる。十五両が花火のよし、見物大ぜい、両国大くんじゅ、私は舟にてたゞ一人にて見る。涼しさいはんかたなし。四ツ時かへる。　　　　　　(『柳亭種彦日記』文化五年六月十三日)[13]

료고쿠의 불꽃놀이는 현재도 그렇지만 에도시대부터 가장 크고 대표적인 불꽃놀이였다. 1808년 6월 당시 료고쿠에 많은 군중이 모여서 30발의 불꽃놀이를 즐겼음을 알 수 있다. 그곳에서 다네히코는

13　柳亭種彦著, 朝倉治彦校訂(1979)『柳亭種彦日記』, 秋山書店, 110쪽.

군중들에 섞이지 않고 홀로 배를 타고 여유롭게 불꽃놀이를 감상하고 귀가한 것이었다.

우타가와 사다히데(歌川貞秀)「도토 료고쿠바시 나쓰게시키(東都両国ばし夏景色)」
(일본 국립국회도서관 소장)

우타가와 사다후사(歌川貞房)「도토 료고쿠 유스즈미노즈(東都両国夕涼之図)」
(일본 국립국회도서관 소장)

171

위 두 그림은 모두 료고쿠바시와 불꽃놀이를 나타낸 그림인데,[14] 이와 같이 료고쿠의 불꽃놀이 장면을 그린 그림을 보면 이곳에 많은 군중이 모여 있고 특히 다리 위에는 발 디딜 틈도 없이 수많은 사람이 밀집해 있는 모습, 그 밖에 강 위에서 배를 타고 불꽃놀이를 구경하고 있는 모습을 확인할 수 있다.

다네히코와 동시대 작가로 유명한 교쿠테이 바킨(曲亭馬琴, 1767~1848)도 자신의 수필에 불꽃놀이에 대해 기술하였다. 다음은 미카와노쿠니(三河国) 요시다(吉田) 성내(城内)의 천왕사제례(天王社祭礼)의 불꽃놀이 행사에 관한 기술이다.

> 산슈(三州) 요시다(吉田)의 덴노 마쓰리(天王まつり)는 6월 15일. 오늘 밤 불꽃놀이는 천하제일이라고 하는 대통(大筒)이라 불리는 것 [할주] 다테모노(立物)라고도 한다.」 두 개, 통 주위 수십 척, 대를 높이 짜서 둔다. 그밖에 여러 종류의 불꽃놀이가 있다. [할주] 대통 재료는 예년 성주로부터 받는다.」 각각 관람석을 마련해서 본다. 또한 근처 지역에서 구경하러 오는 자가 있다. 가지초(鍛冶町)의 뒷길에는 삼나무를 심어 하야시 가구라(囃子神楽)가 있다. 불꽃은 시중에서 올린다. 이 밤 옥상 또는 스노코(簀子) 아래에 불꽃이 쏟아졌지만 화재의 우려는 없다. 이는 우지가미(氏神)의 가호에 의한 것이라고 전해진다.
>
> 三州吉田の天王まつりは六月十五日。今夜の花火天下第一と称す

---

14 우타가와 사다히데의 그림은 国立国会図書館デジタルコレクション, 「東都両国ばし夏景色」, https://dl.ndl.go.jp/pid/1307052(검색일: 2023.2.12.), 우타가와 사다후사의 그림은 国立国会図書館デジタルコレクション, 「東都両国夕涼之図」, https://dl.ndl.go.jp/pid/1312588/2/1(검색일: 2023.2.12.)에서 인용하였다.

大筒と称するもの[割註]立物ともいふ。」二本、筒の周囲数十尺、たか
く櫓を組てこれを居ゆ。その外種々の花火あり。[割註]大筒の資料は例
年城主よりこれを出さる。」おのノ\桟敷をかまへてこれを見る。又近国
よりも見物に来るものあり。鍛冶町のうら通りには杉の木をうゑ、囃子神
楽あり。花火は市中にてあげるなり。この夜屋上或は簀子の下に、火こ
ぼれかゝりたりとも火難のうれひなし。是氏神の加護によるといひつたへ
たり。[15]

밑줄 부분에서 '산슈 요시다'라 함은 미카와노쿠니 요시다 성(吉田
城)을 가리킨다. 이곳의 덴노 마쓰리는 매해 음력 6월 15일에 열렸으
며 불꽃놀이 행사로 특히 유명하였다.

고즈 천왕(牛頭天王)의 신사, 신명, 하치만(八幡) 모두 요시다 성내에
있다. 6월 15일 덴노 마쓰리 전야인 14일에 불꽃놀이가 있다. 혼마치
(本町), 가미덴마초(上伝馬町) 두 곳에서 올린다. 높이 13간 폭 3간, 이를
다테모노(立物)라고 한다. 이를 지나 큰 불꽃놀이가 있다. 불이 옮겨붙
지 않도록 큰 가마를 씌운다. 여기에 불을 붙일 때는 불이 옥상으로 무
리 지어 떨어진다. 구경하는 사람들은 젖은 돗자리를 뒤집어쓴다. 그
밖에 마을마다 불꽃놀이가 수백 가지 있다.

牛頭天王の社、神明、八幡。ともに吉田城内にあり。六月十五日天
王まつり。前夜十四日花火あり。本町、上伝馬町の両町にて揚る。高

---

15 曲亭馬琴著, 日本随筆大成編輯部編(1975) 『羇旅漫録』日本随筆大成〈第1期〉1, 吉川弘
   文館, 182쪽.

さ十三間巾三間、これを立物といふ。これ過て大花火あり。火のうつら
ぬやうに大釜を覆ひにす。これに火をうつす時は。その火屋上にむら
がり下る。見物の人〻はぬれ莚をかつぐ。その外町々の花火数百あ
り。[16]

덴노 마쓰리 전야인 14일 밤에 불꽃놀이 축제가 있다. 즉, 마쓰리 행사의 일환으로 불꽃놀이가 행해졌음을 알 수 있고, 화재를 예방하기 위한 방책도 마련되어 있었음을 확인할 수 있다.

이와 같이 일본 근세의 불꽃놀이의 양상은 근세 후기를 대표하는 게사쿠(戱作) 작가인 류테이 다네히코와 교쿠테이 바킨의 수필에 상세히 묘사되어 있다. 다네히코는 에도 료고쿠의 불꽃놀이 장소에 배를 타고 직접 가서 구경한 사실을 기록하였고, 바킨은 산슈 요시다의 덴노 마쓰리의 전야제 행사로 치러지는 불꽃놀이에 대해 기술하였다. 두 작가 말고도 불꽃놀이를 소재로 수필이나 일기를 쓴 문인이 많을 것으로 생각되며, 이들의 개인적인 기록물을 조사하여 당시 불꽃놀이에 관한 다양한 사실들을 찾을 수 있을 것이다.

근세의 불꽃놀이는 서민들의 생활상을 그린 우키요에(浮世繪)에서도 찾아볼 수 있다. 앞서 소개한 그림 외에 몇 가지 그림을 더 소개하여 당시의 불꽃놀이가 어떻게 그려졌는지를 살펴보기로 한다.

---

16 曲亭馬琴著, 日本随筆大成編輯部編(1975), 위의 책, 182-183쪽.

우타가와 히로시게(歌川広重) 『메이쇼 에도핫케이(名所江戸百景)』
「료고쿠 하나비(両国花火)」(일본 국립국회도서관 소장)

우타가와 히로시게(歌川広重, 1797~1858)는 잘 알려진 바와 같이 빈센트 반 고흐(Vincent van Gogh, 1853~1890)나 클로드 모네(Claude Monet, 1840~ 1926)와 같은 서양의 화가들에게 영향을 준 일본 근세의 대표적인 우키요에 화가이다. 그는 풍경화를 주로 그리며 인기를 끌었는데 그중에서도 위 그림은 불꽃놀이를 새롭게 조명한 것으로 유명하다.

히로시게의 첫 번째 그림[17]을 보면 어두운 밤하늘에 한 줄기 빛이 포물선을 그리고 있다. 이는 료고쿠의 불꽃놀이의 모습을 기존의 그림과는 다른 관점에서 바라본 것으로 이해할 수 있다. 즉, 많은 사람

---

17 国立国会図書館デジタルコレクション, 『名所江戸百景』「両国花火」, https://dl.ndl.go.jp/pid/1312334/1/1(검색일: 2023.2.12.)

이 지켜보는 가운데 화려한 불꽃이 터지는 장면이 당시 일반적인 불
꽃놀이 그림이었다고 한다면, 히로시게의 이 그림은 불꽃놀이를 조
용하고 어두운 공간을 가로지르는 한 줄기의 빛으로 그려내고 있다.
동적인 아름다움을 상징하는 불꽃놀이가 고요하고 정적인 대상으
로 바뀌어 가는 과정이라고 볼 수 있을 것 같다. 두 번째 그림[18]은 다
리 아래의 배에 초점이 맞추어져 있다. 불꽃놀이가 그림 가운데 위쪽
에 그려져 있지만 가장 먼저 눈에 들어오는 것은 다리 아래의 배들이
다. 즉, 첫 번째 그림과 마찬가지로 불꽃놀이가 펼쳐지는 당시 상황
을 다른 관점에서 바라 본 그림이라 할 수 있다. 이처럼 히로시게는
불꽃놀이의 양상을 다양한 관점에서 묘사함으로써 화려한 축제인
불꽃놀이 행사의 이면(裏面)을 그려낸 것이었다.

우타가와 히로시게(歌川広重) 『신센 에도메이쇼(新撰江戸名所)』「료고쿠 노료 하나
비노즈(両国納涼花火ノ図)」(일본 국립국회도서관 소장)

18 国立国会図書館デジタルコレクション, 『新撰江戸名所』「両国納涼花火ノ図」,
https://dl.ndl.go.jp/pid/1307357/1/1(검색일: 2023.2.12.)

우타가와 도요쿠니(歌川豊国)『에도지만 산주롯쿄(江戸自慢三十六興)』
「료고구 오하나비(両こく大花火)」(일본 국립국회도서관 소장)

우타가와 도요쿠니(歌川豊国, 1769~1825)는 가부키 배우 그림(役者絵)과
미인화(美人画)에 능했던 우키요에 화가이다. 위에 소개한 그림[19]도
미인이 배를 타고 불꽃놀이를 감상하는 모습을 그린 것인데, 앞서 소
개한 그림들과 사뭇 다른 분위기를 느낄 수 있다. 료고쿠의 불꽃놀이
는 수많은 인파 속에서 즐기는 것으로 묘사되곤 하는데, 이 그림에
등장하는 여성들은 그러한 인파로부터 멀리 떨어져서 조용히 불꽃
놀이를 즐기고 있다. 우타가와 사다히데와 우타가와 사다후사의 그

19　国立国会図書館デジタルコレクション, 『江戸自慢三十六興』「両こく大花火」,
　　https://dl.ndl.go.jp/pid/1303638/1/1(검색일: 2023.2.12.)

림을 자세히 보면 료고쿠바시에서 멀리 떨어진 곳에 배들이 떠 있는 것을 확인할 수 있는데, 도요쿠니의 그림은 그 시점이 다리가 아닌 배로 설정되어 있다고 보면 된다. 다네히코가 배를 타고 여유롭게 불꽃놀이를 즐기고 귀가하였다고 기록하였듯이 당시 복잡한 곳에서 시끌벅적하게 불꽃놀이를 감상하는 사람들과는 달리 멀리 조용한 곳에서 이들을 바라보는 시선도 있었음을 그림을 통해서 확인할 수 있다.

이상, 근세 지료에 나다난 불꽃놀이를 몇 가지 소개해 보았다. 당시의 백과사전류 서적이나 유명 작가의 수필과 일기, 우키요에 등에는 불꽃놀이를 소재로 한 많은 콘텐츠가 존재한다. 밤하늘의 화려한 불꽃과 이를 즐기는 수많은 사람들이 주로 그려졌지만, 이를 먼 곳에서 바라보는 시점을 나타내거나 화려함과 대비되는 조용함을 강조한 작품 등도 확인할 수 있었다. 근세 일본인이 불꽃놀이를 어떠한 심정으로 바라보았는지를 지금까지 소개한 자료들을 바탕으로 유추해 볼 수 있을 것이라 생각된다.

4. 맺음말: 불꽃놀이로 보는 일본인의 심성

일본에서는 여름이 되면 스미다가와의 료고쿠 가와비라키 행사를 비롯하여 전국 각지에서 다양한 불꽃놀이 대회가 개최된다. 불꽃놀이 대회가 열리면 많은 사람이 더위에도 불구하고 강가로 나가 자리를 잡고 하늘에서 터지는 불꽃을 즐긴다. 또는 장난감 불꽃놀이를 직접 손에 들고 타들어가는 불꽃을 감상하거나 직접 바닥에 놓고 쏘아 올리거나 한다. 이러한 불꽃놀이는 일본의 대표적인 여름밤 풍경 중 하나인 것이다.

현대 일본인이 즐기는 불꽃놀이의 종류는 매우 다양하다. 하늘로 쏘아 올려 불꽃이 퍼지는 모양과 크기를 감상하는 것부터 손에 들고 불꽃이 타 들어가는 모습을 감상하는 것까지 다양한 불꽃놀이가 있다. 간략하게 그 종류를 살펴보면, 손에 들거나 땅에 내려놓고 터뜨리는 작은 불꽃놀이로는 불꽃이 타들어가는 모습을 즐기는 스파클라, 손에 들고 대포에서 화염을 뿜어내듯이 터뜨리는 로망캔들, 분수와 같이 터지는 분수폭죽, 로켓처럼 쏘는 단발폭죽, 땅에 두고 연발로 발사하는 연발폭죽 등이 있다. 여름밤을 수놓는 화려한 불꽃놀이가 아니더라도 소소하게 즐길 수 있는 작은 불꽃놀이 또한 현대인들에게 인기가 높다. 그렇다면 이러한 불꽃놀이는 일본인에게 어떠한 의미를 지니고 있을까?

일본에 불꽃놀이가 소개되고 난 후 처음에는 대기근이나 수난 사고, 역병으로 죽은 자의 영혼을 위로하고 같은 사건, 사고가 재발하지 않도록 기원하는 목적으로 불꽃놀이가 시행되었다. 그러다 가기야, 다마야와 같은 민간 전문업자가 등장하면서 이는 서민 문화의 하나로 받아들여지게 되었다. 료고쿠의 가와비라키 의식을 즐기러 가는 사람들이 장난감 불꽃놀이를 가지고 스스로 즐길 수 있게 된 것이다. 가와비라키 의식은 수난 사고와 역병으로 죽은 자의 영혼을 위로하고 이러한 일이 발생하지 않기를 기원하며 본격적인 여름이 오기 전에 열린다. 일본의 불꽃놀이 행사 기간이 대부분 여름에 집중되어 있는 것도 수난 사고와 무관하지 않다. 신에게 안전을 기원하며 불꽃놀이를 행하는 것이다. 일본의 많은 문화적 요소들이 일본 고유의 종교인 신도(神道)를 떼어 놓고 생각할 수 없는데, 이는 불꽃놀이도 마찬가지이다.

그런 관점에서 불꽃놀이와 함께 생각해 봐야 할 문화가 바로 일본의 마쓰리(祭り)이다. 마쓰리는 신도의 종교의식에서 시작되었으며 지역민들의 공동체 의식을 함양하고 유대감을 형성하는 데 큰 역할을 한다. 마쓰리 참가지는 신이 강림하기를 바라는 마음으로 와자지껄하고 화려하게 행사를 진행한다. 미코시(神輿)[20]를 위아래로 격하게 흔들며 구호를 외침으로써 신이 강림할 장소를 알려주는 것이다. 이와 같이 시끌벅적한 분위기를 연출하는 것은 불꽃놀이에서도 마찬가지이다. 하늘에 퍼지는 각양각색의 불꽃과 천둥소리와도 같은 폭죽 소리는 신이 이곳으로 시선을 돌리게 만드는 역할을 하는 것이다. 료고쿠의 불꽃놀이 역시 가와비라키 날에 수신제(水神祭)를 올리며 곧 찾아올 여름날의 수난 사고를 예방하고 안전을 기원하는 염원을 담아서 치른 행사라고 볼 수 있다.

끊임없는 전란으로 혼란스러웠던 전국시대가 끝나고 태평한 에도시대가 도래하자 사람들은 그 시대의 상징과도 같이 불꽃놀이 축제를 즐기며 수난 사고와 역병이 없는 평화로운 세상을 기원하기 시작하였다. 밤하늘에 빛나는 밝고 화려한 불꽃이 일본인의 일상을 밝게 빛나게 만들었다고 해도 과언이 아니다. 동적인 형식인 불꽃놀이

---

20 신도의 제례나 축제 때 신을 모시는 가마.

가 정적인 형식인 삽화 또는 우키요에로 표현됨으로써 당시의 모습이 현재까지 전해지고 있으며, 이러한 문헌 자료를 통해 불꽃놀이를 즐기고 불꽃놀이로부터 평화로운 세상을 기원했던 일본인의 모습을 살펴볼 수 있는 것이다.

에도시대에는 출판 산업의 발달과 더불어 불꽃놀이를 소재로 한 서적도 간행이 되었다. 특히 앞서 소개한 『불꽃놀이 비전집』에는 실로 다양한 불꽃놀이가 문장 설명과 삽화로 수록되어 있어 당시 유행하던 불꽃놀이의 형태를 확인할 수 있다. 『불꽃놀이 비전집』은 오사카(大坂)에서 간행되었지만 일본 전국에 불꽃놀이가 널리 퍼지게 된 계기라고 할 수 있는 료고쿠의 불꽃놀이에 대해 상세히 수록되어 있다. 오사카에서 에도의 가와비라키 의식에 대해 문헌을 통해 접할 수 있었고, 이는 나아가 불꽃놀이를 보기 위해 에도를 방문하는 관광객 수를 늘리는 결과도 낳았을 것으로 생각된다.

그리고 불꽃놀이를 그린 우키요에도 다수 제작되었는데, 우키요에의 소재가 되었다는 사실은 당시 서민들에게 인기가 있었다는 것을 말해준다는 점에서 의의가 있다. 우키요에에서는 장난감 불꽃놀이를 즐기는 사람, 료고쿠 가와비라키의 모습 등을 주제로 하고 있다. 앞서 소개한 화가들 외에도 당시 유명했던 히시카와 모로노부(菱川師宣), 니시카와 스케노부(西川祐信), 우타가와 도요하루(歌川豊春), 구와가타 게이사이(鍬形蕙斎), 우타가와 구니미쓰(歌川国満) 등과 같은 우키요에 화가들이 불꽃놀이 그림을 그렸다. 이 글에서 이들의 그림을 모두 확인하지는 못하지만, 당시 많은 화가가 불꽃놀이를 소재로 한 그림을 제작한 것으로 보아 서민들 사이에서 불꽃놀이가 많은 인기를 끌었고, 특히 료고쿠 가와비라키는 당시 사람들의 관심을 끄는 큰 행사였음을 가늠할 수 있다.

이 글에서 살펴본 다양한 문헌에서 불꽃놀이 기사를 찾아볼 수 있었고, 불꽃놀이 전문 서적이나 우키요에 작품이 등장했다는 사실을 통해 당시에 그 인기가 실로 높았음을 확인하였다. 이는 에도시대에 접어들어 이전과는 다른 평화로운 세상을 바라는 일본인들의 염원이 불꽃놀이를 통해 표출되었기 때문인 것이다.

〈부기〉
이 글은 단국대학교 일본연구소의 한국연구재단 등재학술지『일본학연구』제68집(2023년 1월 15일 발행)에 수록한 논문인「근세 일본의 불꽃놀이의 양상과 그 의미」를 수정 · 보완한 글이다.

제7장

놀이로서의 독서

최 태 화

1. 들어가며

불과 1mm 사이에 두세 가닥의 머리카락을 조각하고 종이에 찍어 내던 우키요에(浮世絵)의 정교하고 화려한 인쇄 기술이 보여주듯 19세기 중반, 일본의 목판인쇄술은 그 정점을 향해 가고 있었다. 우키요에를 인쇄하는 것과 같은 프로세스이나 기술적 난이도 면에서는 훨씬 쉬웠던 텍스트 인쇄는 목판인쇄술의 발달을 통해 가격이 내려가고 있었다. 책 가격 인하라는 사회적, 기술적 배경을 바탕으로 대중을 위한 문학이었던 게사쿠(戯作)는 그 출판속도와 출판량, 그리고 상업적 세련미에 있어서 명실공히 현대의 매스미디어와 유사한 역할을 할 정도로 발달하게 된다.

나아가 목판인쇄의 미디어, 즉 매체였던 종이는 일상생활의 어디에서나 볼 수 있는 값싸고 흔한 물건이 되었다. 값싸고 흔해진 종이를 이용한 장난감도 널리 보급되게 된다.

다메나가 슌스이(為永春水)의 닌조본(人情本)『다마우사기(玉兎):옥토끼』(1835년경)는 어린이들이 등장하여 값싼 종이를 이용한 장난감 등을 이용하여 여러 가지 놀이를 하는 모습이 묘사되고 있다.

『다마우사기』라는 제목은 당시에 유행하던 같은 이름의 기요모토 부시(淸元節)의 음곡(音曲)에서 가져온 것이다. 기요모토의 음곡「다마우사기」는 1820년에 초연되었고 원제목(本名題)은「나마우사기 츠키노 카게카츠(玉兎月影勝)」이다. 기요모토「다마우사기」는 달에 살고 있다는 중국의 방아 찧는 옥토끼 전설에서 모티브를 가져와 옥토끼가 달에서 떡방아를 찧는 장면에서 시작하여 중간에 토끼와 너구리가 등장하는 일본의 구전동화인 가치카치야마(かちかち山)의 이야기를 섞은 무용곡으로, 그 내용에 맞게 주로 어린아이, 혹은 어린아이처럼 분장한 배우가 옥토끼 역할을 맡아 연기하는 작품이다.

제목에 있는 "가게카츠(影勝)"는 당시 인기있던 현재의 니가타현(新潟県)인 에치고(越後)의 과자로 에치고의 용으로 불렸던 우에스기 겐신(上杉謙信)의 양자, 우에스기 가게가쓰(上杉景勝)는 딱딱하고 융통성 없기로 유명하여, 가게가쓰(景勝)만큼 딱딱하다란 의미로 이름이 붙은 가게카츠단고(景勝団子)를 선전하기 위한 것이었다.

슌스이닌조본은 당시의 유행가를 작품 속에서 배경음악처럼 사용하여 여러 가지 극적효과를 얻고 있었으며, 이것은 슌스이닌조본이 인기를 얻을 수 있었던 이유 중의 하나로 들 수 있다[1]. 그렇지만『다마우사기』에는「다마우사기」는 배경음악으로 사용되지 않으며,

작품 속에서 가장 중요하게 사용된 음악은 『다마우사기』의 속제목
(内題)에 「다른 이름으로 오한(おはん)을 따라서(一名に日なぞらへおはん)」
라고 쓰여져 있는 것처럼 연령차가 나는 연인의 이야기를 다룬 노래인
기요모토부시 「오한(おはん)」(원제목 「미치유키 시안노 호카(道行思案余)」,
1819년 초연)이었다.

어린이가 주인공인 「다마우사기」를 제목으로 하고, 연령차가 나
는 연인의 이야기인 「오한」을 주제가로 사용한 것은 보통의 슌스이
닌조본이 청춘남녀의 사랑을 다루고 있는 것에 비해『다마우사기』
는 이례적으로 14세의 여자아이인 오쿠메(お粂)와 39세의 중년남성
인 한지로(半二郎), 그리고 16세의 긴지로(銀次郎)와 38세의 중년여성
오코(お幸)의 사랑을 그리고 있기 때문이다.

이러한 설정 때문에『다마우사기』에는 여타의 슌스이닌조본에는
그려지지 않는 어린이들의 모습과 그들의 놀이문화가 구체적으로
묘사되고 있다.

2. 『다마우사기』에 등장하는 놀이

2.1. 다카라후네(宝船), 스고로쿠(双六)

『다마우사기』는 어린이들이 모여서 노는 장면이 초편과 3편에 각

---

1 崔泰和(2014) 『春水人情本の研究—同時代性を中心に—』, 若草書房, 78-104쪽.

각 한 번씩 집중적으로 삽입되어 있다. 『다마우사기』의 첫 장면의 시간적 배경은 정월이다. 제2회에서는 정월의 세시풍속이 다음과 같이 구체적으로 묘사되고 있다².

> 상인의 목소리 "도추스고로쿠(道中双六)~다카라후네(宝船)~다카라후네~풍년스고로쿠(豊年双六)~다카라후네~다카라후네~다카라후네~"
>
> 오쿠메 "엄마엄마"
>
> 엄마 "대답했는데 왜 이렇게 보채니 왜 그래?"
>
> 오쿠메 "저 다카라후네 사줘요"
>
> 엄마 "아직 얼마든지 더 (장사꾼이) 올텐 데 왜 그러는거야?"
>
> 오쿠메 "그래도 지금 아저씨는 도추스고로쿠 좋은거 가지고 있단 말이에요"
>
> 商人のこゑ「道中双六宝船ノ＼豊年双六宝船ノ＼ノ＼糸「母人さんノ＼
> 母「アイといふのにせはしない何だは糸「あの宝船をお買なね母「まだいくらも来るはな糸「それでも今のは道中双六のいゝのをもつてゐるものを

설날에 집 근처를 돌아다니는 종이로 만들어진 '도추스고로쿠'와 '다카라후네'를 파는 상인의 목소리를 듣고선 사달라고 조르는 오쿠메에게 엄마는 못 사주겠다는 것이 아니라, 왜 꼭 저 상인이어야 하는지를 묻고 있다. 다카라후네와 스고로쿠가 사주지 못할 정도의 비

---

2 『다마우사기』용례는 早稲田古典籍総合データベース本『玉兎』를 바탕으로 필자가 번각하고 번역하였습니다. 이하 같습니다.

싼 물건이 아니라는 것을 알 수 있는 대화이다.

다카라후네는 정월 세시풍속 중 하나로 베겟잇에 넣고 자면 길몽을 본다고 하는 엔기모노(緣起物)다. 그 형태는 돛단배에 쌀가마니와 보물, 에비스(恵比須), 비샤몬텐(毘沙門天) 등의 칠복신이 같이 실려있는 보물선의 모습으로 대개 채색인쇄된 종이로 만들어진 것이 많았다.

스고로쿠, 즉 쌍륙은 전세계에서 그 존재가 확인되는 오래된 게임이며, 우리나라에서도 삼국시대부터 내려오는 놀이였다. 다만 우리나라에서의 쌍륙은 신윤복의 그림에서도 확인할 수 있듯이 나무로 만든 판과 말을 사용하고 있음을 알 수 있으며 주로 지배층의 놀이였으니[3], 아이가 사달라고 하면 언제든 사줄 수 있을 정도로 저렴해진 대중들을 위한 게임이었던 일본의 스고로쿠와는 계급적 특성이 다름을 알 수 있다.

[그림 1] 도추스고로쿠(道中双六), 우타가와 시게노부(歌川重宜) 그림.

[그림 2] 신윤복 쌍륙삼매
(국보 135호)

---

3 강명관(2001)『조선사람들 혜원의 그림 밖으로 걸어나오다』, 푸른역사, 206쪽.

　이어지는 제2회의 다음의 대화에서 스고로쿠가 정월에 즐기는 놀이라는 점과 게임을 진행할 때에는 과자가 필요했다는 점을 알 수 있다.

　　　엄마 "아마 그럴거라 생각했어. 도추스고로쿠라면 섣달그믐날에 한님이 너에게 주라고 가져온게 있어(중략)

　　　오쿠메 "나 머리 묶고 있는 동안 거기서 스고로쿠라도 하고 놀아. 엄마~그 스고로쿠 꺼내주세요"

　　　엄마 "그래~. 친구들 도망 못 가도록 머리 잘쓰네"

　　　오쿠메 "그런거 아니에요"

　　　엄마 "그런거 아니지만 놀고는 싶지? 그러면 머리는 내일 묶을래?(중략)오쿠메는 손으로 머리를 만지며 거울을 보며, 오늘은 여느 때보다 예뻐서 보여 사뭇 기쁘다. 이윽고 스고로쿠를 꺼내서 둘러앉은 여자아이들의 정다운 봄철 놀이. (중략)

　　　한지로 "(중략)신경쓰지 말고 놀아놀아"라고 말하면서 에치고야하리마越後屋はりま의 큰 봉투에 든 강정을 꺼내며

　　　한지로 "대충 시작했겠구나하고 생각해서 도추스고로쿠에 필요한 걸 사왔다. 자~오쿠메야 모두에게 나눠줘. 나도 판에 들어갈까?"(중략)

　　　"오쿠메도 한님도 또 같은 곳에서 자네요"라고 말하니 오나쓰(お夏)는 열일곱살 꽃다운 나이라 눈치가 빠르니 오쿠메의 무릎을 콩하고 친다

　　　母「おほかたそんなことだろうとおもつた。道中双六ならば大晦日に半さんがおめへに遺るといつてもつて来たのがあるよ(中略)お粂は手をやって髪をそると直しながら鏡を見て今日はいつもよりよく出来たと見えさもうれしきおもいれ。やがて道中双六を取出して車座になる女の子。

さもむつましき春あそび。(中略)半二郎(中略)かまはず遊びな/\といひ
ながら越後屋はりまのゐなかおこし大ぶくろへ入れたるをだし、半「大か
たはじめてゐるだろうとおもつて道中双六に入るものを買て来たサア/\
お糸やみんなに分けて遣んな。おいらも仲間(しん)にはいらふか(中略)
お糸さんも半さんもまた一つ所にお泊りだよといへばお夏は十七ばかり
もはや年ごろなれば、如才なければお糸のひざをちよいとつく

한지로는 "도추스고로쿠에 필요한걸 사왔다"며 당시에 실재했던
가게였던 "에치고야하리마(越後屋播磨屋)"의 강정을 가져다 준다.

[그림 3] 에치고야 하리마(越後屋播磨屋)『江戸買物独案内』

강정이 스고로쿠에 필요한 이유는 강정을 일종의 게임머니로 사
용하였기 때문이다. 이는 제17회에 다시 한번 등장하는 스고로쿠로
노는 장면에서 나오는 다음과 같은 대화에서 확인할 수 있다.

"한님이 선물로 사주라고 한 구니사다가 그린 배우스고로쿠(役者双

六)도 거기에 있어"

마쓰 "자 다같이 배우스고로쿠하고 놀자. 엄마 스고로쿠에 걸거니까 과자 좀 주세요"

爺さんのお土産に買てお呉れと言つた国貞の筆(かいた)、役者の双六も其中にあるヨ。

まつ「サア衆女(みんな)が役者双六してお遊びな。母御さんヱ双六かけるからお菓子をお呉れナ。

2.2. 엔무스비(縁結び)

다카라후네와 스고로쿠 이외에도 아이들이 종이를 가지고 노는 놀이로 묘사되고 있는 것에는 엔무스비(縁結び)도 있다. 엔무스비는 남녀의 이름을 적은 종이조각을 꼬아서 적힌 이름이 안보이도록 한 후, 각각을 (인연을 묶는다는 의미로)묶어서 묶여진 남녀의 이름으로 사랑점을 치는 유희의 일종으로 스쿠세무스비(宿世結)라고도 불린다. 『다마우사기』제2회에는 엔무스비를 하고 노는 모습이 다음과 같이 자세히 묘사되고 있다.

오쿠메 "그것보다 뭐하고 놀래?" (중략)

미 "엔무스비하지 않을래?"

오쿠메 "그거좋다. 그렇게 하자. 내가 쓸테니까. 너네들이 끈을 꼬아줘"하고 벼루를 꺼내 종이를 잘라 (이름을) 쓴다. 어린이들의 장난이지만 남녀의 품평은 중매쟁이 월화빙인처럼 다섯 개의 제비 속에는 진

실된 인연도 있다. (중략)

　오쿠메 "직접 하나씩 묶어보자"하고 제비를 내민다

　다쓰 "빨리 묶어 오쿠메 너는 내가 묶어 줄게"

　오쿠메 "아 그렇게 해줘" 이렇게 묶는게 끝나자

　미 "자 펼쳐보자"

　다쓰 "내가 열어볼게" (중략)

　치 "어머 나는 싫어 아무리그래도 오케마쓰(桶松)는 거지잖아. 나 집에갈래" (중략)

　오쿠메 "너야말로 시칸(芝翫)과 묶였잖아" (중략) 이때부터 엔무스비를 새로 3번이나 다시 했는데 오쿠메는 한지로랑만 묶이니 어린 여자아이들이지만 혹시나 하고 알아차리게 되는 오다쓰와 오미, 그리고 치(오미, 치는 아이들의 이름: 필자 주)

　粂「アヽそんなことよりか何ぞしてお遊びな(中略)巳「それよりか縁結びをいたそうじやあないか粂「アヽそれがよかろう。そうおしな。私が書からおまへたちは小よりをよぢつておくれよト硯取出し紙を切り書くや。おさなき所為(わざ)くれも男女の品定これなん月下(むすぶ)氷人(のかみ)ごとく五本の籤のその中には誠を結ぶ縁も有り。(中略)粂「サアノヽ手づノヽに結び合してお見トくじを出す辰「サアはやくお結びなお粂さんおまへのは私が結んで上やう粂「アヽそうしておくれトこれよりだんノヽにむすび終り巳「サアひらいてお見(中略)辰「ドレ私があけて上やう(中略)ち「ヲヤノヽ私はいやだよノヽなんぼなんだつて桶松は乞食じやあないか私はもう帰るよ(中略)粂「おまえこそ芝翫とお結ばりじやあないか(中略)これより仕直す縁むすび三度までお粂半二郎とむすばりければおさなきけれども女の子もしやと気の付くお辰にお巳、智

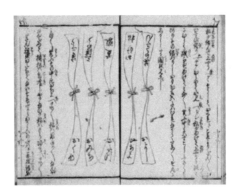

[그림 4] 第二回 挿絵、縁結び

시칸은 1836년에 습명(襲名)한 3세 나카무라 시칸(中村芝翫)을 말하는 것으로 3대 하나가타(花形) 중 한 명으로 불릴만큼 인기배우로 유명했다. 이와 같이 엔무스비는 시칸과 같이 당시의 유명 아이돌과 오케마쓰, 한지로와 같이 놀이를 하는 사람들이 알고 있는 누군가를 함께 써서 일종의 연애운을 점치는 놀이였음을 알 수 있다.

엔무스비 놀이는 후기 닌조본 작가인 산산테 아린도(山々亭有人)의 닌조본 『슌쇼쿠 다마다스키(春色玉襷)』(1856경)제8회에도 다음과 같이 그려지고 있다. 가지와라가(梶原家)에서 시중을 들고 있는 14살의 지요지(千代次)를 가지와라가의 차남인 헤이지 가게타카(平次景高)가 좋아하게 되어, 지요지와 자리를 만들고자 여러 시동들을 모아놓고서 무라오(村尾)와 짜고 엔무스비 놀이를 하는 장면으로 『다마우사기』의 경우와 마찬가지로 인기 배우였던 시칸 등의 이름이 보이고 있다.

그것보다 아예 엔무스비를 해서 도련님과 연결된 사람에게 선물을

주는게 어떨까요(중략)

● "지요지, 도와주지않으며, 이치무라(市村羽左衛門, 미남 가부키배우로 유명:필자 주)는 쓰지 않을거야."

헤이지"지요지는 이치무라 같은 배우가 좋아?"

지요지"아니요. 거짓말입니다. 오키누야 말로 히코사(坂東彦三郎, 인기 가부키배우: 필자 주) 팬입니다." (중략)

무라오"제가 읽어드리겠습니다. 먼저 첫 번째가 즈루지(鶴次)에게 우자에몬(市村羽左衛門)"

×"어머 오키누에게 히코사(坂東彦三郎)일지 모르겠다."

무라오"자 그 다음이 큰일이다."

×"시칸(芝翫)이에요?"

무라오"아니 도련님이야"

● "누구랑일까. 좋아하는 사람일거에요"

무라오"어디보자, 지요지!"

헤이지"지요니 축하해"

■ "축하해"

헤이지"헤이지구나, 자 이제부터 나와 지요지는 부부가 되는거야."

● "지요지, 도련님 옆으로 가"

夫れよりいっその事、縁むすびをして若様と結ばった者に、御はうびをお遣し遊ばしては如何でござりませう(中略)

● 「千代次さん、お手伝遊ばさないと、市村を入れませんよ。

平「千代次は市村とやらが好きかの。千代次「イエ。嘘でござります。お絹さんこそ彦三が御ひいきでこざります。(中略)村「吾儕が読む役

になりませう。先づ第一が鶴次に羽左衛門。×「ヲヤお絹さんに彦三かしらん。(中略)村「サアその次が大変だ。×「芝翫でございますか。村「イヽエ。若様。●「ヲヤ誰方だらう。御信心でございますよ。村「エヽト、千代次。平「ヲヤ千代次さん、お目出度う。

■「お目出度う。平「千代次か、サア是れから自己と千代次と夫婦になるのだ。●「サア千代次さん若様のお側へお出なさいよ。

『다마우사기』의 엔무스비는 우연히도 3번이나 연속으로 오쿠메와 한지로가 이어진다고 하는 설정으로 오쿠메와 한지로의 미래에 대한 점괘, 혹은 복선으로서 작용하고 있으나,『슌쇼쿠 다마다스키』에서의 엔무스비의 결과는 헤이지가 무라오와 짜고 친 결과였다는 점은 다르다. 그러나 시칸과 같은 유명배우의 이름이 거론되는 등,『다마우사기』에서의 엔무스비와 유사한 과정으로 놀이가 진행되고 있음을 확인할 수 있다.

3. 놀이로서의 독서

3.1. 미미크리로서의 독서

앞서 예로 든 스고로쿠에 사용하려 과자를 달라고 하는『다마우사기』제17회의 장면은 그 이후, 다음과 같은 장면으로 이어진다.

아이들은 그림책(絵本)과 스고로쿠(双六)를 각각 손에 들고 펴보는 중에 한 명이

● "어머 오마쓰, 이것도 도추스고로쿠니?"

마쓰 "어디보자. 어머 이건 난 모르겠는데, 어디 한번 볼까"하고 무릎에 놓고

마쓰 "이건 아마 상자에 들어있던 거야. 정말 예쁘다"

● "그럼 열어보자" 하고 펼쳐보니 아름답게 채색인쇄된 오본(大本) 사이즈 두권으로 된 대일본국군지도(大日本国郡全図)이다. 모여든 여자아이들은 각각 들여다보며

● "어머 이쁘다"

子供は絵本と双六を各々手にとり開き看る中に一人の乙女が ●「ヲヤノ＼お松さんこれも道中双六かへまつ「ドレエ。ヲヤ夫は私きやあ知らなんだよトドレお看せト膝に載松「ヲヤこれはたしか箱入であつたのだは。真に綺麗だよ ●「ドレマア明てお看せなトあけて見るは彩色摺にてうるくしき大本二冊物は大日本国郡全図の彩色摺なり寄合ひ居たる処女達は各々にさし覗き ●「ヲヤノ＼マアうつくしいねへ

"아이들은 그림책(絵本)과 스고로쿠(双六)를 각각 손에 들고 펴보는 중"이라는 문장처럼 아이들이 지도를 스고로쿠의 일종으로 생각하고 거부감없이 받아들이고 있는 장면으로 아이들에게는 책과 놀이기구인 스고로쿠가 같은 위상에 놓여있음을 알 수 있다.

이러한 인식은 앞서 예로 든 아이들이 스고로쿠를 하고 한지로가 "에치고야하리마"의 강정을 사왔던 제2회에서 이어지는 다음과 같은

장면에서도 확인할 수 있다.

　　열두세살부터 열너댓살이 섞여서(중략)

　한지로"조심해"라고 말하고 나간 이후에는 아이들이 제각각 네나

마도리(手玉取, 오재미)를 하던가 마리쓰쿠(毬つく, 공튀기기)를 하던가

구사조시(草ざうし, 소설)를 보던가 하면서

　十二三才より十四五才まじり(中略)半「きをつけなよト出て行後には子

どもがとり／＼に手玉取やら毬つくやらまた草ざうしを見るやらして

　　　　[그림 5] 第17回 挿絵 手玉取　　　　[그림 6] 『小供風俗』(手鞠)1896

　　오재미는 콩이나 팥과 같은 것을 넣고 천조각으로 싼 노리개이다.

데다마도리(手玉取)는 『다마우사기』 제17회의 삽화인 그림5와 같이 5

개의 오재미로 공기놀이를 하거나 저글링을 하면서 노는 놀이이다.

마리쓰쿠(毬つく)는 그림6과 같이 탄력이 있는 목면으로 만들어진 공

을 땅에 떨어트리지 않게 손으로 튀기거나 땅으로 튀기며 노는 놀이

이다. 이러한 데다마도리와 마리쓰쿠 놀이와 함께 구사조시(草双紙)를 읽는 것이 병렬되어있음을 확인할 수 있는데, 이역시 구사조시를 읽는 것, 다시 말해 독서가 놀이의 일종으로 여겨지고 있었다는 점을 확인시켜주고 있다.

소설 읽기가 스고로쿠나 공기놀이와 같은 놀이 중의 하나라는 점은 놀이의 종류를 분류하고, 분류된 속성의 조합의 가능성을 확인했던 로제 카이와(Roger Caillois)의 이론이 뒷받침해주고 있다.

카이와는 놀이를 아곤(agon, 경쟁), 알레아(alea, 우연), 일링크스(ilinx, 어지러움), 미미크리(mimicry, 흉내 · 모방)라는 4가지 속성으로 분류하고 이속성들은 동시에 존재할 수 있다고 논한다. 경쟁을 속성으로 하는 아곤에는 경주, 경기, 스포츠게임 등이, 운과 우연적 속성이 지배하는 알레아는 플레이어가 통제할 수 없는 내기, 주사위놀이, 복권, 가위바위보 등의 놀이가 속하게 된다. 카이와의 분류에 따르면, 『다마우사기』에 등장하는 엔무스비와 스고로쿠는 우연이 지배하는 전형적인 알레아로, 스고로쿠에 과자로 내기를 건 것은 놀이의 재미를 더하기 위해 알레아인 스고로쿠에 아곤을 더한 것으로 이해할 수 있을 것이다. 또한 대상을 모방하거나 흉내내는 것을 속성으로 하는 미미크리에는 소꿉장난, 가면놀이, 극중인물에 감정이입, 빙의를 경험하게 해주는 연극 등의 예술이 포함된다[4].

'놀이의 인간'이라는 뜻인 호모루덴스(Homo ludens)라는 개념을 제시한 요한 하위징아(Johan Huizinga)는 놀이를 인간의 정신적 창조 활동

---

4 로제 카이와(Roger Caillois) 지음, 이상률 역(1994) 『놀이와 인간(Les jeux et les hommes)』, 문예출판사, 39-57쪽(원서출판 1961).

의 결과로 보고, 문화의 많은 부분이 근원적으로 놀이에서 유래하고 있음을 동명의 『호모루덴스(Homo ludens)』(1938)에서 논증한다. 하위징아는 라틴어와 게르만어 계열에서 드라마(희곡)는 '놀이'로 불렸고, 드라마 공연은 '놀이를 하는 것'으로 불렸다는 것을 확인하며, 비극과 희극 모두 놀이에서 유래되었다는 점은 명백하며 드라마를 연기하는 배우는 "자신이 쓴 가면에 의해 일상적인 세계로부터 벗어날 수 있었고, 극중 인물을 재현한다기보다 바로 그 인물이 되어 버렸다. 관중들도 그런 마음 상태로 배우에게 열광했다"고 논한다[5].

이와 같이 카이와와 하위징아는 드라마(희곡)라는 문학장르를 놀이의 한 종류로 파악하고 있다. 드라마가 미미크리로 분류될 수 있다면, 소설 역시 드라마와 마찬가지로 독자가 미미크리를 할 캐릭터와 캐릭터들의 스토리가 담겨 있기에, 미미크리를 즐길 수 있는 '놀이'라 부를 수 있을 것이다.

슌스이닌조본에는 카이와와 하위징아가 말하고 있는 놀이로서의 독서를 보여주는 좋은 예시들이 많이 그려지고 있다. 예를 들어 슌스이의 베스트셀러 중 하나인 『슌쇼쿠 우메고요미(春色梅曆)』의 속편인 『슌쇼쿠 우메비부네(春色梅婦禰)』의 제1회에는 주인공 오후사(お房)가 가시혼야(貸本屋)에서 빌린 닌조본을 읽으며 자신처럼 사랑 때문에 괴로워하는 닌조본 속의 등장인물에 몰입하고 있는 장면이 묘사되어 있다.

---

5 요한 하위징아(Johan Huizinga) 지음, 이종인 옮김(2018) 『호모루덴스(Homo ludens)』, 연암서가, 271-290쪽(원서출판 1938).

잠시 2층에 풀이 죽어 우울해하고 있는데 마침 가시혼야가 가져온 아마추어 닌조본 작가의 필사본이지만 첫 부분이 재밌어 보이는 책을 빌려 바로 읽기 시작한다. 괴로움과 근심을 잊으려 시작한 기분전환(독서: 필자주)도 다시 걱정이 되어 (근심을) 잊을 수 없게 되는 것이 사랑의 버릇이다(소설 속 소설의 내용 중략)오후사는 이 책을 읽기 시작하는데 자신의 신세에 견주어 생각해보니 마음 속 깊이 통절하게 느껴지는 사랑의 간절한 진심은 누구라도 다르지 않을 슬픔과 고통이다.

暫時二階にしよんぼりと欝気折しも貸本屋の持て来りし人情本素人作の写しにあれど面白そふな書初に借て直さまよみかゝり憂を忘るゝなぐさみも又気にかゝる恋の癖(作中作の所を略す)お房はこれを読かけしが身にもしみ〴〵引くらべ恋の切なる心根は誰もかはらぬ憂苦労『春色梅美婦禰』初編 巻一 第一回

오후사는 그림에서처럼 술자리에 나가기 위해 대기하는 곳에서 책을 빌려 읽기 시작한다. 책을 읽는 이유는 "괴로움과 근심을 잊기" 위해서지만, 주인공의 상황이 "걱정이 되어 (근심)을 잊을 수 없게"된다. 소설 속 주인공의 상황에 "견주어 생각해"보는, 다시 말해 미미크리를 하고 있는 것이다. 요컨대 오후사는 책으로 미미크리 놀이를 하고 있는 것이다.

또한『다마우사기』에도 유사한 장면이 등장한다. 앞서 예로 든 데 다마도리와 마리쓰쿠를 하거나 구사조시를 읽고 있다고 하는 제2회의 장면은 어린이들이 고칸(合卷)과 닌조본에 대한 품평과 함께 소설에 등장하는 헤어스타일이 현실에서도 인기를 끌고 있었다고 말하고 있는 다음의 장면으로 이어진다.

　　다쓰 "오쿠메, 고칸(合卷) 중에는『쇼혼지타테(正本製)』와『이나카
겐지(田舍源氏)』가 제일 재밌어(중략)오쿠메"이나카겐지 중에는 멋진
머리모양이 많이 있어. 요즘 내가 알고 있는 여자 미용사가 말해주던
데, 단골 아주머니가 이나카겐지를 옆에 두고, 이대로 머리를 묶어달
라고 해서 진짜 곤란했다고

　　辰「お粂さん合巻の中では正本製と田舍源氏が一番おもしろいねへ
　　(中略)粂「田舍源氏の中には好た髷や髪の風がいくらもあるねへ。あ
の此間私の知つてゐる女の髪結いさんが左様言たがね。不断結に行
処のおかみさんが田舍源氏を側へ置て、この通りの風に結てくれろと言
てまことにこまつたと

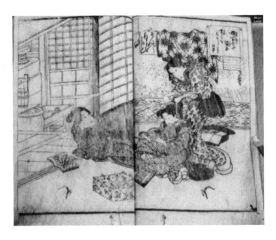

[그림 7] 第2回 挿絵 読書

다쓰가 언급하고 있는 『쇼혼지타테』(1815-31)와 『니세무라사키 이나카겐지(修紫田舎源氏)』(1829-42)는 모두 고칸의 대표작가인 류테이 다네히코(柳亭種彦, 1783~1842)의 고칸이다. 『쇼혼지타테』(1815-31)는 유명한 7개의 가부키 '세카이(世界)'를 각색해서, 쇼혼(正本)으로 불리던 가부키대본의 형식으로 소설을 쓰고, 유명한 가부키배우와 닮은 얼굴을 주인공의 얼굴로 쓰는 등, 마치 2차원의 종이 위에 3차원의 가부키를 구현하는 것과 같은 효과를 내는 아이디어로 인기를 얻었던 작품이다.

『이나카겐지』는 겐지모노가타리(源氏物語)의 세카이를 무로마치시대로 옮겨서 번안한 장편소설로 에도막부의 금남의 지역이었던 오오쿠(大奥)의 실상을 빗대어 그린 것이라는 풍문이 돌았을 만큼 인기가 있던 작품으로 인기가 있던 『이나카겐지』 속 주인공들에 대한 미미크리가 주인공들의 헤어스타일을 따라하는 현상으로 구체화되고 있는 상황을 묘사하는 장면으로 이러한 현상을 코스튬플레이라는 단어로 표현하고 있음은 주지하는 바이다.

3.2. 경쟁으로서의 독서

하위징아는 드라마(희곡)는 아곤, 즉 경쟁의 요소를 가지고 있으며, "관중들은 드라마를 상호 비교했고, 그들의 비판은 극도로 신랄했다. 모든 관중들은 대사의 암시를 전부 이해했고 스타일과 표현의 정교함에 열렬히 반응했으며 경쟁의 긴장감을 공유했다"라고 논한다[6].

---

6 Johan Huizinga(2018), 앞의 책, 288쪽.

요컨대 알레아(우연)를 즐기는 스고로쿠에 아곤(경쟁)을 즐기는 내기를 더하여 스고로쿠의 재미를 더한 것과 같이 미미크리(모방, 빙의)를 즐기는 드라마 역시 아곤(경쟁)을 더하여 관중들은 드라마를 더욱 재미있게 즐길 수 있게 되었다.

서론에서 서술한 바와 같이 에도시대의 게사쿠는 매스미디어적 성격을 지닐 만큼 출판속도와 출판량이 매스미디어로 부를 수 있을 만큼 빠르고 많아졌기에 닌조본(人情本)、요미혼(読本), 곳케이본(滑稽本), 고칸(合巻) 등의 게사쿠 장르 간의 경쟁은 물론, 같은 장르에서도 작가 간의 경쟁이 치열해진다. 따라서 하위징아의 드라마(희곡)와 마찬가지로 "경쟁의 긴장감을 공유"하며 작품에 대한 상호비교와 "극도로 신랄한 비판"이 존재하는 아곤적 속성의 놀이가 독서에 더해지게 된다.

『가나데혼주신구라(仮名手本忠臣蔵)』를 각색한 슌스이의 『이로하문고(いろは文庫)』(1836~72)제31회에는 다음과 같이 작품에 대한 비교와 비판을 하는 독자들에 대한 슌스이의 변(弁)이 나온다[7].

> 이와 같이 되었을 때는, 세상에 전해져 내려오는 것과는 전혀 다른 상황으로 또 편굴자들의 비판도 있을 것이다. 필자는 원래부터 이에 대한 분별이 있다. 그것은 작품의 마지막에 가서 총론에 기록할 것이다.
>
> 如斯なる時は、世に書伝へる趣とははるかに相違の事にしてまた偏屈者の批判もあらんか。撰者元来この弁あり。夫は本伝万尾の節に到りて惣論に記すものなり。

---

7 초출, 崔泰和(2014), 앞의 책, 155쪽.

"주신구라모노(忠臣蔵物)"라 불리는 아코사건(赤穂事件)을 각색한 다양한 작품들과 "상호비교"해보면 제31회에 그려지고 있는 장면이 다르다고 "극도로 신랄한 비판"을 할 것으로 예상되는 독자들이 있었고, 슌스이는 이들을 성질이 삐뚤어진 자를 뜻하는 "편굴자(偏屈者)"로 부르고 있다.

슌스이는 많은 사람들에게 읽히는 인기작가가 되기를 원하였고, "편굴자"들의 비판에 대해 슌스이류(春水流)라 불리는 당시의 최신유행을 섞어 다양한 삼각관계의 애정행각을 해피엔딩으로 끝내는 자신의 소설창작법에 대해 적극적으로 변호하였고, 결과적으로 '편굴자'들의 비판보다 '경쟁의 긴장감을 공유'하는 다른 독자들이 더 많았기에, 슌스이닌조본은 당시의 문학장르를 석권할 만큼의 인기를 얻게 되었다.[8]

또한 "편굴자"가 아닌 닌조본을 좋아하는 일반적 독자들의 불만에는 적극적인 해명을 통해 독자의 이해를 구하는 슌스이의 모습에서 "경쟁의 긴장감"이 공유되고 있음을 확인할 수 있는데 예를 들어 『다마우사기』제11회에서 보이는 독자들의 비판에 대한 해명의 장면을 들 수 있다.

무릇 이 이야기는 초편에 그린 괴담과 인과의 과정을 풀어서 세상에 있을 법하지 않게 보이는 것들을 담아서 어떤 일이든 얽히고설킨 전세의 숙업이라는 것을 어린남녀들에게 깨치게 할 방편이었다. 그렇지만,

---

8 崔泰和(2014), 앞의 책, 156–158쪽.

작자의 실수로 인해 오쿠메 한지로의 사심이, 독자제현의 마음에 들지 않게 된 것은 어찌하면 좋을 것인가.

　凡此物語は初編にあらはしたる怪談と因果の所為を説て世の常には あるまじと思はるゝことを綴りいだして何事も約束の在りし前世の宿業なる 由を男女童衆に諭す方便なり。されども作者の誤りにてお粂半次郎の 私情看官の心よからぬ様になりしはいかにせん

다만, 무대예술인 드라마는 청중의 "신랄한 비판"이나 "경쟁의 긴 장감"은 객석에서 무대로, 즉각적으로 작가에 전달될 수 있었다고 한다면, 게사쿠에 있어서의 독자의 피드백은 1832년 기준으로 점포 수가 에도에서만 무려 800에 다다르고 있던[9] 가시혼야를 통해서 이루어지고 있었다.

가가호호 방문하며 책을 빌려주고 또 반납도 받는 가시혼야와 독자와의 사이에서 일어나는 상황이 구체적으로 묘사되고 있는 예로 『슌쇼쿠 다쓰미노소노(春色辰巳園)』(1835)제10조의 다음의 장면을 들 수 있다[10].

마침 빌려줄 책을 등에 진 젊은이가 지나간다. 이는 사쿠라가와 진키치이다.

요네하치 "진키치, 오랜만이네, 뭔가 새로운 책이 있으면 빌릴게"

진키치 "예예, 감사합니다"하고 문을 열고 봇짐을 내리고(중략)『데

9　寺門静軒(1832)『江戸繁昌記』三編, 克己塾, 19쪽(19丁ウ).

10　초출, 崔泰和(2014), 앞의 책, 148쪽.

소 온나 핫켄시(貞操婦女八賢誌)』라는 삽화요미혼(絵入読本)을 꺼내며 “이책이 평판이 좋은 신판입니다.”

요네하치 “그래? 누가 쓴거야”하고 작자의 이름을 보고 얼굴을 찌푸리며 “아니, 나는 이 광훈정(작가 슌스이의 호)이라는 작자는 어쩐지 싫어. 소마히토라고 불릴 때부터 봐왔지만, 아무리 생각해도 재미있는 책이 적은걸.”

진키치 “아니요 아니요. 그건 전부 제자나 아마추어들이 쓴거에요. 소마히토가 이름만 넣은 거에요. 이 『핫켄시』를 읽어보세요.”

요네하치는 『핫켄시』를 빌리고, 다른 것도 이것저것 빌려서,

丁度貸本の荷を背負たりし若者これ桜川の甚吉なり米「ヲヤ甚吉さん久しぶりだの何ぞ新板が有なら貸ようじやアねへか　甚「へイそれは難有ト格子をあけて荷を下し(中略)貞操婦女八賢誌といふ絵入読本をいだし、これが評判のいゝ新板でございます　米「そふかへ、だれが作だへト作者の名をよみ顔をしかめ「イヤノ＼私やア、この狂訓亭といふ作者はどふも嫌ひだヨ。楚満人と名号時分から見るけれど、どふも面白いのはすくないものヲ 甚「イエノ＼、それはみんな弟子や素人の作たのへ、楚満人が名ばかり書たのでございます。この八賢誌をマア御覧まし。米八はこれをかり、外にもいろノ＼かりて、『春色辰巳園』四編(天保五)と同年に刊行された『貞操婦女八賢誌』を、滑稽を交えて宣伝している箇所であるが、貸本屋が読者に本を借りるように説得する様子が垣間見えている。

[그림 8] 『春色辰巳園』第10条 挿絵 貸本屋甚吉

　광훈정, 즉 『슌쇼쿠 다쓰미노소노』의 작가인 슌스이의 다른 작품인 『데소 온나 핫켄시』(1834-48)의 선전을 겸하고 있는 장면이긴 하나, 독자가 책의 내용에 대한 불만을 이야기하기도 하고 가시혼야가 책을 권하기도 하는 모습에서 가시혼야가 작가와 독자의 의견소통의 채널이 되고 있음을 확인할 수 있다.

　독자는 작품에 대한 피드백을 작가에게 보내고 있었고, 작가는 독자들의 의견에 기민히 반응하고 있었다는 점은 독자가 독서라는 놀이에 플레이어로서 참여하고 있었다는 점에서 중요하다. 독자들은 미미크리에 아곤을 더한 독서놀이를 통해 슌스이닌조본이라는 보다더 재미있는 놀이 "도구"를 가지고 놀았던 것이다.

4. 나가며

　로제 카이와와 요한 하위징아의 놀이에 관한 이론은 문학, 특히 드라마(희곡)가 미미크리와 아곤의 속성을 지닌 놀이라는 점을 밝히고 있다는 점에서 중요하다. 드라마가 놀이라면 소설 역시 놀이다.『다마우사기』를 통해 놀이로서의 독서의 가능성을 확인할 수 있었던 것은 청춘남녀의 사랑을 다루는 통상적인 슌스이닌조본과는 달리 여러 가지 이유로 인해『다마우사기』는 어린 여자아이들이 자주 등장하고 있기 때문이다.

『다마우사기』에는 정월에 어린이들이 모여서 스고로쿠, 엔무스비, 데다마도리와 마리쓰쿠 등을 하는 모습과 과자를 스고로쿠의 내깃돈으로 삼는 등, 아이들의 놀이하는 모습을 세밀하고 구체적으로 묘사하고 있다. 또한 이러한 놀이와 병렬적으로 책을 읽으며 책의 주인공에 미미크리, 즉 감정이입하며 동화되고 있는 모습도 그려지고 있다. '놀이로서의 독서'가 그려져 있었던 것이다. 슌스이닌조본이 다른 장르의 소설을 압도하는 인기를 얻으며 보다 재미있는 놀이의 '도구'로써 사용될 수 있었던 이유는 하위징아가 말하는 드라마의 경우처럼 작품 간의 비교와 비판을 축으로 하는 경쟁, 즉 아곤의 요소가 더해져 있었다는 점도 들 수 있다. 슌스이닌조본은 가시혼야를 매개로 활발히 독자와 상호활동을 하였기 때문에 독자들이 아곤적 '놀이로서의 독서'에도 참여할 수 있었다.

『다마우사기』로부터 40년 후, 일본은 근대에 접어들며 다양한 서구사조가 유입되어 새로운 문학장르가 만들어져 간다. 서구의 근대사조를 받아들인 근대일본문학이 '순(純)'이라는 접두사를 붙여야 했던 것은 이미 매스미디어로 볼 수 있을 만큼 발달해 있었던 놀이로서의 독서를 위한 대중문학, 게사쿠(戱作)가 존재하고 있었고, 근대에 들어서도 여전히 종래의 게사쿠는 가시혼야에서 가장 많이 빌려가는 베스트셀러였을 만큼 대중들의 인기를 얻고 있었기 때문이다.

순문학의 시대가 지나고, 놀이로서의 소설, 웹툰, TV드라마, 영화가 대중문학의 주류가 된 현재에 있어 '놀이로서이 독서'로 대표되는 게사쿠, 특히 슌스이닌조본의 특징은 현대대중문학을 연구하는데 있어 하나의 기준, 혹은 좋은 비교대상이 될 것이다.

본론에서 다루지 않은『다마우사기』가 통상적인 슌스이닌조본과다른 구성을 가지게 된 원인에 대한 연구는 작가와 출판사간의 역학관계가 닌조본의 구성에 어떠한 영향을 미치는지에 대한 중요한 발견이 될 것이나, 본고의 주제에서 벗어나는 내용이기에 지면을 달리하여 분석할 내용으로 남기고자 한다.

〈부기〉
본 글은 일본어문학 100집에 게재된 논문「『다마우사기玉兎』에 보이는 놀이로서의 독서」(2023.2)를 약간의 수정을 거친 내용입니다.

제8장

에도(江戸)의 정원수 가게와
교쿠테이 바킨(曲亭馬琴)의 원예생활

김 미 진

1. 들어가며 : 원예 도시 에도(江戸)

에도(江戸)는 원예 도시라고 해도 과언이 아니다. 쇼군(将軍)으로부터 하사 받은 에도의 다이묘(大名) 저택에는 넓은 정원이 있었으며, 무사는 이 정원에 식물을 심어서 화려하게 가꾸어 뽐내는 것이 권위를 의미하였다. 에도의 약 70%가 다이묘와 무사들의 저택이었으며, 대부분의 저택에 정원이 있었으므로 에도를 원예 도시라고도 부를 수 있을 것이다. 이와 같은 식물에 대한 관심은 무사 계급에 한정된 것이 아닌, 서민층으로 확대되면서 에도는 원예 도시로 확고히 자리 매김하게 된다.

에도가 원예 도시가 된 것은 초대 쇼군(将軍)인 도쿠가와 이에야스

(德川家康), 2대 히데타다(秀忠), 3대 이에미쓰(家光), 8대 쇼군인 요시무네(吉宗)의 식물에 대한 관심도 큰 역할을 한다. 특히 초대 쇼군인 이에야스는 도쿠가와 가문의 선조 위패를 모시는 절로 우에노(上野)의 간에이지 절(寛永寺)을 건립하고 나라(奈良)의 요시노야마 산(吉野山)에서 벚꽃 묘목을 가져와 우에노에 심었다. 8대 쇼군인 요시무네(吉宗)도 '교호 개혁(享保の改革)'을 통해서 검약 생활을 강조했으나, 서민들의 불만이 쌓이지 않도록 오지(王子)의 아스카 산(飛鳥山)과 시나가와(品川)의 고텐야마(御殿山) 고가네이(小金井) 등에 벚나무를 심어 벚꽃놀이를 장려했다.[1] 그 결과 '에도의 ○○(장소)는 □□(식물)의 명소'로 알려지게 되면서 시기에 맞춰서 식물을 구경할 수 있는 정보를 담은 지도와 서적이 간행된다.

예를 들어, [그림 1][2]은 『도토하나고요미 메이쇼 안나이(東都花暦名所案内)』(성립 년도 미상)로, 이는 이전에 성립된 에도 지도인 『도토킨코즈(東都近郊図)』(1825[文政8]년 성립)를 그대로 옮기면서 오른쪽 하단(사각형 부분)에 꽃 구경하기 좋은 명소에 대한 정보를 추가한 것이다. 봄(春の部), 여름(夏の部), 가을(秋の部), 겨울(冬の部), 기타(雑の部)를 기준으로 각 계절을 대표하는 식물의 이름과 명소를 소개하고 있다. [그림 2]는 앞서 제시한 『도토하나고요미 메이쇼 안나이』의 식물의 명소 소개에서 '봄'을 대표하는 동식물의 명소를 제시한 부분만을 발췌한 것이다. 항목을 기준으로 정리하면 다음과 같다.

---

1 이나가키 히데히로 지음, 조홍민 옮김(2017) 『식물도시 에도의 탄생』, 글항아리, 12-13쪽, 159-161쪽 참조.
2 [그림1] 인용은 일본국회도서관 소장본(청구기호 : 特1-3200)에 의함.

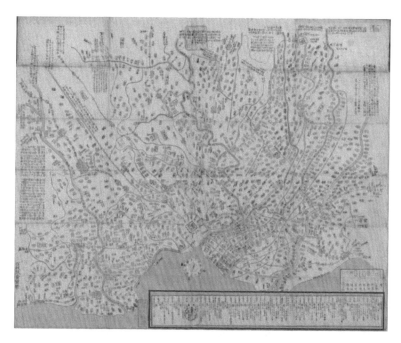

[그림 1] 『도토하나고요미 메이쇼 안나이(東都花曆名所案内)』

[그림2] 『도토하나고요미 메이쇼 안나이(東都花曆名所案内)』 하단의 '봄(春の部)'

매화(梅) ─ 메까치(鶯) ─ 버드나무(柳) ─ 복숭아(桃) ─ 붉은 꽃 복숭아
(緋桃) ─ 벚나무(桜) ─ 노랑벚나무(浅黃桜) ─ 동백(椿) ─ 꿩(雉子) ─ 종다리
(雲雀) ─ 배꽃(梨子花) ─ 철쭉(躑躅) ─ 제비꽃(菫菜) ─ 무학(蓮花草) ─ 앵초

(桜草) ─ 뱀밥(土筆) ─ 개오동나무(萩) ─ 황매화나무(山吹) ─ 등나무(藤) ─
제비붓꽃(杜若) ─ 모란(牡丹)

식물과 새를 입춘을 기준으로 빨리 볼 수 있는 순서로 나열하고
있으며, 각각의 항목의 명소를 소개하고 있다. 매화, 버드나무, 벚나
무 항목의 일부를 발췌하면 다음과 같다.

　　○ 매화 입춘으로부터 35일 경
　　　　가메이도(亀井戸), 가바타(蒲田)
　　○ 버드나무 동(同: '입춘으로부터'의 의미. 이하 생략) 45일 경
　　　　가나가와 제방(神奈川土手), 스미다 제방(角田堤)
　　○ 벚나무
　　　　우에노(上野) 곳곳 동(同) 65일 경부터 75일
　　　　스미다가와 강(角田川), 오오이(大井), 고가네이(小金井)

이와 같은 식물의 명소를 그리고 있는 작품으로는 니시무라 시게
나가(西村重長) 그림 『에혼 에도 미야게(絵本江戸みやげ)』(1753[宝暦3]년 간
행), 오카 산초(岡山鳥) 글·하세가와 세탄(長谷川雪旦) 그림 『에도메이
쇼 하나고요미(江戸名所花暦)』(1827[文政10]년 간행), 우타가와 히로시게
(歌川広重) 그림 『에혼 에도 미야게(絵本江戸土産)』(1846[弘化3]년 간행) 등
이 있다.

에도가 원예 도시로 성장할 수 있었던 것은 막부가 조성한 이와 같
은 명소만이 아니라, 정원수 가게(植木屋)의 존재를 빼놓을 수 없다.

무사들은 정원수 가게에 식물을 주문해서 자신의 정원에서 식물을 가꾸었으며, 정원이 없는 서민들은 화분을 사서 식물을 감상하며 지냈다. 즉 정원수 가게는 식물을 더욱 가까이서 감상하고 즐기고 싶어하는 수요층의 요구를 충족시키는 존재였던 것이다.

원예 도시로서의 에도에 대한 종래의 연구는 '하나미(花見)'에 초점이 맞춰져있다. 대표적인 선행연구로는 노성환의 「일본 민속문화의 원형으로서의 하나미(花見)」[3] 「조선후기 지식인들이 본 일본의 하나미」[4]가 있다. 에도시대 정원수 가게에 대한 대표적인 선행 연구로는 히라노 게이(平野恵)[5] 『十九世紀日本の園芸文化―江戸と東京、植木屋の周辺―』이 있다. 히라노의 저서는 19세기 에도·도쿄의 원예문화 연구의 선구자적 연구 성과라 할 수 있다. 그 밖에도 우키요에에 그려진 정원수 시장에 대한 히노하라 겐지(日野原健司)의 「浮世絵に描かれた染井と植木市」[6], 에도시대 원예 시장에 대한 이치카와 히로아키(市川寛明)의 「江戸における園芸の普及と園芸市場の形成」[7]이 있다. 본고는 이와 같은 선행연구를 바탕으로 Ⅱ장에서는 에도시대 정원수 가게가 어떠한 역할을 했는지, Ⅲ장에서는 18~19세기 에도를

---

3 노성환(2008)「일본 민속문화의 원형으로서의 하나미(花見)」, 『일본사상』 15, 한국일본사상사학회, 89-107쪽.

4 노성환(2018)「조선후기 지식인들이 본 일본의 하나미」, 『일어일문학연구』 107-2, 한국일어일문학회, 111-134쪽.

5 平野恵(2006) 『十九世紀日本の園芸文化―江戸と東京、植木屋の周辺―』, 思文閣出版, 1-499쪽.

6 日野原健司(2015)「浮世絵に描かれた染井と植木市」, 『東京都江戸東京博物館調査報告書』 29 「江戸の園芸文化」, 公益財団法人東京都歴史文化財団, 33-48쪽.

7 市川寛容(2015)「江戸における園芸の普及と園芸市場の形成」, 『東京都江戸東京博物館調査報告書』 29 「江戸の園芸文化」, 公益財団法人東京都歴史文化財団, 17-32쪽.

대표하는 소메이(染井)의 이베에(伊兵衛) 정원수 가게에 대해서 고찰
을 하고자 한다. 마지막으로 Ⅳ장에서는 근세 후기를 대표하는 희작
자인 교쿠테이 바킨(曲亭馬琴)의 일기를 통해서 그의 원예 생활을 살
펴보고자 한다. 이상의 고찰을 통해서 에도가 동시대 세계 최대의
원예 도시로 성장할 수 있는 배경에는 정원수 가게의 존재가 있었음
을 밝히고자 한다.

2. 에도시대 정원수 가게(植木屋)

근세 초기의 백과사전인 『진린킨모즈이(人倫訓蒙図彙)』 권4 「상인
부(商人部)」(1690[元禄3]년 간행)에는 정원수 가게(植木屋)에 대해서 다음
과 같이 기술하고 있다.

[그림 3] 『진린킨모즈이(人倫訓蒙図彙)』 [그림 4] 『진린킨모즈이(人倫訓蒙図彙)』
정원수 가게(植木屋)　　　　　　　　잡목 가게(下草や)

정원수 가게, 여러 지방에서 구해온 (가지가: 논자 주) 멋들어지게 굽이진 식물을 화분 등에 심고, 여러 가지 풀과 꽃(草花)을 판매한다. (가게는 교토(京都)의:논자 주) 기타노(北野)에 있다. 오사카(大坂)는 도톤보리(道頓堀), 덴마노텐진(天滿天神) 앞, 에도(江戶)는 시타야(下谷), 혼고(本江), 아자부(麻布)에 있다.[8]

위 인용문에 의하면 정원수 가게에서는 초목을 심은 화분을 판매했음을 알 수 있다. [그림 3]은 『진린킨모즈이』의 '정원수 가게' 항목에 해당하는 삽화로 대나무, 난초, 소나무, 화초 등의 식물에 물을 주고 있는 주인의 모습이 그려져 있다. 이와 같이 근세 초기의 정원수 가게는 주로 화분에 옮겨 심은 식물 혹은 가게 안의 부지에 정원수를 심어서 이를 판매하던 곳이었음을 알 수 있다. 이와는 다르게 [그림 4]와 같이 이케바나(生け花)를 하기 위한 절화(折花)는 '잡목 가게(下草や)'에서 별도로 판매되었음을 알 수 있다.[9]

근세 후기에 간행된 미즈노 다다아키(水野忠曉)의 『소모쿠 긴요슈(草木錦葉集)』권1(1828[文政11]년 성립)에는 정원수 가게를 어떤 것을

---

8 본문 인용과 [그림 3, 4]는 일본국회도서관 소장본(청구기호:寄別13-58)에 의함. 원문은 다음과 같음.「植木(うへき)や 諸国(しうこく)にもとめて屈曲(くつきょく)の風流(ふうりう)をなし、石台木等(せきだいぼくとう)に植(う)へ、諸(もろ／＼)の草花(くさはな)ともに商(あきなふ)。北野(きたの)にあり。大坂は道頓堀(とうとんぼり)、天満天神(てんまのてんしん)の前(まへ)、江戸は下谷(したや)、本江(ほんかう)、麻布(あざふ)にあり(『人倫訓蒙図彙』巻四「商人部」).

9 근세시대 초기 교토에 있었던 정원수 가게에 대한 선행연구로는 飛田範夫(2014)「江戸時代の京都の花屋」,『いけ花文化研究』2, 国際いけ花学会, 74~82쪽이 있다. 히다 노리오(飛田範夫)도 17세기 교토(京都)에는 기타노 텐진(北野天神) 근처에 정원수 가게가 많이 모여 있었으며, 꽃나무, 화분을 모두 취급했다는 지적을 하고 있다.

전문으로 취급하는지에 따라서 다음과 같이 구체적으로 분류하고
있다.

　　○ 여러 종류의 정원수 가게

　　　① 특이한 식물을 판매하는 사람

　　　② 특산품을 기억하고 판매하는 사람

　　　③ 소나무 수형 중 소송(小松)의 뿌리 올림만 전문으로 키우는 사람

　　　④ 대식대(大石台: 화분, 논사 주)에 심을 정원수를 키우는 사람

　　　⑤ 가지와 줄기를 곡선으로 키우는 사람

　　　⑥ 참죽나무 · 산다화(山茶花) 등을 키우는 사람

　　　⑦ 매화 · 벚나무 종류를 키우는 사람

　　　⑧ 땅에 심는 사람

　　　⑨ 정원을 조성 중, 다도의 정원 등을 주로 건축하는 사람

　　　⑩ 돌로 만든 정원의 돌 배치 및 그 밖에 돌을 잘 다루는 사람[10]

　　근세 후기가 되면 식물에 대한 관심이 더욱 커지게 되고, 흔히 볼
수 있는 식물이 아닌 특이한 식물을 전문으로 판매하는 정원수 가게
가 등장하게 된다. 독특한 수형, 변형된 식물에 대한 관심은 기존의
식물을 교배하는 변종 개발로 이어지게 된다. 예를 들어서 1804~30

---

10 『소모쿠 긴요슈(草木錦葉集)』권1의 인용은 일본국회도서관 소장본(청구기호:
　特1-974)에 의함. 원문은 다음과 같음. 「○植木やに区別(まち／＼)ある事 ① 奇品(か
　わりもの)を売買する者 ② 産物を覚て売買する者、③ 松作りといへど小松根上り斗を作
　る者、④ 大石台植庭木斗を作るもの、⑤ 幹を曲あら作り斗をする者、⑥ 椿 · 山茶花(さ
　ざんくは)等を作る者、⑦ 梅 · 桜の類を作る者、⑧ 地植斗をする者」、⑨ 庭造にも茶の
　庭を造る者、⑩ 岩石庭とて岩ぐみ其外石をたくみつかふ者.

[文化·文政]년에는 나팔꽃에 대한 관심이 매우 높았던 시기였다. 그로
부터 40~50년 뒤인 1848~60[嘉永·安政]년에는 정원수 가게들이 종래
의 나팔꽃을 교배시켜 새롭게 탄생한 변종 나팔꽃을 선보인다. 그 밖
에도 정원수 가게는 식물의 가지와 줄기를 원하는 모양으로 재배하
여 판매하는 가게, 매화와 벚나무만을 판매하는 가게, 정원을 조성
하는 일만을 하는 가게 등 전문화, 세분화된다.

　이러한 정원수 가게가 에도의 어디에 있었는지를 확인해 보겠다.
앞서 인용한『진린킨모즈이』의 본문을 다시 살펴보면, 근세 초기 정
원수 가게는 오사카의 도톤보리(道頓堀)와 덴마노텐진(天満天神) 앞,
에도의 시타야(下谷), 혼고(本江: 지금의 本郷, 논자 주), 아자부(麻布)에 있
었음을 알 수 있다.『증보 에도소가노코 메이쇼타이젠(増補江戸惣鹿子
名所大全)』권5의「諸職諸商人有所」(1690[元禄3]년 간행)에는 에도의 정
원수 가게의 위치에 대해서 다음과 같이 기술하고 있다.

　　정원수 가게, 시타야(下谷) 이케노바타(池のばた), 교바시(京橋) 나가
　　사키초(長崎町) 히로코지(広小路), 신메이마에(神明前) 미시마초(三島
　　町), 고마고메(駒込) 소메이(そめ井), 요쓰야(四谷) 덴마초(伝馬町), 그 밖
　　에 여러 곳에 있다고 하는데 모두 파악하지 못했다.[11]

　'시타야 이케노바타(下谷池のばた)'는 시타야히로코지(下谷広小路) 서

11　인용은 江戸叢書刊行会(1946)『江戸叢書』권4, 名著刊行会에 의함. 원문은 다음과
　　같음.「植木や 下谷池のばた 京橋長崎町広小路 神明前三島町 駒込そめ井 四谷伝馬町
　　其外方々に有といへとも不計なり」.

쪽의 시노바즈이케(不忍池)의 가장자리로 현재 다이토 구(台東区) 우에 노 공원(上野公園) 우에노 4번지이다. '교바시 나가사키초 히로코지(京 橋長崎町広小路)'는 주오 구(中央区) 야에스(八重洲) 2번지 · 교바시 2번지 부근의 화재 대피 장소로서 만들어진 넓은 거리였다. '신메이마에 미시마초(神明前三島町)'는 시바 신메이마에 미시마초(芝神明前三島町), 현재 미나토 구(港区) 시바다이몬(芝大門) 1번지의 시바다이 신궁(芝大 神宮), 조조지 절(増上寺) 동측의 신메이 신사(神明神社) 부근이다. 위 세 곳에는 특정 날짜에 장사를 히는 가설 정원수 가게가 있었던 것으로 추정된다. 고마고메 소메이(駒込そめ井)는 현재 도시마 구(豊島区) 고마 고메의 소메이(染井)며, 요쓰야 덴마초(四谷伝馬町)는 현재 신주쿠(新宿) 요쓰야 1-3번지이다. 이 두 곳에서는 상설 정원수 가게가 영업을 했 던 것으로 추정되고 있다.[12]

그 밖에도 가야바초(茅場町) 지센인(智仙院) 야쿠시도(薬師堂) 앞에서 매월 8일과 12일에 가설 정원수 가게 시장이 열렸음을 다음의『에도 메이쇼즈에(江戸名所図会)』권2 (1834~1836[天保5~7]년 간행)를 통해서 알 수 있다.

---

12 飛田範夫(2009)『江戸の庭園—将軍から庶民まで』, 京都大学学術出版会, 1-270쪽 참조.

[그림5]『에도메이쇼즈에(江戸名所図会)』권2   [그림5-①] 그림5의 사각형 부
가야바초(茅場町) 야쿠시도(薬師堂) 앞 정원수 시장   분 확대

[그림 5][13]는 『에도메이쇼즈에』의 가야바초 야쿠시도 앞 정원수 시장의 모습을 그린 삽화이다. 해당 삽화의 왼쪽 상단에는 「매월 8일, 12일 야구시도 길일에 정원수를 판매하는 사람이 많아 참배하러 온 사람들도 몰려들어 시끌시끌하다(毎月八日十二日薬師の縁日には植木を商ふ事夥しく参詣集して賑えり)」라는 설명이 적혀 있다. [그림 5-①]은 야쿠시도 입구 근처에서 모란, 선인장 화분과 붓꽃 모종을 판매하는 사람과 이를 구매하려는 듯 무언가를 묻고 있는 노인의 모습을 확인할 수 있다. 이와 같이 정원수 가게는 에도의 유명한 절이나 신사에 많은 사람들이 참배하러 오는 길일에 가설 시장 형태로 운영되었다.

---

13 『에도메이쇼즈에(江戸名所図会)』의 본문과 삽화 인용은 일본국회도서관 소장본
  (청구기호:124-114)에 의함.

3. 소메이(染井) 정원수 가게 이토 이베에(伊藤伊兵衛)

이토 이베에(伊藤伊兵衛) 집안은 에도 후기 원예의 선구자적인 역할을 한 존재로 높이 평가받고 있다.[14] 이토 이베에 집안은 '이베에(伊兵衛)'라는 이름을 대대로 이어가며 지금의 도시마 구(豊島区) 고마고메(駒込) 소메이(染井)에서 정원수 가게를 운영했다. 에도 원예에 가장 혁신적인 공적을 남긴 것은 겐로쿠 · 교호(元禄 · 享保, 1688~1735) 시대에 활약한 4대 이토 이베에(伊藤伊兵衛)인 산노조(三之丞)와 5대인 마사타케(政武) 부자(父子)이다. 아버지인 산노조는 철쭉(躑躅) 재배에 탁월한 능력이 있어 소메이의 정원수 가게를 철쭉의 명소로 널리 알린 인물이다. 저서로는 철쭉과 영산홍(皐月)의 해설서인『긴슈마쿠라(錦繍枕)』(1692[元禄5]년 간행)와 원예 전반에 대해서 소개한『가단지킨쇼(花壇地錦抄)』(1695[元禄8]년 간행)등이 있다. 아들인 마사타케는 국화꽃을 개량하는데 몰두했으며, 풀과 꽃 종류를 총망라한 해설서『구사바나에젠슈(草花絵前集)』(1699[元禄12]년 간행)와 아버지의 저서『가단지킨쇼』의 증보판인『조호지킨쇼(増補地錦抄)』(1710[宝永7]년 간행) 등을 집필했다.

---

14 소메이 이베에(染井伊兵衛)에 대해서는 2003년에 도시마 구립 향토자료관(豊島区立郷土資料館)에서「이토 이베에와 에도 원예(伊藤伊兵衛と江戸園芸)」전시를 개최했다. 전시 내용은 도록 豊島区立郷土資料館(2003)『伊藤伊兵衛と江戸園芸』, 豊島区教育委員会, 1-20쪽에서 확인 가능함. 그 외 小笠原左衛門尉亮軒(2008)『江戸の花競べ—園芸文化の渡来』, 青幻舎, 40-41쪽 참조.

[그림 6] 『에도기리에즈(江戸切絵図)』　　[그림 6-①] 그림6의 사각형 부분 확대

　고마고메 소메이는 Ⅱ장에서도 언급했듯이 상설 정원수 가게가 많이 운영되었던 지역이었다. [그림 6][15]은 『에도 기리에즈(江戸切絵図)』「스가모 에즈(巣鴨絵図)」(1855[嘉永7]년 성립)로 '이 지역 소메이 마을. 정원수 가게 많음(此辺、染井村、植木屋多シ)'이라는 설명을 확인할 수 있다([그림 6-①] 확대 부분 참조).

　소메이의 정원수 가게는 에도의 명소를 소개하는 서적에도 자주 등장한다. 대표적인 예로, 기타오 마사시게(北尾政重)「소메이의 정원수 가게(染井之植木屋)」(1772~81[安永年間] 성립), 우타가와 히로시게(歌川広重)『에도메이쇼즈에(江戸名勝図会)』「소메이(染井)」(1789~1801[寛政年間] 성립), 우타가와 히로시게(歌川広重)『에혼 에도 미야게(絵本江戸土産)』5편 (1846[弘化3]년 간행)이 있다. 세 작품을 성립 시기 순서로 살펴보겠다.

<hr />

15　인용은 일본국회도서관소장자료(청구기호: 本別9-30)에 의함.

(1) 소메이 정원수 가게(染井之植木屋) *[그림 7] 참조(논자 주, 이하 동)

꽃 가게 이베에(伊兵衛)라는 자. <u>철쭉을 많이 심어 꽃이 만개했을 때</u> <u>귀천을 가리지 않고 사람들이 이곳에 모인다.</u> 그 밖에도 수천수만 종의 풀과 나무가 심겨 있다. 에도 제일의 정원수 가게이다. 신분이 높은 분들의 정원수와 화분 등 많은 사람들이 원하는 것을 찾기 위해 이곳에 매일 온다.　　　　　　　　　(「소메이의 정원수 가게(染井之植木屋)」)[16]

(2) 소메이(染井) *[그림 8] 참조

소메이 마을에는 정원수 가게가 많고, 각종 정원수를 만들어 이를 화분에 심어서 판다. 이 곳은 <u>철쭉의 명소로서 그 홍염(紅艶)을 사랑하는 사람들이 모여서 논다.</u> 꽃이 필 때에는 정원 가득 붉은 빛 저녁노을이 비추어 비단 수풀을 이루는 것과 같다. (『에도메이쇼즈에(江戸名勝図会)』)[17]

(3) 소메이(染井) 정원수 가게(植木屋) *[그림 9] 참조

이 근처 모두 정원수 가게가 많아서 주변에 기이한 돌과 흔치 않은 나무를 심고 초목의 꽃이 사계절 내내 끊이지 않는다. <u>특히 요즈음 국화를 만들어 그 솜씨를 겨루는 데에 도시 안의 문인이 구름처럼 모여들어 이를 구경한다.</u>　　　　　　　　　(『에혼 에도 미야게(絵本江戸土産)』)[18]

16　인용은 도쿄도립도서관소장자료(청구기호: 東京誌料 820-C1)에 의함. 원문은 다음과 같음. 「染井之植木屋 花屋の伊兵衛といふ。つゝじを植しおびたゝし、花のころハ貴賎群集す。其外千草万木かずをつくすとなし。江都第一の植木屋なり。上々方の御庭木・鉢植など、大かた此ところよりさゝぐること毎日毎日なり」.

17　인용은 https://collectie.wereldculturen.nl/,https://jpsearch.go.jp/item/arc_nishikie-RV_2552_9 에 의함(검색일 : 2023.1.15.)

18　인용은 ARC古典籍ポータルデータベース(請求記号: Ebi0526.05)에 의함.

[그림 7] 「染井之植木屋」

[그림 8] 『江戶名所図会』

[그림 9] 『絵本江戶土産』

[그림 7]은 소메이 이베에 정원수 가게의 외부 모습을 그린 이른 시기의 우키요에이다. 인용문 (1)의 밑줄에서도 기술하고 있듯이, 당시 소메이 이베에 정원수 가게는 철쭉의 명소로 유명했음을 알 수 있다. [그림 7]을 통해서 소메이 이베에 가게 입구의 모습, 가게 내부의 화분과 모종 재배, 이를 구경하러 온 무사들의 모습을 엿볼 수 있다. [그림 7]은 기타오 마사시게의 제자인 기타오 마사미(北尾政美)의

『에혼 에도자쿠라(絵本江戸桜)』(1803[享和3]년 간행)에 재수록된다.

인용문 (2)에서도 소메이 마을을 정원수 가게가 많은 곳으로 소개하면서 밑줄 부분과 같이 철쭉의 명소로도 소개되었음을 확인할 수 있다. [그림 8]에서는 [그림 7]보다 철쭉을 강조해서 그리고 있으며, 이를 구경하러 온 사람들의 모습을 세밀하게 묘사하고 있다.

인용문 (3)에서도 앞서 살펴본 소메이 이베이에 대한 설명과 거의 유사한 내용을 기술하고 있으나, 국화의 명소로 소개하고 있음이 다르다. 앞서 설명했듯이 4대 이토 이베에는 철쭉 재배에 심혈을 기울였으나, 5대는 국화 개량에 몰두했기 때문에 이것이 반영된 것이라고 볼 수 있다. [그림 9]는 조감적 투시 기법으로 그리고 있어 소메이에 있는 정원수 가게의 전체적인 모습을 확인할 수 있다.

소메이의 이베에 정원수 가게는 대대로 앞서 살펴본 것과 같은 외관을 유지하며 철쭉 혹은 국화, 그 외의 다양한 식물을 재배하여 판매하였다. 5대 소메이 이베에는 우키요에 화가인 곤도 스케고로(近藤助五郎)에게 가게의 내부 모습을 그려달라고 제작을 의뢰한다. [그림 10][19]「부코 소메이 혼코켄 기리시마노즈(武江染井翻紅軒霧島之図)」(18세기 전반 성립)가 5대 소메이 이베에 운영 초기의 가게의 모습이다. 해당 그림에 대해서는 도시마 구 고마고메 도서관(豊島区駒込図書館) 사쿠라 디지털 컬렉션(さくらデジタルコレクション)[20]과 아키야마 노부이치(秋山伸一)「植木屋の庭空間をあるく」[21]에서 자세히 소개하고 있다. 선행 연구을 참조하여 18세

---

19 도시마 구 고마고메 도서관(豊島区駒込図書館) 사쿠라 디지털 컬렉션(さくらデジタルコレクション) 소장자료(청구기호: mp200200).
20 https://adeac.jp/toshima-komagome-lib/viewer/mp200200/takee/(검색일 : 2023.1. 18.)

기 소메이 이베에 정원수 가게 내부의 모습을 살펴보겠다.

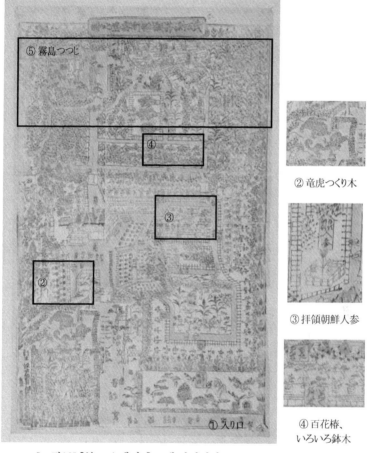

⑤ 霧島つつじ

④

③

②

① 入り口

② 竜虎つくり木

③ 拝領朝鮮人参

④ 百花椿、
いろいろ鉢木

[그림10] 「부코 소메이 혼코켄 기리시마노즈
(武江染井翻紅軒霧島之図)」

---

21 秋山伸一(2015) 「植木屋の庭空間をあるく」, 『東京都江戸東京博物館調査報告書』29
「江戸の園芸文化」, 公益財団法人東京都歴史文化財団, 5-15쪽.

[그림 10]의 ①은 소메이 이베에 정원수 가게의 입구이다. 입구를 통과하여 길을 따라서 걸어가면 여러 가지 식물을 재배하는 곳이 나오는데, 가지를 원하는 모양으로 잡아서 ② 용과 호랑이 모양으로 키운 나무(竜虎つくり木)도 있었음을 확인할 수 있다. ③은 조선 인삼 재배을 재배하던 곳이고, ④는 동백나무와 여러 식물의 화분이 있으며, ⑤ 기리시마 철쭉(霧島躑躅)을 재배하던 곳이 넓은 면적을 차지하고 있었다. 이와 같이 소메이 이베에 정원수 가게는 화분뿐만 아니라, 진귀한 식물을 볼 수 있는 곳이었음을 일 수 있다. 낭시 소메이 이베에 정원수 가게는 식물을 구매하기 위해서만이 아니라, 식물에 관심이 있는 많은 사람들이 찾는 핫 스팟(hot spot) 이었음을 유추할 수 있다.

4. 교쿠테이 바킨(曲亭馬琴)과 원예

근세 후기 활약한 인기 희작자인 교쿠테이 바킨은 식물 애호가이기도 했다. 그는 나팔꽃에 많은 관심을 가지고 있었으며, 자신의 고증 수필인『도엔 소설(兎園小説)』에 품종 개량된 나팔꽃에 대해 기술하고 있으며, 1815년에 에도 아사쿠사(浅草)의 다이엔지 절(大円寺)에서 개최한 나팔꽃 전시회 안내문을 집필하기도 했다.[22] 그의 일기『바킨일기(馬琴日記)』에는 바킨이 평소에 정원을 가꾸는 것에 심혈을 기울였음을 알 수 있는 기사가 다수 확인된다. 먼저 바킨이 그의 아들

---

22 바킨의 나팔꽃에 대한 관심은 佐藤悟(2022)「曲亭馬琴「朝顔花合」報条」,『実践国文学』101, 実践女子大学文学部, 31-41쪽에서 자세히 소개하고 있다.

인 소하쿠(宗伯)를 데리고 자주 정원수 가게를 방문했음을 알 수 있는
기사를 일부 소개하겠다.

(1)『馬琴日記』1827〈文政10〉년 2월 20일

소하쿠(宗伯)를 데리고 우시고메 고몬(牛込御門) 밖으로 식목을 보러
감. 복숭아 대 아홉 그루 사들이고 가구라자카(神楽坂)에서 식사를 하
고 저녁 6시경 귀가.[23]

(2)『馬琴日記』1827〈文政10〉년 5월 29일

저녁에 오햐쿠(お百)가 소하쿠를 데리고 우에노 히로코지(上野広小
路)로 식목을 보러 감. 수세미 모종(へちま苗) 및 염주를 사고 어둑어둑
할 무렵에 귀가함.[24]

(3)『馬琴日記』1828〈文政11〉년 정월 말일

7시 넘어 가군(家君), 가모군(家母君)을 모시고 소하쿠도 함께 집을
나섬. 우에노 히로코지에 식목을 보러 감. 주문한 식목은 없음. 어둑어
둑할 무렵에 귀가함.[25]

---

23 輝峻康隆の他校訂(1973)『馬琴日記』第一巻, 中央公論社, 52쪽. 원문은 다음과 같음.
「夕七に過より、宗伯同道にて、牛込御門外へうへ木見物に罷越。桃台九本かひ取、神
楽坂にて食事いたし、暮六時比帰宅」.
24 上掲書、113-114쪽. 원문은 다음과 같음.「夕方、お百、宗伯同道にて、上野広小路
へ植木見物に罷越。へちま苗并に珠数かひ取、薄暮帰也」.
25 上掲書、261쪽. 원문은 다음과 같음.「七時過、家君、家母君御同道、宗伯御供にて
出宅、上野広小路へ植木見物に罷越。注文之植木無之。薄暮御帰宅」.

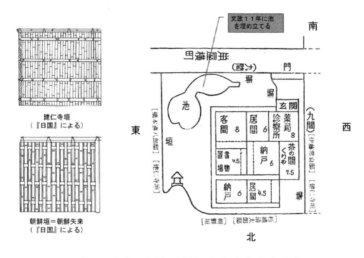

[그림 11] 간다묘진(神田明神) 아래 바킨 저택 배치도

상기 인용문 (1)에서는 1827년 2월 20일에 아들을 데리고 우시고메 고몬 밖에 있는 정원수 가게를 방문하여 복숭아 나무 아홉 그루를 구매했음을 알 수 있다. 그리고 동년 5월 29일에는 우에노 히로코지를 방문해 수세미 모종을, 이듬해 정월 말일에는 어머니도 함께 우에노 히로코지의 정원수 가게를 방문했으나 주문한 식물이 없어서 그냥 돌아왔음을 알 수 있다. 이처럼 바킨은 수시로 에도의 정원수 가게를 방문하여 다양한 식물을 구매했는데 이는 모두 그의 저택 내 정원을 꾸미기 위한 것이었다.

[그림 11]은 간다묘진(神田明神)의 바킨 저택 배치도이다.[26] 바킨의

---

26 바킨 저택 배치도는 丸山宏(1997) 「滝沢馬琴の庭造りと家相」, 『ランドスケープ研究』60-5, 日本造園学会, 400쪽에서 인용함, 겐닌지 절 울타리(建仁寺垣)와 조선 울타리(朝鮮垣)는 논자가 이해를 돕기 위해 추가한 것임.

저택에는 상당한 규모의 정원이 있었으며 그 곳에는 연못도 있었다. 그러나 바킨은 더 많은 식물을 심기 위해 1828[文政11]년에 연못을 없애는 공사를 한다. 바킨 저택의 동 · 서쪽에는 겐니지 절 울타리(建仁寺垣)가, 북쪽에는 조선 울타리(朝鮮垣)가 둘러쳐져 있었다. 바로 이 정원에 있는 식물과 자택 주변을 둘러싼 울타리는 고마고메도(駒込堂) 정원수 가게의 지자에몬(植木屋治左衛門)에 의해 관리되었음『바킨일기』를 통해 확인할 수 있다. 관련된 기사 일부를 인용하면 다음과 같다.

(1) 『馬琴日記』1826[文政9]년 11월 24일, 정원수 가게 긴지(植木屋金次)가 방문

오늘 아침 4시 넘어 정원수 가게 긴지가 옴. 얘기해 둔 식목을 지참함. [할주: 나무 끝, 우듬지(槙)임] 이를 심고, 그밖에 큰 나무 끝 · 산다화(山茶花) · 중간 크기의 배(中梨子) · 중간 크기의 분고 지방의 매화(中豊後梅) · 작은 크기의 배(小梨子)를 옮겨 심고, 무코우야마(向山) 청소 등을 하고 하루를 마침.[27]

(2) 『馬琴日記』1827[文政10]년 5월 14일, 정원수 가게 지자에몬(植木屋治左衛門), 긴지로(金次郎) 형제 방문

점심 전 즈음에 지자에몬 형제, 옆집 하시모토(하시모토 기하치로: 논자 주)에게 나무 손질하러 가 있다가 우리 집에 잠시 들러 지난 겨울 소

---

27 輝峻康隆の他校訂 前掲書, 20쪽. 원문은 다음과 같음. 「今朝四時過、植木屋金次来る。申付置候うゑ木持参[割注 : 槙也]。右うゑつけ、その外、大槙 · 山茶花(さざんか = ツバキ科 : 筆者注) · 中梨子 · 中豊後梅 · 小梨子等うゑかへ、向山さうぢ等にて、終日也」.

식이 없었던 것을 얘기하겠다고 오햐쿠에게 말해두었다. 귀가 길에 들르겠다고 하여 내가 직접 긴지에게 말을 하려 했는데 비가 내려 점심 시간에 돌아가서 오지 않았다. [28]

(3) 『馬琴日記』1827[文政10]년 9월 17일~21일,

① 17일 오전 10시 전에 정원수 가게 지자에몬과 긴지로가 옴. 지자에몬 직접 스지카이(筋違) 밖의 곤푸쿠야(今福屋)에 대나무를 주문하러 가고, 머지않아 사람이 두 빈에 걸쳐 다섯 묶음을 운반하여 대금을 지불하였다. 현관 앞 서쪽 경계의 겐닌지 절(建仁寺)에 대나무 울타리를 마련하고자 긴지는 하루종일 거기에 매달렸는데 아직 대나무가 마련되지 못한다. 지자에몬은 문 오른쪽의 두 그루 소나무의 잎을 청소하였고, 황혼녘이 지나고 두 사람은 돌아갔다.[29]

② 18일 정원수 가게 지자에몬과 긴지로가 오전 10시 전에 왔다. 오늘 겐닌지 절의 울타리를 두 사람이 만들었다. 중문 안쪽의 울타리는 개가 망가뜨려서 수리했다.[30]

---

28 上揭書, 106쪽. 원문은 다음과 같음. 「昼前ごろにや、治右(ママ)衛門兄弟、隣家橋本 (橋本喜八郎：筆者注)へかけ込仕事ニ罷越候間、此方へ立寄、旧冬不沙汰の口上申、お百へ申おき候よし。帰りニ立より候様、予、直ニ金次へ申付候処、雨天ニ付、昼休ニてかへり候故、不来。橋本、かしの木枝ヲおろしふかせ、丸物ニいたし候よしニて、過半枝ヲおろし畢。其段、治左衛門此方へ申候よし也」.

29 上揭書, 190-191쪽. 원문은 다음과 같음. 「十七日 朝四時前、植木屋治左衛門・金治郎来ル。治左衛門直ニ筋違外今福屋へ竹を注文ニ赴、無程、人足両度ニ五束運び、代金払遣ス。右玄関前西境建仁寺垣拵、金次終日取掛り、未竹拵終。治左衛門ハ門之右弐本之松葉掃除、薄暮終、両人帰去」.

30 上揭書, 191쪽. 원문은 다음과 같음. 「十八日 植木屋治左衛門・金治郎、四時前来ル。今日、西境建仁寺垣、両人ニ而、取付之。中門之内垣は犬之破候所、繕之。中

③ 19일 아침 8시반에 정원수 가게 지자에몬이 옴. 긴지를 외근 보냈다. 오늘은 혼자서 앞 정원의 흑송 한 그루·동쪽 문 옆에 있는 흑송 한 그루·연못가의 작은 소나무 세 그루를 심고 저녁에 돌아갔다.[31]

『바킨 일기』의 1826[文政9]년부터 1834[天保5]년까지 기록에 고마고메도(駒込堂)의 정원수 가게(植木屋) 지자에몬(治左衛門), 그의 남동생인 긴지로(金次郎, 또는 '긴지'), 사위인 데쓰(鉄)가 바킨 정원을 관리하기 위해 그의 저택에 방문했다는 기록이 자주 등장한다. 인용문 (1)은 1826년 11월 24일에 바킨이 주문해 놓은 식목을 가지고 정원수 가게 긴지가 방문했다는 기록이다. 이 때 바킨 정원에 산다화(山茶花)·중간 크기의 배(中梨子)·중간 크기의 분고 지방의 매화(中豊後梅)·작은 크기의 배(小梨子) 등 큰 나무를 옮겨 심었음을 알 수 있다. 인용문 (2)는 이듬해 5월 14일에 지자에몬과 긴지로 형제가 바킨 저택의 옆집인 하시모토 기하치로(橋本喜八郎)의 집을 방문했다가 오랜만에 바킨 저택에도 들렸음을 알 수 있다. 인용문 (3)의 ①②는 바킨 저택의 동서쪽을 둘러싼 겐닌지 절 대나무 울타리를 수리하러 온 지자에몬 형제의 모습을 그리고 있다. 인용문 ③을 통해서는 바킨 저택의 연못을 흙으로 메우기 전에 소나무 세 그루를 심었음을, 그리고 정원과 동쪽 문 근처에는 흑송을 심었음을 알 수 있다.

貫弐丁、相撲屋ニて求之」.

31 上揭書, 192쪽. 원문은 다음과 같음.「十九日 朝五半時、植木屋治左衛門来ル。無拠義有之、金治を外へ遣し候由。今日ハ壱人ニ而、表庭中之黑松一本·東之門脇ニ有之黑松壱本·池之淵小松三本、拵之、薄暮帰去」.

5. 나오며

이상 18~19세기 원예 도시로서의 에도에 대해서 고찰하였다. 지금도 일본에는 우에노(上野)는 벚꽃(桜), 가메이도(亀戸)는 등나무(藤) 등과 같이 지명과 식물을 연상작용으로 떠올리는 경우가 많다. 이와 같은 식물의 명소는 막부 주도 아래 에도시대부터 조성되었다. 하지만 에도라는 도시를 그린 우키요에(浮世絵)나 작품의 삽화(挿絵)를 보면 곳곳에 다양한 식물이 그려져 있는 경우가 많다. 즉 특정 식물을 감상하기 위해서 막부가 조성한 정해진 명소에 가는 것이 아닌, 에도라는 도시에 거주하는 사람들은 신분과 상관없이 자신이 좋아하는 식물을 다양한 방식으로 곁에 두고 감상했다. 이것을 가능케 한 것은 정원수 가게(植木屋)가 있었기 때문이다.

본고의 II장에서는 근세 초기와 후기의 정원수 가게의 역할에 대해서 고찰하였다. 근세 초기에는 정원수 재배, 화분 재배 등 다양한 일을 담당했지만, 후기로 가면 정원수 가게마다 철쭉, 국화, 동백, 벚꽃, 매화 등 특정 식물을 재배하거나, 정원 조성, 분재 등 세분화, 전문화되었음을 지적하였다. III장에서는 18~19세기 에도 최대의 정원수 가게인 소메이 이베에에 초점을 맞춰 가게의 외부와 내부를 자세히 살펴보았다. 소메이 이베에는 철쭉과 국화의 품종 개량을 전문적으로 한 가게로 가게의 내부를 그린 우키요에를 통해서 이와 같은 식물뿐만 아니라, 조선 인삼까지 재배되었음을 확인할 수 있었다. IV장에서는 이와 같은 정원수 가게와 시장을 애용하며 정원 가꾸기에 몰두한 근세 후기 인기 희작자 교쿠테이 바킨에 대해서 고찰했다. 바킨이 남긴 일기를 통해서 그의 원예에 대한 열의와 저택의 정원에 어떠한 식물이 심겨 있었는지를 확인할 수 있었다.

    18~19세기 정원수 가게는 다양한 품종을 향유하고 싶은 많은 사람들의 요구를 충족시키기 위해 품종 개량에 온 힘을 쏟게 된다. 근세 후기 지식인들은 100년 전의 잊혀진 과거의 문화나 풍습, 독특한 문물 등을 서적을 통해서 고증하고 그 결과를 서로 공유하는 서화회(書画会)가 활발히 열렸다. 그들에게 식물도 이와 같은 호기심의 대상이었다. 18~19세기의 식물 품종 개량 붐과 지식인의 식물 고증은 향후 연구의 과제로 삼고자 한다.

〈부기〉

본고는 「에도(江戸)의 정원수 가게와 교쿠테이 바킨(曲亭馬琴)의 원예 생활」 『일본연구』95(한국외국어대학교 일본연구소, 2023.3) 게재논문을 수정한 것임.

일본 근세의 일상문화

제9장

근세 일본 서민의 문자 학습과
그 실용성

최 승 은

1. 들어가는 말

일본 근대기 대표적인 교육연구자 중 한 명인 오토타케 이와조(乙
竹岩造, 1875~1953)에 따르면 에도시대 때에는 당시 학령아동의 약 86%
가 데나라이주쿠(手習塾)에 취학했다고 추정했다.[1] 에도에만 하더라
도 100명 이상의 학생이 통학하는 규모의 데나라이주쿠가 약 1,100
교에 달했던 것으로 조사된 바 있다.[2] 데나라이주쿠는 그 폭발적인
보급 상황만큼이나 근세 일본의 교육사에 있어 독보적인 위치를 차
지한다고 할 수 있다.[3]

---

[1] 乙竹岩造(1970) 『日本庶民教育史』 中巻, 臨川書店, 722-723쪽.
[2] 高沢憲治(1991) 『人づくり風土記 大江戸万華鏡』, 農山魚村文化協会, 395쪽.

  본고는 일본 근세 서민교육기관인 데나라이주쿠에서의 문자 학습을 실용성이라는 관점에서 고찰하는 것을 목적으로 한다. '실용성'의 사전상 의미는 실제적인 쓸모가 있는 성질이다. 교육에 적용해 보자면 지식의 습득과 기능의 숙달을 통하여 다른 학문에 활용하는 것부터 일상생활에서 직면하게 되는 문제를 해결하는 실제적인 쓰임까지를 포괄할 수 있다. 데나라이주쿠에서는 습자를 중심으로 한 교육이 이루어졌다. 데나라이주쿠 중 교과목이 밝혀진 3,605교의 교과목 조사에 따르면, 전체 교과의 종류는 69종에 달했으나 그 중 ① 습자, ② 독서의 2과목 구성이 40.88%, ① 습자, ② 독서, ③ 산술의 3과목 구성이 36.54%로 전체의 80% 상당을 차지한다.[4] 과목의 구성은 천차만별이었지만 기본적으로 습자 과목은 필수적으로 포함되어 있었다. 가르치는 스승을 속칭 데나라이 시쇼(手習師匠)라 칭했으며, 데나라이주쿠에 통학하는 학생을 데나라이코(手習子) 혹은 후데코(筆子)라고 불렀을 만큼 습자는 데나라이주쿠의 기본이자 중심적인 과목이었다.[5] 문자를 학습한다는 것은 결국 모든 학습의 기초가 되므로 습자를 중심으로 한 데나라이주쿠는 그 자체로 실용적이었다고 할 만하다.

---

3 데나라이주쿠에 대한 종합적 연구는 일찍이 오토타케 이와조, 이시카와 겐(石川 謙, 1891~1969)과 이시카와 마쓰타로(石川松太郎, 1926~2009) 부자 등에 의해 집대성되었으며 근대 소학 교육의 모태로서의 인식이 정착되었다. 石川謙(1929) 『日本庶民教育史』, 刀江書院, 1-458쪽; 乙竹岩造(1970) 『日本庶民教育史』 中巻, 臨川書店, 1-1085쪽; 石川松太郎(1978) 『藩校と寺子屋』, 教育社歴史新書, 1-24쪽; 石川松太郎(1988) 『往来物の成立と展開』, 雄松堂出版, 1-319쪽.
4 乙竹岩造(1970), 앞의 책, 958-960쪽.
5 습자는 '習字', '書写', '筆写' 등 다양한 용어로 표현되었다.

근세 데나라이주쿠의 습자 교육과 그 실용성에 관한 선행연구는 주로 서도(書道)와 대비되는 관점에서 실용성을 논하는 연구이다.[6] 데나라이(手習)는 이전 시대만 해도 글을 아름답게 쓰고 마음 수양을 위한 것이 주된 목적이었다. 에도시대 들어 서민들은 서법 자체뿐만 아니라 글을 읽고 쓰기 위한 학습이 필요해졌다. 각 세력 간의 내전이 끊이지 않았던 센코쿠시대(戰国時代)를 끝내고 전국을 통일한 에도 막부는 지방 다이묘(大名)들의 힘을 억제하는 일환으로 병농분리(兵農分離) 정책을 실시했다. 지배계급인 무사들을 조카마치(城下町)에 이주시키면서 농촌에 모여 사는 백성과의 물리적 거리가 생겨났다. 결과적으로 위로부터의 지시 전달이 기존의 구두 형식이 아니라 문서를 통해 이루어지게 되었다. 위정자의 지시를 해독하기 위해 이제 피지배계층도 일정 수준 이상의 식자 능력이 필요해진 시대, 이른바 '문자 사회'의 성립이었다.[7] 결과적으로 이는 서민에게 읽고 쓰고 셈하는 교육을 하는 교육기관이 전국에 걸쳐 설립되는 배경이 되었고, 데나라이주쿠에서의 습자 학습은 이전 시대와는 달리 실용성이 강조되었다고 보는 것이다.

다만 데나라이주쿠는 초보적 교육 기관으로서 지식의 매개가 되는 문자와 어휘를 습득한다는 점에서 그 실용성이 언급되어 왔지만 구체적인 모습은 잘 드러나 있지 않다. 실용성 본연의 의미로 조금 더 확장해 본다면, 결국 교육에서의 실용성이 추구해야 하는 궁극적 가치는 교육 내용에 일상생활에서의 문제를 다뤄 배움으로써 학습

---

6 上条信山(1954)「書道教育史」,『教育文化体系Ⅱ』, 金子書房, 325-326쪽.
7 辻本雅史(2015)「教育社会の成立」,『岩波講座日本歴史』13巻, 岩波書店, 251-286쪽.

자의 실생활에 적용하는 것일 것이다. 이에 본고에서는 우선 데나라
이주쿠의 교육기관으로서의 특징을 밝힌 후 데나라이주쿠 교육의
실용성이 잘 드러나는 산업과 오라이모노(往来物)[8]를 통하여 그 실용
적 가치를 구체적으로 확인해 보고자 한다.

2. 실용 교육기관으로서의 데나라이주쿠

문부성의 『일본근세교육개람(日本近世教育概覧)』(1887)에 따르면 데
나라이주쿠를 다음과 같이 규정하고 있다.

> 데라코야는 민중이 자유롭게 설립할 수 있도록 하고, 교과는 다양하
> 다. (중략) 다만 배울지 배우지 않을지는 개인의 자유에 있으니, 수업
> 연한과 같은 것은 본디 정해진 바가 없다.
>
> 寺子屋ハ人民ノ自由ニ設立スルヲ得ルモノニシテ、其教科ハ種種ナ
> レドモ、(中略) 但其字ブト学バザルトハ各人ノ自由ニ在ルヲ以テ、修
> 業年限等ノ如キハ固ヨリ定ムル所ナシ[9]

8　본래 '오라이모노'의 어원은 헤이안시대(平安時代, 794~1192) 중기, 왕복 한 세트
　의 서간문을 모은 사례집을 편집한 습자용 교재를 '오라이모노'라고 부른 데에서
　유래한다. 에도시대에 들어서면서 비단 서간문뿐만 아니라 생활 전반에 걸친 지
　식이나 교양, 교훈 등 다양한 교재가 다수 출판되는데, '오라이모노'라고 부르는
　전통은 그대로 남게 되었고 에도시대 중반 이후 '오라이모노'라고 하면 데나라이
　주쿠 교재를 칭하는 것이었다.
9　文部省(1987)『日本近世教育概覧』, 文部省, 15쪽.

데나라이주쿠의 경우 운영자의 설립은 물론, 학습자의 통학 여부, 무엇을 얼마나 배울지 등은 정해진 바가 없었다. 데나라이주쿠는 막부나 제번의 영주 등 지배계층의 장려·강제 혹은 원조도 받지 않은 교육시설이었기에[10] 학습자 스스로의 자발성과 동기가 매우 중요했다. 데나라이주쿠가 학습자 중심이었음은 지역적 특성을 고려하여 적합한 스승의 자질이 특정되었다는 점에서도 파악해 볼수 있다.

> [에도 야마테 주변의 스승] 사족들이 이 지역에 살고 있기에, 스승은 때때로 사족의 양성에 신경 써야 한다. 가령 데혼으로는 『쇼바이오라이』와 같은 것은 적절치 않은데 반하여 (중략) 또한 산술과 같은 것을 배우는 자가 그리 많지 않으니 이 지역에 적합한 스승은 상대적으로 어느 정도 학식을 갖춘 자, 산술은 몰라도 크게 불편치 않을 것이다.
>
> [에도 시타마치 주변의 스승] 조닌 즉 상공업에 종사하는 자들이 꽤 많이 살고 있기에, 스승은 무릇 상공인 육성에 신경 써야 한다. 가령 데혼으로는 『쇼바이오라이』와 같은 것은 매우 필수적이다. (중략) 요컨대 이 지역에 적합한 시쇼는 어느 정도 오이에류 서법을 잘 알고 산술의 기초를 가르치는 데 부족함이 없다면 그 밖의 학식은 크게 문제되지 않는다.
>
> [에도 외곽의 스승] 농가의 자녀가 많이 통학하는 지역이기에, 데혼으로 삼을 예를 들자면 『쇼바이오라이』 대신에 『햐쿠쇼오라이』 (중략)

---

10 石川謙(1929), 앞의 책, 63-65쪽.

요컨대 이 지역의 스승은 학식 유무와 상관없이 향선생이라 불리며 큰 존경을 받는 자이다.

江戸山手邊ノ師家　士族ノ輩多ク此土ニ住セリ、是以テ師ハ往々士族ノ養成ニ意ヲ用ヒシモノ、如シ、例セハ手本中、商売往来ノ如キハ、適切ナラズ トシテ却テ (中略) 又算術ノ如キハ之ヲ学ブ者甚タ多カラザリシト云フ、是ヲ以テ此地ニ適ズル師匠ハ比較上、稍々学力ヲ要スルモ、算術ハ知ラズシテ不便ヲ感ゼザルニ似タリト謂ハンノミ

同下町邊ノ師家　町人即商工ノ徒ヲ夥多ナリトス、故ニ師ハ概シテ　商工人ノ養成ヲ企画セシニ似タリトス、共一例ヲ挙ゲンニ手本中、商買往来ノ如キハ甚々必需ニシテ (中略) 要スルニ此地ニ適ズル師匠ハ稍々御家流ノ法ヲ解シ且算術ノ初歩ヲ教フルニ足レハ別ニ学力ナキモ甚シキ不可ヲ見ザルモノ、如シ

同町外レノ師家　農家ノ子女ノ通学スルモノヲ多シトスル所タリ、手本ニ就キ一例ヲ挙ケシニ商売往来ニ代フルニ、百姓往来ヲ以テシ、(中略) 要スルニ此地ノ師匠ハ学力ノ有無ニ脇セズ、村夫子ト呼バレ、甚尊敬セラレシモノ、如シ[11]

무가들이 많은 모여 사는 지역의 경우, 다소 산술 실력은 부족하더라도 학식이 높은 스승이 필요하다고 적고 있다. 습자의 데혼(手本) 역시 상인들의 자제가 많이 보는 『쇼바이오라이(商売往来)』는 적합하지 않고, 천자문, 당시선 등이 선호되었다. 한편 상인이 많은 지역의

11　大日本教育会(1982)『維新前東京市私立小学校教育法及維持法取調書』, 大日本教育会事務所, 2-3쪽.

경우, 보통 그 자제들이 통학하기에 『쇼바이오라이』는 필수 교재였으며 초보적인 산술을 가르칠 수 있다면 그리 높은 학식이 필요하지 않다고 적고 있다. 농민이 많은 지역에서는 『햐쿠쇼오라이(百姓往来)』를 데혼으로 삼을 필요가 있다고 했다. 또 농촌이라는 특성이 반영되어 지역 내 명망이 높은 자가 선호된다는 언급도 있다. 이처럼 학습 내용과 스승의 역량은 지역, 신분, 계층, 성별에 따라 천차만별이었던 것인데, 바꿔 말하면 학습자에 따라서 무엇을 가장 필요로 하는지 우선시되었음을 말해준다.

또한 여기서 주목할 만한 것은, 상인 자제들이 다니는 데나라이주쿠의 스승은 산술만 가르칠 정도가 되면 나머지는 상관없다는 부분이다. 데나라이주쿠는 통상 학비에 해당하는 스승에 대한 사례금이나 절기별 물품, 학습에 필요한 문방구까지 학습자 쪽에서 부담한 것으로 알려져 있다. 이러한 경제적 부담은 물론, 통학에 따른 노동력의 일시적 감소에도 불구하고 당시 대다수의 서민 아동들이 데나라이주쿠를 통학했다는 것은 이러한 손해를 상쇄할 만한 학습의 가치가 당대 서민들에게는 공유되고 있었음을 말해준다.[12]

그렇다면 그 학습의 가치는 곧 농민은 농업에 필요한 지식을 배우고 상인은 상업에 필요한 지식을 배우는 것에 있었다고 할 수 있다. 서민 계층에게 당시 교육은 선택의 문제였으므로 그 유인은 데나라이주쿠에서 배운 것이 학교 밖 현실에서 바로 쓰일 수 있는 실제적인 교육의 실용성에 있었으며, 교육의 목적은 거창한 것이 아

---

12 井出草平(2014) 「江戸時代の教育制度と社会変動」, 『四天王寺大学紀要』 57, 208쪽.

니라 가령 상인 자제라면 산술만으로 족한 각자 필요한 것을 필요한
만큼만 학습하는 것이라 할 수 있다. 물론 데나라이주쿠는 지역의
특색에 맞춰 각기 다른 교육을 실시했으므로 그 학습 형태를 모두
아울러 규정하는 일은 매우 곤란할 것이다. 다만 서민 생활과 가장
밀접한 형태로 운영되었던 교육기관이었기에 서민이 무엇을 필요
로 하는지가 우선시되었다고는 정리할 수 있다. 상인의 자제가 『쇼
바이오라이』를 통하여 산술을 배웠다고 하지만, 이는 학문으로서의
수하이 아닌 상업을 영위함에 있어 필요 최소의 계산 처리법을 배웠
다고 하는 것이 정확한 표현이다. 학습자 입장에서의 데나라이주쿠
가 가지는 특징은 실제 쓰일 수 있는 내용을 쓰일 만큼만 배우는 것
이라 할 수 있다.

3. 산업과 오라이모노를 통한 실용 학습

에도 막부의 전국 통일 이후, 전란 없이 안정된 정세가 지속되면서
농업을 비롯하여 상업, 수공업 등 산업의 발전을 촉진했다. 이에 상
업 활동, 공업 활동, 농업 활동의 각각의 분야에서 필요한 어휘가 생
겨나고 그 습득이 생산력에 영향을 미치게 시대가 도래했다. 평생 정
해진 직업으로 살아가야 하는 봉건적 신분사회 하에 서민의 직업별
지식 학습은 더욱 필요성이 확대되었으며, 이러한 직업별 지식은 기
본적으로 습자 학습을 통하여 이루어졌다.

1892년 전국 교육단체조직인 대일본교육회(大日本敎育会)는 데나라

이주쿠의 교육법을 실증 조사하여 『維新前東京市私立小学校教育
法及維持法取調書』를 출간한 바 있는데 데나라이주쿠에 관하여 다
음과 같이 적혀 있다.

예전에는 지금처럼 학과가 없고 습자를 주로 가르쳤는데 데나라이
시쇼(手習師匠)의 범칭에서도 알 수 있다. 독서, 산술, 바느질 등(꽃꽂이
및 다도 등)의 학과는 대개 학생의 원하는 바에 따라 배웠으며, 습자 과
목 안에 독서, 작문, 지리, 수신 등이 포함되었다.

昔時ハ今ノ如ク学科ナク、習字ヲ主トシ教ヘタルハ、手習師匠ノ泛
称アルヲ以テモ之ヲ察スベク、読書、算術、裁縫其他（立花及ヒ茶ノ
湯等）ノ学科ハ多ク生徒ノ望ニ応シテ之ヲ授ケシナリ、而シテ習字科
中、自ラ読方、作文、地理、修身等ノ含有スル[13]

습자는 데나라이주쿠의 기본이자 중심적인 과목이었으며, 비단 서
법에만 국한하지 않고 습자의 대상이 되는 것은 지리, 수신 등 다양하
며, 글자 자체뿐만 아니라 다방면의 지식을 학습하는 방법이 습자였
음을 알 수 있다. 데나라이주쿠에서의 습자 교육은 히라가나, 숫자, 한
자부터 단어, 어구, 단문 등으로 단계별 데혼을 통해 반복적인 쓰기를
통해 글자 자체뿐만 아니라 지식을 습득하는 방식이다. 학생의 원하
는 바에 따라 어떠한 과목을 중점적으로 배울지 결정되며, 학습자인
서민들은 자신들의 직업적 필요에 따라 각종 직업에 필요한 초보적

---

13 大日本教育会(1892), 앞의 책, 20쪽.

지식을 습득하는 교육 과목을 자주적으로 요청하기에 이른다. 서민 계층의 자기 교육에 대한 요구가 교육의 형태를 구성하게 된 것이다.

이때 데혼으로 사용된 교재가 오라이모노이다. 오라이모노는 근대 초기까지 약 7,000종이 출판되었던 것으로 알려져 있으며 연구자에 따라서는 간행본이 적게 잡아도 1만 종 이상이 될 것이라는 의견도 있다.[14] 특히 직업별 사용되는 도구나 용어 등의 어휘를 모은 어휘집 성격을 지니는 오라이모노를 데혼으로 삼아 필요 어휘를 학습했는데, 이들은 오라이모노를 유형별 분류했을 때 산업과 혹은 실업과 유형에 속한다.[15] 특히 산업과 오라이모노는 어휘집의 성격을 강하게 띠는데, 특정 어휘가 현실사회에서의 실용을 기준으로 선택되었다는 측면에서 데나라이주쿠 문자 교육의 실용성이 잘 드러나는 부분이다. 산업과 오라이모노는 에도, 교토, 오사카 지역을 중심으로 출판되어 각 전역으로 전파되었는데, 이는 직업별 사용 어휘의 통일이라는 측면에도 유의미하다. 여기서는 『쇼바이오라이』를 중심으로 그 실용적인 구체적인 내용에 대해서 살펴보도록 한다.

14 小泉吉永(2005)「女子用往来と百人一首」, 『百人一首万華鏡』, 思文閣出版, 55-56쪽.
15 연구자들마다 오라이모노를 유형별 분류하는 시도를 했는데, 그 시초라고 할 수 있는 것은 1922년 岡村金太郎의 『往来物分類目錄』에서 熟語類·消息類·訓育類·歷史類·地理類·實業類·令書類·理学類·雜書類 9개 유형으로 분류한 것이다. 이를 토대로 하여, 石川謙은 古往来·教訓科·社会科·語彙科·消息科·地理科·歷史科·産業科·理数科·女子用 10 유형으로 분류했는데, 女子用을 독립시켰다는 점이 특징이라 할 수 있다. 石川松太郎는 熟語類·消息類·訓育類·歷史類·地理類·實業類·기타로 분류했다.

3.1. 『쇼바이오라이』의 성립과 그 파생

산업과 오라이모노의 대부분은『쇼바이오라이』계열의 상업형이
며,『햐쿠쇼오라이(百姓往来)』[16]로 대표되는 농업형과『반죠오라이(番
匠往来)』로 대표되는 공업형 등이 소수 존재한다. 대표적인 농업형
오라이모노로는 그 원형이라 할 수 있는『이나카오라이(田舍往来)』와
『노교오라이(農業往来)』가 있으며,『노교오라이』의 영향을 받아 간행
되어 근대 초기까지 다양한 형태로 간행되어 읽힌『햐쿠쇼오라이』
를 들 수 있다.『햐쿠쇼오라이』의 경우, ① 農具, ② 土地의 用益, ③
檢見, ④ 貢納, ⑤ 농민으로서의 마음가짐으로 구성되었다. 에도시
대 전체 인구의 약 80% 정도가 농민이었던 만큼 농민 아동을 위한
다양한 버전의『햐쿠쇼오라이』가 간행되었으며, 근대 초기까지 70
종 이상의 버전이 간행되었다.『반죠오라이』의 경우 ① 建具와 家屋
의 명칭, ② 建築資材 및 用語, ③ 大工道具, 그리고 마지막으로 ④ 목
수로서의 마음가짐에 대해 언급한다.

---

16 石川에 따르면, 농업형 오라이모노는 ①『農業往来』계열, ②『百姓往来』계열, ③ 앞
의 두 계열이 파생 발전한 계열의 세 계열로 분류된다.『農業往来』의 원류는 1785년
오사카에서 三宅吉兵衛・北尾善七에 의해 간행된 것이며 메이지 초기까지 다양한
유서가 간행되었다. 한편,『百姓往来』의 원류는 1758년 岩崎矩清의『田舍往来』를
기반으로 1766년 禿筆子에 의해 간행되었다.『百姓往来』는『商売往来』의 형식을
견본으로 삼았다. 石川松太郎(1988), 앞의 책, 1-79쪽 참고.

<도표 1> 대표적인 『햐쿠쇼오라이』[17]

서명	간행 연도	작자	비고
百性往来	明和3 (1766)	禿箒子	
百性往来	文化10 (1813)	미상	『新撰百姓往来』 『〈農民専用〉百姓往来』
農民専用百姓往来	文政13 (1830)	西川竜章堂	「農民教訓状」 수록
誤字改正百姓往来絵抄	天保13 (1842)	미상	異称 『新刻百姓往来』
百姓往来注釈	文久3 (1863)	藤村秀賀	그림 주석서
百姓往来絵抄	慶応2 (1866)前	八島五岳	異称 『百姓往来画抄』
百姓往来	明治2 (1869)	미상	
改正百姓往来読本	明治12 (1879)	片桐霞峯	
開化百性往来	明治14 (1881)前	鴻田真太郎	

이러한 직업별 오라이모노는 1694년 간행된 『쇼바이오라이』가 최초로 여겨진다. 그러한 만큼 산업과 오라이모노 중에서도 『쇼바이오라이』계열의 서적이 근대 초기까지 275종 이상 발간되는 등 가장 대중적인 오라이모노라고 할 수 있다. 『쇼바이오라이』은 1694년 교토 데나라이주쿠의 시쇼(師匠)으로 알려진 호리 류스켄(堀流水軒, 생몰년 미상)이 간행한 서적이 그 시초이다. 『쇼바이오라이』는 '무릇 상인이

---

17 小泉吉永 編著, 石川松太郎 監修(2001) 『往来物解題辞典』, 大空社, 1-838쪽을 참고하여 작성함.

사용하는 문자로는(凡, 商売持扱文字)'으로 시작하며 상업을 영위하는
데 필요한 어휘가 나열되어 있다. 『햐쿠쇼오라이』와 『반죠오라이』
역시 이를 계승하여 '무릇 농민이 사용하는 문자로는(凡, 百姓取扱文
字)'과 '무릇, 목수가 사용하는 문자로는(凡, 番匠取扱文字)'과 같이 비슷
한 형태로 시작된다. 체제를 동일하게 취하고 있으면서도 학습자의
필요에 따라 수록된 어휘가 달라지는 것이다. 1694년 『쇼바이오라이』
를 구체적으로 살펴보면, ① 상거래 기록문자, ② 화폐명, ③ 상품명,
④ 상인 생활의 마음가짐으로 구성되었다. 어휘집의 성격을 강하게
띠지만, 『쇼바이오라이』의 후반부에는 상인의 집안에서 태어났을
때 상인으로서 갖춰야 할 도덕적 소양에 대해서 서술되어 있다.

　　무릇 상인 집안에 태어난 사람은 어릴 적부터 습자와 주판을 배우는
것이 중요하다. 우타, 렌가, 하이카이, 다치바나, 축국, 다탕, 노래, 춤
등의 예능은 가업에 여력이 있을 때 익혀둬야 한다. 바둑, 장기, 스고로
쿠, 속요, 샤미센 등 유희에 빠지거나 주연에 심취해서 분수를 모르고
의복이나 가택을 꾸미고 천수, 조산, 수목, 화초를 즐기는 것은 재화를
낭비할 뿐 무익하다. 가운이 쇠하고 파멸하는 원인이 된다. 겉치레를
단정히 하고 손님에게 친절하고 정중하게 응대해야 한다. 고리를 탐하
여 남을 속인다면 천벌을 받게 될 것이니 손님은 두 번 다시 찾아오지
않는다. 천도를 두려워하는 것은 가문의 부귀, 번창, 자손번영의 길조
가 된다. 더 큰 이득을 남기게 될 것임은 의심할 여지가 없다.

　　抑、生商売之家輩、従幼稚之時、先、手跡、算術之執行、可為肝
要者也。然而、歌、連歌、俳諧、立花、蹴鞠、茶湯、謡、舞、皷、

247

太皷、笛、琵琶、琴稽古之儀者、家業有余力折々、心懸可相嗜。或
碁、将棊、双六、小歌、三味線、長酒宴遊興、或不応分限、餝衣服
家宅、泉水、築山、樹木、草花之楽而已費金銭事、無益之至、衰微
破滅之基歟。惣而、見世棚奇麗、挨拶、応答、饗応可為柔和。大貪
高利、掠人之目、蒙天罪者、重而問来人可稀。恐天道之働輩者、
終、富貴繁昌、子孫栄花之瑞相也。倍々利潤無疑。仍而、如件[18]

문자의 보급과 교육이 향상되면서 피지배계층인 서민 입장에서도
체제 속에서 스스로의 생활을 적극적으로 영위하기 위해 자기 교화
의 이념이 생겨나고 학습을 통하여 보급 확대되는 것이다. 습자 학습
은 단계적인 이해를 토대로 한다.[19] 데나라이주쿠에 통학하는 아동
들은 자신의 신분이나 가업에 맞춰 그 신분이나 가업에 필요한 용어
를 데혼으로 삼아 어휘에 대한 습득이 가장 우선되었고 그 직업이 가
져야 할 소양까지 실제 직업을 영위하는 데 필요한 실용적 지식을 체
득하는 일련의 단계적인 학습이 가능했던 것이다.

이와 같은 내용으로 구성된 호리 류스켄의 겐로쿠 7년 버전은 이
후 다양한 형태로 파생되는데, 다음 〈도표 2〉는 호리 류스켄의 저작
에서 파생된 것을 중심으로 그 간행순으로 정리한 표이다.

---

18 新日本古典籍総合データベース,『増続商売往来』,
　https://kotenseki.nijl.ac.jp/biblio/100265759(검색일: 2022.10.30.)
19 石川松太郎(1988), 앞의 책, 1~79쪽 참고.

<도표 2> 『쇼바이오라이』(1694)의 파생 오라이모노[20]

서명	간행 연도	작자	비고
商売往来	元禄7 (1694)	堀流水軒	
商売往来	享保4 (1719)	堀流水軒	
商売往来絵抄	享保17 (1732)	寺沢政辰	
商売往来	宝暦12 (1762)	竹本染太夫章直	異称『音曲商売往来』 우타이본(謡本) 형식
商売往来刊誤	文化6 (1809)	北堤閑人	주석서
絵本商売往来	文化 (1804-18)	미상	異称『絵図註入商売往来』
商売往来講釈	文政10 (1827)	高井蘭山	異称『商売往来抄』 주석서
商売往来稚宝	天保13 (1842)	山田野亭	異称『商売往来おさなだから』
〈両点講釈〉 大全商売往来	天保13 (1842)	近沢幸山	「商売往来」「拾遺商売往来」 「商売往来講釈」합본
広完商売往来	嘉永3 (1850)	文花堂槐山	異称『〈大広完〉商売往来』
嘉永商売往来	嘉永 (1848-54)	미상	
商売往来講釈	嘉永 (1848-54)	富士谷東遊子	
商売往来	文久4 (1864)	中西一舟	六玉川 합본
商売往来絵字引	元治1 (1864)	柳河春三	異称『画本商売往来』

20 小泉吉永 編著·石川松太郎 監修(2001)『往来物解題辞典』, 大空社, 1-838쪽을 참고하여 작성함.

商売往来画抄	慶応1 (1865)	槐亭賀全	
〈和洋〉 商売往来	明治6 (1873)	酔々堂	異称『和洋商売往来』
〈開化〉 商売往来	明治9 (1876)	深沢菱潭	
開化商売往来	明治10 (1877)	吉田小吉	『〈開化〉商売往来』
〈開化〉 絵入商売往来	明治12 (1879)	滝沢清	
〈小学須用〉 新古商売往来	明治12 (1879)	桜井穎麿	異称『〈小学新古〉商売往来』
〈小林義則編 · 巻菱潭書〉 新編商売往来	明治13 (1880)	小林義則	
〈開化新撰〉 商業往来	明治15 (1892)	鎌田在明	
商売往来	明治28 (1895)	槐亭賀全	異称『新刻商売往来絵抄』

이들은 모두 호리 류스켄의 겐로쿠 7년판의 형식 혹은 어휘 구성을 토대로 하여 파생된 것으로 여겨진다. 그 형태는 크게 두 갈래로 나눌 수 있는데 먼저, 본문의 내용은 거의 그대로 계승하면서 도해 혹은 도해에 관한 설명을 할주(割注) 등을 통하여 추가한 경우이다. 대표적으로『쇼바이오라이 에쇼(商売往来絵抄)』(1732),『쇼바이오라이 에지비키(商売往来絵字引)』(1864)를 들 수 있다.

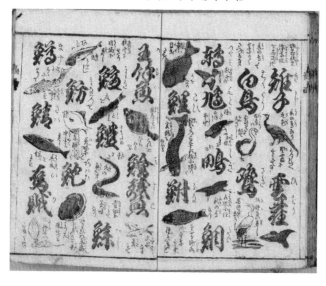

<도표 3> 『쇼바이오라이 에지비키』[21]

다양한 유서 중에서도 〈도표 3〉와 같이 각 단어에 해당하는 삽화와 설명문을 적은 버전이 다수 존재한다. 상품명 어휘를 주로 다루다 보니, 그중에는 쉽사리 주변에서 볼 수 없는 것들도 존재했다. 단어 학습에 세세한 삽화를 곁들임으로써 눈으로 상품을 확인하고 한 자 한 자 글자를 옮겨 적음으로써 어휘를 습득하는 방식은 효과적인 지식 학습이었을 것이다.

또 다른 형태는 『고칸 쇼바이오라이(広完商売往来)』(1850)와 같이 어휘

---

21 京都大学貴重資料デジタルアーカイブ, 『商売往来絵字引』,
　https://rmda.kulib.kyoto-u.ac.jp/item/rb00009698#?c=0&m=0&s=0&cv=27&r=0
　&xywh=-5576%2C56%2C16100%2C3671(검색일: 2022.10.30.)
　이 글의 그림 인용은 「京都大学貴重資料デジタルアーカイブ」의 출처 표기 시 그 사용에 문제가 없는 자료를 인용한 것으로 저작권에 문제가 없음을 미리 밝혀둔다.

를 증보한 경우이다. 이 같은 어휘 구성의 변화는 근대에 발행된『쇼바이오라이』류에서 자주 찾아볼 수 있는 특징이다. 가령,『가이카 에이리 쇼바이오라이(開化絵入商売往来)』(1879)의 경우, 겐로쿠 7년판의 화폐 어휘 대신 근대 이후 통용되던 화폐 어휘가 삽입되었고,『와요 쇼바이오라이(和洋商売往来)』(1863) 의 경우는 각 어휘에 해당되는 영단어를 병기하고 읽는 법을 수록하기도 했다. 근대라는 시대 전환에 맞춰, 근대 사회가 필요로 하는 상업 용어로 대거 대체 수록되었다는 특징이 있다. 이처럼『쇼바이오라이』는 17세기 말 등장한 이래, 다양한 형식과 어휘 구성을 토대로 각 시대의 초보적 상업 어휘를 습득하는 교재로서 활발히 활용되었다고 할 수 있다.

3.2. 상거래 관련 수록 어휘

이시가와(1988)에 따르면『쇼바이오라이』에 수록된 어휘는 ① 상거래 기록문자 25 어휘, ② 화폐명 8 어휘, ③ 상품명 296 어휘, ④ 상인 생활 관련 32 어휘 등 총 361 어휘로 구성된다.[22] 어휘 비중으로 보면, 특히 상품 한자어의 비중이 매우 높다. 상품명(어휘)을 나열하는 형태로 피복 73어, 식료품 23어, 가구류 70어, 약제 및 향료 45어, 무구 38어, 동물 43어 등으로 총 296어를 수록하고 있다.[23] 가령 피복과 관련한 어휘를 보면, 견직물 및 모물(毛物) 관련 어휘부터 기모노, 생활 의류 명칭, 염색의 색상 명칭, 문양 명칭 등이 포함된다. 상품명이라고는

---

22 石川松太郎(1988), 앞의 책, 159쪽.
23 石川松太郎(1988), 앞의 책, 159-160쪽.

하지만, 대다수 일상생활 관련어로 구성되어 있어 상업이 융성했던 도시뿐만 아니라 농어촌 자녀들의 교재로도 애독되어 전국적으로 유포된 원인이기도 했다.

그중에서도 상거래와 관련된 어휘는 『쇼바이오라이』의 다양한 버전에 빠지지 않고 등장한다. 상업이 어느 정도 발달하면, 경영 상태를 명확하게 파악하기 위한 문서 작성과 그 관리가 매우 중요해진다. 에도시대에 접어들어, 이전 시대와는 비교할 수 없을 정도로 많은 문서, 상업 장부를 만들어 내고 경영 관리를 했다. 차용문, 상품 거래 시 작성되는 문서 등은 물론 외상 매출의 내용을 거래처별로 기록하는 관리 장부 등이 바로 그 대표적이 예이다. 데나라이주쿠 구주쿠안(九十九庵)의 학생 62명의 교육과정을 기록한 『데시키(弟子記)』(1839 경)에는 히라가나, 숫자, 한자의 단어, 어구를 학습한 후에 중급 단계로서 증문류를 학습하는 학생이 22명에 달했다.[24] 기초과정을 끝낸 학생은 이처럼 선택 과정에 들어가기도 했으며, 각자의 역량, 가정 사정에 맞춰 학습 과정은 다양했는데[25] 상당수의 학생이 증문 작성 및 독해에 필요한 어휘를 습득한 후 증문의 실제 문례를 통하여 스스로 작성할 수 있는 소양을 키우는 중급 단계로 넘어갔던 셈이다. 그 필요 어휘를 습득하는 교재는 『쇼바이오라이』였다. 상인이 사용하는 문자를 나열하면서 가장 먼저 등장하는 어휘는 상거래에 필요한 어휘이다. 員数, 取遣之日記, 証文, 注文, 請取, 質入, 算用帳, 目録, 仕

---

24 宮崎次郎(2015)『寺子屋教育の特性を活かす学校教育改革に関する一考察―寺子屋教育・大正自由教育・公文式教育の比較研究を通して―』, 大阪総合保育大学大学院博士学位論文, 86-105쪽.
25 宮崎次郎(2015), 앞의 책, 10쪽.

切之覚의 순으로 거래 시 사용되는 용어가 나열되며, 大判, 小判, 一步, 二朱, 南鐐, 上銀子, 丁, 豆板, 灰吹 등 화폐의 명칭이, 貫, 目, 分, 厘, 毛 등 천칭의 기준 용어가 나열된다. 또한 가이센(廻船) 관련 용어도 등장한다. 가이센이라 하면 일본 연안을 오가 가며 물건을 파는 대형 화물선인데 에도시대 상품 유통의 발전과 더불어 전국적인 규모로 확대되었다. 積登, 問屋, 蔵入置, 水上口銭 등 관련 용어는 물론 운임과 중개 수수료, 보관료 등의 이윤을 뺀 후에 시장 가격을 정하는 방법 등을 적고 있다. 『쇼바이오라이』겐로쿠 7년판에서는 이처럼 어휘의 나열을 위주로 했다면, 『쇼바이오라이 에쇼(商売往来絵抄)』에서는 할주를 통하여 추가 정보를 제공해 준다.

<도표 4> 『쇼바이오라이 에쇼(商売往来絵抄)』[26]

26 東京学芸大学教育コンテンツアーカイブ, 『商売往来画抄』, https://d-archive.u-gakugei.ac.jp/item/ep20000838#?page=6(검색일: 2022.12.22.)

〈도표 4〉는 화폐 명칭을 나열한 부분인데 큰 글씨의 본문 내용은 『쇼바이오라이』겐로쿠 7년판의 어휘와 같다. 추가로 그 어휘에 대한 설명과 읽는 법을 본문 텍스트 양옆에 작게 2줄로 삽입하는 형태로 '(금) 1両은 (은) 60目으로 바꾸고, (大判) 1枚는 7両 2分, 1両은 16朱 7匁5分이다. 게이초 금화와 겐로쿠 금화 등 다양한 단위가 있고 7匁 5分은 지금 통용되지 않는다. 1枚 45匁'[27]라며 에도의 화폐 환율을 설명하고 있다. 특히 화폐의 경우 상거래에 있어 중요한 지식이므로 할주의 형태로 용어와 함께 추가 설명이 제시되고 있는 것이다. 또 11대 쇼군인 도쿠가와 이에나리(德川家齊) 치세 때 로쥬(老中) 마쓰다이라 사다노부(松平定信)가 주도한 간세이 개혁(寛政の改革, 1787~1793) 이후 발간된 『쇼바이오라이』의 경우에는 구화폐와 현행 화폐를 구분하는 등 화폐개혁 전후의 시대적 배경을 그대로 반영하기도 했다.[28]

4. 나가는 말

데나라이주쿠는 학습자의 수요를 적극적으로 참고하면서 서민 삶의 기반과 밀착된 형태로 발전한 서민교육기관이었다. 각자의 필요성에 따라 다양한 형태의 통학, 교육 내용이 존재했으며, 각자의 일상

---

27 「壱両六十目がへ　壱まい七両二分　壱両　十六朱
　　七匁五分　慶長金元禄金等いろ＼／位あり
　　七匁五分通用今はなし　一まい四十五匁」
　　東京学芸大学教育コンテンツアーカイブ, 『商売往来画抄』,
　　https://d-archive.u-gakugei.ac.jp/item/ep20000838#?page=6(검색일: 2022.12.22.)
28 小泉吉永 編著, 石川松太郎 監修(2001), 앞의 책, 231쪽.

에 필요 최소한의 지식을 전수했다는 점이 데나라이주쿠만이 가지는 특징이라고 할 수 있다. 그중에서도 산업과로 분류되는 오라이모노는 어휘집의 성격을 강하게 띠는데, 직업별로 특정 어휘가 현실사회에서의 '실용'을 기준으로 선택되었다는 측면에서 데나라이주쿠 교육의 실용성이 잘 드러나는 부분이라고 할 수 있다. 근대 시대에 접어들어, 후쿠자와 유키치(福沢諭吉, 1834~1901)는 오라이모노『게이모데나라이노후미(啓蒙手習の文)』(1871)를 발간한다. 제목 그대로 습자용 오라이모노이지만, 책의 서문에는 가나문자 48자, 구니즈쿠시(国尽), 서양 입문서를 의역하여 5, 6세 아동용 입문서로서 습자의 교재로 삼기 위해 저술했다며 그 동기를 적고 있다.[29] 이 책에는 서양 정보를 담은 실학서도 함께 실려 있는데, 그 내용 중에는 지구의 형상 등을 설명하고 학문이 부국강병의 기본이 된다고 적고 있다. 이렇듯 데나라이주쿠와 그 교재인 오라이모노는 지금 시점에서 알아야 하는 지식을 제공해 온 실용성 풍부한 교육기관이며 교재라고 할 수 있을 것이다.

에도 말기부터 메이지 초기까지 다종다양한 산업과 오라이모노가 간행되었는데, 근세에서 근대로 넘어가는 시대적 전환기를 오라이모노에는 어떻게 담고 있는지, 시기별 오라이모노의 변천과 관련해서는 추후 과제로 삼고자 한다.

〈부기〉

이 글은 『일본학연구』 68집(단국대학교 일본연구소, 2023.01)에 게재한 논문을 수정 가필한 것임.

---

29 福沢諭吉(1898)「啓蒙手習之文」上,『福沢諭吉全集』 巻二, 慶応義塾蔵版, 序.

제10장

조선통신사(朝鮮通信使)의 눈으로 본 일본의 일상 지식

김묘정

1. 머리말

이 글은 『해행총재(海行摠載)』에 수록된 문견록(聞見錄)을 중심으로 조선통신사의 눈에 비친 일본의 일상 지식을 확인하기 위해 기획된 것이다. 이 글에서 다루고자 하는 '일상'의 개념을 현실의 삶을 영위하기 위해 매일 반복되는 것으로 정의하고, '비일상'을 일상적 생활 공간에서는 경험할 수 없는 것이라고 규정한다면[1] 조선통신사 파견은 당시 우리가 일본의 일상을 엿볼 수 있는 유일한 기회라고 할 수 있다. 나아가 조선통신사의 외교사절은 문화적 측면에서 일본의 실

---

[1] 김미영(2008) 「조상제례의 일상성과 비일상성」, 『비교민속학』35, 비교민속학회, 509쪽.

상을 파악하는 동시에 일본의 '일상 지식'을 습득할 수 있는 주요 통로였다고 하겠다.

이에 다음으로 '일상'의 속성을 자세히 논의해보자면, '일상'은 종적·횡적으로 다양한 세계를 가지고 있는데, 종적으로의 일상의 무대는 과거, 현재, 미래의 속성을 동반하며, 횡적으로는 일상적 삶을 전적으로 공유하는 무대가 있는 반면 그저 단순한 유형화로 대하는 세계가 존재한다.[2] 이렇게 본다면 이 글에서 다루고자 하는 일상의 무대는 일본이며, 일본의 일상을 들여다보는 존재는 조선통신사라고 하겠다. 조선통신사는 종적인 측면에서 시기별로 17~19세기에 이르기까지 다양한 일본의 일상을 접했으며,[3] 횡적으로는 일정한 기간동안 일본의 일상을 엿봄으로써 삶을 공유했다고 생각된다. 나아가 필자는 '일상'이라는 속성에 '지식'을 결합하고자 하였는데, 교류를 통해 획득된 정보인 만큼 지식의 한 유형으로 이를 분류할 수 있다고 판단하였기 때문이다. 실질적으로 사회학자 귀르비치는 지식을 지각적·사회적·일상적·기술적·정치적·과학적·철학적 지식인 일곱 가지 유형으로 구분한 바 있으므로[4] '일상 지식'이라고 명명하는 작업도 가능하리라 본다.

이에 필자는 일본의 '일상 지식'을 파악하기 위해 기본적으로 조선시대에 일본을 방문한 이들의 다양한 기록들이 담겨있는 『해행총재(海行摠載)』를 중심으로 논의를 진행하고자 하며, 그중에서도 일본의

---

2 박재환·일상성 일상생활연구회(2008) 『일상생활의 사회학적 이해』, 한울, 135쪽.
3 『해행총재』해제를 살펴보면, 조선통신사 파견은 고려시대 총 5회, 조선 초기 시기 총 67회, 임진왜란 이후에서부터 한말까지 총 12회 이루어졌음을 확인할 수 있다.
4 피터 버크(2017) 『지식의 사회사』, 민음사, 29쪽.

국정(国情)·풍속(風俗)·유학(儒学)·시문(詩文)·종교(宗教)·군제(軍制)·법제(法制)·지리(地理)·대외관계(対外関係) 등이 자세히 담겨있는 문견록(聞見録)을[5] 주요 연구 대상으로 삼고자 한다. 이는 문견록(聞見録) 형식의 결과물이 일기(日記), 시문(詩文) 형태의 기록보다 일본의 '일상 지식'을 확인하는데 유용한 자료라고 판단하였기 때문이다. 또 문견록에 담긴 일상 지식을 파악하면서도 시기별로 습득한 일상 지식을 순서대로 살펴보는 작업도 병행하고자 하였다. 기본적으로 조선통신사가 일회적으로 끝난 것이 아니고 지속적으로 이루어진 만큼 시기별로 변화된 일본의 일상을 볼 수 있다고 생각했기 때문이다.

아울러 기존까지 진행된 『해행총재(海行摠載)』소재 통신사행록에 대한 선행 연구는 '지식'이라는 측면에서 다뤄진 바 있으나[6] '일상'이라는 개념을 접목하지 않았기에 이 글에서 다루고자 하는 시선과는 결을 달리한다. 아울러 각 사행록 속 문견록(聞見録)에 대한 선행 연구는 일부 이루어졌으나, 이 글과 같은 형태로 문견록만을 따로 분

---

5 하우봉(2017)「17-19세기 한일 문화교류의 흐름과 의미」, 『대동문화연구』 98, 대동문화연구원, 273쪽.

6 정훈식·남송우(2009)「조선후기 일본지식의 생성과 통신사행록」, 『동양한문학연구』 29, 동양한문학회; 정훈식(2010)「수신사행록과 근대전환기 일본지식의 재구성」, 『한국문학논총』 56, 한국문학회; 진재교(2014)「18세기 조선통신사와 지식·정보의 교류」, 『한국한문학연구』 56, 한국한문학회; 구지현(2016)「1748년 조선의 통신사와 동아시아의 지식 유통 양상─일본 학파에 따른 교류 양상을 중심으로─」, 『열상고전연구』 53, 열상고전연구회; 김묘정(2018)「竹堂 申濡의 일본체험과 지식의 새 지평─지식기반과 지식영역의 확대 양상을 중심으로─」, 『고전과 해석』 25, 고전문학한문학연구학회; 정은영·한태문(2018)「조선후기 일본지식 생성자로서의 통신사 역관 연구」, 『한국문학논총』 80, 한국문학회; 김경남(2021)「국역 해행총재를 통해 본 지식 교류의 두 층위」, 『지역과 역사』 49, 부경역사연구소.

류하고 또 이와 같은 기준으로 묶어서 총체적으로 들여다본 선행 연구는 확인되지 않으므로, 새로운 방법론으로 통신사행록을 분석해 볼 수 있으리라 여긴다.

이에 먼저 2장에서는 '일상 지식'의 개념을 정의하고자 했으며, 조선통신사의 눈에 비친 일상 지식의 갈래를 구분하는 작업을 진행하고자 한다. 나아가『해행총재(海行摠載)』에 수록된 문견록(聞見錄)을 개관하여 연구 대상 자료를 확정하도록 하겠다. 이어서 3장에서는『해행총재』문견록에 나타난 일본의 일상 지식을 몇 가지 주제로 구획하고자 한다. 첫 번째는 '일본, 비일상에서 일상적 지리 공간으로의 전향'이라는 주제로 논의를 진행하고자 한다. 조선통신사로 파견된 이들은 일차적으로 일본이라는 지리 공간에 대한 탐색을 진행하는 면모를 보이므로, 지리적 지식을 다루도록 하겠다. 두 번째로는 '일상과 만남 그리고 일본의 일상 문화 포착'이라는 주제로 조선통신사가 일본의 일상과 문화를 어떻게 기록하였는지 살피고자 한다. 세 번째로는 '일상생활에 관한 인식론적 탐색과 인류학적 접근'이라는 주제로 논의하고자 하는데, 인식론적 차원의 서술이 확인되는 문견록을 추출함으로써, 우리가 인류학적으로 일본과의 문화적 차이에 대해 어떤 태도와 방식으로 기술하고 있는지 분석해보고자 한다.

2. 일상 지식의 개념과 범주 및 『해행총재(海行摠載)』 소재 문견록(聞見錄) 개관

이 글에서는 '일상 지식'을 현실의 삶을 영위하기 위해 알고 있는 모든 것이라고 정의하고 일상 지식의 영역을 구분함으로써 구체적으로 일상 지식 연구의 범주를 나눠보고자 한다. 기본적으로 이 글에서 조선통신사가 들여다본 일본은 사회학적 측면에서의 탐구라고 정의할 수 있는데, 탐색의 행위 속에서 획득한 지식 가운데 일상에 해당하는 것을 분류하는 작업이 요구된다고 하겠다.

<표1> 일상 지식의 연구 범주 개관[7]

순번	일상 지식 연구 범주	순번	일상 지식 연구 범주
1	일상생활에 관한 인식론적, 철학적 탐색	8	사회적 교제와 커뮤니케이션
2	일상생활에 대한 연구방법론	9	일상과 의례
3	일상생활에서 역사와 공간	10	일상과 사건 : 만남, 전기(転機), 재난
4	일상생활의 세계 : 우리 세계, 그들 세계	11	일상생활에서의 단절과 탈주 : 술, 중독, 축제, 죽음
5	24시간의 배분	12	일상과 꿈 : 점, 종교
6	일상에서의 일과 여가	13	일상생활과 사회변동
7	일상생활의 연출과 전략		

---

[7] 〈표1〉은 〈일상생활의 사회학적 연구 영역〉 표를 활용하여 작성하였음을 밝히는 바이다. 박재환·일상성 일상생활연구회 지음(2008) 『일상생활의 사회학적 이해』, 한울, 29-30쪽.

이에 일상 지식의 연구 범주를 개관하기 위해서 〈일상생활의 사회학적 연구 영역〉 분류표를 활용하고자 하였는데, 이는 일상을 분류하는 데 있어 유용한 틀이라고 하겠다. 이 표를 보면 일상에 대한 협의적 영역에서부터 시작해 사회 각 수준이 일상적 과정에 대한 분석으로 확대되고 전체 사회의 문화와 이데올로기 동태를 연구할 수도 있다. 나아가 일상성이 개인의 총체적인 삶이나 공동체적 삶의 의미 구성에 어떻게 연관되는지도 탐색 가능하다.[8] 조선통신사의 경우 서로 다른 세계와 물리적 공간의 만남이며 일상과의 사건이라는 측면에서 3), 4), 10)번의 연구 영역과 겹치며, 사회적 교제와 커뮤니케이션을 기반으로 한다는 점에서 8)번과도 연관된다. 나아가 다양한 일상적 모습을 발견하고 기록했다는 점에서 9)번의 연구 범주와도 맥락을 같이한다. 마지막으로 조선통신사는 전체 사회의 구조와 변동을 탐색하고자 했으므로 13)번에 대한 연구도 가능하다고 하겠다. 이에 이 글은 '일상 지식'을 연구 대상으로 삼으면서도 지리학, 문화사, 사회사, 인류사 측면에서 다각적으로 살펴보고자 한다.

다음으로는 연구 대상 설정에 대해 논의를 진행하고자 하는데, 이 글에서는 『해행총재(海行摠載)』 소재 문견록(聞見錄)을 중심으로 하여 일본의 '일상 지식'을 파악하고자 하므로 문견록이 부기된 작품들을 개관하는 작업이 필요하다고 하겠다.

---

8 박재환 · 일상성 일상생활연구회 지음(2008) 『일상생활의 사회학적 이해』, 한울, 28쪽.

<표2>『해행총재(海行摠載)』소재 문견록(聞見錄) 개관

순번	문인	제목	권수	시기	특징
1	신숙주 (申叔舟)	『해동제국기 (海東諸国紀)』	1권	1443년	문견록(聞見錄)으로 구성됨
2	강홍중 (姜弘重) (부사(副使))	『동사록(東槎録)』, 「문견총록 (聞見摠録)」	3권	1624년	일기(日記), 문견록(聞見録(문견총록(聞見摠録))으로 구성됨
3	김세렴 (金世濂) (부사(副使))	『해사록(海槎録)』, 「문견잡록 (聞見雑録)」	4권	1636년	일기(日記), 문견록(聞見録(문견잡록聞見雑録)), 시문(詩文)으로 구성됨
4	남용익 (南竜翼) (종사관 (従事官))	『부상록(扶桑録)』, 「문견별록 (聞見別録)」	6권	1655년	일기(日記), 문견록(聞見録(문견별록聞見別録))으로 구성됨
5	신유한 (申維翰) (제술관 (製述官))	『해유록(海遊録)』 하(下), 「부문견잡록 (附聞見雑録)」	2권	1719년	일기(日記), 문견록(聞見録(문견잡록(聞見雑録)), 시문(詩文)으로 구성됨

위 〈표 2〉는 『해행총재(海行摠載)』소재 문견록(聞見錄)을 개관한 것인데, 사행 기록 중에서도 일기나 시문 형식으로 작성된 작품은 제외하고 문견록 형식으로 따로 부기하여 서술한 작품만을 연구 대상으로 추출하였다. 일상 지식을 확인하기 위해서는, 저자가 의식적으로 「문견록(聞見錄)」, 「부문견잡록(附聞見雑錄)」, 「문견총록(聞見摠錄), 「문견별록(聞見別錄) 등으로 명명하여 제목에 부기한 후 기술한 작품들만을 연구 대상으로 삼고자 하였다. 물론 일기 형식의 기록 속에도 문견 사항이 부기 되어 있기는 하지만, 일본의 일상 지식을 집약적으로 담아낸 문견록과는 차이가 있다고 판단하였기 때문이다.

『해행총재(海行摠載)』소재 문견록(聞見錄)을 차례로 살펴보면, 첫 번째로 1443년 사행에 임한 신숙주(申叔舟)의 『해동제국기(海東諸国紀)』를 들 수 있는데, 이는 일본에 관한 인문지리(人文地理)를 다루고 있으며 형식상으로 일본에 관한 문견 사항만으로 구성되어있다는 특징을 보인다.[9] 구성 방식을 보면, 〈일본국기(日本国紀)〉 안에 '국속(国俗)'이라는 편제가 보이며, 〈유구국기(琉球国紀)〉 안에 '국속(国俗)'이라는 제목 아래 일본의 풍속이 기술되어 있어서 일상 지식을 확인하기에 유용하다.

두 번째로는 1624년 사행에 임한 강홍중(姜弘重)의 『동사록(東槎録)』에 수록된 「문견총록(聞見摠錄)」을 확인할 수 있다. 형식을 보면 일기와 문견록이 혼합되어 있는데, 〈을축세(乙丑歳), 삼월(三月), 오일계축(五日癸丑)〉 아래 「문견총록(聞見摠錄)」이 기술되어 있음을 볼 수 있다. 일본의 지리(地理), 명산(名山), 산물(産物), 해물(海物), 제도(制度), 예식(例式) 등에 관한 다양한 내용이 수록되어 있어 일본의 일상을 확인할 수 있다.

세 번째로 1636년 사행에 임한 김세렴(金世濂)의 『해사록(海槎録)』에 수록된 「문견잡록(聞見雜錄)」을 보면 일기 안에 편입시킨 것이 아니라 「문견잡록(聞見雜錄)」이라는 별도의 체재를 만들어 문견한 내용들을 담아냈다는 점에서 특징적이다.

네 번째로는 1655년 사행에 임한 남용익(南竜翼)의 『부상록(扶桑録)』「문견별록(聞見別錄)」을 들 수 있는데, 『부상록』에 수록된 일기(日記) 외에도 문견록으로 구성되어있다. 〈대마도주세계(対馬島主世系)〉, 〈관제(官制)〉, 〈주계(州界)〉, 〈도리(道里)〉, 〈산천(山川)〉, 〈풍속(風俗)〉, 〈병량(兵

---

9 하우봉(2017) 「17~19세기 한일 문화교류의 흐름과 의미」, 『대동문화연구』 98, 대동문화연구원, 273쪽.

糧), 〈인물(人物)〉 등의 항목으로 나누어져 있으며 각 항목별로 내용이 자세히 수록되어 있다.

다섯 번째로 1719년 사행에 임한 신유한(申維翰)의 작품을 보면『해유록(海遊錄)』신제술해유록(申製述海遊錄) 하(下) 가운데「부문견잡록(附聞見雜錄)」이 별도로 수록되어 있다.『해유록』은 전체적으로 일기(日記), 문견잡록(聞見雜錄), 시문(詩文)으로 구성되어있는데, 문견잡록이라고 명시되어 있다는 점이 특징적이다. 또한「부문견잡록」아래 하위 항목으로 〈부문견잡록〉과 〈사행수육로정기(使行水陸路程記)〉가 부기되어 있음을 볼 수 있다.

3. 『해행총재(海行摠載)』 문견록(聞見錄)에 나타난 일본의 일상 지식

3.1. 일본, 비일상에서 일상적 지리 공간으로의 전향

이 장에서는 비일상에서 일상적 지리 공간으로의 전향이라는 주제로 논의를 진행하고자 한다. 당시 통신사에 임했던 이들은 일본이라는 공간을 새롭게 접하는 동시에, 그 공간에 직접적으로 당도하여 잠시지만 일상적인 삶을 영위하게 된다. 인간의 거주지 확대는 지식의 확대로 직결되었으며, 다양한 형태의 탐험적 행위는 공간적 지식의 범위를 확대시켜왔다고 하겠다.[10] 그에 따라 조선통신사로 파견된 이들은 일차적으로 일본이라는 지리 공간에 대한 탐색을 진행하는 면모를 보이므로, 문견록(聞見錄)에서 확인 가능한 관련 기록들을 살펴보고자 한다. 새로운 공간을 마주했을 때 가장 큰 과제는 지리적 측면에서 공간적 특징을 파악하는 일인데, 공간에 대한 이해가 선행 되었을 때 비로소 ㄱ 지리 공간 안에 있는 다양한 속성들을 쉽게 연계시켜 받아들일 수 있기 때문이라고 하겠다.

(1)

일본은 나라 형상이 人 자와 같다. 東山道에서 倭京까지 모두 육지로 연하였고, 近江 호수가 서쪽으로 山陽과 西海의 両道 사이로 흘러 바다가 되므로, 왜경에서 山陽道 육지까지가 오른쪽 다리가 되고, 왜경에서 西海道 한 섬까지가 왼쪽 다리가 되어, 마치 사람이 두 다리를 뻗치고 있는 것 같다. 그래서 서해도의 文字城과 산양도의 赤間関이 상대가 되니, 이는 곧 일본을 왕래하는 통로가 된다.[11]

(2)

대개 그 나라가 바다 가운데 있는 섬이지만, 토지가 넓고 인구가 많았다. 나라에는 8道가 있는데 8도의 고을은 통틀어 66州나 되며, 각 주에 소속된 것도 6백 11郡이나 되었다. 이른바 畿内 5주는 곧 和泉·大和·河内·摂津·山城이 이것이요. 東海道의 15주는 곧 武蔵·常陸·

---

10 알프레트 헤트너 지음, 안영진 옮김(2013) 『지리학 — 역사, 본질, 방법』, 아카넷, 19-20쪽. 공간적 측면에서 지식의 범위 확대 양상은 통신사 외에도 종적·횡적으로 다양하다고 하겠다. 그리스 식민지 시대, 알렉산드로스 대왕의 원정, 로마인들의 정복, 중앙아시아 횡단, 대양의 발견 등을 예로 들 수 있겠다.

11 姜弘重, 『聞見総録』, "日本為国, 形如人字. 自東山道至倭京, 皆是連陸之地, 而近江湖水, 西流入于山陽西海両道之間為大海, 故自倭京至山陽道陸地為右股, 自倭京至西海道一島為左股, 如人有両股之状. 故西海之文字城与山陽之赤間関相対, 此即日本往来之所経也."

上総・下総・安房・相模・甲斐・伊豆・駿河・遠江・三河・尾張・
伊勢・伊賀・志摩가 이것이며, 北陸道 7주는 곧 越後・佐渡・越中・
能登・加賀・越前・若狭이 이것이요.[12]

먼저 살펴볼 인용문은 1624년 사행에 임한 강홍중(姜弘重)의『문견
총록(聞見総録)』에 수록된 일부를 발췌한 것으로, (1)은 일본의 형상을
서술한 부분이다. 강홍중은 일본 반도의 모습이 한 사람이 두 다리를
뻗치고 있는 모양이라고 기술하고 있다. 당시 시기에는 현재와 달리
측량 기술이 발달 되지 않았기에 형상에 대한 전체적인 그림을 제시
하고 있음을 볼 수 있겠다. 이어서 인용문 (2) 부분에서는 지리적 정
보를 조금 더 구체적으로 기록하였는데, 8도(道)의 고을과 66주(州),
그리고 각 주(州)에 소속된 6백 11군(郡)에 대한 기술이 자세하게 담겨
있음을 확인할 수 있다.

혹 지도를 상고하고 혹 소문을 주워 모으고, 혹은 직접 목격한 것
으로 이 기록을 쓰는데 尚古日記 중에 궐오된 곳이 많으므로 보충하
고 고쳐서 더욱 상세하게 하였다. 그러나 이것 역시 대략에 지나지
않는다.[13]

---

12 姜弘重,『聞見総録』, "大概其国雖在海島之中, 而輿地広大, 生歯衆多. 国有八道, 而八道
列邑, 通共六十六州, 各州所属, 通共六百十一郡. 所謂畿内五州, 即和泉大和河内摂津山
城是也. 東海道十五州, 即武蔵常陸上総下総, 安房相模甲斐伊豆駿河遠江三河尾張伊
勢伊賀志摩是也. 北陸道七州, 即越後佐渡越中能登加賀越前若狭是也."
13 姜弘重,『聞見総録』, "或考之地図, 或撫其所聞, 或参以目覩, 有此所録, 而尚古日記中,
多有闕誤処, 故随而補改. 尤加詳悉, 然此亦大略也."

그렇다면 다음으로는 이와 같은 지리적 상황 서술을 위해 어떤 과
정을 거쳤는지 살펴볼 필요가 있는데 위 인용문에서 그 단서를 찾을
수 있다. 강홍중(姜弘重)이 직접적으로 밝힌 바 있듯이 『문견총록(聞見
総録)』에 수록된 일본 지리에 대한 자료들은 기본적으로 지도를 상고
하는 절차를 거쳤으며, 전대 사행록에서 확인 가능한 정보들을 수집
하는 방식을 활용하였다. 나아가 강홍중 같은 경우는 통신사를 통해
일상적인 체험의 기회가 주어짐에 따라 이전과 달리 직접 일본에서
수집한 구전 자료, 그리고 일상 지식 축적 과정에서 획득한 실제 자
료를 추가하여 일본 지리에 대해 서술했음을 확인할 수 있다.

(1)

일본의 맨 동쪽은 陸奧州이고, 맨 서쪽은 肥前州인데, 육오에서 비
전까지 거리는 4천 1백 50리다. 맨 남쪽은 紀伊州, 맨 북쪽은 若狹州인
데, 기이에서 약협까지 거리는 8백 80리이다. 육오의 平和泉에서 夷海
위까지 거리는 3백 리이다. 어떤 사람은 蝦蛦는 곧 우리나라 野人의 땅
이라 한다. 수길이 임진년의 변란 때에 薩摩州를 얻지 못하였으므로,
감히 壹岐島로부터 군사를 내보내지 못하고, 육오에서 바로 조선으로
향하려고 하였는데, 그 바다가 모두 무릎까지 묻히는 湿地이므로 竹籬
를 3백 리나 깔고 兵馬를 건네려고 한 곳이 이곳이다. 어떤 사람이 말
하기를, 길은 가까우나 北海는 바람이 거세어 감히 건너지 못하였다고
도 한다.[14]

---

14 金世濂, 『海槎録』, 「聞見雑録」, "日本極東則陸奧, 極西則肥前, 自陸奧至肥前, 四千一百
五十里. 極南則紀伊, 極北則若狹, 自紀伊至若狹八百八十里. 自陸奧之平和泉, 至夷海上

(2)

　길에서 본 것을 가지고 논하면, 관동에서 왜경까지는 모두 육지이며, 近江湖, 琵琶湖가 서쪽으로 흘러 바다로 들어가면서 비로소 두 개의 다리 모양이 되었다. 한 다리는 왜경으로부터 북서로 비스듬히 뻗어나가 잇따라 큰 육지가 되었으니, 곧 산양도·산음도 등이다. 한 다리는 左和山으로부터 남서로 비스듬히 뻗어나가 섬들이 되었으니, 곧 淡路·南海道·西海島 등이다. 서해도 筑前州의 文字城은 바로 산양도 長門州의 赤間関과 서로 마주 보고 있으면서 바닷길을 드나드는 要衝이 되었다. 대마도에서 下関까지는 모두 끝이 없는 큰 바다이며, 하관에서 대판까지는 비록 육지에 가까운 듯하나, 섬들 사이에 물결이 아주 험하다.[15]

　다음으로 1636년 사행에 임한 김세렴(金世濂)의『해사록(海槎録)』에 수록된「문견잡록(聞見雑録)」을 보면, 이전 시기 강홍중(姜弘重)이 통신사행록에 기록한 내용보다 자세하게 기록되어 있음을 확인할 수 있다. 인용문 (1)에서 주목할 부분은 일본이라는 공간이 일상생활 공간으로 전향됨에 따라 지형에 대한 특징적인 면모에 대한 서술이 부기

三百里. 或謂蝦蛦, 即我国野人之地云. 秀吉壬辰之変, 不得薩摩州, 不敢従一岐島出兵, 欲従陸奥直向朝鮮, 其海皆沮洳没膝, 布竹籬三百里, 欲渡兵馬者此也. 或云道路近而北海風高, 疑不敢渡云."

15　金世濂,『海槎録』,「聞見雑録」, "以道路所見論之, 自関東至倭京, 皆為陸地, 近江湖西流入於海, 始為両股. 一股自倭京而迤北西走, 連為大陸者, 是謂山陰山陽等道也. 一股自佐和山而迤南西走者, 為島嶼, 是謂淡路南海西海等道也. 西海道筑前州之文字城, 政与山陽道長門州之赤間関相対, 為出入海路之要衝也. 自馬島至下関, 皆無邊大洋, 自下関至大坂, 雖似傍陸, 而島嶼之間, 波涛極険."

되었다는 것이다. 이에 서적에서 수집한 자료가 아닌, 실제 일본 지역에서 획득한 정보를 기술함으로써 다양한 일상 지식을 사행록에 기록할 수 있게 되었음을 확인할 수 있다. 김세렴과 같은 경우 관찰을 통한 사실적 지리 지식 수집에서 나아가 현지 사람들에게서 정보를 획득하고 있음을 볼 수 있다. 다음으로 인용문 (2)를 보면, 여기에서 김세렴은 일본의 지세(地勢)를 설명함에 따라 직접 자신이 본 내용을 토대로 일본 지리에 대한 내용을 서술했음을 알 수 있다. 이는 김세렴이 서적을 통해 고증하는 데에서 나아가 실제 일상에서 획득한 지식을 활용했음을 보여준다. 당시에는 계측할 수 있는 기구가 없었으므로 김세렴은 자신의 감각을 활용해 적극적으로 지식을 수집하고 또 기록하였다.

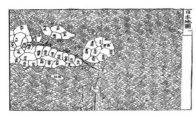

[그림1] 김세렴(金世濂)의 『해사록(海槎錄)』, 「문견잡록(聞見雜錄)」에 수록된 일본지도(日本地図)

 이외에도 김세렴은 「문견잡록(聞見雜錄)」에 일본지도(日本地図)를 삽입해둠으로써 일본 지리에 관한 지식을 담아냈음을 볼 수 있다. 일본의 일상적 지리 공간에 대한 지식을 구축하기 위해 가장 명확한 문헌학적 자료인 지도를 함께 수록함으로써 공간적 측면에서 지식의 범위를 확장시켰다. 지금의 지도와 비교해본다면, 공간을 그림으로 도식화한 모습이라고 할 수 있는데, 당시 일본에 대한 지리적 정보가 부족한 상황에서 통신사라는 일상 경험을 통해 일본지도를 수록할 수 있었다는 점에서 가치를 지닌다.

(1)

対馬島로부터 日光山에 이르기까지 바다와 육지의 여러 駅站·地名·里数·方位·形勝을 낱낱이 갖추어 기록했다. 그 가운데 인구·호수 등은 보는 대로 적은 것으로서 文籍에 의거한 것이 아니니 반드시 다 사실은 아닐 듯하며, 大坂으로부터 江戸까지는 아주 번성하여서 그 수를 헤아리기가 어렵기에 대략 그 大概만을 들었다.[16]

(2)

志志見浦 : 왜말로 施施未于羅. 釜山의 남쪽으로 거리가 水路로 5백 30리이다. 남쪽으로 대마도 府中과의 거리가 30백 리이며 동쪽으로 鰐浦와의 거리가 90리이다. 左右로 산이 둘러싸여서 洞口가 좁고 길며 산봉우리가 높고 험한데 풀과 나무가 무성하며 깊고, 人家가 40~50戸인데 오막살이집으로서 쓸쓸해 보이지만, 港口는 깊어서 船舶들을 간직하기에 알맞다. 이곳은 使行의 順路가 아니지만 臣이 風浪 때문에 뜻밖에 정박한 곳으로서 처음 본 異国의 땅이기에 첫머리에 적는 것이다.[17]

---

16 南竜翼, 「聞見別録」, "自対馬島至日光山, 水陸列站地名里数方位形勝一一備録, 其中人戸之数随見而録, 未拠文籍, 恐未必尽実, 自大阪至江戸極盛, 難計其数, 故略論其概."

17 南竜翼, 「聞見別録」, "志志見浦 : 倭音施施未于羅. 距釜山南水路五百三十里. 南距対馬府中三百里. 東距鰐浦九十里. 左右山擁, 洞狭而長, 峰欑萃岌, 草樹茂深, 人家四五十戸, 而菰屋蕭条, 港口奥深, 便於蔵船. 此非順路而臣因風横泊初見異地故首録之."

　다음으로는 1655년 사행에 임한 남용익(南竜翼)의『부상록(扶桑録)』
「문견별록(聞見別録)을 살펴보고자 하는데, 구성상 〈대마도주세계(対
馬島主世系)〉, 〈관제(官制)〉, 〈주계(州界)〉, 〈도리(道里)〉, 〈산천(山川)〉, 〈풍속
(風俗)〉, 〈병량(兵糧)〉, 〈인물(人物)〉 등으로 나누어져 있으며 각 항목별
로 해당 내용이 자세히 수록되어 있음을 확인할 수 있다. 먼저 인용
문 (1)을 살펴보면, 이 글은 〈도리(道里)〉라는 항목 아래 기록된 것으
로, 작성 내용과 기록 과정에 대해 언급해둔 첫 번째 설명 단락이다.
남용익은 대마도(対馬島)로부터 일광산(日光山)에 이르기까지 바다와
육지의 여러 지리적 지식을 모두 기록했다고 언급하고 있음을 볼 수
있다. 특징적인 점은 인구·호수는 보는 대로 적은 것이며 문적(文籍)
에 의거한 것이 아니라고 밝힌 부분인데, 남용익에 이르면 일본의 여
러 세부적인 사항까지도 직접 확인하고 기록한 것으로 보인다. 또한
남용익은 개인적인 자료 수집에 의한 것이므로 모두 다 반드시 사실
은 아니라고 부기하고 있는데 이는 당시 획득한 지식에 대해 가치
판단을 했다는 점에서 의미가 있다. 남용익과 같은 경우 인식의 층
위가 개입함으로써 자신이 수집한 지식이 확실하다고 단언하지 않
았는데, 이는 이후 통신사행에 임하는 이들이 교정할 수 있도록 여지
를 남겼다는 측면에서 특징적이다.

　다음으로 인용문 (2)를 살펴보면, 「문견별록(聞見別録)의 서술 방식
을 볼 수 있는데, 도리(道里)의 명칭을 먼저 기술한 뒤 왜말로 어떻게
불리는지 병기하는 것을 시작으로 지리적인 특징을 세세하게 기록
하고 있다. 또한 남용익은 지리 지식에 대한 나열에 그친 것이 아니
라 자신의 견해를 부기하고 있는데, '지지견포(志志見浦)'에 대해 기록

하면서는 사행의 경로는 아니나 자신이 풍랑에 의해 뜻밖에 정박하면서 본 이국(異国)의 땅이기에 처음에 기술하였다고 언급하고 있음을 볼 수 있다.

> 내가 우삼동과 더불어 地理를 논의하다가 말하기를, "일찍이 들으니, 陸奧州는 넓고 크기가 가없어서, 북으로 蝦蛦島와 접경이 되어 동서가 50일의 길이요, 남북이 60일의 길이 된다고 하는데, 참으로 그러합니까?" 하니, 그가 말하기를, "전하는 사람이 잘못 말한 것입니다. 육오주가 다른 주에 비하면 조금 크기는 하나 그 지방은 수일의 길에 지나지 않습니다. 그 북쪽에 과연 하이도가 있는데 松前守라 칭하는 자가 관리를 합니다. 본래 큰 지방이 아니며 토질이 나빠서 살 수가 없는 곳입니다. 주민들은 얼굴이 검고 털이 있으며 글도 몰라서 동물과 같은데 다만 의복과 언어가 일본입니다." 하였다.[18]

다음으로 1719년 사행에 임한 신유한(申維翰)의 『해유록(海遊録)』신제술해유록(申製述海遊録) 하(下) 가운데 「부문견잡록(附聞見雑録)」을 살펴보면, 여기에도 일본의 지리에 관한 지식들이 기록되어 있다. 그 가운데 발췌한 위 인용문은 신유한이 우삼동(雨森東)이라 불리던 아메노모리 호슈(雨森芳洲, 1668~1755)와 지리에 관해 논의한 부분인데, 여기에서 신유한은 아메노모리 호슈에게 기존에 자신이 알고 있던 일

---

18 申維翰, 『海遊録』申製述海遊録 下, 「附聞見雑録」, "余与雨森東論方域曰, 嘗聞陸奧州広大無涯, 北接蝦蛦島, 東西五十日程, 南北六十日程, 此果信伝否.東曰, 伝者妄矣. 陸奧比諸州差大, 然其地方不過数日程. 其北果有蝦夷島, 有称松前守者管之. 本非大地, 地悪不可居. 居民面黒有毛, 不識文字, 便同禽獣, 但其被服言語, 為日本人矣."

본의 지리적 지식이 사실인지 아닌지 확인하고 있음을 볼 수 있다. 신유한은 육오주(陸奧州), 즉 현재 동산도(東山道)에 속하는 곳의 크기를 묻고 있으며, 아메노모리 호슈는 잘못된 지리 지식임을 이야기하는 동시에 토질, 그리고 관리자에 대한 설명도 부기하고 있음을 볼 수 있다.

[그림2] 일본의 일상 지리 지식 수집 과정

이에 마지막으로는 지금까지 살펴본 『해행총재(海行摠載)』수록 문견록(聞見錄)을 토대로 일본의 일상적 지리 지식 수집 과정을 정리해 보면, [그림 2]와 같이 도식화할 수 있겠다. 기본적으로 당시에는 일본의 지리 지식을 획득하는 것 자체가 쉬운 일이 아니었으므로 일차적으로는 전대 통신사행록에서 지식을 획득하거나 지도에서 일본의 지리적 공간을 유추하는 과정을 거쳤다고 하겠다. 이후 우리나라 사람들은 통신사를 통해 일본이라는 공간을 일상 공간으로 체험함에 따라, 견(見)의 측면에서 실질적으로 일상 지리를 마주하고 관찰하였는데, 토지의 모양에서부터 시작해 점차 토지 구획에 대한 문제, 그리고 나아가 기후나 일본만의 특징을 직접 보고 기록하기 시작한다. 더불어 문(聞)의 측면에서 현지에서 들은 정보를 수집하고 정리하는 작업을 거치고 있는데, 이는 본격적으로 일본의 일상적 지리 정보를 수집하기 시작했음을 단적으로 보여준다. 더불어 단순한 수집 단계에서 나아가 지리 지식의 진위 여부를 검증하는 과정으로 이행함을 볼 수 있는데, 이러한 검증 과정에 일본 현지 사람이 그 역할을 담당했다. 이렇게 본다면 조선통신사 파견이 종적인 측면에서 지속됨에 따라 일상 지식에 대한 적극적인 분석 및 연구가 이루어지기 시작했다고 정리할 수 있겠다.

2. 일상과 만남 그리고 일본의 일상 문화 포착

이 장에서는 조선통신사가 일본의 일상과 문화를 어떻게 기록하고 있는지 살펴보고자 한다. 주로 의식주에 관한 지식을 어떻게 수집하고 또 기록하고 있는가에 대해 논의를 진행해보고자 한다. 이는 일상 지식의 연구 범주 가운데서도 '일상과 사건'을 확인할 수 있는 자료일 뿐만 아니라 '일상생활의 세계 : 우리 세계, 그들 세계'라는 영역까지도 파악할 수 있는 연구 대상이라고 할 수 있다. 일본이라는 타국에서 접하게 되는 문화, 그리고 다양한 문화적 충격에 대한 사실적 기록은 문화사적 측면에서 의미를 지닌다. 여기에서는 일상에서 확인 가능한 의복, 음식 등의 실질적 지식을 살피는 동시에 조선통신사가 어떻게 우리의 세계와 그들의 세계로 대별되는 일본의 세계를 비교 검토하고 있는지에 초점을 맞추어 분석해보도록 하겠다.

음식할 때엔 漆器를 사용하며, 높은 어른에게는 土器를 사용한다.

275

한 번 사용하면 즉시 버린다. 젓가락만 있고 숟가락은 없다. 남자는 머리털을 짤막하게 자르고 묶으며, 사람마다 短劍을 차고 다닌다. 부인은 눈썹을 뽑고 이마에 눈썹을 그렸으며, 등에 머리털을 드리우고 다리로써 이어, 그 길이가 땅까지 닿았다. 남녀가 얼굴을 꾸미는 자는 모두 그 이빨을 검게 물들였다. 서로 만나면 주저앉아서 礼를 하고, 만약 길에서 존장을 만나게 되면 신과 갓을 벗고 지나간다. 집들은 나무 판자로 지붕을 덮었는데, 다만 천황과 국왕이 사는 곳과 寺院에는 기와를 사용하였다. 사람마다 차 마시기를 좋아하므로, 길가에 茶店을 두어 차를 팔게 되었으니, 길가는 사람이 돈 1文을 주고 차 한 주발을 마신다. 사람 사는 곳마다 천 명, 백 명이 모이게 되면, 시장을 열고 가게를 둔다. 부자들은 의지할 데 없는 여자들을 데려다가 옷과 밥을 주고 얼굴을 꾸미면서, 傾城이라 칭하고, 지나가는 손님을 끌어들여서 유숙시키고, 주식을 먹여 그 대가를 받는다. 그러므로 길가는 사람은 양식을 준비하지 않는다.[19]

위 인용문은 1443년 사행에 임한 신숙주(申叔舟)의 『해동제국기(海東諸国紀)』 가운데 '국속(国俗)'이라는 제목 아래 기술된 것으로 일본의 문화가 기술되어 있어서 일상에서 획득한 지식을 살피는 데 유용하다. 내용을 살펴보면, 음식에 사용되는 그릇과 식기, 그리고 일

---

19 申叔舟, 『海東諸国記』, 「日本国紀」, 〈国俗〉, "飲食用漆器, 尊処用土器. 一用即棄. 有筋無匙. 男子断髪而束之, 人佩短剣. 婦人抜其眉而黛其額, 背垂其髪, 而統之以髢, 其長曳地. 男女冶容者, 皆黒染其歯. 凡相遇, 蹲坐以為礼, 若道遇尊長, 脱鞋笠而過. 人家以木板蓋屋, 惟天皇国王所居及寺院, 用瓦. 人喜啜茶, 路傍置茶店売茶, 行人投銭一文飲一椀. 人居処処, 千百為羣, 開市置店. 富人取女子之無帰者, 給衣食容飾之, 号為傾城, 引過客留宿, 饋酒食而収直銭. 故行者不斎粮."

본 사람들의 외적인 모습, 집의 모양과 자재, 차를 즐겨 마시는 문화, 시장과 가게의 모습 등을 대략적으로 서술하였다. 당시 동아시아의 문화 교류 측면에서 일본의 일상을 접하고 또 기록했다는 점에서 의미를 지닌다. 기술상의 특징으로는 신숙주의 가치 판단이나 견해가 삽입되기보다는 객관적인 사실들이 나열되어 있다는 점을 들 수 있다.

(1)

의복 제도는 남녀 구별이 없이 아롱진 옷을 좋아하는데, 여자들의 의복은 더욱 알록달록한 것을 좋아하였다. 모두 長衣를 입었는데, 이는 全幅으로 만들었다. 남자는 띠가 없고 여자는 띠가 있었는데, 큰 띠를 여러 겹 감아, 우리나라 巾帶 제도와 같았으며, 소매는 매우 넓었으나 다만 한 폭으로 지어서 겨우 팔꿈치만을 가렸다. 남녀가 모두 치마·바지·잠방이 같은 것이 없고, 남자는 한 폭 布帛을 가지고 허리를 둘러 앞에 와서는 그 나머지를 늘어뜨려 배꼽 아래를 가렸으며, 여인은 두 폭을 연해 붙여 대략 치마의 제도와 같이 앞을 가렸으니, 이는 우리나라의 懸布 제도와 같았다. 또 冠·巾·배자·모자의 제도가 없으며, 남자는 수염과 앞머리를 모두 깎고 뒷머리만 남겼는데, 기껏해야 한 줌에 불과하였고, 길이도 5寸에 불과했다. 겹겹으로 돌려 단단히 매고 종이 끈으로 묶어 물들인 布帛으로 쌌다. 아무리 추운 때라도 그 풍속이 원래 皮物은 쓰지 않고, 날이 따뜻하면 맨머리로 다녔다. 簟笠·漆笠·繩笠 등속은 모두 볕을 피하고 비와 눈을 피하는 기구로 그 제도가 우리나라 靑笠의 모양과 비슷하였는데, 나갈 때에는 머리에 쓰고

방에 들어와서는 벗어 반드시 다리 아래에 두었다.[20]

(2)

그 나라가 처음에는 의복의 제도가 없었는데, 百済王 阿花 때에 裁
縫하는 여인을 보내어, 의복을 재봉하는 제도가 그때부터 시작되었다.
이는 倭史에 실려 있다고 한다.[21]

위 인용문은 1624년 사행에 임한 강홍중(姜弘重)의『문견총록(聞見
総録)』중 일부로 의복 제도와 관련된 내용이 상세하게 기록되어 있
어 살펴볼 필요가 있다. 우선 인용문 (1)을 보면, 강홍중은 일상에서
확인 가능한 의복 관련 지식을 기록하였는데 방법적 측면에서 '우리
나라의 의복'과 '일본의 의복'을 비교 대조하는 방식을 활용하였다.
조선통신사는 일본이라는 다른 집단의 사람들을 마주함으로써 그들
이 지니고 있는 모습을 이해하고 일상적인 것으로 받아들이기 위해
우리 집단의 특징과 무엇이 같고 또 무엇이 다른지 정립하려는 태도
를 보인다. 이는 사회적인 측면에서 새로운 지식을 정립하기 위한 시
도로 여겨진다. 자세히 살펴보면, 먼저 일본의 의복을 관찰하여 기
록한 후 우리나라 의복과 어떤 부분이 유사한지에 대해 서술하였음

---

20 姜弘重,『聞見総録』, "衣服之制, 男女無別, 好着斑衣, 女人所着, 尤喜斑爛. 皆着長衣, 而
制以全幅. 男無所帯, 女則有之, 而以大帯屢匝, 如我国巾帯之制, 袖甚広闊而只用一幅,
才掩於肘. 男女皆無裙裳袴褌之属, 男子則用一幅布帛, 環腰至前, 垂其所余, 以掩臍下,
女人則連付両幅, 略如裳制以遮蔽. 此略似我国所謂懸布之制也, 且無冠巾帔帽之制, 男
子則尽削鬢髪, 属只存脳後毛, 而多不過一撮, 長不過五寸. 回匝固結, 以紙縄括之, 以染
色布帛裹之. 日雖甚寒, 其俗本不着皮物, 日暖則露頂以行. 如簞笠漆笠縄笠之属, 皆是避
陽避雨雪之具, 而其制如我国青笠之状, 行則着之, 坐則脱之, 必置股下."
21 姜弘重,『聞見総録』, "其国初無衣服之制, 至百済王阿花時, 貢裁縫女人, 縫衣之制自此
始. 此載倭史云."

을 알 수 있다. 이에 우리나라의 건대(巾帶) 제도, 현포(懸布) 제도를 들어 일본의 의복을 설명했으며, 청립(青笠)의 모양을 예로 들어 이와 유사함을 언급한 바 있다. 나아가 강홍중은 일본의 의복 제도의 유래를 찾기도 하였는데, 왜사(倭史)에 수록된 내용까지 인용하여 그 유래를 고구하고자 하였음을 볼 수 있다. 전체적으로 일상 생활에서 확인 가능한 지식들을 구조화하여 기록하는 데 초점을 맞추고 있다고 하겠다.

(1)

果実은 귤·감귤·감·배·유자·盧橘이 가장 좋고, 대추·밤·살구·능금·황자두(黃紫桃)는 어디서나 생산된다. 밤은 크기가 달걀만 하고, 감은 익지 않아도 맛이 아주 달고 연하여 우리나라 南陽의 물감[水柿]보다 낫다. 무는 뿌리가 가늘고 길며, 배추는 줄기가 가늘고 맛이 좋지 않다. 집집마다 蘘荷·생강을 심는데, 생강은 매우 크고 맛도 좋다. 우엉을 즐겨 먹으며, 오이는 밭에 심기를 좋아하지 않고 흔히 울타리 근처에 심는다.[22]

(2)

말은 갈기를 모두 깎고 편자[蹄鉄]를 달지 않으며, 소는 곡물을 먹이지 않고 늘 산과 들에 놓아먹인다. 개는 모두 몸집이 작으며, 고양이는 대부분 잿빛인데, 고양이는 적고 쥐가 많으므로 고양이 한 마리의 값

---

22 金世濂, 『海槎録』, 「聞見雑録」, "果実則橘柑柿梨柚, 盧橘最佳, 棗栗杏林檎黄紫桃, 無不産出. 而栗大如鶏卵, 柿有不熟而味極甘滑, 勝於我国南陽水柿. 菁則本細而長, 菘則茎細而味不佳. 家家種蘘荷生薑, 而薑甚大味亦佳. 喜食牛蒡菜, 瓜子不喜種田, 多種籬落間."

이 거의 数十金이다. 원숭이는 그곳에서 가장 흔하게 나므로, 곳곳에서 길들여 집안의 노리개로 삼는다. 여우·살쾡이·산달(담비 또는 너구리) 따위는 길가에서 많이 보겠으니 그 흔하게 나는 것을 알 만하다. 매는 꿩 잡는 데에 쓰지 않고 다만 鴟(올빼미 따위) 및 두루미를 사냥하는데, 한 번 두루미를 잡으면, 기이한 매라 하여, 다시 사냥에 나가지 않고, 늘 깍지[韝] 위에 앉혀서 잘 먹여 기를 따름이다. 산닭은 깃털이 곱지 못하며, 맛도 좋지 않다.[23]

다음으로는 1636년 사행에 임한 김세렴(金世濂)의『해사록(海槎録)』에 수록된「문견잡록(聞見雑録)」을 살펴보기로 한다. 인용문 (1)은 과일에 대해 기록한 것인데, 생산 현황을 비롯해 생산된 상품에 대해 평가하고 있음을 볼 수 있다. 감의 경우 익지 않아도 맛이 좋아서 우리나라 남양에서 생산되는 물감보다 상품의 질이 높다고 서술하고 있다. 또 오이의 경우에는 밭에 심기를 좋아하지 않고 흔히 울타리 근처에 심는다고 기술함으로써 일상에서 직접 본 일본의 재배 환경을 포착하고 그 특징을 서술하고 있음을 확인할 수 있다. 다음으로 인용문 (2)는 동물에 대한 기술로, 김세렴은 일본의 생활공간에서 확인 가능한 동물에 대해 나열하고 있음을 볼 수 있다. 김세렴은 일본을 생활공간으로 인식함에 따라 다양한 내용을 서술하고 있는 동시에 흔한 동물과 그렇지 않은 동물을 구분했다는 점에서 일상 지식의 경

---

23 金世濂,『海槎録』,「聞見雑録」, " 馬則尽削鬐鬣, 不着蹄鉄, 牛則不喂穀物, 長放山野. 狗皆体小, 猫多灰色, 而猫小鼠多, 故一猫之直, 幾数十金. 猿則最是其処賤産, 故処処馴擾, 以作庭戯. 狐狸山獺等物, 多見於路傍, 可知其賤産. 鷹則不使捉雉, 只猟鴟及野鶴, 一捉野鶴, 則以為奇鷹, 不復出猟, 長坐韝上, 善養而已. 山鶏則毛羽不華, 味亦不佳."

계를 나누고 있다.

(1)

〈風俗〉

모양이 다르고 제도가 이상하여서 기록할 만한 것이 한 두 가지가
아니지만 그 현저한 것만을 모아 10가지 조목으로 나누었다.[24]

(2)

그 가운데서 우리나라에 없는 것은 원숭이로서 사람처럼 서서 칼춤
을 추는 모습이 극히 요사하고 괴이하다. 새들은 모두 우리나라의 것
과 서로 같으나 닭은 몸뚱이가 크고 맛이 없으며 꿩은 빛깔이 검고 무
늬가 없으며 맛도 그리 좋지 않고 어떤 것은 아주 하얀 것도 있다. 기러
기는 흰 것이 가장 많으며 열 마리 백 마리가 떼를 지어 들밭 가운데 늘
어섰다. 집집마다 비둘기를 키우고 또 가마우지[烏鬼]를 길들여 고기를
잡게 한다. 부엌에서 요릿감으로는 메추리와 오리 등의 물새를 많이
쓴다. 나지 않는 것은 꾀꼬리와 까치이다. 그 가운데서 우리나라에 없
는 것으로는 孔雀이지만, 그 나라에서 나는 것이 아니고 남만으로부터
들여왔다고 한다. 생선은 나지 않는 것이 없는데 도미·銀口魚가 가장
흔하고 청어·대구·갈치·鰱魚·송어·다시마 등의 것은 北陸·山
陰 등의 道에서만 생산되니, 마치 우리나라의 동북 지방에서 생산되는
것과 같다.[25]

---

24 南竜翼, 『扶桑録』, 「聞見別録」, "殊形詭制可記非一, 而撮其表著者分作十条."
25 南竜翼, 『扶桑録』, 「聞見別録」, "其中我国所無者猿猱, 人立剣舞之形, 極其妖怪. 飛禽皆
与我国相同, 而鶏則体大無味, 雉則色黒無文, 味亦不佳, 或有純白者. 雁則白者最多, 十
百為群, 列立於田野中. 家家養鳩, 且馴烏鬼, 使之捉魚, 盤厨之供, 多用鶉鴨水鳥. 不産者

다음으로 남용익(南竜翼)의 『부상록(扶桑録)』「문견별록(聞見別録)을 살펴보면, 여기에서는 일본의 풍속(風俗)을 10가지 특징으로 나누어 기록하고 있다. 이에 '성습(性習), 잡제(雜制), 문자(文字), 궁실(宮室), 의복(衣服), 음식(飮食), 원림(園林), 축산(畜産), 기용(器用), 절후(節候)'라는 항목으로 분류되어 있음을 볼 수 있다. 인용문 (1)은 남용익이 풍속 전반에 대해 기술한 부분으로, 모양이 다르고 제도가 이상하여서 기록할 만한 것이 한 두 가지가 아니지만 그 현저한 것만을 모아 10가지 조목으로 나누었다고 기술함으로써 항목 분류 기준을 제시하고 있다. 이 부분을 통해 단적으로 확인할 수 있듯이 남용익은 직접적으로 일본의 일상을 체험하고 그 이질적인 모습에 다름을 느끼는 동시에 자신의 판단 기준 아래 내용을 서술했음을 볼 수 있다.

다음으로 인용문 (2)는 '축산(畜産)'에 대한 기술로, 남용익 역시 김세렴과 마찬가지로 일본에서 확인 가능한 축산, 그리고 우리나라 축산과 무엇이 다르고 또 같은지 설명하고 있다. 내용을 살펴보면, 남용익은 우리나라에 없는 원숭이를 포착하고 사람처럼 서서 칼춤을 추는 모습이 요사하고 괴이하다고 언급하고 있다. 그 밖에도 공작에 대해 기술하고 있는데, 남만에서부터 수입해서 기르고 있는 상황까지도 파악하고 있음을 볼 수 있다.

(1)

생산되지 않는 것으로는 과일은 柏子와 胡桃이며, 새는 꾀꼬리·까

鶯鵲, 其中我国所無者孔雀, 而亦非土産, 来自南蛮云. 魚則無魚不産, 而道尾魚銀口魚最賎, 青魚大口魚刀魚鱸魚松魚昆布等物, 則只出於北陸山陰等道, 猶我国之産於東北也."

치·매·새매이며, 짐승은 범·표범이 없다. 약에는 인삼이 없고, 음식에는 벌꿀이 없다. 이 두 가지는 다 우리나라에서 얻어다 쓰기 때문에 매우 귀하다. 음식을 달게 하는데는 모두 설탕을 타고, 촛불은 고래 기름과 나무의 즙을 쓴다. 후추[胡椒], 丹木, 설탕, 花糖, 黑角과 공작의 날개 등은 다 일본의 토산이 아니라 혹 중국의 福建 또는 浙江에서 나거나 혹은 남만 여러 나라에서 나는 것들이다. 이것을 그 나라 바다 상인들이 장기도에 내왕하여 금은과 무역해 가기 때문에 일본 사람들이 그것을 얻어다가 東萊에 팔곤 하는데, 우리나라 사람들은 이것을 일본의 특산물이라고 부른다.[26]

(2)

왜인이 고래고기의 膾를 가장 중하게 여겨서 비싼 값으로 사서 손을 접대하는 화려한 찬으로 하나, 부드럽고 미끄럽고 기름져서 별로 다른 맛이 없었다. 내가 통역에게 이르기를, "듣건대, 일본 사람은 큰 고래 한 마리를 잡으면 종신토록 富貴를 누릴 수 있다 하니, 과연 그런가?" 하였더니, 대답하기를, "어찌 한평생에만 그치겠습니까. 대대로 전할 수 있습니다. 公侯貴家에서 고래 회·고래 젓[醢]을 제일의 名品으로 삼아서 중한 값을 아끼지 아니하고, 일본의 灯燭은 다 고래의 기름을 쓰는데 고래고기의 크기가 주먹만한 것이면 능히 기름 한 사발을 취할 수 있으니, 이것은 기름을 파는 이익만도 당장에 1만금을 얻을 수 있

---

26 申維翰, 『海遊録』, 申製述海遊録 下, 「附聞見雑録」, "所不産者, 果無柏子胡桃, 鳥無鸎鵲鷹鸇, 獣無虎豹, 薬無人蔘, 食無蜂蜜. 是二者, 皆得用於我国, 故甚貴. 飲食之甘者, 皆和雪糖, 燭用鯨膏木液. 至於胡椒丹木雪糖花糖黑角孔雀羽等物, 皆非日本土産, 而或出閩浙, 或出南蛮諸国. 是其海賈交通於長崎島, 貿取金銀, 故日本人得之, 転貨於東萊, 則我人呼之為日本物貨云."

고, 이[齒] 기름, 등지느러미[鬐], 수염[鬚]도 다 器物을 만들 수 있어 그 이익이 또한 많으므로, 바다 근처의 사람들에게 捕鯨将이란 것이 있어, 무리를 모으고 재물을 소비하여 그물과 기계를 설치하되, 그것을 잡아 부자가 된 자는 또한 적습니다." 하였다.[27]

마지막으로 1719년 사행에 임한 신유한(申維翰)의 『해유록(海遊録)』 가운데 「부문견잡록(附聞見雜録)」을 살펴보면, 인용문 (1)은 일본에서 생산되지 않는 것들을 기록한 것인데, 인삼과 벌꿀이 토산물이 아니기에 우리나라에서 얻어쓰는 상황임을 말했다. 토산물인지 아닌지에 대해 일상 지식을 분석적으로 분류하고 논의했다는 점이 특징적이라고 하겠다. 다음으로 인용문 (2)는 조금 더 적극적인 측면에서 일본의 일상 지식이 수집되고 있음을 보여주는 실제 사례라고 하겠다. 신유한은 고래고기를 맛본 뒤 고래고기 그 자체를 논의하는 데서 나아가 문화적인 측면에서 논의를 확대하고 있음을 알 수 있다. 일본 사람은 고래 한 마리를 잡으면 오래도록 부귀를 누릴 수 있다고 하는데 그것이 사실인지에 대한 진위 여부까지 확인하고 있다고 하겠다. 신유한의 사행록에 이르면 견문(聞見) 그 자체에 그치지 않고 일본의 일상을 잘 알고 있는 이들과의 적극적인 문답이 이루어지고 있음을 볼 수 있는데, 이는 일상 지식 습득 측면에서 특징적인 양상

27 申維翰, 『海遊録』 申製述海遊録 下, 「附聞見雜録」, "倭人最重鯨膽, 必峻価而買之, 以為宴客之華饌, 柔滑脂沢, 別無異味. 余謂通事曰, 聞日本人捕得一大鯨, 可致終身富貴云, 果然否. 答曰, 奚止於終其身. 可以伝世. 公侯貴家, 以鯨膽鯨醢, 為第一名品, 取之者不惜重価. 日本灯燭, 皆用鯨膏, 而鯨肉一拳之大, 能得膏一盂, 是其販膏之利, 立致万金, 歯膏鬐鬚, 皆造器物, 其利亦衆, 所以海浦居民, 有曰捕鯨将者, 聚徒費財, 設網罟器械, 其得而致富者亦鮮矣."

이라고 하겠다.

3. 일상생활에 관한 인식론적 탐색과 인류학적 접근

이 장에서는 조선통신사가 포착한 일본의 일상을 들여다보는 데서 나아가 인식론적 탐색과 인류학적 접근이라는 측면에서 논의를 진행하고자 한다. 사실상 인식론과 관련해서는 기존 선행 연구를 통해 논의가 일정 부분 이루어졌다고 평가할 수 있는데, 대체로 일본을 긍정적으로 인식했는가 혹은 부정적으로 인식했는가에 대한 판가름으로 진행되어왔다. 따라서 여기에서는 일본이라는 나라를 판단하는 잣대가 긍정적인가 부정적인가에 대한 논의가 아닌, 인식론적 탐색 측면에서 일본에 대한 기록을 살피고자 한다. 이는 일상 지식의 연구 범주 가운데서도 '일상생활에 관한 인식론적, 철학적 탐색'에 해당한다고 하겠다. 그러나 사실상 통신사행을 통해 일본의 발달하는 문물을 보고 새로운 일본 지식을 습득하면서 화이관이 점차 변화하고 나아가 일본을 재인식하는 데까지 이르므로[28] 일본을 긍정했는가 혹은 부정했는가에 대한 인식론적 논의는 더 이상 새로울 것 없는 진부한 결론에 다다르게 할 뿐이다. 그렇다면 이러한 편향된 연구 시각을 회복할 수 있는 방법은 무엇일까 다시 고민해볼 필요가 있다. 이에 필자는 좀 더 시선을 넓혀서 인류학적 접근을 시도해 보고

---

28 정훈식·남송우(2009), 「조선후기 일본지식의 생성과 통신사행록」, 『동양한문학연구』 29, 동양한문학회, 392쪽.

자 한다.

> 民俗은 검소하려 하면서도 실은 검소한 것을 알지 못하고, 文飾하
> 려 하면서도 실은 문식을 알지 못하였다. 검소한 듯하나 검소하지 않
> 고, 문채가 있는 듯하나 문채가 없었다. 性情은 경박하고 언어가 간교
> 하며, 생명을 가벼이 여기는 것을 義로 삼고, 용감히 죽는 것을 영광으
> 로 알았다. 약속을 지키기 위하여 값진 보배도 아끼지 않으며, 자그마
> 한 원험도 반드시 갚아 조금도 참지 못하였다.[29]

먼저 강홍중(姜弘重)이 쓴『문견총록(聞見総録)』가운데 강홍중의 인
식이 개입된 부분을 살펴보면, 일차적으로는 부정적인 인식으로만
일관하고 있음을 확인할 수 있다. 서술적인 측면에서 '민속(民俗)은
검소하려 하면서도'라고 표현하여 판단을 유보하려고도 했으나, 결
국 '실은 검소한 것을 알지 못한다'라고 결론 짓는 구조로 기술했음
을 알 수 있다. 이는 일본이라는 나라가 우리와 다른 타자임을 강하
게 인식하면서 상대성에 대한 개념을 가지고 있었음을 보여주는 서
술이라고 하겠다. 사실상 이국적인 타자성의 발견은 인류학적 조사
의 결과라기보다는 전제 조건이라고 할 수 있는데,[30] 조선통신사 파
견은 그러한 측면에서 일본이라는 타자성을 일상적으로 경험하고

---

29 姜弘重,『聞見総録』, "民俗則欲為倹素, 而実不知倹素, 欲為文飾, 而実不知文飾, 似倹而
　　不倹, 似文而無文. 性情佻儇, 言語巧黠, 軽生為義, 勇死為栄. 然諾為信, 不惜重宝, 睚眦
　　必報, 無少含忍."
30 Johannes Fabian(2014)『Time and the Other Paperback (How Anthropology Makes
　　Its Object)』, Columbia University Press; 버나드 맥그레인 지음, 안경주 옮김(2018)
　　『인류학을 넘어서』, 이학사, 202쪽.

또 그에 대해 판단할 수 있는 기회를 제공했다고 하겠다.

(1)

풍속이 목욕을 좋아하여 한겨울이라도 그만두지 않으므로, 거리마다 목욕하는 집을 지어 놓고 값을 받는데, 남녀가 섞여서 목욕하며 알몸으로 서로 가까이 하면서도 거의 부끄러움이 없다. 손님과 술을 마실 때 첩을 불러내어 술을 권하게 하는데, 함께 같은 잔으로 마시기까지 하며, 손님과 희롱하여 못하는 짓이 없다. 더러는 男倡을 꾸며서 손님을 즐겁게 하며, 평소에도 男色으로 자기를 모시게 하여, 첩보다 더 귀여워한다. 혼인에 같은 성을 꺼리지 않아 사촌 남매가 부부가 되며, 부자가 함께 한 창녀를 상관하여도 또한 그르게 여기는 자가 없으니, 참으로 짐승이다.[31]

(2)

나라의 풍속이 삶을 가볍게 여기고 죽음을 좋아하므로, 한 번 담이 약하다 이름나면 가는 곳마다 받아들여지지 않으며, 차고 있는 칼이 날카롭지 않으면 사람 사이에 끼지 못한다. 칼·창의 자국이 얼굴에 있으면 용맹한 사나이로 지목되어 重禄을 얻고, 귀 뒤에 있으면 도망가는 사람으로 지목되어 배척을 받는다. 대개 독사 같은 독기와 虎狼 같은 탐욕을 갖고서 무력을 믿고 예사로 잔인한 짓을 하며 태연히 싸움을 좋아하는 마음은 천성으로 얻은 것일 뿐만아니라, 법령도 따라서

---

31 金世濂, 『海槎錄』, 「聞見雜錄」, "俗尚沐浴, 雖隆冬不廢, 每於市街頭, 設為沐室收其直, 男女混沐, 露体相狎, 略不羞愧. 与客飲酒, 出其姬妾以侑之, 至同飲一盞, 与客戲無所不至. 或飾男倡以娛客, 平居亦以男色自侍, 嬖之甚於姬妾. 至於嫁娶, 不避同姓, 四寸娚妹為夫婦, 父子并淫一娼, 而亦無非之者, 真禽獸也."

束縛하고, 賞罰도 따라서 駆使한다. 그러므로 장수들의 태반이 노둔한 재질이지만 남에게서 死力을 얻을 수 있고, 졸개들의 태반이 연약하되 모두 적을 대하여 죽기로 다툰다.[32]

다음으로 살펴볼 위 인용문은 김세렴(金世濂)의 『해사록(海槎錄)』, 「문견잡록(聞見雑錄)에서 발췌한 것으로 이 부분 역시 표면적으로는 일본에 대한 부정적 인식을 읽어낼 수 있는 것이 사실이다. 그런데 이러한 단순한 인식론적 판단을 차치하고 본다면, 위의 글은 김세렴, 그리고 더 확장해서는 우리나라 사람이 당시 지니고 있던 관습적 인식이 얼마나 견고하였는지를 포착할 수 있는 자료로 전환된다. 인류학적 측면에서 차이를 어떻게 인식하고 있는가에 초점을 맞춰 다시 읽어본다면, 문화적 차이를 용납하지 못하고 있음을 들여다볼 수 있는 것이다. 그렇다고 하여 김세렴이 편견 없는 시선에서 일본을 보지 못하고 또 인식론적, 철학적 탐색을 하지 못했다고 하여 수준이 떨어진다고 평가 절하할 수 있는 사항은 아니다. 단지 인류학적 지식사 측면에서 당시 우리나라 조선통신사가 지니고 있던 인식론적 태도를 파악할 수 있을 뿐이다. 새로운 인류와의 만남, 일본인들과의 조우는 당시 우리에게는 패러다임의 혁명을 불러오는 행위였음을 감안한다면, 낯선 것들에 대해 보수적인 태도를 취할 수밖에 없었으리라 생각된다.

이에 인용문 (1)은 일본 사람들이 목욕하는 풍속, 술자리의 모습,

---

32 金世濂, 『海槎錄』, 「聞見雑錄」, "国俗軽生好死, 一名胆薄則到処不見容, 佩刀不精則不歯人類, 刀槍之痕在面前, 則指為勇夫而得重禄, 在耳後則指為善走而擯斥. 蓋蛇虺之毒虎狼之貪, 阻兵安忍. 囂然好戦之心, 不惟得之天性, 法令又従而束縛之, 賞罰又従以駆使之. 故其将太半奴才, 而能得人死力, 其卒太半脆弱, 而皆能向敵争死."

혼인에 대한 인류학적 접근을 시도하면서도 편향된 시선으로 기록
이 이루어졌음을 볼 수 있다. 다음으로 인용문 (2)는 성품에 대한 특
징을 기술한 것인데, 삶을 대하는 태도를 언급하면서 죽음, 탐욕, 싸
움, 다툼이라는 키워드로 일본 사람을 규정하고 있다.

> 우리는 어떤 대상에 대해 말하는 것만으로도 우리 자신이 객관적이
> 라고 믿어버린다. 하지만 그 대상은 우리가 먼저 선택한 것이기에 우
> 리가 그것에 대해 드러내는 것보다 그것이 우리에 대해 더 많이 드러
> 낸다.(Gaston Bachelard)[33]

이에 김세렴(金世濂)의 문견록(聞見錄)을 가스통 바슐라르(Gaston Bachelard,
1884~1962)라는 프랑스 철학자의 언급과 엮어서 논의해보면, 김세렴의
시선은 객관적인 것 같지만 사실상 포착하고 싶은 부분만을 선택해
드러낸 것임을 알게 된다. 나아가 이러한 기록은 일본의 일상을 보
여주는 듯 하지만 실질적으로는 김세렴, 그리고 당시 우리에 대해 더
많은 자료를 제공하고 있다. 조선통신사를 통해 우리는 일본의 일상
을 만날 수 있는 동시에 우리가 어떻게 타자와의 차이를 인지하고
또 개념화했는지를 명확히 볼 수 있는 것이다.

〈性習〉
모든 사람들의 성품은 대개 가볍고 잔꾀가 많으며 재치 있고 간사하

---

33 버나드 맥그레인 지음, 안경주 옮김(2018), 앞의 책, 9쪽.

여서 남의 뜻을 잘 맞추며, 기쁨과 성냄을 節制하지 못하여 속에 깊이 간직하지 못한다. 기쁠 적에는 말과 웃음으로 '예, 예'하며 정성껏 마음을 기울이다가도 성이 나면 큰 소리로 떠들며 날뛰어 죽고 사는 것을 가리지 않고, 실끝만한 은혜도 반드시 갚으며 털끝만한 원한도 반드시 보복을 한다. 몸가짐이 경솔하여 설사 벼슬이 높은 사람이라도 기거와 동작이 조금도 절도가 없고, 때로 혹시 뜻이 발동되면 자제하지를 못하여 마치 날뛰며 노는 어린아이들 같으니 아마 그들의 천성이 그러한 것 같다. 성품이 칼 차기를 좋아하여 위아래에 두 자루의 칼을 차며, 오직 두 宗派의 僧侶와 文士만은 차지 않는다. 富하고 貴한 자는 세 자루를 차기도 하며, 가난하고 비천한 자는 한 자루만을 차는데 잠자고 밥먹을 적에도 역시 풀어놓지 않는다. 성품이 꿇어앉기를 좋아하여 어떤 때는 종일토록 게을리하지 않으며, 7~8세의 어린아이들도 또한 꿇어앉기를 잘하여 応対함이 마치 어른들과 같다. 성품이 안정하게 잠을 자지 못하여 더러는 촛불을 밝히고 꿇어앉아 밤을 새우는 자도 있다.[34]

다음으로 남용익(南竜翼)의 『부상록(扶桑錄)』「문견별록(聞見別錄)을 살펴보고자 하는데, 이전 시기에 작성된 문견록(聞見錄)에 비해서 관찰이 세밀해짐에 따라 자세한 설명이 첨부되어 있다. 남용익의 기술에서도 일본이라는 낯선 사람, 낯선 일상의 장면들을 목도하고 여러

---

34 南竜翼의 『扶桑錄』 「聞見錄』, "凡人性稟, 軽偄巧黠, 善伺人意, 喜怒不節, 未嘗含蓄. 喜則言笑唯諾, 款款傾倒, 怒則叫噪跳躍, 不知生死, 糸恩必酬, 髪怨必報. 持身甚軽, 雖官高之人, 興居歩趨, 少無節奏, 時或意発, 則不知裁制, 有同挑達小児, 蓋其天性然也. 性好佩劍, 上下二劍, 唯両宗僧及文士不佩. 富而貴者或佩三, 貧且賎者只佩一, 眠食之時, 亦不解. 性好跪坐, 或至終日不懈, 髻齔小童, 亦能危坐, 応対如成人. 性不安寝, 或有明燭危坐而達曙者."

상황을 예시로 제시하면서 부정적인 견해를 표출하고 있음을 볼 수 있다. 특이한 점은 인류학적 측면에서 일본의 일상을 들여다보면서도 모든 행위를 일본 사람의 성품과 연결하고 있다는 것이다. 예를 들어보면 성품이 사치하기를 좋아하여 경쟁한다는 식의 논리 구도가 처음부터 끝까지 이어지는 것이다.

> 우리는 우리의 방식으로 세상을 본다. 그것은 세상이 그렇기 때문이 아니라 우리가 그러한 관점을 가지고 있기 때문이다.(Ludwig Wittgenstein)[35]

루드비히 비트겐슈타인(Ludwig Wittgenstein, 1889~1951)이라는 오스트리아 출생의 영국 철학자의 언급을 기반으로 남용의 문견록(聞見錄)을 살펴보면, 우리는 우리의 방식과 관점으로 일본을 바라보았음을 다시 한번 알 수 있다.

(1)

내가 우삼동에게 묻기를, "일본의 풍속이 자고로 생명을 가볍게 여겨서 성이 나면 반드시 스스로 목을 찌르고 스스로 배를 가르므로 官에서 매질하여 문초하는 법이 없다 하니, 과연 그러하오." 하니, 우삼동이 대답하기를, "살기를 좋아하고 죽음을 싫어하는 것은 사람의 常情인데, 일본 사람이라고 어찌 홀로 그렇지 않겠습니까. 다만 薩摩州는 풍속이 특수하여 일을 당하여 걸핏하면 죽고 맙니다. …(중략)… 내

---

35 버나드 맥그레인 지음, 안경주 옮김(2018), 앞의 책, 9쪽.

가 이르기를, "그렇다면 그것은 燕趙의 節士 俠士들과 풍속이 같은데, 그 가운데 혹 칭찬할 만한 気節 있는 사람이 있습니까?" 하니, 답하기를, "옛글에 있는, 몸을 죽여 仁을 이룬다 함과, 삶을 버리고 義를 취한다 함은 군자도 어렵게 여기는 바이어늘, 살마주에서는 사람마다 이와 같으니, 어찌 기절이라 말할 것이 있겠습니까. 대개 그 지방의 풍속이 기괴한 것입니다."하였다.[36]

(2)

우삼동이 나에게 이르기를, "일본의 어느 일이 조선과 서로 같습니까?" 하므로, 나는 답하기를, "京都에 이르러 길에서 물건을 파는 남녀가 외치는 음성을 들으니 우리 서울의 남녀와 흡사하고, 여러 사람이 모여 앉아 음식을 먹는 모양을 보니 우리나라 중들이 모여 앉아 밥 먹는 모양과 흡사하고, 그 나머지는 같은 것이 없습니다."하였다. 또 묻기를, "어떤 일이 중국과 서로 같은 것이 있습니까?"하였다. 나는 답하기를, "나는 중국을 보지는 못하였는데 다만 책에서 전한 것으로 말한다면 일본에서 집집마다 차를 마시는 것과 여자의 머리를 쪽진 모양이 가장 비슷하고, 물건을 운반할 때에 반드시 어깨로 메는 것이 또한 중국 사람들의 삼태기를 메고 시루를 메는 것과 같습니다." 하였다. 우삼동이 말하기를, "일본에는 세 가지 좋은 것이 있으니, 문둥이 惡疾이 없고, 저주 蠱毒으로 사람을 해치는 변이 없고, 백성이 官長을 죽이는

---

36 申維翰,『海遊録』申製述海遊録 下,「附聞見雑録」, "余問雨森東曰, 日本民俗, 自古軽生, 怒必自刎其頚, 自剖其腹, 所以官無箠楚訊刑之法云, 果然否. 東曰, 好生悪死, 人之情也, 日本人奚独不然. 但薩摩州民俗自別, 遇事輒死. …(중략)… 曰然則此与燕趙間節俠同風, 其中或有気節可尚者乎. 答曰伝所謂殺身成仁, 舎生就義, 君子之所難, 而薩摩州則人人如此, 豈有気節之可論. 概其土風奇怪云."

일이 없는 것입니다."하였다.[37]

　마지막으로 신유한(申維翰)의『해유록(海遊録)』가운데「부문견잡록
(附聞見雑録)」을 살펴보기로 한다. 신유한의 문견록(聞見録)을 보면 이
전 통신사행록과는 다름을 확인할 수 있는데 우삼동(雨森東) 즉, 아메
노모리 호슈(雨森芳洲, 1668~1755)와의 대화에 주목할 필요가 있다. 인용
문 (1)에서는 신유한이 아메노모리 호슈에게 일본의 좋지 않은 풍속
에 대해 진위 여부를 묻고 있으며, 아메노모리 호슈는 어찌 일본 사
람이라고 상정(常情)이 다르겠느냐고 반문함으로써 일본 사람 전체
가 이질성을 가지고 있는 것이 아님을 드러냈다. 다만 살마주(薩摩州)
라는 지역의 풍속이 특수한 것이므로 특수성을 보편적인 양상으로
보지 않아야 한다고 답하였다.

　다음으로 인용문 (2)에서는 역으로 아메노모리 호슈가 신유한에
게 일본과 조선이 어떤 점에서 같은지 또 일본과 중국의 공통점은
무엇인지 묻고 있음을 볼 수 있다. 여기에서 확인할 수 있는 사항은
총 3가지로 대별되는데, 첫 번째는 일상 지식을 얻은 경우와 그렇지
않은 경우에 대한 차이가 드러난다는 것이다. 신유한의 경우 통신사
를 통해 일본의 일상은 접하였지만, 중국 체험 기회가 없었으므로 중
국과 관련해서는 서적에서 얻은 지식을 토대로 답하고 있기 때문이

37　申維翰,『海遊録』申製述海遊録 下,「附聞見雑録」, "雨森東謂余曰, 日本何事与朝鮮相
　似. 余答曰, 至京都而聞男女行販於道者, 呼喚之声, 恰似我京男女, 見衆人会坐飲食之
　状, 如我国僧徒会食, 余無所同. 又問何事与中国相似. 曰我未見中国, 但以得於書籍者言
　之, 日本之家家茶飲, 及女子頭髻最近, 運物必以肩荷者, 亦華人之荷簣荷篠荷甀之類. 雨
　森東曰, 日本有三事可楽, 無風瘡悪疾, 無咀呪蠱毒害物之変, 無下民殺官長之事云."

다. 두 번째로는 신유한이 일본을 바라보는 시선을 추적할 수 있는
데, 음성이 비슷하고 밥 먹는 모습이 중과 같을 뿐 나머지는 하나도
같지 않다고 언급한 부분에 주목할 필요가 있다. 전대 통신사행록과
달리 부정적인 시선으로만 일관하지는 않았지만, 여전히 일본이라
는 공간에서 일본 사람을 타자로 인식하고 있음을 볼 수 있다. 세 번
째로는 아메노모리 호슈가 우리에게 일본에 대한 인식 교정에 얼마
나 영향을 미쳤는지 파악할 수 있는데, 아메노모리 호슈는 일본의
좋은 점 3가지를 들었고 김세렴은 그와의 대화를 문견록에 기록하
였다는 점이 특징적이다.

4. 맺음말

이 글은 『해행총재(海行摠載)』에 수록된 문견록(聞見錄)을 중심으로
조선통신사의 눈으로 본 일본의 일상 지식을 확인하기 위해 기획된
것이다. 그에 따라 조선시대에 일본을 방문한 이들의 다양한 기록들
이 담겨있는 『해행총재』를 중심으로 논의를 진행하고자 했으며, 그
중에서도 일본의 일상 지식이 자세히 담겨있는 문견록을 주요 연구
대상으로 삼았다.

지금까지 논의한 사항들을 대략적으로 정리해보면, 2장에서는 일
상 지식의 개념 정리를 필두로 조선통신사가 포착한 일상 지식의 갈
래를 구분하였다. 나아가 『해행총재(海行摠載)』에 수록된 문견록(聞見錄)
을 개관하여 연구 대상 자료를 1443년 사행에 임한 신숙주(申叔舟)의

『해동제국기(海東諸国紀)』, 1624년 사행에 임한 강홍중(姜弘重)의 『동사록(東槎録)』에 수록된 「문견총록(聞見摠録)」, 1636년 사행에 임한 김세렴(金世濂)의 『해사록(海槎録)』에 수록된 「문견잡록(聞見雑録)」, 1655년 사행에 임한 남용익(南竜翼)의 『부상록(扶桑録)』 「문견별록(聞見別録)」, 1719년 사행에 임한 신유한(申維翰)의 『해유록(海遊録)』 신제술해유록(申製述海遊録) 하(下) 가운데 「부문견잡록(附聞見雑録)」으로 확정하였다.

이어서 3장에서는 『해행총재(海行摠載)』 문견록(聞見録)에 나타난 일본의 일상 지식을 몇 가지 주제로 구획하였다. 첫 번째는 '일본, 비일상에서 일상적 지리 공간으로의 전향'이라는 주제로 논의를 진행하였는데, 인간의 거주지 확대는 지식의 확대로 직결되었으며, 다양한 형태의 탐험적 행위는 공간적 지식의 범위를 확대시켜왔다고 판단하였기 때문이다. 조선통신사로 파견된 이들은 일차적으로 일본이라는 지리 공간에 대한 탐색을 진행하는 면모를 보이므로, 문견록에서 확인 가능한 관련 기록들을 살폈다. 그 결과 『해행총재』 수록 문견록을 토대로 일본의 일상적 지리 지식 수집 과정을 도식화함으로써 다양한 층위의 지식 수집 양상을 밝혔다.

두 번째로는 '일상과 만남 그리고 일본의 일상 문화 포착'이라는 주제로 논의를 진행하였는데 여기에서는 조선통신사가 일본의 일상과 문화를 어떻게 기록하였는지 살폈다. 이는 일상 지식의 연구 범주 가운데서도 '일상과 사건'을 확인할 수 있는 자료일 뿐만 아니라 '일상생활의 세계 : 우리 세계, 그들 세계'라는 영역까지도 파악할 수 있는 연구 대상이라는 점에서 의미를 지닌다.

세 번째로는 '일상생활에 관한 인식론적 탐색과 인류학적 접근'이라는 주제로 논의를 진행하였다. 인식론, 즉 일본을 긍정적으로 보았는가 부정적으로 보았는가를 주로 다룬 선행 연구와 달리 인류학적인 시선에서 통신사행록을 다시 분석하고자 하였다. 이에 일부 자료들에서는 우리나라의 관습적 인식의 견고함을 발견하였고, 또 인류학적으로 문화적 차이를 용납하고 있지 않은 모습도 포착할 수 있었다. 또한 아메노모리 호슈와 대화하며 타자를 새롭게 이해하려는 시도도 이어졌음을 확인하였다. 이러한 자료들은 일본의 일상을 포착하는 조선인의 시선 속에서 도리어 우리를 들여다볼 수 있었다는 점에서 의미를 지닌다고 하겠다.

　종합해보면, 이 글은 『해행총재(海行摠載)』에 수록된 문견록(聞見錄)을 다루면서도 일본을 '일상' 그리고 '지식', 나아가 '일상 지식'으로 읽어내기 위한 시도라고 할 수 있다. 이는 기존에 『해행총재』에 수록된 개별 사행록에 대해서는 대략적으로 일정 부분 연구가 진행되었으나, 문견록만 추출하여 '일상 지식'을 살핀 연구가 없다는 문제의식에서 비롯된 것이다. 아울러 기존 선행 연구의 답습에서 벗어나 '지리', '문화', '인류'라는 차원에서 다시 읽는다면 새로운 지점을 포착할 수 있으리라는 기대도 한 편에 자리하고 있었다. 그런데 객관적으로 이 글을 자체 평가한다면 여전히 이 글 역시도 선행 연구의 자장 안에 위치한 느낌을 지울 수 없는 것도 사실이다. 물론 연구 대상의 구획, 그리고 텍스트를 읽는 시각의 변주를 추구한 점도 없지는 않으나, 통신사행록 연구의 단조로움이라는 한계를 뛰어넘기에는 여전히 부족하다는 생각이 든다. 그러나 이 글은 조선인의 시선에 집중하기보다는, 당시 일본의 일상이라고 할 수 있는 모든 것들에 초점을 맞춤으로써 당대 일본을 들여다봤다는 점에서는 일면 의미를 지닌다고 하겠다. 아울러 통신사행록 텍스트에 담긴 다양한 지식을 지리학, 문화사, 그리고 인류학 측면에서 들여다보고자 시도했다는 점에 의미를 두며 글을 마치고자 한다.

〈부기〉
이 글은 『동방문화와 사상』 13, 동양학연구소, 2022에 게재된 논문을 수정·보완한 것임.

일본 근세의 일상문화

제11장

도시 에도의 일상을 통해 보는 '지속가능성'

정 경 진

1. 들어가며

에드워드 버넷 타일러(Edward Burnett Tylor)는 『원시문화』에서 '문화란 무엇인가'라는 질문에 대해 '지식, 믿음, 기술, 도덕, 법, 관습 그리고 사회 구성원으로서 인간이 습득한 다른 모든 능력과 습관을 포함한 복합한 전체'라고 정의하였다.[1] 그의 정의는 큰 틀에서 사회 즉 공동체와 그 구성원, 사람에 초점이 맞추어져 있으며 이들이 공동체 속에서 '일상의 영위를 위해 필요한 것'을 문화로 보고자 했음을 알수 있다. '일상'이라는 개념이 생활 전반의 문화를 포함하고 있다는

---

[1] 에드워드 버넷 타일러 저자(글), 유기쁨 번역(2018)『원시문화 1 신화, 철학, 종교, 언어, 기술, 그리고 관습의 발달에 관한 연구』, 아카넷, 19쪽.

사실은 현대를 살아가는 우리의 삶을 돌아보더라도 쉽게 이해할 수 있는데 300년 전 에도 사회에 있어서도 이는 크게 다르지 않았다는 점을 언급해 두고자 한다. 일상 문화의 범주는 다양하지만 본고에서는 가장 기본이 되는 의시주에 초점을 맞추어 '지속가능성'의 관점에서 에도 서민의 일상 문화를 고찰해 보고자 한다.

18세기 초 이미 인구 100만을 넘어선 세계 최대 규모의 대도시 에도는 봉건제도를 기반으로 막부(幕府)의 장군인 쇼군(将軍)부터 각 지역의 영주 다이묘(大名), 시배 계층인 무사, 도시에 거주하는 상공업자를 가리키는 조닌(町人) 등 다양한 계층의 사람들이 각자의 일상 문화를 영위하던 공간이다. 주목할 것은 다양한 계층과 직업의 사람들이 에도라는 도시에서 공존하며 보내는 일상의 저변에는 '순환'과 '지속가능성'이라는 가치관이 존재했다는 점이다. 즉, 흔히 '순환'이나 '지속가능성'이라고 하면 Recycle이나 Reuse, Repair 등을 떠올릴 것인데 이러한 가치관이 단순히 환경 보호의 관점에만 국한된 것이 아니라 일상 문화와도 밀접한 관계를 갖는다는 점이다. 특히 본고의 문제의식은 2015년 UN에 의해 채택된 SDGs(지속가능발전목표)가 최근 전 세계의 공통 목표로 주목받으며 일상에서 SDGs를 실천하고자 하는 움직임이 활발하다는 점, 특히 SDGs 중에서도 '양질의 일자리와 경제 성장'을 비롯한 '지속 가능한 도시', '지속 가능한 소비와 생산' 등의 항목이 에도 사회의 지속가능성과도 관련이 있다는 점에서 출발한 것이다.[2]

---

2 전 세계 빈곤을 종식하고 지구를 보호하며, 2030년까지 모든 사람이 평화와 번영을 누릴 수 있도록 보장하기 위한 목표로 내걸고 있는 SDGs는 2016년부터 2030년

이러한 배경과 문제의식을 바탕으로 본고에서는 먼저 기모노를 중심으로 에도 서민의 순환형 소비문화에 대해 살펴본 후 '다양한 직업'을 통해 노동 문화의 지속가능성을 확인할 것이다. 마지막으로 '나가야'라는 주거 공동체의 양상을 통해 커뮤니티를 바탕으로 한 일상 문화에 대해서도 생각해 보고자 한다. 이 세 가지 테마는 모두 '지속가능성'과 '순환'이라는 키워드를 포함하고 있는데 에도 서민의 일상 문화 속에서 무엇이 이를 가능하게 했는지 생각해 보는 것이 본고의 목적이다.

2. '아까움(もったいない)'를 남기지 않는 순환형 소비

일본인들이 자주 사용하는 말 중에 '아깝다'라는 의미의 '못타이나이(もったいない)'라는 표현이 있다. 『일본국어대사전』에 의하면 'もったいない'는 ① 황송하다, 과분하다 ② 사용할 수 있는 물건이 버려지거나 일할 수 있는 사람이 능력을 제대로 발휘하지 못해 안타까

까지 시행되는 유엔과 국제사회의 목표로 총 17개의 세부 목표를 갖고 있다. 즉, 모든 형태의 빈곤 퇴치, 기아 해소와 지속 가능한 농업, 건강과 웰빙, 양질의 교육, 양성평등, 물과 위생, 깨끗하고 저렴한 에너지, 양질의 일자리와 경제 성장, 혁신과 인프라 구축, 불평등 완화, 지속 가능한 도시, 지속 가능한 소비와 생산, 기후 변화 대응, 해양 생태계, 육상 생태계, 평화와 정의 제도, 파트너십이다. 아울러 본고가 본문에서 인용한 세 가지 목표의 세부 설명은 다음과 같다. '양질의 일자리와 경제 성장-모두를 위한 지속적이고 포용적이며 지속 가능한 경제 성장 및 완전하고 생산적인 고용과 양질의 일자리 증진', '지속 가능한 도시-포용적이고 안전하며 회복력 있고 지속가능한 도시와 정주지 조성', '지속 가능한 소비와 생산-지속 가능한 소비 및 생산 양식 보장'(출처: 위키백과)

운 마음이라는 뜻이다. 현대 일본어에서도 어떤 물건이든 낭비하지
않고 소중히 다루어 오래 써야 한다는 의미로 널리 사용되고 있는데
일본인의 소비관을 단적으로 나타내는 말이라 할 수 있다. 그런데
에도 서민의 소비를 지속가능성의 관점에서 살펴보면 이러한 의미
를 뛰어넘어 '아까움 자체를 남기지 않는 완전 소비'를 지향하고 순
환형 소비문화를 실천하고 있었음을 알 수 있다. 이를 일본인의 의복
인 기모노를 중심으로 살펴보고자 한다.

[그림 1] 기모노를 짓는 여인들 (니시카와 스케노부(西川祐信),
『햐쿠닌조로시나사다메(百人女郞品定)』권2, 1723)[3]

우선 남녀를 불문하고 어른용 기모노는 폭이 좁고 긴 한 장의 천으
로 제작하는 것이 보통인데 앞판과 뒤판, 옷깃과 소매, 솔기(자락) 등의
부분을 천의 낭비를 최소화하며 만들게 된다. 한 장의 천으로 이어진

---

3 일본국립국회도서관디지털컬렉션, 「西川祐信, 『百人女郞品定』2卷」(청구기호: 寄
別5-6-4-1), https://dl.ndl.go.jp/pid/2541151/1/32(검색일: 2021.11.20.)

기모노의 특징은 어떤 체형의 사람에게도 잘 맞으며 이후 체형이 변하더라도 직선 재봉이기 때문에 수선이 쉽다는 점이다. 그런 이유로 기모노를 처음 구매할 때는 포목을 남김없이 재단해 지은 후 언제든지 늘려 입을 수 있도록 넉넉한 천으로 몸에 맞게 만들었다가 필요할 때마다 다시 재봉해 입을 수 있도록 하였다. 기모노는 물려 입는 경우도 많았는데 천의 마모로 더 이상 입기 힘들어지면 천을 잘라 다른 기모노에 덧대거나 기저귀, 전통 신발인 게타의 끈인 하나오(鼻緒), 걸레 등으로 사용하였다. 이마저도 불가능해지면 마지막에는 가마의 연료로 소각하고 이때 발생한 재는 전문 수거 업자인 하이가이(灰買い)에게 팔게 되는데 매입된 재는 도심에서는 염색 점포인 고야(紺屋)나 주조(酒造)업을 하는 가게에서 사용되거나 농촌 지역에서는 비료로 쓰이기도 해 재는 그야말로 '돈이 되는' 중요한 자원이었다. 이러한 선순환 사이클을 기모노의 완전 소비, 순환형 소비라 정의할 수도 있을 것이다.

[그림 2] 하이가이(灰買い) (기타가와 기소(喜田川季莊),
『모리사다만코('守貞謾稿)』권6)[4]

---

4 일본국립국회도서관디지털컬렉션, 「喜田川季莊, 『守貞謾稿』巻6」(청구기호: 寄別

　기모노의 재료가 되는 직물에는 비단(고후쿠, 呉服)과 면(후토모노, 太物)이 있다. 비단 기모노의 경우 경제적으로 여유 있는 이들이 니혼바시(日本橋)의 포목점인 고후쿠야(呉服屋)를 찾아 제작하게 되는데 대표적인 상점으로는 미쓰이에치고야(三井越後屋, 현 미쓰코시 백화점), 다이마루야(大丸屋, 현 다이마루 백화점), 시로키야(白木屋, 현 도큐백화점의 전신) 등이 있다. 이러한 고후쿠야에서는 기본적으로 포목을 판매하였는데 소비자가 마음에 드는 포목을 구입한 후 옷을 맞춤 제작했기 때문에 시간과 돈이 많이 드는 것은 당연한 일이있다.

[그림 3] 고후쿠야의 모습(구와가타 게이사이(鍬形蕙斎),
『職人尽絵詞』제2축)[5]

　반면 에도 서민에게는 이러한 경제적 시간적 여유가 없었기 때문에 대부분 면으로 제작된 기모노를 입었다. 흥미로운 사실은 이 역

　　13-41), https://dl.ndl.go.jp/pid/2592395/1/13(검색일: 2021.11.15.)

　5　일본국립국회도서관디지털컬렉션, 「鍬形蕙斎, 『職人尽絵詞』第2軸(청구기호: 寄別13-41), https://dl.ndl.go.jp/pid/11536005/1/9(검색일: 2021.11.15.)

시도 새 기모노가 아닌 중고 기모노를 사는 것이 일반적이었다는 사실이다. 이들의 수요 덕분에 에도에는 기모노 리사이클숍에 해당하는 '후루기야(古着屋)'가 다수 존재했다. 에도의 후루기야는 간다(神田) 야나기하라노쓰쓰미(柳原堤)를 비롯하여 니혼바시를 중심으로 도미야마초(富沢町)와 면 직물의 도매상이 모여있던 오덴마초(大伝馬町), 고덴마초(小伝馬町)에 집중되어 있었다.

이 중 야나기하라노쓰쓰미에서는 후루기야 중에서도 니혼바시 주변 후루기야 보다 저렴한 면 기모노를 팔았다고 하는데 에도 후기의 그림 명소기인 『에도메이쇼즈에(江戸名所図会)』(1834)에도 도로변에 늘어선 후루기야와 중고 기모노를 사려는 사람들로 북적이는 모습이 선명히 그려져 있다. 한편 후루기야는 오래된 포목의 유통에도 큰 역할을 한 것으로 알려져 있다. 특히 17세기 중반 경 에도의 후루기야는 매입한 중고 기모노를 목화를 재배하지 못하는 지역에 판매했을 뿐 아니라 평상시에도 엄격한 재고 관리를 통해 수요와 공급의 균형을 맞추어 자원 절약에 힘썼다고 하는데[6] 이는 단순히 다량의 판매만을 목적으로 하고 있었던 것이 아님을 알 수 있다.

---

6 大塚康平・植田憲・宮崎清・朴燦一(2003)「資源循環型文化・裂き織りに使用される古布の流通機構」,『デザイン学研究』50, 一般社団法人日本デザイン学会, 60쪽.

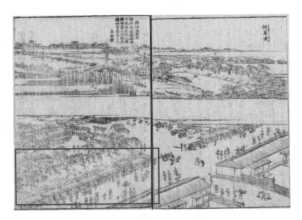

[그림 4] 야나기하라쓰쓰미(柳原堤)의 후루기야(왼쪽 하단)
(『에도메이쇼즈에』 7권)[7]

　　한편 기모노의 리사이클과 기모노 소비의 순환 구조를 가능케
한 요인으로 후루기야와 공생한 후루기가이(古着買い)라는 행상의
존재도 주목할만하다. 후루기가이는 직접 발로 뛰며 경제적으로
여의찮아 기모노를 팔고자 하는 사람들에게서 직접 기모노를 사들
여 후루기야에 전매하는 상인을 말하는데 중고 기모노의 유통 구
조의 면에서도 중요한 역할을 한 것으로 알려져 있다. 특히 도미야
마초에는 중고 기모노를 매매하는 도매상들이 모여있었는데 이곳
에는 에도뿐 아니라 오사카 지역의 기모노까지 유입되었다고 한
다. 중고 기모노 중에는 무가나 공가(公家), 사원과 유복한 상인, 부
농 등이 처분한 것도 많았으며 일단 이곳에 집결된 중고 기모노는
중개인과 소매상들에 의해 각 후루기야로 팔려나가게 된다. 매일

7 　일본국립국회도서관디지털컬렉션, 『『江戸名所図会』7권, 柳原堤』(청구기호: 839-57),
　　https://dl.ndl.go.jp/pid/2563380/1/60(검색일: 2021.11.16.)

아침 후루기 시장이 열렸다고 하니 중고 기모노와 재활용된 면직
물의 거래가 당시 에도에서 얼마나 큰 소비 시장을 형성하고 있었
는지 알 수 있다.

[그림 5] 후루기가이(古着買い)
(기타가와 기소, 『모리사다만코』권6)[8]

중요한 것은 이렇게 판매자에게서 구매자에게로 소비된 기모노
는 오랜 시간 '아깝지 않게' 활용되다 다시 후루기가이나 후루기야
로 보내진 후 다시 다른 소비자에게로 유통되는 순환 구조 속에 있었
다는 점이다. 이렇듯 기모노는 의류의 기능에 있어서도 한 사람만을
위한 것이 아니라 여러 명이 함께 입는 것을 전제로 하였고 이후에도
다양한 용도로 변화했음을 알 수 있는데 에도 서민들에게 일체의 낭
비나 '아까움' 즉, '못타이나이'를 남기지 않는 것은 소비의 미덕이자
당연한 일이었다고 정의할 수 있을 것이다. 일상 문화 속에서 어떻게

---

8 일본국립국회도서관디지털컬렉션, 「喜田川季莊, 『守貞謾稿』巻6」(청구기호: 寄別
13-41), https://dl.ndl.go.jp/pid/2592395/1/31(검색일: 2021.11.16.)

아깝지 않게 잘 쓸 것인가하는 에도인의 순환 정신은 소비 행위뿐 아니라 일상 문화 전체를 아우르는 대전제였다 볼 수 있다. 간과해서 안 될 것은 생산에서 소비로, 다시 재활용으로 진행되는 모든 과정에 수많은 직업이 존재했다는 점인데 순환형 소비는 곧 순환형 노동을 의미한다. 자원의 발굴로부터 제조, 소비, 폐기 이후의 폐기가 다시 자원으로 순환되는 경제 시스템이 에도인의 소비와 노동의 문화 속에서 정착되었다는 사실은 많은 것을 시사한다 할 수 있다.

3. '다양한 직업'으로 보는 지속가능성

다음으로 앞서 본 순환형 소비문화를 가능케 한 에도 사회의 다양한 직업인들에 주목해 보자. 참근교대(參勤交代) 제도[9]로 소비 도시로 변모한 에도는 상업의 중심지이자 다양한 직업인이 살아가는 도시이기도 했다. 그중에서도 에도 상업의 중심지인 니혼바시를 중심으로 다양한 종류의 도소매, 중개인이 에도인의 생활을 책임지고 있었다. 주목할 것은 이들 중에는 직접 서민들을 찾아가는 다양한 전문 직업인이 존재했다는 점이다. 즉, 직업의 관점에서 보면 다양한 분야의 장인이 일상 속 물건을 직접 판매할 뿐 아니라 수리, 수선하거나 수거를 전문으로 하는 직업인이 판매와 소비 사이에서 독자적인 역할을 담당하고 있었다. 이들에게 에도 사회의 순환 경제와 지속가

---

9 각 번(藩)의 번주인 다이묘를 정기적으로 1년간 에도에 머물게 한 후 영지로 돌려보내는 막부의 다이묘 통제 제도.

능성은 곧바로 직업인으로서의 존재의의와 직결되어 있으며 이들과 에도인들의 일상생활은 떼려야 뗄 수 없는 관계성을 갖고 있었다. 그중에는 잦은 화재가 발생한 에도의 소방수와 같은 히케시(火消し)나 지붕 수리공 등 생활 인프라와 관련한 직업인도 존재했지만 노동 자체가 일상의 모든 필요를 채우는 소비문화와 직결되어 있었다고 할 수 있다.

구체적으로 이들 전문 직업인에 대해 살펴보기로 하자. 우선 이들의 공통점은 앞서 본 '못타이나이'의 정신을 바탕으로 쓰레기나 폐기물까지도 경제 활동의 매개체로 삼고 있었다는 점이다. 예를 들어 앞서 기모노를 비롯한 다양한 생활 공간에서 발생하는 재를 매입하는 '하이카이'를 비롯하여 낡은 기모노를 매입하는 '후루기가이' 외에도 제등이나 촉대에 사용되는 양초 중 녹은 부분을 사들여 양초를 재활용하는 '로소쿠노나가레카이(蠟燭の流れ買い)', 종이 쓰레기를 매입하여 재활용 종이 제작 업자에게 되파는 '가미쿠즈카이(紙屑買)', 낡은 우산을 사들여 우산살과 유지(油紙)를 분류해 되파는 '후루가사카이(古傘買)', 심지어는 사람의 배설물을 매입하여 비료로 파는 '시모고에카이(下肥買い)'도 있었다. 즉, 이들에게는 쓰레기가 돈으로 이어지는 귀중한 자원이었던 것인데 직접 발로 뛰며 매입한 자원을 다시 필요한 곳에 되파는 방식으로 순환 경제를 실현한 것이다.

[그림 6] 후루가사카이(古傘買)
(기타가와 기소, 『모리사다만코』권6)[10]

　　이들을 회수 전문의 직업인으로 분류했다면 이 외에도 수리와 재
생을 전문으로 하는 이들도 있었다. 대표적으로는 금이 가거나 부서
진 자기 그릇 등을 백옥분(白玉粉)이라 불리는 가루를 발라 다시 구워
내 접착시키거나 금이 간 부분을 메꾸는 '야키쓰기야(燒接屋)'를 비롯
하여 낡은 냄비나 솥 등 주물류의 수리를 담당하는 '이카케야(鑄掛
屋)', 오래 신어 닳은 게타의 굽 부분을 새로 교체해주는 '하이레야(齒
入屋)', 파손된 제등의 종이를 교체하는 업자, 헐거워지거나 끊어진
대나무통과 술통의 테를 교체하는 '다카야(箍屋)', 담뱃대의 대나무
관에 쌓인 찌꺼기를 제거하거나 부품을 교체해주는 '라오야(羅宇屋)',
무뎌진 칼을 갈아주는 '도기야(硏ぎ屋)', 부서진 자물쇠를 수리하는
'조마에나오시(錠前直し)', 주판의 수리와 부품 교환을 해주는 '소로반
나오시(算盤直し)' 등 정교하게 세분된 분야의 전문 직업인들이 에도
를 누비며 생업 활동을 하고 있었다.

10　일본국립국회도서관디지털컬렉션, 「喜田川季荘, 『守貞謾稿』卷6」(청구기호: 寄別
　　13-41), https://dl.ndl.go.jp/pid/2592395/1/13(검색일: 2021.11.16.)

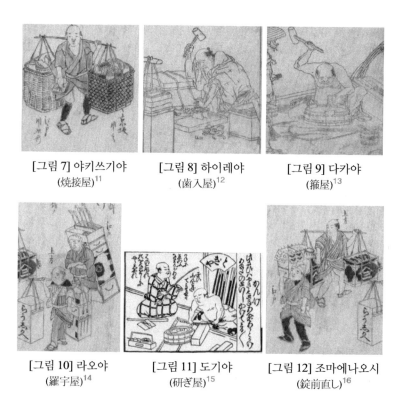

[그림 7] 야키쓰기야
(焼接屋)[11]

[그림 8] 하이레야
(歯入屋)[12]

[그림 9] 다카야
(箍屋)[13]

[그림 10] 라오야
(羅宇屋)[14]

[그림 11] 도기야
(研ぎ屋)[15]

[그림 12] 조마에나오시
(錠前直し)[16]

11 일본국립국회도서관디지털컬렉션, 「喜田川季莊, 『守貞謾稿』巻6」(청구기호: 寄別
    13-41), https://dl.ndl.go.jp/pid/2592395/1/12(검색일: 2021.11.16.)
12 일본국립국회도서관디지털컬렉션, 「紅翠斎北尾子, 『四時交加』巻2」(청구기호: 辰
    -19), https://dl.ndl.go.jp/pid/2533610/1/10(검색일: 2021.11.16.)
13 일본국립국회도서관디지털컬렉션, 「紅翠斎北尾子, 『四時交加』巻2」(청구기호: 辰
    -19), https://dl.ndl.go.jp/pid/2533610/1/24(검색일: 2021.11.16.)
14 일본국립국회도서관디지털컬렉션, 「喜田川季莊, 『守貞謾稿』巻6」(청구기호: 寄別
    13-41), https://dl.ndl.go.jp/pid/2592395/1/11(검색일: 2021.11.16.)
15 일본국립국회도서관디지털컬렉션, 「近藤清春, 『今様職人尽百人一首』」(청구기호:
    15-467), https://dl.ndl.go.jp/pid/1117916/1/8(검색일: 2021.11.16.)
16 일본국립국회도서관디지털컬렉션, 「喜田川季莊, 『守貞謾稿』巻6」(청구기호: 寄別
    13-41), https://dl.ndl.go.jp/pid/2592395/1/11(검색일: 2021.11.16.)

이들은 특별히 자신의 사업장을 두지 않고 행상으로 일하며 전문 분야의 물품이나 자원을 팔려는 판매자와 이를 다시 되팔 수 있는 거래처 사이에서 수요와 공급의 중간 매개체로 활약했다. 물론, 당시에는 이렇게 고쳐 사용하는 것이 새 물건을 사는 것보다 훨씬 더 저렴했을 뿐 아니라 새것과 마찬가지로 복원해 내는 높은 기술력이 있었기에 이러한 순환 경제가 가능했을 것이다. 반면, 앞에서 소개한 후루기야의 예로 잠시 돌아가자면 1723년 경에는 후루기야는 핫핀쇼(八品商)[17]로 지정돼 도난이나 분실물 유통을 막기 위한 지역별 조합, 즉 구미(組)를 조직하게 되었다. 그 주축이 후루기 판매 중개를 하는 나카가이(仲買)[18]들인데, 이들이 나카마(仲間)[19]조합을 결성해 기모노 시장과 상권의 지속성을 보호하는 데 앞장섰다는 점도 흥미롭다. 이렇듯 에도 시내를 누비며 에도 서민의 모든 필요를 채워주는 이들은 일상생활에 있어 없어서는 안 될 공생의 존재였음이 틀림없을 것인데 에도인에게 '노동'의 의미가 무엇인가를 다시 생각해 보게 되는 지점이라 할 수 있다.

---

17 에도시대 장물 단속과 관련하여 막부가 특별한 규정을 만들어 관리하던 여덟가지 상업군을 말한다. 여덟가지는 후루기야와 후루가이, 후루가네야(古鉄屋, 고철상), 후루가네가이(古鉄買, 고철파는 상인), 후루도구야(古道具屋, 고도구상), 고도구야(小道具屋, 소도구상), 가라모노야(唐物屋, 고물상), 시치야(質屋, 전당포)를 가리킨다.

18 일반적으로는 도매점인 도이야(問屋)에서 매입한 물건을 소매점에 판매하는 중간 상인을 가리키는데 단순히 중간 판매만을 하는 것이 아니라 도이야 간의 거래 시 매매 계약을 성사시키는 역할을 담당하기도 했다.

19 에도시대 상공업자 간의 이익을 지키기 위해 결성한 동업자 조합을 말한다. 그 중에서도 막부와 번의 공식적인 허가를 얻은 조합을 가부나카마(株仲間)라고 한다. 이들은 생산과 가격을 둘러싸고 상호규제를 할뿐 아니라 오락과 종교 행사에 함께 참여하기도 했다.

4. '나가야'라는 순환형 주거 공동체

마지막으로 일상 문화의 기반이라 할 수 있는 주거 공간을 주거 공동체의 관점에서 생각해 보도록 하자. 우선 에도라는 도시는 1603년 전국(戦国) 시대를 통일한 도쿠가와 이에야스(德川家康, 1542~1616)가 막부를 수립하면서 새롭게 정비한 계획도시이다. 도시 에도는 막부와 쇼군의 상징이기도 한 에도성을 중심으로 도로를 내고 도로에 면한 토지를 각 신분 계층의 거주지로 넓혀가는 도시 구조를 갖는다. 먼저 에도성 주변으로 다이묘와 무가의 토지가 있고 다시 그 주변으로 신사와 절이 군데군데 세워져 있으며 가장 바깥쪽에 조닌의 거주 구역을 두었다. 이는 마치와리(町割)[20]라는 구획 정비 방식을 따른 것인데 흥미로운 점은 다이묘나 무가에 할당된 토지가 전체 도시 면적의 약 70%를 차지하였으며 절과 신사가 13%, 조닌 지역이 18% 정도였다는 점이다.[21] 18세기에 이미 에도의 인구가 100만 이상이었던 점을 감안하면 지배 계층이 아닌 이들이 거주하는 공간의 인구 밀도가 얼마나 높았을지 짐작해 볼 수 있다. 막부가 마치부교(町奉行)의 지배하에서 조닌이 거주할 수 있도록 한 지역을 '마치야시키(町屋敷)'라 하는데 당시 마치야시키는 좁은 토지에 빽빽이 들어서 있어 이를 일컬어 '핫뱌쿠야초(八百八町, 에도 시중에 마을이 아주 많다는 뜻)'라 부르기도

---

20 성곽을 중심으로 무가(武家)지역과 조닌 지역, 절과 신사 지역으로 구성된 근세 조카마치(城下町)를 건설할 때 조닌 지역에 도로를 내 구획을 정해 도로에 면한 부분을 마치(町)로 지정하고 마치는 다시 개개의 야시키 지역(屋敷地)으로 나누는 것을 말한다.

21 アズビー・ブラウン 지음, 幾島幸子 옮김(2011) 『江戸に学ぶエコ生活術』, CCCメディアハウス, 116쪽.

했다. 마치야시키의 거주자는 생산 활동을 하지 않는 무사 등의 지배
계층을 대신해 거대 소비 도시인 에도를 움직이는 상업에 종사하고
있었다.

[그림 13] 니혼바시키타칸다하마초(日本橋北神田浜),
『에도기리에즈(江戸切絵図)』[22]

앞서 보았듯 행상도 많았지만 에도에는 상점가도 다수 존재했다.
특히 니혼바시와 간다 지역이 대표적인데 대로에 세워진 2층 높이의
상점가는 경제 활동의 공간이기도 하면서 동시에 그 뒤로 일자로 긴
집합주택인 나가야(長屋)가 이어져 있다는 점이 에도 마치야시키의
특징이라 할 수 있다. 일반적으로 '나가야'라고 하면 '우라나가야(裏
長屋)' 즉, 큰길에서는 보이지 않는 뒤편의 거주 공간을 가리킨다. 물
론 그와 반대로 사람의 이동이 많은 큰길에 면한 '오모테나가야(表長
屋)'도 있지만 이는 서민들이 거주하는 공간은 아니었으며 에도 서민
들은 대부분 '우라나가야'에 거주했다. 중요한 것은 이러한 나가야

---

22 일본국립국회도서관디지털컬렉션, 「日本橋北神田浜町絵図」, 『江戸切絵図』」(청구
기호: 本別9-30), https://dl.ndl.go.jp/pid/1286645/1/1(검색일: 2021.11.18.)

는 각 개인의 독립된 주거 공간이 아니었다는 점이다. 즉 하나의 마을이자 커뮤니티, 공동체를 이루었다는 점인데 이는 공간으로서도, 또한 그곳에 거주하는 사람의 관계성을 통해서도 나타난다.

공간적인 면에서 보자면 우선 나가야로 들어가는 대로변 입구에는 나무 대문이 설치되어 해가 뜰 때부터 저녁까지만 개방되었으며 그 외 시간에는 외부인이 출입하지 못했다. 또한 대문 옆에는 치안 유지와 소방을 목적으로 한 자치 감찰소 반야(番屋)[23]가 있다. 이 입구를 지나면 공용 공간이 나오는데 이곳에 공용 화장실과 우물, 쓰레기를 모아두는 공간 등이 있으며 좁은 통로를 따라 양쪽으로 임대 주거 공간인 우라나가야가 이어지며 바닥에는 배수구에 해당하는 도부(ど ぶ)가 설치되어 있다.

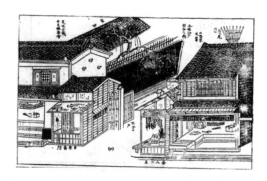

[그림 14] 나가야의 입구와 나무 대문 좌우에 설치된 반야
(기타가와 기소(喜田川季莊), 『루이주킨세이후조쿠(類聚近世風俗志)』)[24]

---

23 에도시대 지신반(自身番), 즉, 도시에서 마을 내 경비를 위해 설치한 자체 경비제도를 위한 공간을 말한다. 대부분은 마을의 큰 대로 양쪽 끝에 설치된 나무문 옆에 반야를 설치하게 된다.
24 일본국립국회도서관디지털컬렉션, 「喜田川季莊, 『類聚近世風俗志』」(청구기호:

공용 공간이 있는 만큼 각각의 나가야 내에는 조리를 위해 불을 피울 수 있는 공간은 있었지만 그 외 생활 공간은 방 한 칸이 전부였다. 이마저도 벽으로 더 분리해 사용하는 무네와리나가야(棟割長屋)도 있었다. 흥미로운 것은 모든 방에는 화장실뿐 아니라 욕실, 세면대 등이 없다는 점이다. 따라서 이들은 공용 화장실과 우물을 사용했으며 몸을 씻을 때는 공중목욕탕인 유야(湯屋)를 이용했다. 특히 이 시대에 발달한 목욕탕 문화는 각 개인과 나가야 공동체 전체의 위생 상태를 향상시키는 동시에 물과 연료 절약 면에서도 큰 공헌을 했다고 한다.[25] 또한 조리를 위해 필요한 식재료나 생활 물품 등은 후리우리(振売)[26] 라 불리는 행상을 통해 구매할 수 있어 앞서 본 전문직업인과 마찬가지로 이들은 나가야의 일상 문화에서 빼놓을 수 없는 존재였다.

[그림 15] 나가야의 공용우물과 화장실[27]

382.1-Ki286k-M), https://dl.ndl.go.jp/pid/991466/1/42(검색일: 2021.11.18.)

25 アズビー・ブラウン(2011), 앞의 책, 132쪽.

26 후리우리는[그림 15]에 나타나있듯이 어깨에 짊어진 봉에 상품을 매달아 파는 형태가 많았다.

[그림 16] 다양한 후리우리 상인들(왼쪽부터 생선, 야채, 두부를 파는 후리우리)[28]

이렇듯 나가야 거주자들은 공동의 주거 문화를 영위하였는데 한편 이들에게는 나가야를 함께 지켜야 할 의무도 있었다. 임대 주거 공간이기는 하지만 이들은 자신의 거주 공간뿐 아니라 공용 공간의 청결 유지에 힘써야 했을 뿐 아니라 막부가 관리하는 행정 단위로서 치안과 문제 해결 등을 함께 해결해야 했다. 우라나가야의 거주자는 목수 등의 장인을 비롯하여 생선, 채소 등을 파는 행상, 샤미센(三味線)이나 학습소인 데나라이(手習)에서 가르치는 선생님, 의사, 일용직 등 다양한 직업과 연령의 사람들이었다.

한편 나가야 공동체에서 거주자와 나가야 전체의 공간을 관리하는 것이 '오야(大家)'이다. '오야'는 집주인이라는 뜻으로 현재는 쓰이지만 에도에서는 유복한 상인이나 조닌의 건물주가 고용한 관리인이었다. 한편 거주자를 '다나코(店子)'라 불렀는데 오야는 다나코의 생활 전반을 돌보고 책임지는 존재였다는 점이 나가야 공동체의 관계적 특징이라

---

27 일본국립국회도서관디지털컬렉션, 「喜田川季荘, 『類聚近世風俗志』」(청구기호: 382.1-Ki286k-M), https://dl.ndl.go.jp/pid/991466/1/42(검색일: 2021.11.18.)

28 일본국립국회도서관디지털컬렉션, 「喜田川季荘, 『守貞謾稿』 卷6」(청구기호: 寄別 13-41), https://dl.ndl.go.jp/pid/2592395/1/9, https://dl.ndl.go.jp/pid/2592395/1/11, https://dl.ndl.go.jp/pid/2592395/1/24(검색일: 2021.11.16.)

할 수 있다. 이는 '오야는 부모와 같으며 다나코는 자녀와 같다'라는 말에도 나타나 있는데 그 이유로는 에도시대, 우라나가야 거주자에게는 사회의 일원으로서의 공적 권리나 의무가 부여되지 않아 오야가 다나코의 보증과 책임을 져야 했기 때문이다. 특히 다나코가 문제를 일으켜 행정기관인 마치부교쇼(町奉行所)에 출두해야할 경우 오야가 동행하거나 신원보증인이 되어야 했다. 그뿐만 아니라 자신의 나가야의 다나코 중에서 범죄자가 나오면 오야는 연대 책임을 져야 했기에 실제 생활에서 부모와 같은 역할을 해야만 했으며 이 때문에 오야는 우라나가야 중 한 곳에 거주하는 것을 원칙으로 했다. 이러한 오야와 다나코의 관계성은 당시 막부의 행정 정책의 영향을 받은 것이다. 즉 에도시대에는 고닌구미(五人組)[29]이라 불리는 조직 제도가 있어 기본적으로는 같은 구획에 거주하는 주민은 상호 연대 책임을 지게하고 막부의 행정 정책을 따라야 했기 때문이다. 이를 표로 정리하면 다음과 같다.

[표 1] 나가야의 인간관계

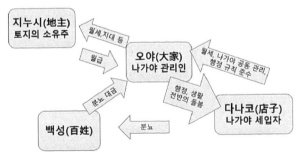

---

29 에도시대 가장 낮은 치안, 행정 단위. 마치(마을)에서는 이에모치(家持)와 이에누시(家主)를 각각 근처의 다섯 가구와 묶어 구성하였다. 고닌구미는 해마다 바치는 공물(年貢) 납부와 치안 유지, 연대 책임을 지는 기능을 담당했다.

　주목할 것은 오야와 다나코의 이러한 관계성이 당시 막부의 행정 정책의 영향을 받았다는 점이다. 즉 에도시대에는 기본적으로 같은 구획에 거주하는 주민은 상호 연대 책임을 지게 하고 막부의 행정 정책을 따르게 하였는데 에도의 마을인 마치의 행정관리 구조를 살펴보면 강제적인 통치라는 개념보다는 마치부레, 즉 각 행정 단위에 내려지는 규율 등을 전달하고 주지시키기 위한 구조에 가까웠다고 할 수 있다.

[표 2] 에도의 마치(町) 행정관리[30]

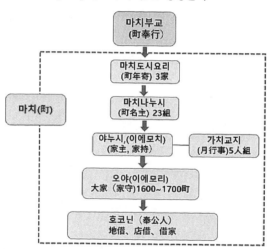

　표에 나타나듯 에도의 마치 행정 구조에서 가장 위에는 마치부교가 있고 그 밑에 마치도시요리가 있는데, 에도에는 나라야(奈良屋) ·

30　河合敦(2012) 『決定版 図解 · 江戸の暮らし事典』, 学研プラス, 24-25쪽. 小沢詠美子 (2013) 『江戸時代の暮らし方』, 実業之日本社, 36쪽을 참조하여 작성.

다루야(樽屋)·기타무라(喜多村)라는 세 가문에서 세습하며 3명의 마치도시요리를 두게 된다. 그 밑에는 마치도시요리의 지배 하에서 23개로 나눠진 에도의 각 마치(町)를 담당하며 지역 내 공무와 자치를 지휘하는 마치나누시(町名主)가 있고 다시 마치나누시 하에 야누시(家主, 각 집의 주인)가 있다. 이들 중 5명이 월 단위로 팀을 이뤄 앞서 보았던 나가야 입구의 반코에서 행정 업무를 보는 것을 가치교지(月行事)라고 하는데 실질적으로는 가장 아래에 있는 집이나, 가게, 땅을 빌리는 입장에 있는 이들인 호코닌에게 마치부레를 전달하고 돌보는 이들은 야누시가 고용한 오야들이었다. 수적으로 압도적 다수인 호코닌을 관리한다는 면에서 오야의 역할이 그만큼 중요했음을 짐작해 볼 수 있는데, 이러한 조직은 마치라는 에도의 주거 공동체를 지속시키는 역할을 했고, 그 바탕에는 촘촘한 조직력과 책임과 돌봄의 의식이 있었음을 보여준다.

이 외에도 나가야의 공용 공간의 설비에 문제가 없도록 정비하는 것 역시 오야의 중요한 역할이었는데 이를 통해 오야에게 '득이 되는' 것이 있었으니 바로 나가야의 공용 화장실에서 나온 분뇨를 업자에게 팔아 생긴 이익을 취하는 것이다. 앞서 보았듯 이 시대의 분뇨는 비료로도 수요가 높아 에도 근교의 농가에서 직접 매입하러 오는 경우도 있었다. 다나코의 인원수에 따라서도 다르지만 분뇨를 판 수익은 상당히 컸던 것으로 알려져 있는데 재미있는 것은 분뇨에도 차등이 있다는 점으로 즉, 고급 식재료로 만든 음식을 먹은 다이묘나 상인 등의 거주지의 분뇨는 우라나가야에서 나온 분뇨보다 훨씬 더 비싼 가격을 받았다고 한다. '나가야 거주자들의 엉덩이로 오야는

떡을 친다(店中の尻で大家は餅をつき)'는 센류(川柳)가 있다. 이는 연말에 오야가 다나코에게 설날용 떡을 선물하는 관습이 있었는데 그 떡값이 바로 다나코들의 분뇨를 판 돈이라는 의미이다. 즉, 분뇨가 떡으로, 그 떡을 먹은 이후에 그것이 다시 분뇨가 되는 순환 구조를 빗댄 말이다. 물론 분뇨를 판 돈으로 오야는 관할 지역 운영에 필요한 회비인 '마치뉴요(町入用)'를 나가야를 대표해 지불하기도 했다.

지금까지 나가야라는 주거 공동체에 대해 살펴보았다. 앞서 소개한 단계별 행정 조직은 근세 일본의 주거 공동체에서 상호 연대가 상당히 중요했음을 보여준다. 결국 나가야가 있는 하나의 마치야시키가 모여 하나의 마치가 되고 이러한 마치가 모여 도시 에도를 구성하고 있었다는 점에서 각 주거 공동체의 네트워크가 도시 에도를 지속시키는 근원이었다 할 수 있다.

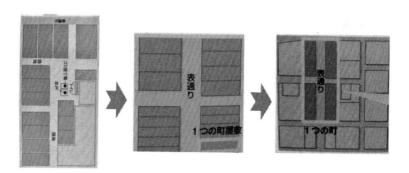

[그림 17] 에도의 마치 조직도[31]

---

31 小沢詠美子(2013), 위의 책, 38-39쪽.

이를 통해 볼 때 나가야는 에도 서민에게 주거 공간 그 이상의 의미를 지녔음을 알 수 있다. 즉, 나가야 공동체는 '커뮤니티의 힘'에 의해 순환되고 있었던 것이다. 건물의 구조상 각 거주자의 사생활 보장은 힘들고 오야와 다나코는 상호 연대 책임을 져야 하는 등의 일상에서 복잡한 관계성을 갖기에 더욱 커뮤니티의 결속이 중요시되었다. 이 외에도 외부인의 출입을 제한하고 공용 구역을 비롯한 나가야 전체에 대한 공동 책임을 지고 화재나 천재지변 등 일상 생활을 위협하는 위험에도 대비해야 했는데 이를 위해서도 오야와 다나코 간의 연대와 의사 소통은 일상 문화를 지키는 중요한 덕목이기도 했을 것이다.

5. 나가며

지금까지 소비와 경제 활동, 거주 공동체의 관점에서 도시 에도에 거주한 서민들의 일상 문화 속 지속가능성에 대해 살펴보았다. 지금까지의 논의를 바탕으로 에도인의 일상에서 '지속가능성'과 '순환'이 가능했던 이유에 대해 생각해 보면 무엇보다 주어진 환경 즉, 자연과 노동과 소비라는 행위, 자신이 속한 공동체에 대한 상호 배려와 상호 책임감이 전제되어 있었기 때문이 아닐까 생각해 본다. 나아가 에도 서민의 일상 문화는 SDGs의 실현뿐 아니라 일상 문화에 있어 진정한 풍요로움이 무엇인가를 다시 생각하게 한다는 점에서 시사하는 바가 크다 할 것이다. 그러나 본고를 통해 진정으로 재고해 보아야 할 점은 전통 사회의 일상에 대한 우리의 기존 평가가 과연 적절했는가 하는 점이다. 즉, 우리는 전통 사회에서의 일상의 삶이 마냥 불편하고 부족했으리라는 사고의 틀 속에서 바라보았을 가능성이 크다. 그러나 에도의 경우에서도 알 수 있듯 근세 일본 사회에서의 의식주 생활은 촘촘히 이어진 순환형 구조 속에서 영위되었으며 이들에게 지속가능성은 일상 문화 전체를 관통하는 핵심 주제였음을 알 수 있다. 이를 확장해서 생각해 본다면 일상 문화를 넘어 근세 일본인의 사상과 예술, 학문 역시도 지속가능성이라는 관점에서 논할 수 있을 것이다. 이에 대해서도 앞으로 다각적인 분석과 고찰이 필요한 지점이다.

일본 근세의 일상문화

참고문헌

제1장 제목

諸橋轍次(1966)『大漢和辞典』卷5, 大修館書店.

土井忠雄・森田武・長南実 編著(1980)『邦訳 日葡辞書』, 岩波書店.

小学館 編(2001)『日本国語大辞典』第2版 全14卷, 小学館.

柳田國男(2019)『日本の民俗学』, 中公文庫.

M. 엘리아데 지음, 이은봉 옮김(1998), 『성(聖)과 속(俗)』, 한길사.

정형(2018)『〈사진・통계와 함께 읽는〉 일본 일본인 일본문화』개정2판, 다락원.

阿満利麿(1993)「近世日本における〈現世主義〉の成立」, 『日本研究』卷9, 国際日本文化研究センター.

아마 도시마로 지음, 정형 옮김(2000)『일본인은 왜 종교가 없다고 말하는가』, 예문서원.

阿満利麿(1996)『日本人はなぜ無宗教なのか』, 筑摩書房.

葉山禎作 編(1992)『日本の近世』4 生産の技術, 中央公論社.

林玲子 編(1992)『日本の近世』5 商人の活動, 中央公論社.

小西甚一(1993)『日本文学史』, 講談社学術文庫1090.

小西甚一(1985)『日本文芸史』I–V 전 5권, 講談社.

이하라 사이카쿠(井原西鶴) 지음, 정형 옮김(2017)『好色一代男호색일대남』, 지식을만드는지식.

최해진(2006)『경주최부자 500년의 신화』, 뿌리깊은 나무.

전진문(2010)『경주최부자집 300년 부의 비밀』, 민음인.

松田修(2000)『井原西鶴集2 本朝二十不孝』新編日本古典文学全集, 小学館.

이하라 사이카쿠 지음, 정형 옮김(2009)『일본영대장』(동양편 125), 소명출판.

村田穆(1977)『日本永代蔵』, 新潮日本古典集成, 新潮社版.

제2장

고마쓰 가즈히코, 천혜숙 외 옮김(2021)『요괴학의 기초지식』, 민속원.

고야스 노부쿠니, 이승연 옮김(2006)『귀신론』, 역사비평사.

김경희(2016)「국학자 지식인의 사상적 논쟁-『가가이카(呵刈葭)』를 중심으로-」,『일본학연구』47, 단국대학교 일본연구소.

이기원(2013)「회덕당 지식인들의 세계상-유교 교유과 제례 실천을 중심으로-」,『인문논총』32, 경남대학교 인문과학연구소.

東(宮沢)より子(1993)「上田秋なりの『神代かたり』」,『下関女子短期大学』10-11, 下関女子短期大学紀要編集委員会.

浅野三平(1991)『雨月物語閑癖談』, 新潮社.

井関大介(2006)「上田秋成の神霊観—物語受容の観点から—」,『東京大学宗教学年報』24, 東京大学文学部宗教学研究室.

大野晋 他編(1968)『本居宣長全集』第9巻, 筑摩書房.

香川雅信(2009)「人間文化研究機構シンポジウム「百鬼夜行の世界」」,『国文研ニュース』No.17, 人間文化研究機構国文学研究資料館.

近藤瑞木(2006)「儒者の妖怪退治—近世怪異譚と儒家思想—」,『日本文学』55(4), 日本文学協会.

須永朝彦(2007)『日本幻想文学史』, 平凡社ライブラリー.

高田衛 校注(1995)『英草紙西山物語雨月物語春雨物語』新編日本古典文学全集78, 小学館.

高田衛(2013)『完本上田秋成年譜考説』, ぺりかん社.

徳田武(1973)「初期読本における寓意性と文芸性(中)」,『国文学研究』50, 早稲田大学国文学会.

中田妙葉(2020)「『雨月物語』の怪異が意味するところ」,『東洋法学』63(3), 東洋大学学術情報リポジトリ.

中村幸彦注(1959)『上田秋成集』日本古典文学体系56, 岩波書店.

水田紀久・有坂隆道 校注(1973)『富永仲基 山片蟠桃』日本思想大系43, 岩波書店.

제3장

伊原敏郎(1960)『歌舞伎年表 第5巻』, 岩波書店.

郡司正勝他編(1974)『鶴屋南北全集 第十二巻』, 三一書房.

五味文彦・本郷和人(2009)『現代語訳 吾妻鏡6』, 吉川弘文館.

鹿倉秀典 집필, 高尾 항목, 古井戸秀夫編(2006)『歌舞伎登場人物事典』, 白水社.

鹿倉秀典(1984)「翻刻・『劇神僊話』」, 『明治大学日本文学』12호.

柴竹金作(1888)『籠釣瓶花街酔醒』, 寿永堂.

守随憲治・大久保忠国(1959)『近松浄瑠璃集 下』, 岩波書店.

関根只誠『戯場年表』, 『日本庶民文化思慮集成 第7巻』, 三一書房.

高木市之助ほか編(1965)『日本古典文学大系 歌舞伎十八番集』, 岩波書店.

為永一蝶(1762)『歌舞妓事始』, 『日本庶民文化資料集成 第6巻』, 三一書房.

近松半二作・内藤加我翻字(1895)『近江源氏先陣館』, 金桜堂.

古井戸秀夫(1998)「歌舞伎と教訓」, 『雅俗』5호, 雅俗の会.

三田村鳶魚(1975)『三田村鳶魚全集 第11巻』, 中央公論社.

安田元久 집필, 源頼家 항목, 『国史大辞典』온라인판,
　　　　https://japanknowledge.com/psnl/display/?lid=30010zz459600(검색일:
　　　　2023.2.12.)

제4장

渥美清太郎(1929)『日本戯曲全集第十四巻 曾我狂言合併集』, 春陽堂.

伊海孝充(2008)「長刀を持つ知盛の成立—〈碇潜〉〈船弁慶〉をめぐる試論—」, 『能楽研
　　　　究』33, 法政大学能楽研究所.

内山美樹子・志野葉太郎(1996)『日本古典芸能と現代 文楽・歌舞伎』, 岩波書店.

角川書店(編)(2001)『平家物語』(角川ソフィア文庫), 角川文庫.

角田一郎(1991)『新日本古典文学大系93 竹田出雲並木宗輔浄瑠璃集』, 岩波書店.

上方落語協会(編)(1975)『古典落語⑩ 上方ばなし』, 角川文庫.

寺田詩麻(2019)『明治・大正東京の歌舞伎興行 その「継続」の軌跡』, 春風社.

土方正巳(1991)『都新聞史』, 日本図書センター.

三浦広子(1975)「南北物にみる曾我貧家の解体」, 『国語国文学研究』55, 北海道大学
　　　　国語国文学会.

日置貴之(2016)「河竹黙阿弥作『水天宮利生深川』における新聞の機能」, 『演劇学論集
　　　　日本演劇学会紀要』62, 日本演劇学会.

日置貴之(2020)「『水天宮利生深川』の構想と曾我」, 『国語と国文学』97, 明治書院.

제5장

『四書集註』,『論語徵』,『中庸解』,『大学解』,『二程文集』,『河南程氏遺書』,『朱子語類』,
『弁名』

금장태(2004)『도와 덕』, 이끌리오.
고희탁(2009)『일본 근세의 공공적 삶과 윤리』, 논형.
오규소라이 지음, 이기동 외 옮김(2010)『論語徵』, 소명출판.
오규소라이 저, 임태홍 옮김(2020)『政談』, 서해문집.
사토 히로오 외 지음, 성해준 외 옮김(2009)『일본사상사』, 논형.
쓰지모토 마사시(1998)『동아시아의 유학전통과 대학』, 성균관대 대동문화연구원.
김예호(2015)『한중일의 유교문화담론』, 성균관대학교 출판부.
진래 지음, 안재호 옮김(1997)『송명성리학』, 예문서원.
임수무외(2007)『공부론』, 예문서원.
임옥균(2012)『주자학과 일본 고학파』, 성균관대학교 출판부.

제6장

新井充(2016)『花火の事典』, 東京堂出版.
喜田川守貞著, 宇佐美英機校訂(2001)『近世風俗志(守貞謾稿)』4, 岩波書店.
曲亭馬琴著, 日本随筆大成編輯部編(1975)『羈旅漫録』日本随筆大成〈第1期〉1, 吉川
    弘文館.
寺島良安著, 島田勇雄他訳注(1987)『和漢三才図会』8(東洋文庫476), 平凡社.
柳亭種彦著, 朝倉治彦校訂(1979)『柳亭種彦日記』, 秋山書店.

테라시마 료안 엮음, 홍기원 펴냄(2014)『和漢三才図会』상, 민속원.

국립국어원, 「표준국어대사전」,
    https://stdict.korean.go.kr/search/searchResult.do(검색일: 2022.11.3.)
国立国会図書館デジタルコレクション, 『江戸自慢三十六興』「両こく大花火」,
    https://dl.ndl.go.jp/pid/1303638/1/1(검색일: 2023.2.12.)
国立国会図書館デジタルコレクション, 『新撰江戸名所』「両国納涼花火ノ図」,
    https://dl.ndl.go.jp/pid/1307357/1/1(검색일: 2023.2.12.)
国立国会図書館デジタルコレクション, 「東都両国ばし夏景色」,

https://dl.ndl.go.jp/pid/1307052(검색일: 2023.2.12.)
国立国会図書館デジタルコレクション, 「東都両国夕涼之図」
　　https://dl.ndl.go.jp/pid/1312588/2/1(검색일: 2023.2.12.)
国立国会図書館デジタルコレクション, 『名所江戸百景』「両国花火」,
　　https://dl.ndl.go.jp/pid/1312334/1/1(검색일: 2023.2.12.)
国立国会図書館デジタルコレクション, 「守貞謾稿」巻27,
　　https://dl.ndl.go.jp/pid/2592413/1/10(검색일: 2023.2.12.)
小学館, 「日本大百科全書」,
　　https://japanknowledge.com/psnl/display/?lid=1001000184358(검색일:
　　2022.11.13.)
小学館, 「日本大百科全書」,
　　https://japanknowledge.com/psnl/display/?lid=1001000060328(검색일:
　　2022.11.13.)
吉川弘文館, 「国史大辞典」,
　　https://japanknowledge.com/psnl/display/?lid=30010zz035810(검색일:
　　2022.11.13.)
早稲田大学図書館古典籍総合データベース, 利笑『花火秘伝集』,
　　https://www.wul.waseda.ac.jp/kotenseki/html/wo09/wo09_01571/index.
　　html(검색일: 2022.11.13.)

제7장

로제 카이와(Roger Caillois) 지음, 이상률 역(1994)『놀이와 인간(Les jeux et les
　　hommes)』, 문예출판사.(원서출판 1961)
강명관(2001)『조선사람들 혜원의 그림 밖으로 걸어나오다』, 푸른역사.
요한 하위징아(Johan Huizinga) 지음, 이종인 옮김(2018)『호모루덴스(Homo ludens)』,
　　연암서가.(원서출판 1938)
寺門静軒(1832)『江戸繁昌記』三編, 克己塾.
崔泰和(2014)『春水人情本の研究─同時代性を中心に─』, 若草書房.
為永春水(1838년頃)『玉兎』, 永楽屋, 早稲田古典籍総合データベース本.

그림1 위키피디아,
　　https://commons.wikimedia.org/wiki/File:NDL-DC_1310702-Utagawa_

Shigenobu-%E6%9C%89%E6%A5%BD%E9%81%93%E4%B8%AD%E5
%8F%8C%E5%85%85%AD-crd.jpg(검색일: 2023.2.2.)

그림2 중앙일보(2006.6.14. 00:33) 정재숙 기자,
    https://www.joongang.co.kr/article/2107824#home(검색일: 2023.2.2.)

그림 3 NDL Digital Collections https://dl.ndl.go.jp/pid/8369320/1/1(검색일: 2023.
    2.2.)

그림 4, 5, 7, 8 早稲田古典籍総合データベース『玉兎』(검색일: 2023.2.2.)

그림 6 山田書店,
    https://www.yamada-shoten.com/onlinestore/detail.php?item_id=56957
    (검색일: 2023.2.2.)

제8장

논문 및 단행본

노성환(2008)「일본 민속문화의 원형으로서의 하나미(花見)」,『일본사상』 15, 한
    국일본사상사학회.

노성환(2018)「조선후기 지식인들이 본 일본의 하나미」,『일어일문학연구』 107-2,
    한국일어일문학회.

輝峻康隆の他校訂(1973)『馬琴日記』第一巻, 中央公論社.

豊島区立郷土資料館(2003)『伊藤伊兵衛と江戸園芸』, 豊島区教育委員会.

丸山宏(1997)「滝沢馬琴の庭造りと家相」,『ランドスケープ研究』 60-5, 日本造園学会.

佐藤悟(2022)「曲亭馬琴『朝顔花合』報条」,『実践国文学』 101, 実践女子大学文学部.

秋山伸一(2015)「植木屋の庭空間をあるく」,『東京都江戸東京博物館調査報告書』 29
    「江戸の園芸文化」, 公益財団法人東京都歴史文化財団.

市川寛容(2015)「江戸における園芸の普及と園芸市場の形成」,『東京都江戸東京博物
    館調査報告書』 29「江戸の園芸文化」, 公益財団法人東京都歴史文化財団.

이나가키 히데히로 지음, 조홍민 옮김(2017)『식물도시 에도의 탄생』, 글항아리.

小笠原左衛門尉亮軒(2008)『江戸の花競べ―園芸文化の渡来』, 青幻舎.

飛田範夫(2014)「江戸時代の京都の花屋」,『いけ花文化研究』 2, 国際いけ花学会.

飛田範夫(2009)『江戸の庭園―将軍から庶民まで』, 京都大学学術出版会.

平野恵(2006)『十九世紀日本の園芸文化―江戸と東京、植木屋の周辺―』, 思文閣出
    版.

日野原健司(2015)「浮世絵に描かれた染井と植木市」,『東京都江戸東京博物館調査報告書』29「江戸の園芸文化」、公益財団法人東京都歴史文化財団.

원본자료

[그림1, 2]『도토하나고요미 메이쇼 안나이(東都花暦名所案内)』, 일본국회도서관 소장본(청구기호 : 特1-3200).

[그림3, 4]『진린킨모즈이(人倫訓蒙図彙)』권4「상인부(商人部)」, 일본국회도서관 소장본(청구기호:寄別13-58).

[그림5]『에도메이쇼즈에(江戸名所図会)』, 일본국회도서관 소장본(청구기호: 124-114).

[그림6]『에도 기리에즈(江戸切絵図)』,「스가모 에즈(巣鴨絵図)」, 일본국회도서관 소장본(청구기: 本別9-30).

[그림7] 기타오 마사시게(北尾政重)「소메이의 정원수 가게(染井之植木屋)」, 도쿄도립도서관소장자료(청구기호: 東京誌料 820-C1).

[그림8] 우타가와 히로시게(歌川広重)『에도메이쇼즈에(江戸名勝図会)』,「소메이(染井)」(1789~1801[寛政年間] 성립),
https://collectie.wereldculturen.nl/.https://jpsearch.go.jp/item/arc_nishikie-RV_2552_9에 의함(검색일 : 2023.1.15.)

[그림9] 우타가와 히로시게(歌川広重)『에혼 에도 미야게(絵本江戸土産)』5편 ARC古典籍ポータルデータベース(청구기호 : Ebi0526.05).

[그림10]「부코 소메이 혼코켄 기리시마노즈(武江染井翻紅軒霧島之図)」도시마구 고마고메 도서관(豊島区駒込図書館) 사쿠라 디지털 컬렉션(さくらデジタルコレクション) 소장자료(청구기호: mp200200).
『소모쿠 긴요슈(草木錦葉集)』권1, 일본국회도서관 소장본(청구기호:特1-974).

제9장

井出草平(2014)「江戸時代の教育制度と社会変動」,『四天王寺大学紀要』57, 四天王寺大学紀要編集委員会.

石川謙(1929)『日本庶民教育史』, 刀江書院.

石川松太郎(1978)『藩校と寺子屋』, 教育社歴史新書.

石川松太郎(1988)『往来物の成立と展開』, 雄松堂出版.

乙竹岩造(1970)『日本庶民教育史』中巻, 臨川書店.

上条信山(1954)「書道教育史」,『教育文化体系Ⅱ』, 金子書房.

小泉吉永(2005)「女子用往来と百人一首」,『百人一首万華鏡』, 思文閣出版.

小泉吉永(2001) 編著, 石川松太郎 監修『往来物解題辞典』, 大空社.

高沢憲治(1991)『人づくり風土記 大江戸万華鏡』, 農山魚村文化協会.

辻本雅史(2015)「教育社会の成立」,『岩波講座日本歴史』13巻, 岩波書店.

宮﨑次郎(2015)「寺子屋教育の特性を活かす学校教育改革に関する一考察―寺子屋
教育・大正自由教育・公文式教育の比較研究を通して―」, 大阪総合保育大
学大学院博士学位論文.

文部省(1887)『日本近世教育概覧』, 文部省.

福沢諭吉(1898)「啓蒙手習之文」上,『福沢諭吉全集』巻二, 慶応義塾蔵版.

大日本教育会(1892)『維新前東京市私立小学校教育法及維持法取調書』, 大日本教育
会事務所.

京都大学貴重資料デジタルアーカイブ,『商売往来絵字引』,
https://rmda.kulib.kyoto-u.ac.jp/item/rb00009698#?c=0&m=0&s=0&cv=
27&r=0&xywh=-5576%2C56%2C16100%2C3671(검색일 : 2022.10.30.)

東京学芸大学教育コンテンツアーカイブ,『商売往来画抄』,
https://d-archive.u-gakugei.ac.jp/item/ep20000838#?page=6(검색일 : 2022.
12.19.)

新日本古典籍総合データベース,『増続商売往来』,
https://kotenseki.nijl.ac.jp/biblio/100265759(검색일: 2022.10.30.)

제10장

『海行摠載』
민족문화추진회(1974),『国訳海行摠載』Ⅰ~Ⅻ, 민문고.
申叔舟,『海東諸国紀』
姜弘重,『東槎録』
金世濂,『海槎録』
南竜翼,『扶桑録』
申維翰,『海遊録』

박재환·일상성 일상생활연구회(2008)『일상생활의 사회학적 이해』, 한울.
버나드 맥그레인 지음, 안경주 옮김(2018)『인류학을 넘어서』, 이학사.
알프레트 헤트너 지음, 안영진 옮김(2013)『지리학－역사, 본질, 방법』, 아카넷.
피터 버크(2017)『지식의 사회사』, 민음사.

김경남(2021)「국역 해행총재를 통해 본 지식 교류의 두 층위」, 『지역과 역사』
　　49, 부경역사연구소.
김묘정(2018)「竹堂 申濡의 일본체험과 지식의 새 지평－지식기반과 지식영역의
　　확대 양상을 중심으로－」, 『고전과 해석』25, 고전문학한문학연구학회.
김미영(2008)「조상제례의 일상성과 비일상성」, 『비교민속학』35, 비교민속학회.
구지현(2016)「1748년 조선의 통신사와 동아시아의 지식 유통 양상－일본 학파
　　에 따른 교류 양상을 중심으로－」, 『열상고전연구』53, 열상고전연구회.
정은영·한태문(2018)「조선후기 일본지식 생성자로서의 통신사 역관 연구」, 『한
　　국문학논총』80, 한국문학회.
정훈식·남송우(2009)「조선후기 일본지식의 생성과 통신사행록」, 『동양한문
　　학연구』29, 동양한문학회.
정훈식(2010)「수신사행록과 근대전환기 일본지식의 재구성」, 『한국문학논총』
　　56, 한국문학회.
진재교(2014)「18세기 조선통신사와 지식·정보의 교류」, 『한국한문학연구』56,
　　한국한문학회.
하우봉(2017)「17-19세기 한일 문화교류의 흐름과 의미」, 『대동문화연구』98,
　　대동문화연구원.

제11장

에드워드 버넷 타일러 지음·유기쁨 옮김(2018)『원시문화 1 신화, 철학, 종교,
　　언어, 기술, 그리고 관습의 발달에 관한 연구』, 아카넷.
アズビー·ブラウン 지음, 幾島幸子 옮김(2011)『江戸に学ぶエコ生活術』, CCC
　　メディアハウス.
大塚康平·植田憲·宮崎清·朴燦一(2003)「資源循環型文化·裂き織りに使用される
　　古布の流通機構」, 『デザイン学研究』50, 一般社団法人日本デザイン学会.
小沢詠美子(2013)『江戸時代の暮らし方』, 実業之日本社.
河合敦(2012)『決定版 図解·江戸の暮らし事典』, 学研プラス.

일본국립국회도서관디지털컬렉션, 「西川祐信, 『百人女郎品定』2巻」(청구기호: 寄別5-6-4-1), https://dl.ndl.go.jp/pid/2541151/1/32(검색일: 2021.11.20.)

일본국립국회도서관디지털컬렉션, 「喜田川季荘, 『守貞謾稿』巻6」(청구기호: 寄別13-41), https://dl.ndl.go.jp/pid/2592395/1/13(검색일: 2021.11.15.)

일본국립국회도서관디지털컬렉션, 「鍬形蕙斎, 『職人尽絵詞』第2軸」(청구기호: 寄別13-41), https://dl.ndl.go.jp/pid/11536005/1/9(검색일: 2021.11.15.)

일본국립국회도서관디지털컬렉션, 「『江戸名所図会』7권, 柳原堤」(청구기호: 839-57), https://dl.ndl.go.jp/pid/2563380/1/60(검색일: 2021.11.16.)

일본국립국회도서관디지털컬렉션, 「喜田川季荘, 『守貞謾稿』巻6」(청구기호: 寄別13-41), https://dl.ndl.go.jp/pid/2592395/1/31(검색일: 2021.11.16.)

일본국립국회도서관디지털컬렉션, 「喜田川季荘, 『守貞謾稿』巻6」(청구기호: 寄別13-41), https://dl.ndl.go.jp/pid/2592395/1/13(검색일: 2021.11.16.)

일본국립국회도서관디지털컬렉션, 「喜田川季荘, 『守貞謾稿』巻6」(청구기호: 寄別13-41), https://dl.ndl.go.jp/pid/2592395/1/12(검색일: 2021.11.16.)

일본국립국회도서관디지털컬렉션, 「紅翠斎北尾子, 『四時交加』巻2」(청구기호: 辰-19), https://dl.ndl.go.jp/pid/2533610/1/10(검색일: 2021.11.16.)

일본국립국회도서관디지털컬렉션, 「紅翠斎北尾子, 『四時交加』巻2」(청구기호: 辰-19), https://dl.ndl.go.jp/pid/2533610/1/24(검색일: 2021.11.16.)

일본국립국회도서관디지털컬렉션, 「喜田川季荘, 『守貞謾稿』巻6」(청구기호: 寄別13-41), https://dl.ndl.go.jp/pid/2592395/1/11(검색일: 2021.11.16.)

일본국립국회도서관디지털컬렉션, 「近藤清春, 『今様職人尽百人一首』」(청구기호: 15-467), https://dl.ndl.go.jp/pid/1117916/1/8(검색일: 2021.11.16.)

일본국립국회도서관디지털컬렉션, 「喜田川季荘, 『守貞謾稿』巻6」(청구기호: 寄別13-41), https://dl.ndl.go.jp/pid/2592395/1/11(검색일: 2021.11.16.)

일본국립국회도서관디지털컬렉션, 「日本橋北神田浜町絵図, 『江戸切絵図』」(청구기호: 本別9-30), https://dl.ndl.go.jp/pid/1286645/1/1(검색일: 2021.11.18.)

일본국립국회도서관디지털컬렉션, 「喜田川季荘, 『類聚近世風俗志』」(청구기호: 382.1-Ki286k-M), https://dl.ndl.go.jp/pid/991466/1/42(검색일: 2021.11.18.)

일본국립국회도서관디지털컬렉션, 「喜田川季荘, 『類聚近世風俗志』」(청구기호: 382.1-Ki286k-M), https://dl.ndl.go.jp/pid/991466/1/42(검색일: 2021.11.18.)

일본국립국회도서관디지털컬렉션, 「喜田川季荘, 『守貞謾稿』巻6」(청구기호: 寄別13-41), https://dl.ndl.go.jp/pid/2592395/1/9, https://dl.ndl.go.jp/pid/2592395/1/11, https://dl.ndl.go.jp/pid/2592395/1/24(검색일: 2021.11.16.)

저자약력

┃정 형 鄭灐, JHONG Hyung

현재 단국대학교 명예교수·동교 일본연구소 명예소장으로, 쓰쿠바대학(筑波大学) 대학원 일본문학 전공 석·박사 과정 수료 후 귀국해 단국대학교 문과대학 교수로 근무했고 주 전공 분야는 일본문화론·일본근세문학이다. 일본 국제일본문화연구센터 초빙연구원, 한국일본사상사학회 회장, 한국일어일문학회 회장 등을 역임했다. 저·역서로는 『일본일본인일본문화』(다락원, 2009/2018), 『日本近世文学と朝鮮』(공저, 勉誠社, 2013), 『일본인은 왜 종교가 없다고 말하는가』(아마 도시마로, 예문서원, 2001), 『일본영대장』(이하라 사이카쿠, 소명출판, 2009), 『호색일대남』(이하라 사이카쿠, 지식을만드는지식, 2017) 등 30여 권과 다수의 학술 논문이 있다.

┃김경희 金京姬, KIM Kyoung-Hee

일본 쓰쿠바대학에서 문학박사 학위를 취득하고 현재는 한국외국어대학교 미네르바 교양대학에서 조교수로 재직 중이다. 한국일본언어문화학회 부회장과 편집위원, 한국일어일문학회, 인문콘텐츠학회의 편집위원으로 활동하고 있다. 일본 괴담소설과 하이카이를 전공하였고, 한일 대중문화콘텐츠 분야로 연구의 영역을 넓혀가고 있다. 대표 논저로 『요괴: 또 하나의 일본의 문화코드』(역락, 2019), 『한일 고전문학 속 비일상 체험과 일상성 회복 – 파괴된 인륜, 문학적 아노미』(제이앤씨, 2017), 『공간으로 읽는 일본고전문학』(제이앤씨, 2013), 『그로테스크로 읽는 일본문화』(책세상, 2008) 등을 함께 썼다.

┃편용우 片龍雨, PYUN Yong-Woo

현재 전주대학교 일본언어문화학과 조교수로 재직 중이며, 한국일본언어문화학회 총무이사, 한국일본어문학회 편집이사, 한국일본어교육학회 편집이

사, 한국일본문화학회 분과이사 등으로 활동하고 있다. 고려대학교 일어일문학과를 졸업하고, 2006년도 일본문부과학성 국비외국인유학생(연구유학생)으로 선발되어 도쿄대학 대학원에서 석사 및 박사학위를 취득했다. 일본고전문예인 가부키(歌舞伎)를 전공했으며 단독저서 『四世鶴屋南北研究』(若草書房, 2016)는 일본의 〈전국대학국어국문학회(全国大学国語国文学会)〉의 학술상을 수상했다.

▌히오키 다카유키 日置貴之, HIOKI Takayuki

메이지대학 정보커뮤니케이션학부 준교수. 도쿄대학 대학원 인문사회계연구과 박사과정 수료(문학박사). 에도시대 말기부터 메이지시대의 가부키를 중심으로, 일본연극에 대한 연구를 하고 있다. 저서로 『変貌する時代のなかの歌舞伎 幕末・明治期歌舞伎史』(笠間書院, 2016年, 単著), 『真山青果とは何者か?』(文学通信, 2019年, 共編著), 『異性装 歴史の中の性の越境者たち』(集英社インターナショナル, 2023年, 共著) 등이 있다.

▌윤지원 尹志源, YUN Ji-Won

현재 단국대학교 일본연구소 HK교수로 재직 중이며, 한국중국문화학회 및 한국철학사 연구회 총무이사로 활동하고 있다. 한국외국어대학교 철학과를 졸업하였으며, 2002년 중국 북경대학에서 석사학위를 받았다. 이후 중국정부 국비유학생으로 선발되어 동 대학에서 박사학위를 취득하였다. 중국철학을 전공했으며 동아시아의 지식전통과 문화철학으로 연구영역을 확장하고 있다. 「지식과 예술의 문화철학」(중국학논총, 2022), 「호적의 문화철학연구」(일본학연구, 2022) 등 다수의 논문과 저서가 있다.

▌홍성준 洪晟準, HONG Sung-Joon

현재 단국대학교 일본연구소 HK교수로 재직 중이며, 동아시아일본학회 운영위원장, 일본어문학회 학술이사, 한국일본어문학회 편집위원과 일본학분과 이사, 일본 삽화본학회(絵入本学会) 운영위원으로 활동하고 있다. 단국대학교 일어일문학과를 졸업하고 동 대학원에서 석사학위를 받은 후 일본문부과학성 국비외국인유학생(연구유학생)으로 선발되어 도쿄대학 대학원에서 석사 및 박사학위를 취득하였다. 일본 고전문학을 전공했으며 일본문화론과 일본 사상사로 연구 영역을 확장하고 있다. 단독저서로 『曲亭馬琴の読本の研究』(若草書房, 2019)가 있으며, 그 밖에 다수의 저서와 논문이 있다.

▌최태화 崔泰和, CHOI Tae-Wha

현 국립군산대학교 일어일문학과 조교수로 재직 중이다. 고려대학교 일어일문학과 졸업, 도쿄대학 대학원 석사 및 박사학위 취득. 2016년 BK21플러스 우수인력 표창 부총리상 수상. 『春水人情本の研究―同時代性を中心に―』(若草書房, 2014), 『일본 요괴문화 상품이 되다: 더파울린 프로젝트』(시간의 물레, 2018) 등의 단독 및 공동 저서와 함께 다수의 저서 및 논문이 있다. 일본고전문학, 일본대중문화 전공.

▌김미진 金美眞, KIM Mi-Jin

현재 울산대학교 일본어일본학과 조교수로 재직 중이다. 서울여자대학교 일어일문학과를 졸업하고, 한국외국어대학교 대학원, 도쿄대학 대학원 인문사회계연구과에서 석사 및 박사학위를 취득했다. 일본 근세시대 삽화소설인 구사조시(草双紙)를 전공하였으며, 현재는 17~19세기 일본의 시각문화에 대한 연구를 진행 중이다. 단독저서로는 『柳亭種彦の合巻研究: 過去を蘇らせる「力」考証』(若草書房, 2017)가 있으며, 그 밖에 다수의 논문이 있다.

▌최승은 崔升銀, CHOI Seung-Eun

단국대학교에서 문학박사 학위를 받았으며, 현재 경성대학교 한국한자연구소 HK+사업단에서 HK교수로 재직하고 있다. 최근에는 일본 근세 후기부터 근대 초기의 서민 교육, 특히 문자 학습에 관심을 가지고 연구 논문 업적을 축적하는 중이며, 일본 국제회의 통역사 및 번역가로도 활동 중이다. 주요 논문으로는 「가이바라 에키켄(貝原益軒)의 교육관에 관한 고찰―일본 근대 교육의 태동으로서의 가능성에 주목하여―」(『아시아연구』, 2016), 「가쓰키 규잔의 아동 교육관―『쇼니히쓰요소다테구사(小児必用養育草)』를 중심으로―」(『日本學研究』, 2021) 외 다수가 있다.

▌김묘정 金妙亭, KIM Myo-Jung

현재 단국대학교 일본연구소 HK교수로 재직 중이다. 단국대학교에서 「17세기 소북팔문장(小北八文章)의 시세계 연구」로 박사학위를 취득했으며, 조선후기 북인(北人)계열 문인들의 시문학 세계에 대한 연구에 주력하고 있다. 주요 논문으로는 「소북(小北) 문인집단의 지식 공간 양상과 그 의미―별서(別墅) 시회(詩會)를 중심으로」, 「학문적 계보와 지식권력의 상관관계 고찰을 위한 시

337

론(試論) – 북인계열 문인들의 학문적 계보 연구 방법론을 중심으로」, 『조선후기 소북문단(小北文壇)의 형성과 소북팔문장』(2021) 등 여러 편의 글이 있다.

┃정경진 鄭敬珍, JEONG Kyung-jin
현재 부산대학교 인문학연구소 연구교수로 재직 중이며 신라대학교 일어일문학과를 졸업하고 호세이(法政)대학교 대학원에서 석사 및 박사학위를 취득하였다. 2016년도 일본학술진흥회(JSPS)의 특별연구원(DC2), 2022년 한국연구재단 학술연구교수(A)유형에 선발되었다. 근세일본문학을 전공하였으며 동아시아를 시야에 두고 근세 일본과 조선의 문인 문화 비교를 주요 테마로 연구를 진행 중이다. 단독저서로는 2018년도 JSPS 과학연구비조성사업에 선정된 『交叉する文人世界: 朝鮮通信使と蒹葭雅集図にみる東アジア近世』(法政大学出版局, 2020)가 있으며 그 외 한국과 일본에서 다수의 논문과 공저를 발표하였다.